OLIVIER NOREK

Das versunkene Dorf

Roman

Aus dem Französischen
von Alexandra Hölscher

Blessing

Originaltitel: Surface
Originalverlag: Éditions Michel Lafon, Paris

Penguin Random House Verlagsgruppe FSC® N001967

1. Auflage, 2022
Copyright © 2019 by Olivier Norek und
Éditions Michel Lafon
Copyright © 2022 der Übersetzung
by Karl Blessing Verlag, München
in der Penguin Random House Verlagsgruppe GmbH,
Neumarkter Str. 28, 81673 München
Satz: Leingärtner, Nabburg
Druck und Einband: CPI books GmbH, Leck
Umschlaggestaltung: Das Illustrat, München
Printed in Germany
ISBN 978-3-89667-664-1

www.blessing-verlag.de

Für Babeth, Yann, Corinne, Jamy und Stéphane.
Zerstört. Wiederhergestellt. Am Leben.

Für Amandine, das junge Mädchen aus dem Wasser.

Prolog

Die zwei Männer wurden im hinteren Teil des Wagens auf der rasanten Fahrt durch die Straßen von Paris hin und her geschleudert und bemühten sich gemeinsam, ihr die Waffe abzunehmen.

Überall war Blut. Viel zu viel Blut. Und dann das Gesicht. Grundgütiger, dieses Gesicht! Es glich einem Schlachtfeld. Hier und da waren durchtrennte Venen zu sehen, die nirgendwo mehr hinführten, und das Blut sprudelte immer noch aus ihnen heraus. Von ihrer rechten Wange war nicht mehr viel übrig geblieben, und das ganze Gesicht glich einer einzigen schmerzverzerrten Fratze.

»Scheiße, Mann, ich hab keine Lust, aus Versehen eine Kugel verpasst zu bekommen!«, schrie der Fahrer. »Nehmt ihr endlich die Waffe ab!«

Er raste bei Rot über die Ampel. Die Limousine, die zu ihrer Rechten aufgetaucht war, schaffte es nicht mehr, rechtzeitig abzubremsen, und riss ihnen mit verzweifelt quietschenden Reifen einen Teil des Kotflügels auf.

Mit zunehmend brachialer Gewalt versuchten sie, ihre Finger auseinanderzubiegen. Zogen daran, in alle Richtungen. Vergeblich. Denn die Hand, die den Pistolengriff umklammert hielt, war gänzlich verkrampft. Der Finger auf dem Abzug drohte bei jeder Kurve, bei jedem Ruckeln einen Schuss mit einer Neun-Millimeter-Patrone auszulösen.

»Nichts zu machen, ihre Hand ist ja wie aus Stahl!«

Der Fahrer schaute abwechselnd auf den Verkehr vor ihm und das Chaos hinter ihm. Bloß keinen Unfall bauen. Bloß keine Kugel abbekommen.

»Die ist in Schockstarre. Kugelt ihr den Daumen aus!«

Einer von ihnen griff nach dem Gewehrlauf, um ihn unter Kontrolle zu halten, der andere bog den Daumen mit aller Kraft nach hinten, bis er ihn ausgerenkt hatte.

Endlich fiel die Waffe mit einem metallenen Aufprall zu Boden.

Während der gesamten Zeit hatte sie, trotz ihrer Schmerzen und der Panik, die sie erfasst hatte, den Blick nicht ein einziges Mal von ihnen abgewandt. Gelähmt vor Angst war sie, aber bei vollem Bewusstsein. Das linke Auge hielt sie starr auf die beiden Männer gerichtet, mit dem rechten konnte sie vor lauter Blut nichts sehen.

Es kehrte Ruhe ein, und die drei Sanitäter konzentrierten sich wieder auf ihre Mission.

Es galt, eine Polizistin zu retten.

ERSTER TEIL

Mitten ins Gesicht

1

16 Minuten früher.

5.58 Uhr. Die zivile Einsatzgruppe stand vor der Tür der Wohnung Nr. 22 im schlecht beleuchteten zweiten Stock eines heruntergekommenen Gebäudes in der Pariser Banlieue. Sie mussten Punkt sechs Uhr abwarten, um legal eine vorläufige Festnahme vornehmen zu können. Wenn sie nur eine Minute vorher loslegten, würde dies als Verfahrensfehler eingestuft werden und die gesamten Ermittlungen zunichtemachen. Das Drogeneinsatzkommando hielt die Pumpgun und die Elektroschockpistolen bereit zum Einsatz. Die hydraulische Spreize wurde an jeder Seite der Tür befestigt, um sie zu gegebener Zeit in die Luft zu jagen. Die sechzig Sekunden tickten in unverhältnismäßiger Langsamkeit zur angsterfüllten Aufregung, die von den Polizisten Besitz ergriffen hatte. Die Stille lastete schwer, nur das Rascheln der Kleidung war zu hören, wenn sie ungeduldige Handbewegungen machten.

Noch einmal überprüften sie, ob ihre Magazine geladen waren. Ob ihre kugelsicheren Westen richtig saßen. Riefen sich den Einsatzplan sowie den Grundrissplan dieses Sozialbaus in Erinnerung, den ihnen das Katasteramt gestern ausgedruckt hatte: Flur. Wohnzimmer. Schlafzimmer links. Küche rechts. Bad am Ende des Flurs. Vier Fenster. Kein Hund, zumindest laut Hausmeister.

Nach all den Wochen, die sie auf diesen Moment hingearbeitet hatten, gingen sie auf dem Zahnfleisch. Sohan war ein Dreckskerl, der sein Kokain mit Heroin streckte, um seine Kunden schon mit der ersten Line süchtig zu machen. Sohan war ein bis an die Zähne bewaffneter Dealer, an dessen Händen das Blut zahlreicher Konkurrenten klebte, die er beiseitegeschafft hatte. Er gehörte dingfest gemacht. Für das Gemeinwohl.

5.59 Uhr. Noch eine Minute bis zu Aufruhr und Geschrei. Bis zur gewaltsamen Konfrontation und Adrenalinausschüttung. Sohan würde nicht einfach so klein beigeben. Das war allen klar.

5.59 Uhr und dreißig Sekunden. Im Auge des Zyklons. Die Ruhe vor dem Sturm. Hauptkommissarin Noémie Chastain stand an vorderster Front. Wie immer. Sie war Teamleiterin, und das mit Leib und Seele.

5.59 Uhr und 58 Sekunden. Mit feuchten Händen zückte sie ihre Waffe.

6 Uhr. Der hydraulische Spreizer löste eine zehn Bar starke Druckwelle aus. Zunächst knackte das Holz leise, dann flog die Tür in die Luft und gab den Blick auf einen Flur frei, der einem gähnenden schwarzen Abgrund oder einem bösen Traum glich. Noémie tastete die Wand nach dem Lichtschalter ab und betätigte ihn. Die Glühbirne leuchtete auf und zersprang. Einige Augenblicke glommen die Glühfäden nach, bevor der Raum wieder im Dunkeln lag. Noémie hastete zum Schlafzimmer. Der Strahl der kleinen Leuchte, die auf ihrem Gewehrlauf befestigt war, glitt über die Umrisse der Wohnung. Der Flur war so schmal, dass man nicht zu zweit nebeneinander hindurchpasste Durch die Anwesenheit ihrer Truppe, die in geschlossener Reihe hinter ihr stand, bestärkt und dank der Hand auf

ihrer Schulter unbesiegbar, denn es war Adriels Hand, die Hand ihres ersten Offiziers, ihres Vertrauensmanns und, um es kurz zu fassen, seit zwei Jahren ihres Freunds und Liebhabers, drang sie weiter in die Wohnung vor.

Sie trat die Schlafzimmertür ein. Eine Explosion ertönte, und im gleichen Moment blitzte es auf. Noémie konnte nichts mehr sehen, nicht mal den splitternackten Dealer, der auf seinem Bett kniete und ihr mit einem Jagdgewehr gerade mitten ins Gesicht geschossen hatte. Die Druckwelle zog eine heiße Spur hinter sich, und der beißende Geruch von Schießpulver lag in der Luft. Drang ihr in die Nase, den Mund, den Hals, legte sich auf ihre Augen.

Ihr Körper wurde zurückgeschleudert. Noémie prallte gegen die Wand und fiel unnatürlich verdreht wie eine Stoffpuppe zu Boden. Einige Sekunden lang spürte sie nichts. Dann schrie sie vor Schmerz auf. Sie tastete über ihr Gesicht. Eine einzige offene Wunde. Überall war klebrige Flüssigkeit. Dann sorgte ihr Gehirn zu ihrem Schutz für einen Blackout. Noémies Hand schloss sich wie ein Schraubstock um den Gewehrlauf. Was anschließend geschah, bekam sie nicht mehr mit. Adriel hatte schon zwei Schüsse abgegeben. Ein Treffer in die linke Schulter. Ein Treffer in die rechte Schulter. Dann Sohans Festnahme. Über den ganzen Tumult hinweg schrie der neue Rekrut der Truppe panisch und fast schluchzend ins Funkgerät: »Es hat einen von unseren Leuten erwischt! Es hat einen von uns erwischt!« Ihm war soeben bewusst geworden, dass Polizisten nicht nur in Filmen starben.

Adriel, der jetzt neben ihr kniete, hatte ihren Oberkörper etwas hochgehoben, um sie in die Arme zu nehmen.

»Noémie! Scheiße, Noémie! Bleib bei mir!«

13

2

In dem langen Flur des Militärkrankenhauses von Percy knallte die Trage gegen die Flügeltüren und drückte sie auf wie eine heftige Sturmbö während eines Gewitters. Die Oberschwester, die fast neben der Trage herrannte, erstattete dem diensthabenden Arzt Bericht.

»Eine Polizistin.«

»Selbstmord?«, fragte der Arzt routinemäßig.

»Nein. Ein Polizeieinsatz heute Morgen. Schussverletzungen. An Kiefer, Auge, Nase und Kopfhaut.«

Der Arzt hatte nur einen einzigen Blick auf Noémies Gesicht geworfen, und das hatte ihm gereicht. Die Dringlichkeit, die hektischen Eindrücke im Flur, die Neonlichter und das ganze Blut machten es ihm unmöglich, sich ein klares Bild von dem zu machen, was er da sah. Also hielt er sich an die Beschreibung der Krankenschwester.

»Holt mir mehr Leute! Ich brauche einen Anästhesisten, einen Augenarzt, einen Unfallchirurgen, einen Kieferchirurgen, noch mal doppelt so viele Krankenschwestern und Pfleger und einen freien OP.«

...

Noémies Mannschaft saß vollzählig im Wartesaal, und niemand vom Krankenhauspersonal brachte es übers Herz, sie darauf hinzuweisen, dass hier absolutes Rauchverbot herrschte. Adriel hatte das Gesicht in den Händen vergraben und hob jedes Mal, wenn die Tür aufging, den Kopf. Jonathan, der Neue, telefonierte mit seiner Frau, und während er beruhigend auf sie einredete, rauchte er eine nach der anderen, wobei er sich mit einer zu Ende gerauchten Zigarette jeweils die nächste anzündete. »Es geht mir gut.«»Gib mir mal die Kinder.«»Es geht mir gut.« »Es geht mir gut.« Chloé weinte still vor sich hin und wischte sich die Tränen mit dem Ärmel eines rosafarbenen Pullis ab, auf dem »U.P.D. Unicorn Police Department« stand.

Der Vormittag ging vorüber. Dann der Tag. Die Sonne ging unter. Kollegen und Freunde aus anderen Polizeiwachen schauten vorbei. Von hier und aus anderen Bezirken. Mal befanden sich vier, mal dreißig Personen im Wartesaal, bei allen lagen die Nerven blank.

Die Chirurgen des Krankenhauses in Percy, das auf zerstörte Visagen und Verletzungen als Resultat von Militär- sowie Polizeieinsätzen spezialisiert war, lösten sich im Laufe der Not-OP immer wieder ab. Manchmal, weil sie müde waren, manchmal, um einem anderen Spezialisten Platz zu machen. Die Rettungsaktion dauerte siebeneinhalb Stunden.

3

Postoperative Besprechung.
Militärkrankenhaus Percy.

»Die Rettungssanitäter, um 6.37 Uhr«, antwortete der Chirurg auf die Frage des ärztlichen Direktors.

»Und weiter?«

Der Chirurg und andere Fachärzte saßen in einem großen verglasten Saal um einen Tisch, der fast den ganzen Raum ausfüllte. Er fuhr mit seinem Bericht über diesen bewegten Vormittag fort:

»Schussverletzungen im Gesicht. Sie hängt am Tropf mit Physiodose und Schmerzstillern. Den hatten die Sanis ihr schon in der Ambulanz angelegt. Alle Vitalfunktionen waren stabil, als sie in den Schockraum gebracht wurde. Wir haben sie mit dem MRI auf weitere Verletzungen untersucht, aber kein MRT gemacht, denn sie steckt voll mit Schrot, das wäre total wahnwitzig gewesen.«

»Wo haben wir Schrot?«

»Überall. In der Zunge, im Kinn, im Kiefer, in der Stirn und der rechten Wange, die vom Schuss fast vollständig zerfetzt wurde. Wir haben sie wieder zusammengenäht, die Naht ist uns gut gelungen, aber sie wird eine unschöne kreisförmige Narbe davontragen, die sich über die gesamte Gesichtshälfte zieht.«

»Wir hatten schon lange keine multidisziplinäre, derartig spannende Operation mehr«, kommentierte der Direktor zufrieden. »Erzählen Sie uns mehr. Was ist mit dem Schädel?«

Der Chirurg betätigte die Fernbedienung und schaltete den großen, an der Wand befestigten Bildschirm an, auf dem er nach und nach die Röntgenbilder und MRI-Scans präsentierte.

»Der Schädel ist unversehrt, aber rechtsseitig ist die Kopfhaut partiell verbrannt, und ich habe keine Ahnung, ob und wie die Haare nachwachsen werden. Da wir ihr für die OP sowieso den ganzen Schädel kahl rasieren mussten, werden wir das bald erfahren.«

»Was ist mit Ohr und Gehörgang?«

»Das Trommelfell ist ziemlich mitgenommen. Vielleicht mit einhergehendem temporärem Hörverlust, mal sehen.«

»Das Auge?«

»Hat eine gestillte subkonjunktivale Blutung. Sie wird ein paar Wochen ein schönes periorbitales Hämatom haben. Nur ein blaues, blutunterlaufenes Auge, wodurch ihr Sehvermögen keinen Schaden nehmen wird.«

»Die Nase?«

»Wurde durch die Druckwelle gebrochen. Ist operiert.«

»Der Kiefer?«

»Der Unterkiefer ist einseitig am aufsteigenden Ast gebrochen. Wir mussten ihn mit drei Stahlplatten verschrauben. Sie wird erst mal nicht sprechen können. Die nächsten acht bis zehn Tage wird sie durch eine Sonde ernährt, im Anschluss erhält sie drei Wochen lang eine Mischung aus fester Nahrung und Gelwasser.«

»Sie hatte offensichtlich großes Glück im Unglück.«

»Ja, fünf Zentimeter weiter links, und das ganze Gesicht wäre zerfetzt worden. So oder so wird es allerdings kein schöner Anblick sein. Die Wange musste nicht nur mit sechzig Stichen wiederhergestellt werden, auch jede einzelne Schrotkugel wird eine Narbe hinterlassen. Aus chirurgischer Sicht gibt es auf jeden Fall nichts mehr zu tun.«

Alle Blicke hefteten sich jetzt auf den Psychiater der Klinik.

»Mal was anderes als Ihre Soldaten, was, Melchior?«, kommentierte der Direktor ironisch.

»Nicht wirklich«, erwiderte der Psychiater kühl. »Ob bei einem Einsatz verletzt oder als Polizist im Außendienst. Sie unterscheidet sich in nichts von meinen Soldaten. Ich würde diesen Fall gern persönlich übernehmen, wenn niemand etwas dagegen hat.«

Vor vier Tagen war er aus dem Euphrat-Tal im Irak zurückgekehrt, wohin er die französischen Truppen der Task Force Wagram begleitet hatte. Seitdem Melchior seinen Dienst im Militärkrankenhaus Percy wiederaufgenommen hatte, wusste er in seinem Büro nichts mit sich anzufangen und tat sich schwer damit, wieder zur Tagesordnung überzugehen. Noémie Chastains Fall hatte ihn aus seiner Lethargie geholt. Mit seinen weißen, nach hinten gekämmten Haaren überragte er alle um einen Kopf und ergriff mit der natürlichen Autorität eines gestandenen Mannes, der die fünfzig überschritten hatte, das Wort:

»Ich schlage vor, sofort und parallel zur Nachsorge und Rehabilitation mit der Therapie zu beginnen. Je früher ich anfange, mit ihr zu sprechen, desto besser kann ich die psychischen Schäden einschätzen. Ich habe es hier mit mehreren Patientinnen in einer Person zu tun. Da gibt es die Polizistin, die vielleicht nie mehr in den Dienst zurückkehren kann. Die Frau, die möglicherweise Angst davor hat, nicht mehr begehrenswert zu sein. Die erwachsene Frau, die das Gesicht einer Fremden entdecken wird und damit leben muss. Und das Kind in ihr, das Todesangst haben muss. Wir müssen sie gut vorbereiten, bevor wir versuchen, sie wiederherzustellen. Aber wir dürfen sie nicht anlügen. Wann kann ich sie sehen?«

»Sobald wir sie noch mal durchs MRI geschickt haben, um sicherzugehen, dass wir keinen Fremdkörper übersehen haben, beziehungsweise sobald sie die kiefer- und gesichtschirurgische Rehabilitation hinter sich hat, wenn Sie wollen, dass sie Ihnen antwortet«, sicherte ihm der Chirurg zu.

»Sie muss noch nicht mit mir sprechen können. Ich habe ihr erst mal einiges zu erzählen«, beendete Melchior das Gespräch und schloss sein Notizbuch.

4

Als sie die Augen öffnete, brannte sich das grelle Licht der Neonleuchten wie ein Schuss in ihre Netzhaut. Ihr Gehirn assoziierte das Gefühl mit dem letzten Ereignis aus ihrem Leben, Sohan zielte wieder auf sie und drückte ab. Ihr Körper bäumte sich auf, ihr Herz schlug schneller, und das EKG geriet außer Rand und Band, was sämtliche Geräte in Aufruhr versetzte und eine Kakophonie von Alarmsignalen zur Folge hatte, die wiederum die Krankenschwestern im Eilschritt auf den Plan riefen.

Sie hasteten an den Polizisten vorbei, die ihrerseits alle aufstanden.

Sobald das Licht im Zimmer ausgemacht wurde, beruhigte Noémie sich wieder, sie schloss die Augen und driftete zurück in einen Schlaf, der durch die Nachwirkungen der Anästhesie begünstigt wurde.

»Sie können sie noch nicht sehen«, vertröstete die Krankenschwester Adriel. »Es geht ihr gut, aber sie braucht Zeit.«

...

Mitten in der Nacht wachte Noémie wieder auf. Im Dunkeln war sie jetzt ruhiger. Sie tastete über die Decke, die sich etwas rau anfühlte. Das Bettlaken unter ihren Fingern war glatter. Durch das leicht geöffnete Fenster erblickte sie den schwarzen Himmel, dann wurden die Umrisse des Zimmers sichtbar, die aufgrund der Blutung im Auge allerdings verschwommen erschienen. Sie hob die rechte Hand, sah den geschienten Daumen und erinnerte sich an die Sanitäter und ihre angsterfüllten Schreie während der rasanten Fahrt zum Krankenhaus. Mit der gesunden Hand tastete sie über ihr Gesicht, sie spürte keine Haut. Verbände und Pflaster bedeckten ihre komplette rechte Gesichtshälfte. Trotz allem begann sie zu lächeln, denn es hatte einen Moment gegeben, da hatte sie geglaubt, dass sie ihre Augen niemals wieder öffnen würde. Sie fühlte sich lebendig an, so lebendig, denn das Morphium, das durch die Venen ihres Arms floss, sorgte dafür, dass die Schmerzen in diesem Augenblick keine Rolle spielten.

Im Warteraum nur ein paar Meter weiter schlief Chloé an Jonathans Schulter gelehnt, der selbst vom Schlaf übermannt worden war und mit nach hinten gekipptem Kopf da saß. Adriel, krank vor Sorge, war als Einziger wach. Die Krankenschwester gab ihm ein Zeichen.

»Sie ist wach geworden. Ich muss die Ärzte darüber informieren, aber ich gebe Ihnen eine Minute.«

Stundenlang hatte er gegrübelt, was er ihr sagen würde. Um ihr ein gutes Gefühl zu geben. Um ihr zu zeigen, dass er da war und dass er sie liebte. Schließlich ging er hinein, setzte sich auf den Sessel, der direkt am Bett stand, legte seinen Kopf auf Noémies Bauch und brach in Tränen aus. Sanft strich sie ihm übers Haar, um ihn zu beruhigen, um ihm zu sagen, dass sie doch noch da war und dass sie ihn auch liebte.

Die Tür ging auf, und Chloé und Jonathan erschienen auf

der Türschwelle, wo sie stehen blieben. Der Anblick, der sich ihnen von dort bot, war nämlich völlig ausreichend.

5

Er betrat das Zimmer, als handelte es sich um sein Wohnzimmer.

»Guten Tag, Soldatin. Ich heiße Melchior. Haben die Ärzte Sie aufgeklärt? Wissen Sie, wer ich bin?«

Noémie musterte ihren neuen Gesprächspartner rasch, dann nickte sie. Der Psychologe legte ein Tablet mit weißem Bildschirm auf ihr Bett.

»Da Sie mir immer noch nicht antworten können, fangen wir mit einer lustigen Übung an und kehren die in der Psychiatrie gebräuchliche Praxis um. Das heißt, vor allem ich werde heute reden. Sie werden sehen, ich bin ein geschwätziger Typ. Zumindest hat das meine Frau immer gesagt.«

Er setzte sich neben sie und öffnete sein Notizbuch.

»Haben Sie Familie?«

Noémie schnappte sich das Tablet und tippte.

»Eine Mutter. London.«

»Sie ist in Ihren Krankenversicherungsunterlagen nicht als Kontaktperson für den Notfall aufgeführt. Um nicht zu sagen, da ist niemand aufgeführt.«

»Zehn Jahre«, schrieb Noémie.

Der Psychologe neigte den Kopf, um direkt mitzulesen.

»Zehn Jahre … haben Sie sich nicht mehr gesehen?«

Noémie nickte.

»Und dieser hübsche junge Mann, der die ganze Zeit im Flur herumgeistert, hat der einen Namen?«

»Adriel«, schrieb sie.

»Sie sind also nicht allein. Das ist gut. Um nicht zu sagen von größter Wichtigkeit. Ich werde jetzt ganz geradeheraus mit Ihnen sein, ihr Gesicht hat schlimme Verletzungen davongetragen. In vierundzwanzig Stunden, wenn die Krankenschwestern Ihre Bandagen abgenommen haben, wissen wir mehr. Ich bitte Sie, bis dahin eine kleine Übung zu machen, um sich darauf vorzubereiten. Eine Art Projektionstraining. Ich werde Ihnen jetzt die verwundeten Stellen aufzählen, und Sie müssen sich vorstellen, wie sie heute aussehen.«

Noémie blickte zu ihm hoch. Eines ihrer Augen war hellgrün, das Grün eines jungen Laubblattes, das andere war noch schwarz vom Blut. Melchior redete mit sanfter Stimme weiter:

»Ihre Haare sind abrasiert, aber das haben Sie sicherlich schon unter ihren Fingern gespürt. Ihre rechte Wange ist fast vollständig zerfetzt gewesen und wurde wieder zusammengenäht. Ihre gebrochene Nasse wurde schon gerichtet. Sie ist noch etwas geschwollen, es sind noch einige Blutergüsse zu sehen, aber sie ist wieder heil. Die Chirurgen haben Ihnen fünfzehn über das ganze Gesicht verteilte Schrotkugeln entfernt. Jede einzelne, vom Kinn bis zur Stirn, wird eine sternenförmige Narbe hinterlassen, die sich im Laufe der Jahre abschwächen wird.«

Noémie tippte heftig auf dem Tablet.

»Wann komm ich raus?«

Melchior schmunzelte.

»Eine tapfere Soldatin, mein erster Eindruck hat mich also nicht getäuscht«, sagte er und legte sein Notizbuch nieder. »Sie haben außerdem noch einen ausgerenkten Daumen und einen gebrochenen Kiefer. So viel zu den körperlichen Verletzungen. Die psychischen Verletzungen sind noch mal eine ganz andere Geschichte. Verstehen Sie mich nicht falsch, Ihre Hülle zu reparieren, das ist kein Problem. Aber unsichtbare Schäden sind weniger greifbar, sie zu reparieren ist notgedrungen weniger vorhersehbar. Ich gehe davon aus, dass Sie das Krankenhaus in einem Monat verlassen können. Aber wir werden danach noch jede Menge Sitzungen miteinander haben. Sie und ich, wir werden uns noch sehr gut kennenlernen.«

6

Militärkrankenhaus, Percy.
Vierter Morgen.

Die Krankenschwester gab Melchior die Zeit, die er brauchte, um seiner Patientin gut zuzureden. Noémie hatte die letzten zweiundsiebzig Stunden damit verbracht, auf genau den Moment zu warten, den sie jetzt hinauszuzögern versuchte.
»Sind Sie bereit?«, fragte Melchior.
Nein. Noémie schüttelte entschieden den Kopf.
»In Ordnung. Dann lassen wir das so. Wer weiß? Vielleicht werden Bandagen diesen Sommer der letzte Schrei?«
Das Monokelhämatom war schwächer geworden, und das Schwarz um ihr Auge war einem Karminrot gewichen, was nicht wirklich schöner anzusehen war. Trotz allem spürte Melchior die Ungeduld hinter der momentanen Angst.

23

»Verschieben wir es auf morgen?«

Noémie griff nach seiner Hand, ganz sanft, wie ein Kind, das sich an seinem großen Bruder festhält.

Melchior ließ den in der Psychiatrie wenig üblichen Körperkontakt zu und drückte ihre Hand, um ihr zu verstehen zu geben, dass er nirgendwo hingehen würde.

So sanft, wie es nur eben ging, begann die Krankenschwester, die Bandage von ihrem Kopf zu lösen, und ein vollständig rasierter Schädel kam zum Vorschein. Nach und nach entfernte sie den großen Verband auf Wange und Kiefer, entblößte zuletzt die Stirn. Nur der Gips blieb übrig, der in Form eines T auf dem gerichteten Nasenbein lag.

Je mehr kühle Morgenluft Noémie auf den nach und nach entblößten Bereichen ihrer Haut spürte, desto schneller ging ihre Atmung. Sie führte ihre Hand bis an ihr Gesicht heran, traute sich aber nicht, die Finger daraufzulegen. Bevor sie fühlte, wollte sie sehen, und bevor sie selbst sah, wandte sie ihren Blick zu Melchior. Die Hölle, das sind und bleiben immer die Blicke der anderen, die auf uns gerichtet werden. Die prüfenden Blicke, die Blicke, die uns davon abhalten, etwas zu wagen, die uns bremsen, die uns verletzen, die dazu führen, dass wir uns lieben oder hassen. Aber der Psychologe sah sie nur mit diesem unerträglichen Wohlwollen professioneller Art an.

Sie richtete sich auf ihrem Bett auf, stellte vorsichtig die nackten Füße auf das saubere Linoleum und stand auf. Ein Meter trennte sie vom Spiegel, der an der Wand hing, und je mehr sie sich ihm näherte, desto länger schien der Meter zu werden. Als sie sich endlich im Spiegel erblickte, erkannte sie nichts. Niemanden. Dieses schreckliche Blutauge, das sie schon so oft bei verprügelten Frauen gesehen hatte und das jetzt den Gips überragte, den man sonst auf den Nasen von Boxern sah, die von ihren Gegnern niedergestreckt worden waren; der geschwollene Kiefer, der von drei Platten und zwölf Schrauben zusammengehalten wurde; die halbkreisförmige Narbe auf ihrer Wange, die aussah, als hätte sich ein tollwütiger Hund darüber hergemacht; und die fünfzehn Einschüsse, die über die gesamte rechte Gesichtshälfte verteilt waren, welche jetzt einer Notenrolle für alte Drehorgeln glich. Das alles wäre unerträglich gewesen, wenn es sich um Noémies Spiegelbild gehandelt hätte. Aber das war nicht sie.

Sie zwinkerte mit dem Auge, einmal.

Die Fremde im Spiegel zwinkerte auch.

Sie hatte sich darauf eingestellt, ihr Gesicht zu sehen, ihr entstelltes Gesicht, aber das war nicht mehr ihr Gesicht. Sie identifizierte sich nicht mit diesem anatomischen Modell ohne Haut, das sie anstarrte.

»Ich sehe mein totes Ich an.«

Mit angehaltenem Atem stand sie stocksteif da, ungläubig. Schließlich tastete sie die riesige Narbe mit den Fingern ab. Ein von Nähten durchzogener, geschwollener Halbkreis zog sich von ihrem Ohr über den Wangenknochen, an der Nase entlang, streifte ihre Lippen und zog sich weiter über den Kieferknochen bis zum Halsansatz.

Instinktiv drehte sie den Kopf so, dass sie im Spiegel nur die intakte Seite sah. Eine Träne perlte über ihre Vergangenheit. Dann drehte sie dem Spiegel ihr rechtes Profil zu. Die Frau, die sie kannte, war verschwunden und hatte einem unbekannten und entstellten Monster Platz gemacht. Auf einmal gingen die Wände auseinander, ein Abgrund tat sich auf und sog sie ein. Melchior konnte sie so gerade eben auffangen, bevor sie ohnmächtig zusammensackte.

...

Noémie lag wieder in ihrem Bett, das Laken war absichtlich so weit hochgezogen, dass verborgen blieb, was sie weder akzeptieren noch zeigen wollte, nicht mal einem Arzt wie Melchior. Sie schwieg. Zerstört, verloren, unfähig, der Realität ins Auge zu schauen.

»Ihre Narbe hat die Form einer Mondsichel. In ein paar Jahren wird nur eine feine Linie davon zu sehen sein.«

Das Bettlaken wurde noch etwas höher gezogen.

»Wussten Sie eigentlich, dass sich die Sternenkonstellation des Steinbocks aus fünfzehn ganz besonders leuchtenden Sternen zusammensetzt? Genauso viele Sterne wie in Ihrem Gesicht.«

Noémie schnappte sich das Tablet und tippte aufgebracht: »Hören Sie auf!!!«

Dann ließ sie sich mehr Zeit, um eine Wut auszudrücken, die nichts auf der Welt mehr zurückhalten konnte.

»Sie wollen mich mit Bildern beruhigen! Mein Riesenschmiss gleicht einem Mond. Meine Narben sind Sterne. Ich bin doch keine fünf mehr. Sparen Sie sich das. Ich will das nicht. Gehen Sie zur Hölle mit Ihrer Sternenkonstellation des Steinbocks.«

Melchior lächelte traurig. Da tippte Noémie verlegen: »Entschuldigung.«

»Sie brauchen sich nicht zu entschuldigen. Sie hätten sogar das Recht, den gesamten Planeten zu beschimpfen. Sagen Sie mir eher, was ich für Sie tun kann.«

»Ich will nach Hause. Mich verstecken. Zurück zu meiner Katze. Lassen Sie mich nach Hause gehen. Ich flehe Sie an.«

»Bald, Noémie, bald. Wir dürfen nichts übereilen. Und ich möchte Sie daran erinnern, dass für heute Nachmittag ein Besuch ansteht. Sie sind aber nicht dazu verpflichtet. Sie bestimmen das Tempo. Sie entscheiden. Adriel kann noch warten.«

Noémie zuckte zusammen. Adriel! Das kam überhaupt nicht infrage! Nicht so. Nicht in diesem Zustand. Nicht mit dieser zerfleischten Fresse.

»Ich weiß, dass Sie Angst davor haben, aber Ihr Umfeld wird Ihnen mindestens genauso guttun wie die Sitzungen, die wir miteinander haben. Adriel kann für zwei stark sein, wenn Sie nicht mehr stark sein können. Schauen Sie sich nicht im Spiegel an, sondern schauen Sie sich in seinen Augen an.«

»Und wenn er das nicht aushält?«

»Sollte das passieren, dann werden wir andere finden, die für Sie da sind. Aber ich bitte Sie, ihn nicht vorschnell zu unterschätzen.«

Bevor er das Zimmer verließ, ordnete Melchior den Krankenschwestern an, ihn darüber zu informieren, sobald Besuch im Anmarsch war. Er musste ihn vorab unbedingt auf die Begegnung mit Noémie vorbereiten.

7

Der Zufall wollte es, dass Adriel während eines Schichtwechsels und der Akutversorgung eines Patienten, der an Atemnot litt, eintraf und einen menschenleeren Krankenhausflur durchquerte, bevor er an Noémies Zimmertür klopfte und irgendjemand die Gelegenheit gehabt hätte, ein paar Worte mit ihm auszutauschen und ihn darauf vorzubereiten, was ihn erwartete.

Auf der Wache hatten Chloé und Jonathan, auch ohne dass Adriel was sagen musste, verstanden, dass er sie beim ersten Mal allein sehen wollte.

Leise öffnete er die Tür und erblickte Noémie, die auf dem Bett döste. Von der Türschwelle aus war nur das linke Profil seiner Partnerin zu erkennen, aber als sie sich, durch einen Albtraum aufgeschreckt, umdrehte, zog sich sein Herz zusammen. In genau diesem Moment öffnete sie die Augen, worauf sie ihr Gesicht so schnell und so gut sie konnte versteckte. Die Tatsache, dass sie gegen ihren Willen angesehen wurde, fühlte sich wie eine Vergewaltigung an, ein Angriff, wie ein gewaltvolles Eindringen bis in ihr intimstes Inneres. Wie sollte sie Adriel mit einem Gesicht anschauen, das nicht ihres war, einem Gesicht, das sie niemals akzeptieren würde? Und auch wenn er sich schnell wieder im Griff hatte, Adriels überraschter Gesichtsausdruck und sein kaum merkliches Zurückweichen würden sich für immer in Noémies Gedächtnis einbrennen.

Sie blieb so liegen, mit der Hand, die das halbe Gesicht verbarg, als müsste sie verschämt ihre Blöße bedecken, und sie ließ es geschehen, dass ihr Freund näher kam und sich neben sie setzte.

Mit einer kleinen Geste, die fast einem Streicheln gleichkam, berührte Adriel ihre Hand, womit er sie um Erlaubnis bat, ihre Verletzungen entdecken zu dürfen.

»Unterschätzen Sie ihn nicht«, hatte Melchior gesagt.

Würde Adriel damit fertigwerden? Kostete es ihn möglicher-

weise Überwindung? Er ließ sich diesmal nichts anmerken und
musterte gefasst eine Narbe nach der anderen. Noémie fühlte
Scham in sich aufsteigen, als hätte sie sich diese Wunden selbst
zugefügt. Jede Sekunde, die er sie inspizierte, war ihr unerträglich. Bliebe doch nur die Zeit stehen, und wäre es auf einmal
zehn Jahre später, damit die Narben verblasst und von dem
Unfall nur noch Spuren sichtbar wären, wie von einem vergangenen Krieg, wenn die Einschüsse in den Mauern einer befrei-
ten Stadt im Laufe der Jahre verwitterten. Wenn das Zimmer-
fenster jetzt doch nur weit aufginge und ein Luftzug Adriel in
ein anderes Land beförderte.

Aber das Fenster blieb geschlossen, und die Zeit verging so
zäh wie noch nie. Ihr immer noch verschraubter Kiefer ließ
kaum etwas anderes als ein albernes Gemurmel zu, und sie
traute sich zusätzlich zu ihrem abstoßenden Aussehen nicht,
auch noch ein unverständliches Gestammel von sich zu geben.
Und da Adriel genauso stumm war wie sie, hätte sie alles
darum gegeben, um auf der Stelle zu sterben.

Dann lächelte er. Es war das Lächeln, mit dem er sie während ihrer ersten Begegnung schon rumgekriegt hatte. Es folgte
ein leises: »Ruh dich aus, ich komme nach meinem Dienst
noch mal vorbei.« Und dann hauchte er ihr einen Kuss auf die
Lippen, einen Kuss, der so weich war wie die Haut eines Neu-
geborenen.

»Unterschätzen Sie ihn nicht«, hatte Melchior gesagt,
»Adriel kann für zwei stark sein, wenn Sie nicht mehr stark
sein können.«

...

Adriels Silhouette zeichnete sich im Schein der aufgehenden Sonne im Krankenhausflur ab. Auf halber Strecke zum Fahrstuhl blieb er abrupt stehen. Er lehnte sich an die Wand, holte tief Luft und ließ seine Anstandsmaske fallen, die wie eine bleierne Ritterrüstung auf ihm gelastet hatte. Dann brach er in Tränen aus und begann, mit den Fäusten gegen die Wand zu trommeln. Aus dem Trommeln wurde richtiges Boxen, Faustschlag für Faustschlag, immer kräftiger, ohne auf den Schmerz zu achten und die Haut, die von Mal zu Mal mehr aufplatzte.

Dieses Gesicht. Es tat ihm so leid. Dieses Gesicht. Das würde er nicht schaffen.

Als Melchior seinen Dienst antrat, begegnete er einem jungen Mann, der vor Kummer überwältigt war. Sofort erkannte er Adriel, Noémies Liebsten, der seit dem Unfall im Krankenhausflur herumgeisterte.

Hatte er die Situation akzeptiert?

Oder hatte er nur so getan?

Melchior glaubte so etwas wie ein Verweigern zu spüren. Ein Aufgeben. Eine bevorstehende Flucht.

8

Militärkrankenhaus, Percy.
28. Morgen.

In den letzten vier Wochen hatten Chloé und Jonathan sie einige Male besucht. Jede Menge Zeitschriften hatten sie mitgebracht, Zigaretten und einen Abend – die Krankenschwestern hatten alle Augen zugedrückt – sogar ein Fläschchen Rum, das seine Wirkung gezeigt hatte. Die zwei fanden immer neue plausible Entschuldigungen, um Adriels unangenehme Abwesenheit zu erklären. Komplizierte Ermittlungen. Ein Einsatz in einer der Vorstadthochhaussiedlungen, der vorbereitet werden musste. Ein Spitzel, der neue Instruktionen benötigte. Aber Noémie hatte schon lange verstanden. Wahrscheinlich seit dem Kuss, den er ihr auf die Lippen gehaucht und den sie für Liebe gehalten hatte, bevor ihr klar geworden war, dass es nur ein Abschiedskuss gewesen war.

Der Gips auf der Nase war verschwunden, den rechten Daumen konnte sie wieder bewegen, und nach langen Sprechtherapiesitzungen gelang es ihr jetzt, Worte zu artikulieren, ohne dass sie beim Klang ihrer Stimme lachen musste, verstummte oder sich ihre Augen mit Tränen füllten. Übrig geblieben war nur dieses Schlachtfeld von Gesicht. Unerträglich.

Einen guten Zentimeter waren ihre Haare innerhalb der letzten achtundzwanzig Tage gewachsen, und aus der Skinhead-Glatze war die Chemo-Frisur geworden. Mittlerweile hatte sich herausgestellt, dass der Schuss die Dermis der Kopfhaut stark genug verletzt hatte, um die darin befindlichen genetischen Informationen derart durcheinanderzubringen, dass die Haare machten, was sie wollten. Das Haar über der rechten Schläfe wuchs silbergrau nach. Früher oder später würde sie also eine weiße Haarsträhne haben, die wie ein Pinselstrich ihre rote Mähne unterteilen würde.

Sie packte ihre Tasche fertig, holte noch zwei, drei Sachen aus dem Duschraum und setzte sich aufs Bett, wo sie brav wartete und dabei die Füße wie ein ungeduldiges Kind hin und her schwang. Jede ihrer Bewegungen in dem Zimmer war auf den

Millimeter genau abgestimmt, um den Bereich um den Spiegel herum zu vermeiden. Sie hätte ihn auch einfach abhängen, umdrehen oder kaputt hauen können, aber er stand für die Blicke derjenigen, die sie zukünftig anschauen würden, derjenigen, denen sie begegnen würde, wenn sie einmal draußen war. Draußen würde sie zwar den Kopf senken, das Gesicht abwenden oder sich ein bisschen verstecken können, aber sie würde niemanden darum bitten können, mit nach oben gewandtem Blick an ihr vorbeizugehen, und sie würde auch nicht allen die Augen ausstechen können. Schade. Also musste sie sich besser schon mal daran gewöhnen.

Als Melchior in Noémies Zimmer trat und sie abfahrtsbereit dasitzen sah, zog sich sein Herz zusammen. Denn ...»bereit« traf es nicht so ganz. Noémie hatte keine Vorstellung davon, was auf sie zukommen würde, und für ihn fühlte es sich so an, als würde er ein autistisches Mädchen vor dem Eingang einer öffentlichen Schule allein zurücklassen. Aber Noémie würde wohl niemals richtig bereit sein, und heute war so gut wie jeder andere Tag, um sie aus dem Krankenhaus zu entlassen.

»Ich gebe Ihnen Ihr Tablet zurück«, sagte sie anstelle einer Begrüßung. »Ich brauche es nicht mehr und habe alle Filme darauf gesehen. Nur französische Schwarz-Weiß-Filme. Ich sollte Sie mal ins Kino einladen, seit den 1970er-Jahren hat sich nämlich einiges getan.«

Melchior hatte sich an dieses automatische Reden gewöhnt. Gespött, Beschimpfungen, Banalitäten, als ginge die Patientin all das gar nichts an. Tatsächlich war diese Art zu reden eine reine Schutzfunktion, und das, was sich wie Geplapper anhörte, konnte auch ein tief sitzendes Trauma verbergen.

Auch wenn Noémie so tat, als wäre sie wieder kerngesund,

war sie alles andere als das. Er gab ihr lieber noch einmal mit auf den Weg, wie sie zukünftig damit umgehen sollte, wenn sie anders reagierte als sonst.

»Achten Sie ganz besonders auf sich und versuchen Sie, Ihre Reaktionen zu analysieren. Wenn sie anders reagieren als früher, kann es am Unfall liegen. Dann müssen Sie etwas dagegen tun.«

»Wie soll das aussehen?«

»Das werden Sie schon sehen. Ich lasse die Probleme lieber von allein kommen, als dass ich sie anziehe. Manchmal reicht es schon, nur darüber zu reden, um ein Problem zu erschaffen. Unser Gehirn weiß so gut, wie es uns krank machen kann.«

»Und ich, ich bin *Flic*, und ich mag keine Überraschungen. Seien Sie bitte klar und deutlich, und lassen Sie nichts aus.«

»Wie Sie meinen, Noémie«, kapitulierte der Psychologe. Er massierte sich die Schläfen, während er sich zurechtlegte, womit er bei all den Begleiterscheinungen anfangen sollte.

»Rechnen Sie mit einem gewissen Aggressionspotenzial. Manchmal schon bei Kleinigkeiten. Dann wiederum aber auch mit einer überraschenden Passivität bei schwerwiegenderen Ereignissen. In den gleichen Ausprägungen werden Sie es mit Angstzuständen, Gereiztheit, niedriger Frustrationstoleranzgrenze, aber auch der Unfähigkeit, Freude zuzulassen, zu tun haben.«

»Ich bin zu einer Frau geworden, an der man seine wahre Freude hat. Ich bleibe bestimmt nicht lange Single.«

»Ach ja, das auch. Beißender Humor als Schutzschild«, fuhr Melchior fort. »Das sind Abwehrmechanismen Ihrer Psyche. Ihre Persönlichkeit wird sich bis in die kleinste Zellenstruktur verändern. So, wie Sie Ihr Gesicht nicht wiedererkennen, werden Sie möglicherweise auch von Ihren Reaktionen überrascht sein, die sich anfühlen, als wären sie von einer Fremden. Aber das alles, das wird nur Ihr neues Ich sein, und ein Großteil davon wird die Frau sein, die Sie immer waren.«

»Es fühlt sich an, als hätte mein Leben in diesem Krankenhaus angefangen. Ich weiß nicht mal mehr, wer ich war, bevor ich diese Hackfresse hatte.«

Melchior zuckte bei der kruden Wortwahl zusammen. Der Verlust der Selbstliebe stand ganz oben auf der Liste der postoperativen Reaktionen, aber er ging nicht weiter darauf ein.

»Was Ihre Erinnerungen und Ihr Gedächtnis betrifft … Ihre Todeserfahrung hat sie stark traumatisiert, und Ihr Gehirn hat wie ein guter Soldat reagiert, es hat Sie davon abgeschirmt, Sie in Sicherheit gebracht, es hat versucht, einige belastende Details zu löschen. Aber das, was es vor Ihnen verbergen möchte, ist zu mächtig. Da könnte man genauso gut versuchen, ein wildes Tier in einen Pappkäfig zu sperren. Hin und wieder wird etwas durchkommen. Zwangsgedanken, Flashbacks, die allein schon durch ein Geräusch oder einen Geruch ausgelöst werden können. Vor, während und nach dem Schuss hat eine *mnestische hypercaptation* stattgefunden.«

»Genau das wollte ich auch gerade sagen«, spottete Noémie.

»Entschuldigung. Einfacher gesagt, wir erinnern uns zum Beispiel alle ganz genau, was wir während der Attentate am 11. September gemacht haben. Unser Gedächtnis hat diesen Moment eingefangen und für immer eingeschlossen. Aber es hat auch parasitäre Informationen eingefangen. Der Raum, in dem wir uns aufgehalten haben, die Menschen, die dabei waren, die Kleidung, die wir zu dem Zeitpunkt trugen, die Farbe des Himmels oder der Geruch einer Mahlzeit, die zubereitet wurde.

Diese parasitären Informationen sind es, die wieder unter der Oberfläche auftauchen und den Weg für die traumatische Erinnerung bereiten.«

»Im Großen und Ganzen kann man also sagen, dass ich nichts mehr unter Kontrolle habe, korrekt?«

»Nicht mehr viel, das ist richtig. Und was Ihr Gedächtnis betrifft, besteht die Möglichkeit einer Hypermnesie, das heißt, Sie können sich einerseits an die klitzekleinsten Details eines bestimmten Moments erinnern, aber auch das Gegenteil ist möglich: ein Kodierungsfehler im Kurzzeitgedächtnis, der bewirkt, dass sie die letzten fünf Minuten oder Stunden vergessen.«

»Ich hatte sowieso nicht vor, mich die nächsten Tage unter Leute zu begeben. Mir sagt es ungemein zu, mich in meinem Bett zu verkriechen.«

»Nachts wird es nicht viel einfacher werden«, führte Melchior daraufhin weiter aus. »Sie werden Albträume haben, womöglich werden Sie den Schuss immer wieder erleben, viel zu früh aufwachen oder unter Schlaflosigkeit leiden. Mit etwas Glück sogar all das in einer einzigen Nacht!«, frotzelte er, um die Stimmung aufzulockern. »Aber ich habe Ihnen ein Beruhigungsmittel verschrieben, das Sie sich, wenn Sie gleich gehen, abholen können. Das ist zum Übergang gedacht, gewöhnen Sie sich besser nicht dran, man kann schnell nicht mehr ohne.«

»Und dieses ganze Fachchinesisch steht schon in Ihrem Bericht, ja?«, hakte Noémie besorgt nach.

»Sie denken schon daran, Ihre Arbeit wiederaufzunehmen?«, folgerte Melchior.

»Ich bin nie etwas anderes gewesen als Polizistin. Ich könnte gar nichts anderes machen. Polizistin zu sein, das füllt mein ganzes Leben aus.«

Melchior zog fragend eine Augenbraue hoch, denn es geschah selten, dass er einem Gespräch nicht mehr folgen konnte. Aber Noémie erklärte genauer, was sie damit meinte.

»Nehmen wir einen Dicken. Der ist dick, und man sieht nur das. Er ist dick. Aber ein Dicker in Uniform, das ist ein Polizist. Man sieht dann nur noch das Amt, das er bekleidet. Erinnern Sie sich an den letzten Polizisten, der Ihre Anzeige entgegengenommen hat? Versuchen Sie es erst gar nicht, Sie haben vergessen, wie er aussah. Sie haben nur gesehen, was er darstellt.«

»Und Sie glauben, dass man vergessen wird, wer Sie sind, wenn Sie sich hinter Ihrer kugelsicheren Weste verstecken?«

»Korrekt. Wenn ich mich hinter einem Beruf, einem Dienstgrad, einer Behörde, einer Knarre verstecke, bin ich keine Frau mehr und noch weniger eine entstellte Frau. Ich bin einfach nur Polizistin. Und deswegen bereitet mir Ihr Bericht etwas Sorgen.«

Vor zwei Tagen hatte sich der Psychiater in sein Pariser Appartement zurückgezogen und mit seinem eingeschalteten Computer als einzige Lichtquelle den Namen der Patientin geschrieben. Noémie Chastain. Dann hatte er einen Armagnac getrunken, eine Zigarette geraucht und noch einige Anläufe genommen, bevor er vor einer fast weißen Seite kapituliert hatte.

»Mein Bericht beinhaltet nur die vorgeschriebene dreißigtägige Rekonvaleszenzzeit zu Hause«, improvisierte er. »Wenn ich Sie davon abhalten würde, Ihren Beruf auszuüben, dann würde ich Ihnen damit nur noch weiteren Schaden zufügen. Alles andere klären Sie mit Ihren Vorgesetzten. Dennoch verdonnere ich Sie zu einer Therapiesitzung pro Woche.«

»Mit Ihnen?«

»Sie scherzen wohl. Natürlich mit mir.«

Die Aussicht darauf schien die Polizistin tatsächlich zu beruhigen, was den Doktor ein kleines bisschen stolz machte. »War's das ansonsten? Sind Sie fertig? Ich fühle mich, als wäre ich Rotkäppchen, das von seiner Mama gecoacht wird, bevor es durch den Wald läuft. Eigentlich wollen Sie, dass ich noch ein paar Tage bleibe, stimmt's? Sie sind nicht gerade dabei, sich in mich zu verlieben, Melchior, oder?«

»Guten Gewissens könnte ich Sie nicht noch länger von Ihrer Katze trennen. Da fällt mir ein, Sie haben mir nie gesagt, wie Ihre Katze heißt.«

»Ich habe keine Ahnung«, antwortete sie ehrlich.

9

Noémie blieb in der Eingangshalle des Krankenhauses stehen, die sie wie ein faradayscher Käfig umgab und gegen die Blitze der Welt da draußen schützte. Melchior stand an ihrer Seite. Auf ihrem Koffer klebte noch ein Adressaufkleber mit Vor- und Nachnamen sowie Adresse ihres letzten Urlaubs mit Adriel. Bali, Indonesien, von dort hatte sie auch das geflochtene blaue Armband an ihrem Handgelenk, das sie als Souvenir mitgebracht und vor einigen Tagen schließlich abgemacht hatte.

Eine eigentlich schöne Erinnerung, die durch das Verhalten ihres Lebensgefährten zerstört worden war, weshalb sie jetzt frustriert den Aufkleber abriss. Ein kleiner Fetzen mit einem winzigen, lesbaren Ausschnitt ihrer Identität blieb auf dem Koffer zurück und zerriss ihren Namen in zwei: No.

Noémie war durch einen Schuss in einer schäbigen Vorstadtwohnung gestorben, und No schaute jetzt durch die Glasfront des Krankenhauses hinaus auf die Menschenmenge der Lebenden.

»Wenn Ihnen die Vorstellung, durch die Straßen zu gehen und die Métro zu nehmen, Angst macht, kann ich Sie beruhigen, ich habe Ihnen ein Taxi gerufen«, munterte Melchior sie auf.

Sie zögerte. Zu gehen. Ihn zu umarmen.

»Ich weiß gar nicht, wie ich Ihnen danken soll, für all das, was Sie für mich gemacht haben, Doc.«

»Unsere Arbeit miteinander hat gerade erst richtig angefangen, Soldatin.«

...

Vor ihren Augen zog Paris dahin, turbulent und voller Menschen. Sie fühlte sich wie eine Fremde in dieser Stadt, deren Straßen und Gassen sie doch in- und auswendig kannte. Paris schüchterte sie ein und überwältigte sie, ein Gefühl, wie wenn man aus einem Flughafen hinaustritt und sich eine neue Hauptstadt, ein neues Land vor einem auftut.

Der Chauffeur setzte sie vor einem bescheidenen, vierstöckigen Gebäude in einem ruhigen Viertel ab. Während der Fahrt hatte er nicht einmal einen prüfenden Blick durch den Rückspiegel auf seine Kundin geworfen.

Noémie wusste sein Desinteresse zu schätzen.

Vor dem Eingangsbereich grüßte sie ihre Katze, die schwarz und unbeweglich für immer auf der Mauer unter der Gegensprechanlage verewigt saß, genau da, wo ein Straßenkünstler sie vor zwei Jahren hingesprayt hatte. Keiner der Mieter hatte sich darüber beschwert, und einen Pinsel hatte auch niemand in die Hand genommen, um die Katze unter einer weißen Farbschicht verschwinden zu lassen.

Eine Katze, die keine Haarbüschel auf dem Sofa hinterließ, kein stinkendes Katzenklo brauchte und nicht ständig um Aufmerksamkeit heischend miaute. Die perfekte Katze. Ihre Katze.

Noémie schloss die Wohnungstür hinter sich und fand ihre Wohnung genauso vor, wie sie sie vor achtundzwanzig Tagen zurückgelassen hatte: ein paar achtlos hingeworfene Kleidungsstücke, das Spülbecken halb voll mit Geschirr, ein verkrüppelter, eingegangener Fikus – eine typische Junggesellinnenbude. Allerdings hatte sie vor dem Unfall noch Pläne geschmiedet, ihre Wohnung aufzugeben und mit Adriel zusammenzuziehen.

Ein T-Shirt, das vergessen auf dem ungemachten Bett lag, war alles, was ihr von ihrem Freund geblieben war. Während sie noch überlegte, ob sie es falten oder wegwerfen sollte, klingelte es an der Wohnungstür. Das konnte nur ihre Nachbarin sein, Madame Mersier. Sie klingelte nie einfach nur kurz, sondern ließ ihren knotigen Finger auf dem Klingelknopf liegen, als wäre sie dabei eingeschlafen.

»Wo waren Sie denn die ganze Zeit?«, fragte die alte Frau mit zittriger Stimme.

»Ich habe eine Ladung Schrot mitten in die Fresse bekommen. Ich musste vier Wochen in die Reparaturwerkstatt.« Madame Mersier, die vierundachtzig Jahre zählte und halb erblindet war, spitzte die Ohren.

»Sie haben was?«

»Ich habe gesagt, dass ich im Urlaub war. IM URLAUB!«, schrie Noémie fast, bevor sie ihr die Tür vor der Nase zuschlug.

Als sie wieder allein war, bedauerte sie kurz, dass die Welt

39

nicht gänzlich aus desinteressierten Taxichauffeuren und halb blinden und beinahe tauben Omas bestand.

Sie begann damit, die Wohnung aufzuräumen, nahm aber die Kurve zwischen Wohnzimmer und Bad zu kurz und fand sich Aug in Aug mit einem Standspiegel wieder, der dort auf sie gelauert hatte. Diese Wunden und Nähte. Diese Narben. Und dann diese verdammte Steinbock-Sternenkonstellation. Schlagartig verging ihr die Lust, aufzuräumen und zu putzen.

Sie machte sich ein Bier auf und schluckte eine Beruhigungspille, genau das, wovon Melchior ihr abgeraten hatte. In einer Viertelstunde würde sie eine zweite Pille nehmen und sich dann in eine Decke gewickelt gepflegt auf die Couch fallen lassen, um mit Würde durch den ersten Nachmittag ihres neuen Scheißlebens zu kommen.

10

Büro der Generaldirektion der Kripo.

Das Büro des Polizeidirektors befand sich in der letzten Etage der Bastion, die seit 2017 das neue 36 quai des Orfèvres war, die berühmte ehemalige Adresse der Direktion der Pariser Kriminalpolizei. Der Polizeidirektor ließ den Leiter der vier Einheiten der Drogenfahndung hereinrufen, zu denen Noémie Chastains Mannschaft gehörte und die seit ihrer Verletzung von Adriel geleitet wurde. Auch der Psychiater des polizeipsychologischen Diensts war zu der Besprechung eingeladen worden. Da er jetzt zum ersten Mal die oberste Etage betrat, nahm er sich die Zeit, das Büro des Polizeidirektors in aller Ruhe zu betrachten: Eine Terrasse aus Stahl- und Rohholzkonstruktionen, auf der wetterresistente Ziersträucher verteilt waren, zog sich einmal um das Büro herum. Von hier oben hatte man einen Blick auf die weniger schönen Seiten der Stadt: Beton und Wolkenkratzer, Einheitsgrau und die von Autoabgasen schwere Luft der nur wenige Meter entfernten Ringautobahn.

»Noémie Chastain will ihre Einheit wieder übernehmen«, verkündete der Leiter der Drogenfahndungseinheiten in einem fast schon abschätzigen Ton.

»Ist sie denn schon seit dreißig Tagen aus dem Krankenhaus raus?«, fragte der Polizeidirektor verwundert.

»Nein, siebenundzwanzig. Aber es wird wohl kaum einen Unterschied machen, ob siebenundzwanzig oder zweiundvierzig, es heißt, ihr Anblick sei kaum auszuhalten.«

»Sorgen mache ich mir um was ganz anderes. Ein Hund, der einen Arschtritt verpasst bekommen hat, braucht eine Weile, bis er sich wieder streicheln lässt. Ein Polizist, der einen übel misslungenen Einsatz hinter sich hat, bekommt Zweifel an der Macht seiner Waffe und seiner eigenen Mannschaft. Aber gut, dass Sie ihr Aussehen ansprechen, denn ihr Gesicht, das bekommt nicht sie zu sehen, sondern wir. Es wird alle ständig daran erinnern, dass wir einen gefährlichen Job haben und dass es ein Team gab, das nicht in der Lage war, seine Vorgesetzte zu schützen. Der Anblick ihrer Verletzungen wird Angst und Schuldgefühle hervorrufen, das ist nicht gut. Das ist gar nicht gut.«

»Erfreulicherweise sind wir da also auf einer Linie. Dann sind wir uns einig, dass wir ein kleines, entspanntes Team für sie finden, vielleicht in der Brigade für Wirtschaftskriminalität oder in der administrativen Verwaltung, aber die Drogenfahndung hat sich damit für Chastain erledigt.«

»Und was ist mit der Organisierten Kriminalität?«, schlug der Polizeidirektor vor. »Immerhin war sie sechs Jahre dort im Einsatz.«

»Es geht doch nicht darum, wo sie im Einsatz war. In der O.K. werden die Ihnen auch die Ohren vollheulen. Niemand will sie haben, wir müssen sie loswerden.«

Der Psychiater wendete den Blick von der Terrasse und klinkte sich endlich mit in das Gespräch ein.

»Und wie wollen Sie vorgehen? Sie haben doch wie ich den medizinischen Bericht von Melchior, dem Oberarzt, gesehen?«

»Passen Sie mal auf«, erwiderte der Polizeidirektor genervt, »Sie sind hier der Polizeipsychologe, nicht dieser Melchior, oder? Ihre Einschätzungen werden mindestens genauso viel Gewicht haben wie seine.«

»Er ist immerhin eine Koryphäe in der psychiatrischen Rehabilitation nach wiederherstellungschirurgischen Eingriffen. Ich werde mich hüten, seine Einschätzung infrage zu stellen. Wie steh ich denn sonst da? Wenn er sagt, sie ist bereit, werde ich nicht einfach das Gegenteil behaupten.«

Das Schweigen, das sich in dem Büro ausbreitete, war voller Unmut und Enttäuschung.

»Haben Sie nicht noch ein Hintertürchen?«, wagte sich der Psychiater noch mal vor.

»Kein einziges. Es sei denn, sie verpatzt ihr Wiedereingewöhnungsschießen. Aber wir haben es mit Hauptkommissarin Chastain zu tun. Ich bezweifle, dass auch nur eine einzige ihrer Kugeln das Ziel verfehlt.«

42

»Ganz zu schweigen von den fünfundzwanzig Kilo reines Kokain, das bei dem Dealer Sohan Bizien gefunden wurde. Ordentlich geschnitten und grammweise weiterverkauft, kommen wir auf einen Wert von knapp neun Millionen Euro. Ist Ihnen eigentlich klar, dass wir hier über eine Heldin der französischen Kriminalpolizei sprechen?«

Der Direktor der Bastion knickte ein.

»Wir warten das Ende der angedachten dreißig Tage ab, die ärztliche Eignungsuntersuchung vor der Wiederaufnahme ihres Diensts, und wir stellen sie in den Schießstand. Dann werden wir weitersehen.«

...

Als der Polizeidirektor Noémie noch am gleichen Tag um 18 Uhr anrief, versuchte sie, sich ihre Aufregung nicht anmerken zu lassen.

»Ihr offizieller Dienstbeginn ist zwar in drei Tagen, aber Sie können sich mehr Zeit nehmen, das wissen Sie, ja?«, versuchte ihr Vorgesetzter ein letztes Mal, sie in die Untätigkeit zu locken.

»Nein, ich versichere Ihnen, ich bin bereit.«

Die Gardinen waren zugezogen, und Noémie saß im Schneidersitz auf der Couch. Mittlerweile zierte eine Kurzhaarfrisur ihren Kopf, eine Monatsration fettiger Lieferservice-Verpackungen, voller Aschenbecher und leerer Flaschen war um sie herum verteilt, und im Hintergrund lief der Fernseher mit ausgeschaltetem Ton. Seit einem Monat hatte sich ihre Kleiderauswahl auf drei vom Schlaf zerknitterte und muffige T-Shirts beschränkt. Noémie sah so bereit für das Berufsleben aus wie eine verwahrloste Einsiedlerin, die unter schwerer Depression litt.

»Also, ich bin so was von bereit.«

11

Drei Tage später.

»Ich fang heute doch nur wieder an zu arbeiten«, sagte sie sich, während sie sich noch über der Toilettenschüssel den Mund abwischte, weil ihr Magen wegen der heftigen Anspannung rebelliert hatte.

Von der naiven Hoffnung getrieben, dass Schminke Wunder bewirken könnte, begab sie sich ins Badezimmer. Wie ein Teenager, der vergeblich versuchte, seine Aknespuren mit Make-up zu übertünchen, verpasste sie ihrer kreisförmigen Narbe sowie den Einschussnarben dicke Make-up- und Puder-Schichten, was im Ergebnis eher der verputzten Fassade eines alten Hauses gleichkam als einer gelungenen Schönheitspflege. Mit Wasser und Seife wusch sie sich alles wieder ab.

Sie zog einen schwarzen, knielangen Mantel über eine gerade geschnittene Hose und einen engen nachtblauen Pullover, schnappte sich ihren Rucksack, setzte sich eine Mütze auf und katapultierte sich aus der Wohnung in die Welt hinaus, als würde sie sich mit dem Fallschirm aus einem Flugzeug stürzen.

Unglaubliches Glück hatte sie, weil die ganze Stadt wie leer gefegt war. Von ihrer Straße bis zur Avenue, von der Avenue bis zur U-Bahn, keine Menschenseele. Zwei Millionen Pariser waren ausgeflogen, entführt, verschwunden. Zumindest hatte sie das so für sich beschlossen, als sie die Strecke, in der

Hoffnung darauf, sich unsichtbar zu machen, mit gesenktem Kopf und auf den Boden geheftetem Blick zurücklegte.

Mechanisch schlug sie den gewohnten Weg durch die Gänge der Métro ein, streifte dabei einige anonyme Passanten, rannte aus Versehen einen unflätigen Anzugträger um, stieg in einen Wagen, legte fünf Haltestellen zurück, um dann in Miromesnil umzusteigen, folgte anderen Gängen, kam wieder oben raus, lief weiter, gab den Sicherheitscode ein, warf einen Blick auf ihre Katze, stieg drei Stockwerke hoch und stand vor ihrer Wohnungstür.

Sie unterdrückte aufkommende Panik und rief sich Melchiors Warnungen in Erinnerung. Schusseligkeit, Verwirrtheit und Gedächtnisstörungen. »Das ist alles normal«, versuchte sie, sich selbst zu überzeugen. Mit der Zeit würde alles besser werden. Dann machte sie sich noch mal auf den gleichen Weg, aber diesmal war sie etwas aufmerksamer.

...

Als Noémie vor der Bastion der Kripo stand, war der zu Boden gesenkte Blick keine Option mehr. Sich zu verstecken würde nur eines beweisen, dass sie nämlich nicht bereit war. Sie musste heute so sicher wie noch nie auftreten, aber die Kombination aus feuchten Händen, weichen Knien und einer zusammengeflickten Visage, die sie allen zumutete, machte dieses Vorhaben nicht unbedingt leichter.

Sie grüßte die Empfangsdame, die ihr noch einige Sekunden, nachdem sie an ihr vorbeigegangen war, mit offenem Mund hinterherstarrte, und gelangte zu der doppelten Fahrstuhlreihe. Sie fuhr bis in den vierten Stock, und je höher sie fuhr, desto schneller atmete sie. Es hätte sie nicht gewundert, wenn Murphys Gesetz jetzt noch zugeschlagen und Adriel vor der Fahrstuhltür gestanden hätte, als sie im vierten Stock ausstieg, aber das geschah nicht. Sie lief durch den langen Gang, der zu ihrem Büro führte.

Brutale Morde, blutige Verbrechen und nicht zu vergessen Autopsien von Leichen jeglicher Art: Das war Alltag bei der Kripo, und die Kollegen waren eher nicht so leicht aus der Fassung zu bringen. Dennoch bemerkte Noémie bei allen, die ihren Weg kreuzten und sie herzlich willkommen zurück hießen, dass sie bei ihrem Anblick kurz zusammenzuckten. Zwar immer nur für den Bruchteil einer Sekunde, aber für Noémie, die förmlich auf Reaktionen lauerte, lange genug, um es wahrzunehmen. Es war jedes Mal so, als ob ihr einer sagen würde: »Ich wurde vorgewarnt, aber damit habe ich nicht gerechnet ...«

Sie drückte die Tür, auf der ihr Name stand, auf.

Drogeneinsatzkommando – Chastain

Chloé sprang auf und nahm sie sofort in die Arme. Sie trug den gleichen rosafarbenen Pulli mit dem »Unicorn-Police-Department«-Aufdruck wie an dem Tag des schrecklichen Einsatzes, vielleicht um ihn zu exorzisieren, denn er hatte seitdem zwei Monate unangetastet in den Tiefen ihres Kleiderschranks verbracht. Man hätte die beiden Frauen auch für zwei Schwestern halten können.

»Wie ich mich freue, wie ich mich freue!«, wiederholte Chloé ununterbrochen und untermalte jeden Ausbruch ihrer Freude mit schmatzenden Küssen. »Du hast mir all die Tage so gefehlt.«

Jonathan zog es vor, ihr die Hand zu geben, aber seine zahlreichen Krankenhausbesuche und die offensichtliche Freude,

46

die es ihm bereitete, seine Vorgesetzte endlich wieder auf den Beinen und einsatzbereit zu sehen, sorgten dafür, dass sich die steife Begrüßung wie eine von Herzen kommende Umarmung anfühlte, die auf Gegenseitigkeit beruhte.

Jetzt war Adriel an der Reihe. Er mied ihren Blick und schaute sie schräg von unten herauf an, wie ein Hund, der den Inhalt des Mülleimers in der ganzen Wohnung verteilt hatte. Den anderen hatte Noémie eher ihre linke Gesichtshälfte zugewandt, bei ihm verspürte sie aber das dringende Bedürfnis, ihm den ganzen Schlamassel zu präsentieren, was ihr eine gewisse Genugtuung bereitete.

Nimm das. Mitten in die Fresse. Das, was du nicht anschauen möchtest. Was du nicht erträgst. Was ich heute bin.

Jetzt, wo sie vor dem Mann stand, der sie verlassen hatte, ohne es ihr zu sagen, nur weil aus Noémie No geworden war, musste sie sich entscheiden, wer sie sein würde: Opfer oder Kämpferin.

Noémie hätte akzeptieren können, dass er es einfach nicht konnte. Niemand wird gezwungen, ein Monster zu lieben. Aber sie hatte zumindest verdient, dass er ihr gegenüber ehrlich war und sie nicht qualvolle sechzig Tage lang ignorierte, in der Zeit, in der sie ihn am meisten gebraucht hätte.

Noémie fiel auf, dass ihre Kollegen sich die kugelsicheren Westen übergezogen hatten und die Waffen schon in den Gürtelholstern steckten.

»Wolltet ihr gerade los?«

»Ja«, antwortete Adriel ein bisschen zu schnell. »Wir müssen zu einer Überwachung in die Banlieue mit einer Truppe der 93er Brigade. Aber du wirst im Schießstand erwartet. Zum

Wiedereingewöhnungsschießen. Du übernimmst das Kommando erst morgen wieder. Order des Direktors.«

Er machte Anstalten, das Büro zu verlassen, aber Noémie rührte sich nicht von der Stelle, obwohl sie genau vor der Tür stand.

»Und von dir bekomme ich gar nicht zu hören, dass ich dir gefehlt habe?«

»Doch, doch natürlich«, stammelte Adriel. »Du hast selbstverständlich uns allen gefehlt.«

»Selbstverständlich.«

...

Im Fahrstuhl zum Parkplatz runter stand Adriel mit finsterer und verschlossener Miene da.

»Arschloch«, zischte Chloé ihm zu.

Schweigen. Kabelknirschen.

»Ganz meine Rede«, sagte Jonathan.

...

No, die tapfere, No, die dem Mann, den sie vielleicht noch ein bisschen liebte, übertrieben forsch gegenübergetreten war, blieb allein im Büro der Drogenfahndung zurück, brach in Tränen aus und war dem Weinkrampf, der ihren ganzen Körper schüttelte, hilflos ausgeliefert.

12

Bastion der Kripo.

Schießstand.

»Also«, begann der Schießtrainer, »bitte stell dich auf die Markierung im Schießstand. Mit entladener Waffe. Führ ein 15er Magazin ein und bereite dich auf einen Probeschuss mit fünf Patronen vor.«

Zehn Minuten zuvor hatte sie ihre Sig-Sauer-Dienstwaffe aus dem Futteral geholt und ihre Waffe angeschaut, als handelte es sich um einen Riesenskorpion aus schwarzem Metall, der gleich zustechen würde. Sie unterdrückte das leichte Zittern in ihrer Hand, konzentrierte sich und führte alle weiteren Gesten mit angehaltenem Atem durch.

»Schütze, sind Sie bereit?«

Noémie stand starr mit gezückter Waffe da, zielte auf die papierne Zielscheibe und antwortete nicht.

»Noémie?«

Die Waffe blieb stumm und die Frau dahinter auch. Das Zittern kehrte zurück, diesmal heftiger, und lähmte sie. Der Schießlehrer begriff die Lage sofort und trat auf sie zu.

»Hör zu, Noémie. Nicht bewegen. Ich nehme dir jetzt die Waffe wieder ab.«

Mit der Vorsicht eines Minenräumers legte er seine Hand auf die ihre.

»Entspann deine Finger. So ist gut. Ganz ruhig.«

Nachdem er Noémie von der Waffe befreit hatte, konnte sie endlich ihre Lungen wieder mit Luft füllen. Wortlos entfernte der Schießtrainer das Magazin und sicherte die Waffe, indem er das Patronenlager herausnahm. Während er die automatischen Handgriffe durchführte, hatte er Gelegenheit, über die Situation nachzudenken.

»Ich weiß, was es bedeutet, ein Polizist ohne Waffe zu sein«, begann er. »Man fühlt sich wie kastriert, anders kann ich es nicht beschreiben. Ist mir auch schon mal passiert, nach einer Depression. Aber es ist auch meine Aufgabe, für deine Sicherheit zu sorgen sowie für die deiner Mannschaft.«

»Lässt du mich durchfallen?«, fragte Noémie besorgt.

»Wenn ich das machen würde, müsste ich deine zitternden Hände erwähnen, und dann hätte sich der Außendienst für dich erledigt. Einige Sitzungen mit dem Polizeipsychologen hättest du dann sicherlich auch. Jemand hat auf dich geschossen, und du brauchst einfach nur ein bisschen Zeit. Bis du deine Waffe zurückbekommst. Was du nicht brauchst, ist ein Seelenklempner, der keine Ahnung von unserem Beruf hat.«

Mit hochgezogenen Augenbrauen sah Noémie ihn erwartungsvoll an.

»Du und ich, wir machen jetzt einen Deal. Du kommst morgen wieder und übermorgen und so oft, wie du Zeit brauchst, bis deine Patschehand die Sig wieder gerade hält. Ich werde diese Übung als bestanden werten, aber du versprichst mir, dass du am Schreibtisch bleibst. Kein Außendienst, solange du nicht mindestens fünf Kopfschüsse schaffst, und zwar mit der gleichen Präzision wie dieses Aas, das dir ein neues Gesicht verpasst hat.«

Der Schießtrainer nahm kein Blatt vor den Mund und hatte

ja keine Ahnung, wie sehr er Noémie mit seiner Taktlosigkeit gutgetan hatte. Er hatte weder mit besonderer Rücksichtnahme noch von oben herab mit ihr gesprochen, er hatte mit ihr wie mit einer gewöhnlichen Polizistin in einer besonderen Lage gesprochen. Sie war irgendjemand. Für einen kurzen Moment fühlte sie sich einfach normal.

...

Auf dem Rückweg von seinem Einsatz in der 93er Banlieue machte Adriel einen Umweg über den Schießstand. In vermeintlich lockerem Tonfall erkundigte er sich nach den Ergebnissen der Schießübungen seiner Gruppenleiterin. Der Schießlehrer, für den es selbstverständlich war, dass ein Team zusammenhielt, erkannte die Falle nicht und erzählte ausführlich, wie die Übung verlaufen war.

»Wir haben uns geeinigt. Sie wird dir alles erzählen. Du hast wirklich großes Glück, mit ihr zusammenzuarbeiten.«

»Ja«, stimmte Adriel ihm zu, »wirklich großes Glück.«

13

Noémie verbrachte fast eine Stunde vor dem Badezimmerspiegel, das Gesicht hatte sie nach rechts gedreht, sodass sie nur das Profil sah, dessen Anblick sie ertrug. Sie gaukelte sich eine vergängliche Illusion vor. Egal, auf diese Weise war sie so hübsch ...

Das Handy vibrierte auf dem Küchentisch und riss sie aus

ihren Träumereien. Am anderen Ende der Leitung war der Polizeidirektor.

In einer Stunde hatte sie in seinem Büro zu erscheinen.

Mehr verriet er nicht. Auf dem Weg dorthin rief sich Melchior mit einer SMS kurz und knapp in Erinnerung:»Guten Morgen, Soldatin. Erste gemeinsame Sitzung morgen früh?« Sie antwortete ihm im Fahrstuhl, der sie in die letzte Etage der Bastion beförderte, meldete sich im Sekretariat an und klopfte an die Tür des Chefs.

»Man hat Sie hier sehr gern«, begrüßte er sie und bedeutete ihr mit einer Geste, Platz zu nehmen.

Seine Aussage war rein rhetorischer Natur, und Noémie wartete besorgt auf das, was er eigentlich verkünden wollte.

»Allerdings besteht meine Arbeit nicht darin, meine Mitarbeiter gernzuhaben, sondern sie arbeiten zu lassen«, fuhr er fort. »Offensichtlich sind Sie noch nicht wieder vollständig genesen. Ihr Probeschießen ist offenbar enttäuschend verlaufen. Um nicht zu sagen bedenklich.«

Während er sprach, trommelte er mit den Fingern eine Melodie auf einem Dokument, das mittig auf dem Schreibtisch lag und jetzt Noémies Aufmerksamkeit auf sich zog.

Der Polizeidirektor hatte ihr noch nicht einmal direkt in die Augen geschaut, und sie fragte sich, wie lange er ihrem Blick noch aus dem Weg gehen würde.

»Ich glaube, Ihnen würde noch etwas Ruhe guttun. Auf dem Land.«

Seitdem Noémie ihren Dienst wiederaufgenommen hatte, war er in Sorge gewesen, dass sich ihre Anwesenheit negativ auf die Stimmung der Kollegen auswirken könnte, dass sie ihnen ihre Verletzlichkeit vor Augen halten und ihnen den Mut nehmen würde, so, wie ein Vampir Menschen das Blut aussaugte. Und dieser Bericht, den er heute Morgen erhalten hatte und der jetzt mitten auf seinem Schreibtisch lag, war ein Geschenk des Himmels gewesen.

»Auf dem Land?«, wiederholte Noémie und hob dabei unbeabsichtigt die Stimme. »Sie können mir vielleicht vorübergehend die Waffe wegnehmen, aber Sie können mich nicht vom Dienst entbinden.«

Der Polizeidirektor schien zu spüren, dass er sich auf dünnem Eis bewegte, und lenkte beschwichtigend ein.

»Aber wer spricht denn von solchen Maßnahmen? Kommen Sie. Ich meine eine einfache, aber nützliche Rekonvaleszenz. Kennen Sie Decazeville?«

Sie verspürte das dringende Bedürfnis, ihm sein Decazeville ganz tief in den Schlund zu stopfen, egal, wo sich dieses Scheißkaff befand.

»Ich habe mit der Personalabteilung Rücksprache gehalten, wir benötigen eine Vertrauensperson für eine einmonatige Vor-Ort-Mission.«

»Und was macht man in so einem Monat?«, hakte Noémie nach.

»Man schließt ein Kommissariat. Sie werden keine Ermittlungen führen, Sie werden so wenig Außendienst wie möglich machen, Sie werden sich nicht in Gefahr begeben und Ihre Kollegen noch weniger. Fahren Sie hin, schauen Sie ihnen bei der Arbeit zu, machen Sie eine Bestandsaufnahme über die kriminellen Aktivitäten und teilen Sie uns mit, ob die Dienststelle geschlossen werden soll oder nicht. Das Ministerium hat uns Sparmaßnahmen auferlegt, und da es auch eine Gendarmerie vor Ort gibt, würde das Innenministerium es bevorzugen, wenn diese erhalten bliebe. Haben wir es also mit dem ruhigsten Dorf in ganz Frankreich zu tun oder mit den inkompetentesten Polizisten in ganz Frankreich? Sie werden es uns sagen.«

»Und dann?«

»Dann? Kommen Sie erholt wieder zurück und sind bereit, Ihre Gruppe wieder zu übernehmen.«

Die Lüge ging ihm ohne Skrupel über die Lippen. Er war davon überzeugt, dass es ihm innerhalb eines Monats gelingen würde, genug gegen sie zu intrigieren, um sie in den reinen Verwaltungsdienst abschieben zu können, so weit weg aus seiner Sichtweite wie möglich.

»Und wenn ich mich weigere?«

»Warum sollten Sie das tun? Ich schlage Ihnen eine Lösung für ein Problem vor, das weitere Probleme mit sich bringen könnte. Sie können sich bei Ihrer Gewerkschaft darüber auslassen, das Sandkorn im Getriebe der Bastion werden, den langen Weg eines Prozesses gehen. Das wird Sie alles mindestens ein Jahr kosten, und Sie werden sich viele Feinde machen. Und die, die ihnen wohlgesinnt bleiben, werden sie trotzdem meiden, um nicht in den Ärger mit hineingezogen zu werden. Und jetzt? Ein Jahr Ärger? Oder ein Jahr voller Chlorophyll und Sauerstoff? Was machen wir?«

Noémie stand wutentbrannt auf, riss den Bericht vom Tisch, auf dem ganz unten auf der Seite eine Unterschrift prangte, die sie unter Tausenden von anderen Unterschriften erkannt hätte, die von Adriel, und knallte die Tür des Polizeidirektors hinter sich so laut zu, wie es noch nie zuvor jemand gewagt hatte.

...

Mit jedem Meter, den sie auf ihr Büro zustürmte, steigerte sich ihre Wut. Als sie die Tür aufriss, störte sie sich nicht weiter an der Anwesenheit von Kollegen, die nicht zu ihrer Gruppe gehörten, um ihren Gefühlen freien Lauf zu lassen. Einer der beiden Männer stellte sich ihr vor und reichte ihr dabei freundlich die Hand.

»Salut. Ich bin Kommissar Ronan Scaglia aus dem 93er Bezirk. Wir arbeiten mit deinem ersten Offizier an …«

Noémie unterbrach ihn abrupt.

»Später. Raus mit den 93ern. Gruppenbesprechung.«

Die Anzeichen eines bevorstehenden Anschisses waren auch für die Kollegen aus Seine-Saint-Denis nicht zu übersehen. Es bedurfte keiner zweiten Aufforderung, damit die zwei das Büro verließen und die Angelegenheit intern geklärt werden konnte.

Als Noémie mit ihrer Gruppe allein war, schmetterte sie Adriel den Bericht ins Gesicht. Chloé und Jonathan blickten zu Boden und pressten die Zähne aufeinander; offensichtlich wussten sie Bescheid, und offensichtlich waren sie gegen die Entscheidung, die gefällt worden war.

»Warum?«, schrie Noémie ihn an. »Weil du nicht in der Lage bist, einem Krüppel den Laufpass zu geben? Dann würdest du dich weniger lieben, ja? Oder hast du einfach nur nicht die Eier dazu?«

»Es ist doch nur vorübergehend«, setzte Adriel an.

»Vorübergehend für 'n Arsch. Weißt du, was passieren wird? Sobald ich zurück bin, werd ich schön aufs Abstellgleis geparkt. Du gibst ihnen damit nur genug Zeit, damit sie sich was richtig Solides zurechtlegen können und ich da nicht mehr wegkomme. Verdammt, am liebsten würde ich dir ein paar aufs Maul hauen, Arschloch!«

Daran hatte Adriel keinen Zweifel. Sie tobte so sehr vor Wut, dass er sich auch sicher war, ihr in diesem Augenblick körperlich unterlegen zu sein, wenn es drauf ankäme.

Zum zweiten Mal an diesem Tag knallte sie eine Tür hinter sich ohrenbetäubend laut zu und ließ eine völlig aufgelöste Gruppe zurück. Verlegen versuchte Adriel, die Zügel wieder in die Hand zu nehmen.

»Nun gut, ruft die Jungs vom 93er wieder rein. Und kein Wort über das, was hier gerade los war.«

»Keine Sorge, Chef«, erwiderte Chloé mit geheucheltem Respekt. »Keiner von uns reißt sich darum, mit deiner Feigheit in Verbindung gebracht zu werden. Arschloch.«

14

Die Nacht verbrachte sie damit, immer wieder kurz einzuschlafen, um dann panisch aufzuschrecken. Und sobald sie einnickte, fing ständig der gleiche Traum an. Vor ihr ein langer, auf fast schwindelerregende Weise nach unten führender Tunnel, schwärzer als die Nacht. Sie spürt kräftige Hände, die sie in die Finsternis schieben, sie kann sich nicht dagegen wehren. Unsicher setzt sie einen Fuß vor den anderen, ohne etwas zu sehen. Dann hört sie in der Ferne ein beruhigendes Miauen, und zwar von der gemalten Katze, die zum Leben erwacht.

Deren Pfoten berühren den Boden nicht. Sie schwebt. Ihre bernsteinfarbenen Augen leuchten auf, ein Licht in der Dunkelheit, sie strahlen so kräftig wie zwei Scheinwerfer, die Noémie einen Weg weisen, den einzuschlagen sie sich aber nicht traut.

Sie will zurückweichen, aber die Katze faucht, springt hoch und zerkratzt ihr das Gesicht.

...

Am nächsten Morgen schlüpfte sie in eine weite Hose aus weißem Leinen und zog ein ausgeleiertes T-Shirt über, bevor sie Melchior anrief. Sie setzte sich im Schneidersitz aufs Bett, und während der Computer vor ihr auf dem Bett die Verbindung aufbaute, zog sie sich das Bettlaken über die Beine und griff nach einer dampfenden Tasse Kaffee. Der Therapeut erschien auf dem Bildschirm.

Sie erzählte ihm von ihrem ersten Arbeitstag und ließ keine der Enttäuschungen aus, die sie im Laufe des Tages erlitten hatte.

»Ich kann Ihre Enttäuschung nachvollziehen, aber ich kann darin nichts Negatives sehen. Ihre Kollegen kennen Noémie, aber nicht die No, wie Sie sich heute selbst nennen. Vielleicht wird es Ihnen leichter fallen, Ihr altes Ich wiederzufinden, wenn Sie von Menschen umgeben sind, die Sie nicht kennen? Wenn ich der Anwalt des Teufels wäre, würde ich Ihnen sagen, dass, mehr noch als die Verletzungen, Ihre bloße Anwesenheit Ihren Kollegen die Last aufbürdet, dieses traumatische Ereignis neu durchleben zu müssen, die Konfrontation mit dem Tod, dieser Bruch, den sie nie vergessen werden. Ein bisschen Abstand würde Ihren Kollegen vielleicht guttun. Und Ihnen auch.«

Noémies Gesicht verfinsterte sich, als ihr bewusst wurde, dass ihre Narben von jetzt an allen gehörten. Melchior redete ihr gut zu.

»Seit dem Umfall hat sich etwas in Ihr Leben eingenistet, wie ein blinder Passagier, ein Fremder in Ihrem Haus. Wenn Sie irgendwann akzeptieren, dass dieses Etwas ein Teil von Ihnen ist, dann werden Sie bereit sein, wieder ganz zu sein. Aber das kann eine Weile dauern, Sie befinden sich noch mitten in einer großen seelischen Krise.«

Schließlich erzählte sie ihm von der Katze mit den Scheinwerferaugen.

»Die Figuren, die Sie in Ihren Träumen erschaffen, sind oft nur eine Variante Ihrer selbst. Diese Katze, die versucht, Ihnen den Ausweg aus dem Tunnel zu zeigen, das sind Sie, und Sie versuchen zu fliehen. Freud zufolge stellen Träume die Erfüllung von Wünschen dar. Ich glaube ja, dass Sie unbewusst schon die Entscheidung gefällt haben, diesen Job anzunehmen. In Ihrem tiefsten Inneren findet aber ein Kampf statt. Das nennt man *defusing*. Der deutsche Ausdruck dafür wäre Wiederverbindung. Meiner Ansicht nach eignet sich die Ruhe auf dem Land besser als die Großstadthektik, um sich diesem Kampf zu stellen. Ihr Auftrag ist außerdem ungefährlich, und das beruhigt mich ehrlich gesagt.«

»Die haben ja keine Ahnung, wen sie sich aufhalsen. Ich beschimpfe quasi jeden, dem ich nicht direkt an die Gurgel gehe. Von meinem Vorgesetzten bis hin zu Adriel, alle mussten dran glauben.«

Melchior stellte sich seinen Schützling als Granate kurz vor der Detonation im Büro des Polizeidirektors vor und amüsierte sich köstlich.

»Wenn ein Kind ständig gesagt bekommt, dass es nur Unsinn macht, dann wird es noch mehr Unsinn machen. Wenn ein Kind ständig gesagt bekommt, dass es ein Dummkopf ist, dann wird es ein Dummkopf. Aus dem einfachen Grund, dass wir niemanden enttäuschen wollen. Diese Männer, über die Sie sich aufregen, Ihr Direktor und Adriel, die spiegeln Ihnen Ihr zerstörtes Aussehen, die akzeptieren Sie nicht damit, also schlagen Sie in die gleiche Kerbe, Sie werden vulgär und brutal. Damit bestätigen Sie aber die anderen in ihrem Denken. Sie versuchen, so zerstörerisch zu sein, wie Ihr Gesicht zerstört ist. Um die anderen nicht zu enttäuschen.«

Melchior korrigierte die Position seines Bildschirms, um die Helligkeit anzupassen.

»Würden Sie bitte damit aufhören, sich zu verstecken? Ich sehe nur die Hälfte Ihres Gesichts.«

Beschämt wechselte Noémie von Profil- zu Frontalansicht und kam sich dabei vor, als würde sie sich entblößen.

»Ich würde Ihnen ja gern sagen, dass ich nichts Abstoßendes an Ihnen sehen kann, aber Sie sind noch nicht bereit dafür, so etwas zu hören.«

Auf Noémies Lippen zeichnete sich ein angedeutetes Lächeln ab, das schnell wieder erlosch.

»Und was Ihre Nächte betrifft, wenn Sie ruhiger schlafen möchten, kann ich Ihnen Loxapin verschreiben, aber vielleicht träumen Sie dann nicht mehr. Wir warten noch ein bisschen ab und sehen dann weiter, wenn Sie in … Entschuldigung, wo werden Sie noch mal hingeschickt?«

»Nach Decazeville, im Aveyron.«

»Im Aveyron. Das ist schon krass.«

15

Chloé schloss den Kofferraum ihres Autos, nachdem sie ihn mit zwei Koffern von Noémie beladen hatte, und lehnte sich dagegen. No stand vier Stockwerke höher im Wohnhaus gegenüber und war im Begriff, ihre Wohnung zu verlassen. In einem Monat würde sie zurückkehren, versuchte sie, sich gut zuzureden. Würde sie verändert zurückkommen? Würde sie sich dann besser fühlen?

Mit Lippenstift schmierte sie eine Nachricht auf den Spiegel: »Und? Liebst du dich jetzt?« In dreißig Tagen würde sie darauf antworten. Sie legte den Lippenstift zurück in ihr Schminktäschchen, war aber noch unentschlossen, ob sie es mitnehmen sollte. Schließlich ließ sie es doch offen im Waschbecken stehen. Nachdem sie den Schlüssel zweimal in der Wohnungstür herumgedreht und Letztere mit dem Fallenschloss gesichert hatte, klingelte sie ein gutes Duzend Male bei der Nachbarin, bis die alte Frau sie endlich hörte.

»Guten Tag, Madame Mersier, ich wollte Ihnen nur Bescheid geben, dass ich eine Weile nicht da sein werde. Ich habe Ihnen meine Telefonnummer auf einen Zettel geschrieben, und ich gebe Ihnen die Schlüssel zu meinem Briefkasten und frankierte Umschläge. Ich würde mich sehr freuen, wenn Sie mir meine Post nachschicken könnten. Sobald ich meine Adresse kenne, lasse ich sie Ihnen zukommen.«

»Aber gerne doch, meine kleine Julie«, stimmte die Alte zu.

Viel ließ Noémie wirklich nicht zurück. Gut möglich, dass ihre Post in Norwegen landen würde, aber das Risiko musste sie eingehen, da sie niemand anderen in diesem Haus kannte.

Noémie warf eine weitere große Reisetasche auf die Rückbank und setzte sich neben Chloé.

»Welcher Bahnhof?«

»Austerlitz.«

Noémie warf einen letzten Blick auf die beigefarbene Mauer, auf der wie gewohnt ihre schwarze Katze saß und ihre Abreise verfolgte.

»Mir ist eh klar, dass du mir folgen wirst«, verabschiedete sie sich von ihr.

ZWEITER TEIL

Auf dem Land

16

Bahnhof von Viviez-Decazeville.

Im Aveyron.

Nur zwei weitere Personen stiegen mit ihr aus dem Zug. Sieben Stunden Fahrt mit dem Bummelzug hatte sie hinter sich und tausend Umwege über Ortschaften, von denen sie noch nie gehört hatte. Und an die sie sich sicherlich nie mehr erinnern würde. Bei Namen wie Laroque-Bouillac, Boisse-Penchot und Lacapelle-Marival musste man schon ein sehr gutes Gedächtnis haben oder dort mal mit dem Auto liegen geblieben sein, um sie nicht gleich wieder zu vergessen.

Anstelle von Wohnvierteln mit Wolkenkratzern gab es Wälder und Felder, auf denen vereinzelt Bauernhäuser standen. Anstelle mehrspuriger Alleen wanden sich Straßen durch die Landschaft, welche hie und da in Feldwege mündeten, die zu einsamen Häusern führten. Strohballen, Traktoren und Pferde. Paris hatte sie definitiv hinter sich gelassen. Allerdings mutete der Bahnhof von Viviez-Decazeville nicht so idyllisch an wie die vorherigen Haltestellen.

Sie fand sich ganz allein auf einem in der prallen Sonne gelegenen Bahnhofsparkplatz wieder. Vor ihr ein menschenleeres Restaurant mit dem subtilen Namen »Zum Bahnhof«. Hinter ihr kränklich aussehende Hügel mit zerrupften Grünflächen, die von über hundert Jahren Schwermetallbelastung durch

Zinkabbau zeugten. Am Fuß der Hügel zogen sich über mehrere Hundert Meter Lagerhallen aus grauem Wellblech hin. Nicht weit davon entfernt breitete sich auf rund tausend Quadratmetern Fläche eine stillgelegte Fabrik mit einem Labyrinth aus verrosteten Metallröhren und einem Geflecht alter Förderbänder aus, die seit den 1960er-Jahren stillstanden.

Auf einmal erklang eine recht angenehme Stimme hinter ihr. »Man sollte sich nicht vom ersten Eindruck abschrecken lassen, Capitaine.«

Noémie drehte sich um, und der junge Dorfpolizist, der geschickt worden war, um seine neue Vorgesetzte abzuholen, erblickte nun seinerseits zum ersten Mal ihr Gesicht.

»Genau das Gleiche wollte ich Ihnen auch gerade sagen«, erwiderte sie.

Es wäre gelogen, wenn sie behaupten würde, dass er nicht zurückgeschreckt wäre. Er machte aber weiter kein Aufhebens daraus und redete einfach weiter.

»Ich wollte damit nur sagen, dass die Region viel Schönes zu bieten hat, wenn man sie ein bisschen kennt. Es reicht eigentlich schon, wenn sie diesen Bahnhof verlassen. Der könnte sogar mich depressiv machen.«

Dann reichte er ihr die Hand.

»Lieutenant Romain Valant.«

»Capitaine Noémie Chastain.«

Er war höchstens fünfunddreißig Jahre alt, schaute sie aus einem freundlichen jungenhaften Gesicht an, das von einem zerzausten blonden Haarschopf gekrönt war und dem die gute Laune wohl mit in die Wiege gelegt worden war, so grinste er sie zumindest an.

»Ich habe einen Onkel, der in der Grube von Aubin in einem

Verbindungsgraben Opfer einer Schlagwetterexplosion wurde. Der war damals noch keine zwanzig. Im Vergleich zu ihm beeindrucken Sie mich damit nicht.«

»Dann sollten Sie jetzt noch mal einen richtigen Blick drauf werfen, um ihre Neugier zu befriedigen, damit wir mit dem Wesentlichen fortfahren können.«

Noémie war sich ihrer etwas trockenen Art bewusst, und es tat ihr jetzt schon leid, dass sie ihm bei ihrem ersten Aufeinandertreffen so kühl begegnete, aber offensichtlich bedurfte es weitaus mehr, um der immerwährenden Fröhlichkeit des Lieutenant Valant Abbruch zu tun. Unerwartet freimütig erwiderte er darauf:

»Gut, wenn Sie das schon vorschlagen, mache ich das gern.«

Als der Unbekannte daraufhin jede einzelne ihrer Narben genau inspizierte und dabei lächelte, als wäre es das Normalste von der Welt, wurde Noémie dann doch unbehaglich zumute.

»Also, ich kann mich nur wiederholen, bei meinem Onkel war das schon eine andere Hausnummer.«

Als wäre nichts weiter gewesen, ging er zur Tagesordnung über.

»Ich bringe Sie zu Ihrem Haus. Es liegt neun Kilometer von hier entfernt, in dem Dorf Avalone. Ich denke, dass Sie sich dort wohlfühlen werden. Avalone ist schön. Warten Sie, ich kümmere mich um Ihr Gepäck.«

Valant verstaute Noémies Gepäck neben einem Maxi-Cosi-Kindersitz auf der Rückbank seines Minivans. Sichtlich bemüht, seine Aufgeregtheit zu unterdrücken, glich er einem pfeifenden Wasserkessel. Mit nur einer Frage gab Noémie ihm die Gelegenheit, seinen Druck loszuwerden.

»Verschaffen Sie mir einen Überblick? Ich hatte vor meiner Fahrt hierher kaum Zeit, mich mit allem vertraut zu machen.«

Das musste sie ihm nicht zweimal sagen.

»Also, das wird erst mal eine Umstellung für Sie. Das Einzugsgebiet des Kommissariats von Decazeville besteht aus den fünf Kommunen Aubin, Cransac, Firmi, Viviez und Avalone, wo Sie auch wohnen werden. Es ist in etwa so groß wie Paris, hat aber nur knapp fünfzehntausend Einwohner, im Vergleich zu Ihren zwei Millionen Einwohnern. Man kann also sagen, wir haben jede Menge Platz. Im Jahr werden etwa hundert Personen in Gewahrsam gebracht. Zum Vergleich: In der kleinsten Gemeinde des 93er-Problem-Départements werden über tausendfünfhundert Personen pro Jahr verhaftet. Man kann also sagen, wir haben viel Zeit. Und achtundvierzig Polizeibeamte, um dem Ganzen Herr zu werden. Man kann also auch sagen, dass wir ziemlich viele sind. Der letzte Mord geschah vor fünf Jahren. Ja, das wird eine ganz schöne Umstellung für Sie.«

Ohne es zu wollen, hatte Valant die Zweifel des Ministeriums an der Notwendigkeit dieses Kommissariats bestätigt. Und die rührende Arglosigkeit, mit der er soeben einen Großteil dessen ausgeplaudert hatte, was Noémie in Erfahrung bringen sollte, bestätigte ihr wiederum, dass niemand hier über ihren Auftrag Bescheid wusste. Missvergnügt stellte sie fest, dass sie die nächsten Wochen damit verbringen würde, alle Menschen um sie herum anzulügen. Sie musste zusehen, dass sie niemanden zu nah an sich heranließ.

»Und was ist mit der Belegschaft?«, hakte sie nach.

»Wir haben keinen Kommissar, sondern einen Brigadekommandeur, der die Gendarmerie leitet. Mit ihm, mir und Ihnen sind wir zu dritt. Aber einen Vorgesetzten mit Ihrer Karriere, sechs Jahre bei der Organisierten Kriminalität und acht Jahre bei der Drogenfahndung, das hatten wir noch nie. Ich muss gestehen, dass wir ganz schön stolz darauf sind, Sie jetzt in unserem Kommissariat zu haben. Wir dachten schon, wir würden auf der Abschussliste stehen, und da schickt man uns eine neue Kollegin, und nicht mal irgendeine. Das ist ein gutes Zeichen und beruhigt uns alle sehr.«

»Sie scheinen ja gut über mich Bescheid zu wissen«, bemerkte Noémie, der immer unbehaglicher zumute wurde.

»Richtig. Über Ihr Gesicht wusste ich auch Bescheid, das hat in unseren Kreisen hohe Wellen geschlagen. Aber wie ich Ihnen bereits sagte ...«

»Ja, ja, ich weiß, Ihr Onkel, das Bergwerk, die Explosion«, unterbrach sie ihn.

Valant prustete los und lachte hemmungslos – vor allem über sich selbst. Da hätte sie sich einmal gewünscht, auf einen Widerling zu treffen ...

Sie fuhren von der Bundesstraße ab und schlängelten sich auf schmaleren, mit Eichen gesäumten Straßen durch die Landschaft hinauf, bis sie ganz oben am Ortseingang von Avalone angelangt waren. Mit einem einzigen Blick erfasste Noémie die Ortschaft.

Vor ihnen lag ein ruhiger See, dessen Ufer von Häuserblöcken gesäumt war; die Gebäude waren mit moosbewachsenen Mäuerchen voneinander getrennt und hatten alle einen Gemüse- oder Obstgarten. Entlang der Häuser führte eine Hauptstraße, die beim Rathaus begann und ein paar Hundert Meter weiter an der Kirche endete. Eine saubere Trennung zwischen Kirche und Staat.

»Und? Wie finden Sie's?«, fragte Valant stolz.

Noémie, die immer schon mit Leib und Seele Großstädterin gewesen war, hätte sich niemals träumen lassen, dass sie einmal in einer Postkartenidylle leben würde. Etwas in ihrem Bauch löste sich langsam auf, wie ein Knoten, der aufging, eine Last, die ihr genommen wurde. Ein Knoten von vielen Tausenden, die noch darauf warteten, entknotet zu werden, aber es war immerhin ein Anfang.

Sie wollte lächeln, aber ihr Gesicht blieb ausdruckslos.

Der Minivan rollte langsam den Abhang hinunter, überquerte die Hauptstraße und den Hauptplatz und bog dann in einen gut ausgebauten Feldweg, der quer durch einen Kastanienwald führte. Am Ende des Wegs erschien nach einer engen Kurve ein Haus aus Stein und Holz mit einer großen Glasfront mit Blick auf den Garten, an dessen Ende sich ein Steg befand, der mit seinen vier Füßen in besagtem See stand. Der lang gezogene See war mit seiner glatten Oberfläche von einem schmalen Uferstreifen mit Kieselsteinen und braunem Sand gesäumt und vermittelte das Gefühl von Ruhe und wilder Natur.

Ein wunderschönes Fleckchen Erde. Und welch unerwarteter Luxus, sie hatte sogar ein Stückchen See ganz für sich allein. Wieder ein Knoten weniger in Noémies Bauch.

»Wie ich bereits erwähnte, wenn es Ihnen nicht behagt, gibt es auch ein Gästezimmer neben der Kirche.«

»Was ist mit der Miete?«, fragte Noémie, die sich in Paris nie mehr als eine Fünfzig-Quadratmeter-Wohnung hatte leisten können.

»Das können Sie dann mit dem Eigentümer klären. Mit meinem Vater. Aber das eilt nicht.«

»Sagen Sie mal, Valant, wie viele solcher Häuser hat Ihr Vater denn?«

Er fuhr sich mit der Hand durch das verstrubbelte Haar und wirkte zum ersten Mal etwas unangenehm berührt.

»Pierre Valant ist der größte landwirtschaftliche Unternehmer der Region. Er ist auch der Bürgermeister von Avalone. Er besitzt also ziemlich viele Ländereien. Wenn man Valant sagt, dann denkt man dabei eher an meinen Vater. Es wäre also besser, wenn Sie mich mit meinem Vornamen Romain ansprechen, ansonsten besteht die Gefahr, dass ich mich nicht angesprochen fühle, wenn Sie mich rufen.«

»Gut, dann danken Sie ihm bitte von mir.«

»Das überlasse ich Ihnen lieber selbst.«

Noémie spürte eine tief sitzende Feindseligkeit zwischen Vater und Sohn, ein Eindruck, den sie in die Abteilung »Ermittlerin« ihres Gehirns packte. Eine wie auch immer geartete Schwachstelle kann sich für jemanden, der intrigiert, immer als nützlich erweisen. Im gleichen Augenblick schämte sie sich angesichts dieses liebenswürdigen jungen Polizisten für ihre Gedanken.

»Wenn ich mir Ihr Gepäck so ansehe, haben Sie nicht viel mitgenommen. Kommen Sie, lassen Sie uns ins Haus gehen und lüften, ich zeige Ihnen, wo Sie Bettwäsche und Handtücher finden und auch das WLAN-Passwort fürs Internet und wie Sie den Heizungskessel anschalten. Der ziert sich manchmal etwas, funktioniert aber. Dann lass ich Sie allein, damit Sie erst mal in Ruhe ankommen und sich einrichten können.«

»Das Kommissariat zeigen Sie mir nicht mehr?«, fragte Noémie erstaunt.

»Ein neues Haus, ein neuer Ort, eine neue Dienststelle und

neue Kollegen, Sie wollen wirklich alles auf einmal? Wissen Sie, Sie sollten lernen, hier einen Gang runterzuschalten. Sonderbar, wie schwer es Menschen aus Paris immer fällt, etwas Tempo rauszunehmen.«

Noémie betrachtete den See, bevor sie einen Blick durch die Glasfront in das große Wohnzimmer warf, in dem genauso viele Möbel mit weißen Laken bezogen waren, wie sie kleine Geister in sich hatte, die sie vertreiben musste.

»Hinter dem Haus befindet sich die Garage, die Schlüssel stecken. Auch das klären Sie dann mit meinem Vater. Ich habe außerdem ein paar Vorräte für Sie eingekauft. Damit Sie fürs Erste nicht verhungern müssen. Ich habe alles in die Küchenschränke geräumt. Morgen um neun Uhr hole ich Sie ab, um Ihnen den Weg zum Kommissariat von Decazeville zu zeigen.«

»Sieben Uhr, wenn es Ihnen nichts ausmacht. Ich will mir erst alle Polizei- und das Zwischenfallregister anschauen und mir einen genauen Überblick verschaffen, bevor ich die neue Mannschaft kennenlerne.«

Die würde nicht so schnell das Tempo rausnehmen, stellte Romain fest und organisierte schon mal in Gedanken den morgigen Tag. Sein Kind, die Schule, die Arbeit.

...

Noémie rührte ihr Gepäck nicht an und setzte sich auf den Steg, wo sie ihre Füße ins Wasser baumeln und dabei den Blick lange übers Wasser schweifen ließ, bis sie von der hereinbrechenden Nacht überrascht wurde. Sie zog einen Pullover aus ihrer Tasche und pfefferte ihre restlichen Sachen in den Schlafzimmerschrank. Das große Bett stand auf einem unebenen

Holzdielenboden vor einem Fenster mit Sicht auf den Wald und rief ganz laut nach ihr. Mit einer Hand testete sie die Matratze, dann legte sie sich hin, dachte übers Abendessen und dies und jenes nach und schlief auf der Decke ein.

Gegen Mitternacht wurde sie vom markerschütternden Schmerzensschrei eines Tieres wach. Noémie lauschte in die Nacht, hörte aber nichts mehr. Sie schlüpfte unter die Decke und wälzte sich, ohne Schlaf zu finden, bis zum Sonnenaufgang hin und her. Und sie hatte so sehr gehofft, ihre schlaflosen Nächte in Paris lassen zu können, aber sie waren ihr treu gefolgt.

17

Nachdem Noémie um sechs Uhr morgens schon zwei Tassen Kaffee getrunken hatte, umrundete sie das Haus, um sich zur Garage zu begeben. Besagte Garage war eigentlich eine offene, mit Efeu überwucherte Holzhütte. Sie ging hinein und wischte ein großes Spinnennetz weg, um an den Lichtschalter zu kommen. Die verstaubte Glühbirne warf nur ein schwaches Licht in den Raum, unter einer Abdeckplane war die undeutliche Silhouette eines Autos zu erkennen. Sie zog daran und erblickte einen Land Rover Geländewagen mit verdreckten Reifen, der aber gut in Schuss zu sein schein. Die Art von Ungetüm, mit denen Holzfäller unterwegs sind und für die man in der Stadt garantiert keinen Parkplatz findet.

Die Schlüssel steckten tatsächlich im Zündschloss, und der Motor sprang an, als hätte er nur auf sie gewartet. Sie schaltete die Scheibenwischer, dann die Scheinwerfer ein, die die Hütte in grelles Licht tauchten. Durch die Vorderscheibe konnte sie auf einem Metallregal einen mit Spielsachen vollgestopften Karton ausmachen, an den ein silberner Sheriffstern gepinnt war. Sie stieg aus dem Auto, um sich das genauer anzusehen. Darin befanden sich ein paar Plastiksoldaten, eine Reihe alter Rennwagen und unter dem ganzen Durcheinander ein Schwarz-Weiß-Foto, das in einem Holzrahmen steckte. Auf dem Foto war ein Mann um die vierzig zu sehen, der auf einem Baumstamm saß und ein Jagdgewehr umgehängt hatte, neben ihm grinste ein Junge in die Kamera, die Fäuste in die Hüften gestemmt, an seinem Hemd der silberne Sheriffstern, er wirkte stolz neben dem Mann, der sein Vater zu sein schien. Trotz seiner kindlichen Gesichtszüge war Noémie sich absolut sicher, dass Romain sie gerade angrinste. Es war ihr etwas unangenehm, dass sie in der Privatsphäre ihres neuen Offiziers herumgeschnüffelt hatte, und sie legte alles zurück in den Karton, den sie wieder ins Regal stellte.

Romain holte sie pünktlich wie die Polizei ab, das heißt zehn Minuten vor der verabredeten Zeit. Er parkte seinen Wagen und erblickte seine neue Kommandantin, die sich im Wohnzimmer zu schaffen machte und das Haus jetzt vollends zum Leben erweckte. Höflich klopfte er an der großen Glasscheibe, die halb offen stand.

»Na? Wie war Ihr erster Abend auf dem Land? Hat die Stille Sie nicht zu sehr gestört? Haben Sie gut geschlafen?«

Noémie hatte das letzte Schutzlaken abgezogen und warf es auf das alte braune Ledersofa.

»Diese Frage sollten Sie mir besser nicht stellen. Zumindest nicht zurzeit. Ich schlafe wie ein Gauner auf der Flucht.«

Ohne innezuhalten, schnappte sie sich die Schlüssel des Geländewagens und zog sich mit einer fließenden Bewegung den Mantel über. Sie konnte es kaum erwarten, diesen Tag endlich beginnen zu lassen, die Frau zu vergessen, die sie nicht sein wollte, und endlich wieder Polizistin zu sein. Mit dem Licht der aufgehenden Sonne leuchtete Noémies roter Haarschopf kupferfarben auf, und Romain fiel zum ersten Mal die silbrige Strähne über ihrer rechten Schläfe auf.

»Wir werden einen Umweg über Firmi machen, wenn es Ihnen recht ist«, kündigte er an.

Noémie entfuhr ein entnervter Seufzer.

»Ich sehe, dass Sie sehr bemüht sind, und ich weiß das wirklich zu würdigen, aber mir wird noch genug Zeit bleiben, unsere sechs Gemeinden zu besichtigen. Alles, was ich jetzt will, ist, meinen Dienst antreten.«

»Das habe ich schon verstanden«, sagte Romain und grinste.

»Und wenn ich noch einen Toten im Angebot hätte? Wie sähe Ihre Motivation dann aus?«

»Wenn Sie mir so kommen, kann ich natürlich nicht Nein sagen.«

...

Ein Polizeiwagen war schon vor Ort und parkte vor einem schäbigen Haus, das hoch gebaut mit leichter Schieflage wie ein krummer Nagel aus einem Hügel hervorragte. Das Haus war in einen ehemaligen dreistöckigen Taubenschlag gebaut und so schmal, dass alle Räume, Diele, Wohnzimmer, Küche und Schlafzimmer, wie Elemente eines Bausatzkastens übereinandergestapelt wirkten.

Romain schlug mit der flachen Hand auf die Motorhaube

des Autos, weckte einen der Polizisten und ließ den zweiten aufschrecken, der über sein Handy gebeugt dagesessen hatte.

»Capitaine Chastain, ich stelle Ihnen den Brigadier Bousquet vor, einen Überläufer der Drogenfahndung aus Marseille, der seinen Dienst seit sechs Jahren hier bestreitet.«

Besagter Kollege war noch nicht richtig wach und bestätigte mit laschem Händedruck den ersten Eindruck, den er mit seiner Leibesfülle und Haltung machte.

»Und hier haben wir den Gardien de la paix Solignac, ein Einheimischer, wie er im Buche steht, in Decazeville geboren und aufgewachsen. Er kennt so gut wie jede Familie in unseren Gemeinden. Wenn wir unter uns sind, nennen wir ihn Milk.«

»Erfreut, Sie kennenzulernen, Capitaine. Herzlich willkommen.«

Würde seine Waffe nicht sichtbar an seinem Gürtel hängen, niemals hätte man Solignac für einen Polizisten gehalten, geschweige denn für einen volljährigen Polizisten. Eigentlich sah er aus, als hätte seine Mutter ihn gerade erst abgestillt, weshalb der Spitzname »Milk« perfekt zu ihm passte.

»Zusammen mit mir steht Ihre Mannschaft jetzt vollständig vor Ihnen«, fuhr Valant fort.

Der Lieutenant hatte sie am Vortag gewarnt. Vor ihrer strengen Art, aber auch vor ihrem Gesicht. Sie hielten sich heute exakt an die Anweisungen, es war sogar ein bisschen zu viel des Guten. Bousquet starrte ihr, aus Angst, eine falsche Stelle zu erwischen und mit dem Blick daran hängen zu bleiben, unentwegt gerade in die Augen, während Milk seine Schuhspitzen inspizierte, als wären diese ihm heute zum ersten Mal aufgefallen. Eine eher mittelmäßige schauspielerische Leistung, aber sie wusste die Bemühungen der beiden zu schätzen.

76

»Wir gehen rein«, ordnete Noémie an. »Haben Sie Handschuhe?«

»Das wird wohl kaum nötig sein, Milk und ich haben den Mörder schon gefunden. Es war ein Kurzschluss«, plusterte Bousquet sich auf.

Noémie ließ sich vom Gestank und den ersten Fliegen nicht beirren, kniete sich vor die Wendeltreppe, die sich über die drei Etagen erstreckte, und inspizierte gründlich den Leichnam. Das Kinn lag auf der linken Schulter, der Mund stand halb offen, getrockneter gelblicher Schaum umrandete seine Lippen. Seine Hände hielten den Schalter für den Rollstuhltreppenlift, der zwischen zwei Etagen stecken geblieben war, fest umklammert. Der mittlerweile glasige Blick des fast hundertjährigen Opfers war auf das Telefon gerichtet, das nur zwei Meter weiter weg auf einem Tischchen neben der Eingangstür stand. Auf seinem Gesicht konnte man noch einen Rest Angst und Frustration erkennen.

Wie sehr man sich doch nutzlos fühlen musste, sowohl physisch als auch psychisch, wenn einem bewusst wurde, dass man durch so unglückliche Umstände sterben würde. Noémie stellte sich vor, wie er tage- und nächtelang gewartet hatte, allein, in der Hoffnung, jemand würde ihn besuchen. Der Postbote war zwar gekommen, aber da war es bereits zu spät gewesen, und er, der an diese Art von makabren Entdeckungen schon fast gewohnt war, hatte das Kommissariat benachrichtigt.

Der Rest der Mannschaft stand hinter ihr und beobachtete neugierig die neue Chefin bei der Arbeit. Bousquet wiederholte seine Schlussfolgerungen schließlich noch einmal.

»Das waren bestimmt die Sicherungen, die einen Kurz-schluss verursacht haben. Strom weg, zack, stecken geblieben. Sollen wir die Feuerwehr rufen?«

»Ja, unter anderem. Gibt es Nachbarn, die hätten sehen können, wie sich hier jemand herumtreibt?«

»Erst in etwa fünf Kilometer Entfernung. Die Familie Crozes«, informierte Milk sie. »Denen gehört die Bäckerei in Firmi.«

»Gut, dann laden Sie die Crozes heute Nachmittag bitte zur Vernehmung vor. Die Spurensicherung soll kommen, um Fin-gerabdrücke vom Sicherungskasten und dem Motor des Trep-penlifts zu machen. Notieren Sie sich die Seriennummer, um den Hersteller zu kontaktieren, der einen Gutachter vorbei-schicken soll. Setzen Sie sich mit einem Familienmitglied in Verbindung, das herkommen und feststellen soll, ob etwas im Haus fehlt. Ich werde noch draußen nach Einbruchsspuren Ausschau halten, und dann versiegeln wir die Hütte.«

Milk und Bousquet warfen sich angesichts des bevorstehen-den Batzens Arbeit, die in ihren Augen völlig überflüssig war, überraschte Blicke zu, um sich dann zu Lieutenant Valant umzudrehen, denn die Gewohnheitstiere, die sie waren, hat-ten noch nicht ganz verinnerlicht, wer jetzt das Sagen hatte. Romain bestätigte die Anordnungen mit einem bedauernden Kopfnicken. Als er mit seiner Vorgesetzten allein war, ver-suchte er dennoch, sie ein wenig zu bremsen.

»Also, wissen Sie, es handelt sich bestimmt nur um einen Unfall, Capitaine.«

»Das ist mir schon klar, dass das ein Unfall war. Glauben Sie, dass ich überall nur Mordfälle sehe? Ich veranlasse nur das absolute Minimum und erspare uns Scherereien, mehr nicht.«

Sie inspizierte nacheinander die Fenster, ging hinters Haus, wo sie nach Fußspuren in der lockeren Erde suchte, umrundete vollständig das Haus und fand sich auf einmal einen Meter von Bousquet entfernt wieder, der ihr den Rücken zuwandte und mit dem Handy am Ohr zu Milk blickte, der auf der Motorhaube des Autos saß. Während er offensichtlich darauf wartete, dass am anderen Ende der Leitung jemand dranging, legte Bousquet die Hand übers Mikrofon und tönte:

»Alter, hast du ihre Fresse gesehen? Bei dem Anblick flennt doch jedes Kind sofort los. Die könnte man mir nackt auf den Bauch binden, für nichts in der Welt würde ich die vögeln.«

Er wollte gerade losprusten, da sah er, wie sein junger Kollege auf einmal die Augen aufriss, und ihm blieb das Lachen im Hals stecken. Bousquet drehte sich um und wäre am liebsten im Boden versunken, als er Noémie vor sich stehen sah. Sie würdigte seine Worte nicht einmal mit Wut. Nur einen Hauch Verachtung ließ sie ihn spüren.

»Sie warten zusammen mit Milk auf die Feuerwehr und die Spurensicherung. Wir treffen uns auf der Wache.«

Die beiden Männer nahmen mit einem »Jawohl, Capitaine« reumütig Haltung vor ihr ein.

Mit zusammengebissenen Zähnen kletterte Noémie in den Minivan und ließ sich auf den Beifahrersitz fallen. Den Kloß im Hals hatte sie schnell wieder im Griff. Was machte es schon für einen Unterschied, ob sie es nur wusste oder auch hörte. Bousquet hatte nur laut ausgesprochen, was alle dachten. Damit musste sie sich abfinden. Romain setzte sich zu ihr ins Auto, fuhr aber nicht los.

»Capitaine?«

»Ja?«

»Sie sitzen in meinem Auto. Ihr Geländewagen steht dahinter.«

Sie sah den imposanten Land Rover im Rückspiegel.

Und wenn ihr Chef in Paris recht hatte? Und sie noch nicht bereit war ...?

...

Genau vierundzwanzig Stunden nachdem sie am Bahnhof angekommen war und zum ersten Mal einen Schritt in den Aveyron gesetzt hatte, bekam Noémie endlich das Kommissariat von Decazeville zu sehen. Es handelte sich um ein einstöckiges rotes Backsteinhaus, in das man über eine kleine Treppe mit drei Stufen gelangte. Ein friedlicher Ort, der nur durch die Pausenzeiten der benachbarten Schule gestört wurde. Die umliegenden Einrichtungen waren jedoch unübersehbare Zeichen, dass das Dorf sich im Dornröschenschlaf befand. Links vom Kommissariat war ein verlassenes Hotel mit verbarrikadierten Fenstern zu sehen, dessen Überreste aber von einer ruhmreichen Vergangenheit zeugten. Rechts befand sich ein Kino, dessen Glastüren mit Zeitungen überklebt waren und das die Spielzeiten für den Film der Woche *Lethal Weapon – Zwei stahlharte Profis 2* ankündigte; nicht mal eine Autopsie hätte genauere Rückschlüsse auf die Schließung des Kinos ermitteln können. Romain nahm Noémies Enttäuschung wahr.

»Ich weiß, was Sie sagen wollen. Aber das Gegenteil ist der Fall. Unsere Gemeinden sind nicht dabei auszusterben, sie wachen aus ihrem Dornröschenschlaf auf. Es braucht dafür nur etwas Zeit. Im Tal sind jede Menge Projekte im Gang, aber das könnte mein Vater Ihnen viel besser erklären als ich.«

»Weil?«

»Weil er der Bürgermeister von Avalone ist«, erklärte Romain ihr zum zweiten Mal.

»Ach ja, entschuldigen Sie, das hatte ich nicht mehr auf dem Schirm.«

»Konzentrier dich, Noémie, konzentrier dich!«, beschwor sie sich, als sie die Treppe ins einzige Stockwerk des Kommissariats hinaufstieg.

Lieutenant Valant klopfte an die Tür des Commandant, um den Neuankömmling vorzustellen. Er selbst blieb auf der Türschwelle stehen, und Noémie fand ihren Vorgesetzten am Fenster stehend vor, mit in die Ferne gerichtetem Blick. Er machte sich nicht einmal die Mühe, sich zu ihr umzudrehen. Vielleicht, weil er sich wichtigmachen wollte, vielleicht aber auch einfach nur, um ihr zu zeigen, dass eine Polizeibeamtin aus Paris ihn nicht weiter beeindruckte. Er fuhr mit einem Gespräch fort, das er offensichtlich ohne sie begonnen hatte.

»Wissen Sie, dass die es sich zwei Straßen weiter bequem gemacht haben? Genau neben uns. Ich kann sie von hier aus sehen, mit ihren niegelnagelneuen Autos.«

»Wen?«

»Na, wen schon? Die Gendarmerie. Aber die werden alles abblasen, sobald sie davon erfahren. Eine neue Polizeibeamtin, hier, das beweist, dass das Ministerium noch Vertrauen in uns hat. Deren Gesichter würde ich jetzt gern sehen.«

Er drehte sich endlich um und musterte ungeniert und ausgiebig ihr Gesicht.

»Der hat Sie ganz schön erwischt«, war sein Fazit, »aber da

ich hier keine Modelagentur leite, ist alles gut so, wie es ist. Ich gehe davon aus, dass Sie aus diesem Grund hier sind. Eine Art Rekonvaleszenzzeit? Eine Auszeit auf dem Land?«

»Ja, so was in der Art«, gab Noémie zu.

Die Art, wie er ihr gegenübertrat, fand sie nicht sonderlich verwerflich, es gab sowieso keine gute Art. Jeder reagierte, wie er konnte, mehr oder weniger gut, mit mehr oder weniger Anstand, mit Erstaunen, Unbehagen oder Abscheu. Eine Hälfte ihres Gesichts war auf eine Mine getreten, das war ihr Problem und nicht das der anderen. Sie konnte nicht von allen, denen sie begegnete, oscarreife schauspielerische Leistungen erwarten.

»Ich bin Commandant Roze, falls man Ihnen das noch nicht gesagt hat. In Anbetracht Ihres Dienstgrads müssten Sie mir eigentlichen zur Seite stehen, aber ich schaffe es ganz gut ohne Sie, den Laden am Laufen zu halten. Offiziell unterstützen Sie mich also darin, das Kommissariat zu führen; inoffiziell leiten Sie von jetzt an die anfallenden laufenden Ermittlungen. Da werden Sie mehr Spaß haben als an der Seite eines alten Polizisten, der schon mit seiner Rente liebäugelt und bis dahin versucht, den Ort so sauber zu verlassen, wie er ihn vorgefunden hat. Wenn Sie mir ständig auf der Pelle hocken, werde ich außerdem das Gefühl haben, von einem Bestatter verfolgt zu werden, der schon mal für meinen Sarg Maß nimmt. Ich überlasse Ihnen also die Ermittlungen und halte die restlichen Mitarbeiter in Schach. Sind Sie damit einverstanden?«

Noémie legte lieber direkt die Karten auf den Tisch.

»Ich habe mein Wiedereingewöhungsschießen vergeigt.«

»Ich weiß«, antwortete er und zuckte mit den Schultern.

»Ich wurde für ungeeignet eingestuft, Außendienst zu machen«, fuhr sie fort.

»Das weiß ich auch.«

»Es heißt, ich könnte meine Kollegen in Gefahr bringen.«

»Ja, das scheint Ihre Direktion von Ihnen zu denken, auch das ist mir bekannt. Aber ich bin ja nicht total verblödet. Natürlich schickt man mir keinen Polizeibeamten der Pariser Bastion, der voll einsatzfähig ist. Habe ich mir schon gedacht, dass irgendwo ein Haken versteckt ist.«

»Versteckt? Nicht wirklich. Ich würde sagen, er ist eher ... ziemlich offensichtlich.«

Roze gefiel ihre Selbstironie. Allerdings war das, was er für Zustimmung hielt, ein reiner Schutzmechanismus.

»Auch auf die Gefahr hin, Ihre Hoffnungen in Bezug auf Ihre neue Stelle zu zerstören, der letzte Mord in der Region liegt fünf Jahre zurück, und das letzte Mal, dass einer meiner Leute von seiner Waffe Gebrauch gemacht hat, das war vor vier Jahren. Wenn es einen Ort gibt, an dem Sie sich richtig erholen können, dann hier. Mit uns. Lassen Sie die Gegend auf sich wirken. Und was Ihre Waffe betrifft: Sie sind ein großes Mädchen, und Sie werden schon selbst entscheiden, wann der richtige Moment gekommen ist, sie wieder zu tragen.«

Der beruhigende Paternalismus des Commandant Roze gab ihr das angenehme Gefühl, wieder ein Kind zu sein, dem ein Erwachsener zu verstehen gab: »Von jetzt an kümmere ich mich um alles, mach einfach die Augen zu.« Wie ein Vater traf Roze aber auch eigenmächtig Entscheidungen.

»Und was Lebel betrifft, da habe ich alles wieder abgeblasen. Das war einfach nur unnötig.«

»Lebel?«, wiederholte Noémie.

»Der alte Mann von heute Morgen, der mit dem Treppenlift zwischen zwei Etagen stecken geblieben ist. Sie haben viel zu viele kriminaltechnische Untersuchungen veranlasst. Lebel ist ein pensionierter Architekt. Er hat nie etwas anderes gemacht, und er hat es nie besonders gut gemacht. Sein letztes Werk war dieser krumme und schiefe Taubenschlag, in dem er lebte. Es gibt weder Verwandtschaft, die es auf ihn abgesehen haben könnte, noch Reichtümer abzugreifen, ganz zu schweigen von potenziellen Feinden. Es gibt also keinen Grund, warum man ihn hätte überfallen sollen. Es braucht weder einen Sachverständigen für Treppenlifte, noch müssen Fingerabdrücke sichergestellt werden, um diesen Fall als unglaubliches Pech einzustufen.«

Noémie wollte etwas kontern, überlegte es sich aber anders und hielt es für schlauer, ihrem neuen Vorgesetzten nicht schon am ersten Tag die Stirn zu bieten. Roze lehnte sich auf seinem Stuhl zurück und suchte nach den richtigen Worten, um ihr nicht zu nahezutreten, was Noémie nicht entging.

»Schauen Sie, in Paris, da gehen Sie alles hochwissenschaftlich an. Fingerabdrücke, Überwachungskameras, Abhören von Telefonaten, GPS-Ortungen, Drohnen, DNA-Proben oder ballistische Untersuchungen. Da hat man eher den Eindruck, in einem Labor zu arbeiten als in einer Polizeidienststelle. All das machen Sie, weil Sie nichts wissen, weder über die Täter noch über die Opfer. Dann müssen Sie natürlich anders ermitteln. Hier fangen wir immer erst beim Menschen an, weil wir ihn kennen. Wenn wir jemanden verhaften, dann handelt es sich oft um einen Nachbarn, manchmal sogar einen Cousin oder einen Onkel, fast immer ist es jemand, den wir kennen. Wir kennen seine Gewohnheiten, sein Umfeld, seine Geheimnisse, sein Auto, seine Adresse, seine Jugendliebe und warum er mit welcher Familie auf Kriegsfuß steht. Und ich verspreche Ihnen, niemand hat in Lebels Bruchbude einen Kurzschluss verursacht, um ihn auf seinem Treppenlift kaltzumachen.«

Noémie gab nicht so schnell auf, auch wenn ihr seine Erklärung einleuchtete.

»Ich dachte, Sie sind jetzt für die Mitarbeiter zuständig und ich für die Ermittlungen?«

Roze verzog die Lippen zu einem leisen Lächeln. Chastain war stur und pedantisch, alles in allem also eine Nervensäge, und er mochte sie jetzt schon.

»Sagen wir, Sie fangen morgen an. Ich glaube zu wissen, dass Romains Vater sich Ihnen gegenüber sehr zuvorkommend zeigt. Erfreuen Sie sich an dem Haus, oder besichtigen Sie unsere fünf anderen Gemeinden. Sie sollten sich unbedingt in Ihrem Bezirk auskennen. Sie können es ja Arbeit nennen, dann brauchen Sie kein schlechtes Gewissen zu haben.«

Und da ihr seit dem Vortag jedermann zu verstehen gab, dass sie einen auf Touristin machen möge, kam Noémie seiner Aufforderung nach und machte auf dem Absatz kehrt.

Auf dem Parkplatz des Kommissariats traf sie auf dem Weg zu ihrem Land Rover auf Bousquet und Milk. Der junge Polizist verzog sich schnell in die Wache, während Bousquet sich betreten hin und her wand und versuchte, die Situation irgendwie zu retten.

»Wegen vorhin ... Also, wegen dem, was ich gesagt habe ...«

Noémie ließ ihn nicht zu Ende reden, weil sie sich weigerte, eine Entschuldigung anzunehmen, worauf es gerade mehr schlecht als recht hinauslief.

85

»Damit eins klar ist, Brigadier. Dass Sie ein Riesenarsch sind, stört mich nicht übermäßig. Solange Sie ein guter Polizist sind. Die Auszeichnung zum ›Riesenarsch‹ haben Sie sich schon mal mit Bravour verdient. Herzlichen Glückwunsch. Mal sehen, wie Sie sich als Polizist machen.«

Sie ließ ihn einfach stehen, damit er den verbalen Aufwärtshaken verdauen konnte, den sie ihm gerade verpasst hatte.

18

Decazeville, Aubin, Cransac, Firmi und Viviez. Noémie brauchte nicht einmal eine halbe Stunde, bis sie alle Ortschaften abgeklappert und wieder in Avalone angekommen war. Sie fuhr am See entlang, den sie von ihrem privaten Bootssteg aus nicht vollständig überschauen konnte.

Der Fluss war in ein Tal eingebettet und verschwand irgendwann wieder im Wald. Die Straße gewann schnell an Höhe, Noémie ließ den See immer weiter unter sich, bis ein schwindelerregender Abhang zwischen ihnen lag. Hinter einer Kurve kam sie an einem Erdwall heraus. Vor ihr befand sich die Spitze einer riesigen Betonmauer, die einhundertdreizehn Meter weiter unten ihren Anfang nahm.

Der Staudamm von Avalone.

Er durchschnitt den See in seiner gesamten Breite, was wie ein Gespräch anmutete, das jemand unhöflich unterbrach. Auf der einen Seite des Damms stürzten Millionen und Abermillionen Kubikmeter Wasser in den Abgrund, um auf der anderen Seite zu einem friedlich dahinfließenden

Fluss zu werden, der laut ihrem Navigationsgerät Sentinelle hieß.

Da erst wurde ihr klar, dass der See von Avalone ein von Menschenhand gemachter war, ein gigantisches Areal zur Herstellung von Strom. Sie stieg aus dem Auto und näherte sich vorsichtig dem Damm, wo sie sich schließlich über das Geländer lehnte. Sie hielt sich mit den Händen am kalten Metall fest und beugte sich darüber. Von oben gesehen – sie hing mit dem Oberkörper halb in der Luft –, schrumpften die hohen Tannen auf die Größe von Balkonzierpflanzen. Ihr wurde schwindelig, aber sie zwang sich, den Schwindel auszuhalten und unter Kontrolle zu bringen, bis sie vom Klingeln ihres Handys aufschrak und zwei Schritte vom Geländer zurückwich.

»Madame Mersier, ist alles in Ordnung?«

Sechshundert Kilometer weiter entfernt hatte es Noémies alte Nachbarin wie auch immer geschafft, ihre Handynummer zu wählen, obwohl sie auf beiden Augen halb blind war.

»Meine Kleine, ich habe Ihre Briefkastenschlüssel verloren.«

»Das trifft sich gut, ich habe nämlich gar keine Lust, Post aus Paris zu bekommen.«

»Dann wollen Sie auch nichts über Ihren Mann hören?«

Adriel. Der Zweitschlüssel zu ihrer Wohnung. Verdammt.

»Doch, doch, erzählen Sie ruhig«, antwortete Noémie mit finsterem Gesicht.

»Das war kurz nach Ihrer Abreise. Ich bin ihm bis in Ihre Wohnung gefolgt. Er wirkte verstimmt.«

»Hat er etwas mitgenommen?«

»Nein, ich glaube, er war da, um Sie zu sehen. Die jungen Männer, die dürfen Sie nicht einfach so verlassen. Die jungen

Männer, wenn man sie allein lässt, dann machen sie Blödsinn. Er machte auf jeden Fall einen lieben Eindruck auf mich.«

Noémie war kein von Grund auf gewaltbereiter Mensch, aber sie wäre gern dabei gewesen, als Adriel in ihre Wohnung eindrang, hätte sich gern vor ihm aufgebaut, um herauszufinden, wie viele asiatische Hornissen sie ihm in den Rachen hätte stopfen können.

»Ja, er ist ein ganz Lieber. Aber wenn er noch mal vorbeikommt, nehmen Sie ihm die Schlüssel weg und verwahren sie die mit dem Briefkastenschlüssel.«

»Den habe ich verloren.«

»Ja, genau.«

19

Es wurde eine tierische Nacht.

Zuerst war da ihre Katze. Sie war gigantisch, ihr Kopf nahm den gesamten Eingangsbereich des Kommissariats ein, ihre Augen schauten durch jedes der beiden Fenster, der Schwanz trat aus dem abgedeckten Dach hervor, die krallenbewehrten Pfoten lagen in den Fluren, und ihr Schnurren ließ die Fenster erzittern.

Noémie wachte abrupt auf, all ihre Sinne waren in Alarmbereitschaft. Das gleiche markerschütternde Geheul, das so hoch war, dass es wie Glas zu zerspringen schien. Kein menschliches Geheul, da war sie sich sicher. Sie zog sich eine Baumwollhose über, stellte sich vor die große Fensterfront und lauschte in die Nacht, versuchte, die Dunkelheit mit den Augen zu durchdringen, aber wie in der Nacht zuvor ertönte das Geheul kein weiteres Mal. Oder war auch das nur ein Traum gewesen?

Die Nacht war wieder viel zu kurz gewesen, wenn sie die Minuten zusammenzählte, die sie dem Schlaf abgerungen hatte, dann kamen nicht einmal drei Stunden zusammen. Damit musste sie sich wohl oder übel zufriedengeben.

Irgendwann ging die Sonne auf, sie stellte den Kaffeebecher neben dem Bildschirm ihres Laptops ab, und als Melchior endlich erschien, fasste sie ihm die letzten achtundvierzig Stunden kurz und knackig zusammen.

Der Traum interessierte ihn natürlich am meisten.

»Ich habe den Eindruck, als hätten alle Sie ein bisschen überrumpelt. Das Bild, das Sie von sich selbst haben, das den ganzen Platz im Kommissariat einnimmt und sogar das Dach sprengt, ist recht bezeichnend. Sind Sie mit jemandem angeeckt? Mit Ihrer Mannschaft oder Ihrem Vorgesetzten?«

»Ein bisschen mit beiden, um ehrlich zu sein. Ich bin schroff, aggressiv und ziemlich stur.«

»Waren Sie das früher auch?«

»Schon möglich, aber nicht so schlimm. Ich langweile mich zu Tode. Das hier ist kein Dorf, sondern ein Kaff mit einer Postleitzahl irgendwo am Arsch der Welt. Ich glaube, seitdem ich hier angekommen bin, habe ich nicht ein einziges Mal gelächelt.«

»Das ist aber schade. Wenn Sie lächeln, leuchtet Ihr Gesicht auf.«

»Meinetwegen kann es im Dunkeln bleiben.«

Der Therapeut machte ein betroffenes Gesicht.

»Da irren Sie aber gewaltig. Haben Sie schon mal darüber nachgedacht, welche Funktion ein Gesicht hat? Ist Ihnen bewusst, dass es all Ihre Gefühle widerspiegelt? Sorge erkennt man darin, Freude, Ängste, Fragen, Schmerz oder Genuss. Es spricht, bevor Sie sprechen. Ein Gesicht ist in der Lage, einundzwanzig Emotionen auszudrücken, einundzwanzig unterschiedliche Botschaften, die Sie an Ihr Gegenüber richten.«

»Oder noch mehr, wenn wir die Mikromimik dazuzählen, auf die jede gute Polizistin und jeder gute Polizist während einer Vernehmung achtet«, fügte Noémie hinzu.

»Sie wissen also, wovon ich rede. Eine von Geburt an blinde Person ist zu dieser mimischen Kommunikation nicht fähig. Aus dem einfachen Grund, dass sie nie einen zwischenmenschlichen visuellen Austausch hatte. Unsere Gesichtsausdrücke haben für uns persönlich überhaupt keinen Nutzen, sie dienen nur als Informationen für unser Gegenüber, das uns verstehen möchte. Das Gesicht ist eines der wenigen Körperteile, die Sie nicht ohne einen Spiegel sehen können, aber es ist vor allem das Erste, was wir anschauen. Es ist ganz und gar für den anderen da. Das Gesicht ist auch das einzige Körperteil, das die fünf Sinne benutzt. Es begegnet der Welt in völliger Offenheit. Und Sie möchten es im Dunkeln lassen?«

»Vielleicht hat es Lampenfieber, wie eine junge Schauspielerin, die ihren Text noch nicht kennt.«

Melchior lachte frei heraus.

»Eine schöne Metapher. Sie wollen also warten, bis Sie sich wieder hübsch genug finden, um sich zu zeigen? Glauben Sie, dass Sie durch Schönheit Anerkennung finden? Wissen Sie, wie hoch die Suizidrate in der Modelbranche ist? Sie ist überraschend hoch. Es gibt Menschen, die sind wunderschön und unglücklich, dann gibt es Menschen, die sind ganz durchschnittlich und voller Lebensfreude. Dabei sollten wir uns doch alle wunderbar finden. Wir sollten uns lieben, ohne von den anderen zu erwarten, dass sie uns lieben. Sie wissen wahrscheinlich, dass wir unsere Gehirnfähigkeiten nur zu einem Bruchteil nutzen, oder?«

»Wenn es hoch kommt, vielleicht zehn Prozent.«

»Korrekt. Aber viel bedauerlicher ist die Tatsache, dass wir nur zu dreißig Prozent ›wir‹ sind. Manche nur zu zehn, andere zu vierzig, aber wir sind nie vollständig. Wir schleppen unsere Wunden mit uns herum, unsere Geheimnisse, unsere Komplexe, und all das hindert uns daran, ganz zu sein, wunderbar zu sein. Es gibt fast acht Milliarden Menschen auf dieser Welt, und Gott hat, wenn das Konzept Gott für Sie überhaupt akzeptabel ist, uns allen unterschiedliche Gesichter gegeben und uns mit jeweils ganz individueller DNA ausgestattet. Viel Arbeit hat er da hineingesteckt, das können wir schon mal anerkennen, aber das eigentliche Fazit daraus ist doch, dass Sie ein Gesicht von acht Milliarden anderen sind, es ist Ihr Gesicht, Sie werden es nicht ändern. Und jetzt schreiten Sie entweder weiter voran, oder Sie bleiben auf der Stelle stehen.«

Ziemlich erschöpft richtete Noémie sich auf dem alten Ledersofa auf.

»Was halten Sie davon, die nächsten Sitzungen etwas ruhiger angehen zu lassen?«, fragte sie.

»Abgemacht. Wenn Sie mir ein Lächeln schenken.«

»Das werden wir sehen.«

20

Die Langsamkeit der Kontinentaldrift war nichts gegen Noémies erste Woche im Aveyron, die sich zäh wie Kaugummi in die Länge zog. Es gab diverse Fälle von Sachbeschädigungen, ein Mähdrescher wurde gestohlen und natürlich in Anbetracht der Größe der Diebesbeute innerhalb einer Stunde wiedergefunden. Bousquet hatte noch ein ganzes Cannabisfeld entdeckt, leider jedoch nicht den dazugehörigen Eigentümer, und zwei oder drei Trunkenbolde waren in der Ausnüchterungszelle gelandet.

Noémie hatte das Gefühl, in einer Zeitlupenschleife gelandet zu sein, und als sie irgendwo im Flur das Wort »Vermisstenmeldung« hörte, sprang sie wie von der Tarantel gestochen von ihrem Stuhl auf. Sie stürzte sich auf Romain Valant, der dabei war, erste Informationen von einer uniformierten Streife entgegenzunehmen.

»Wer ist das Opfer? Wie lange ist es schon vermisst? Ist eine Suchaktion geplant? Haben wir dafür ausgebildete Spürhunde?«

Romain Valant war mittlerweile so weit, dass er sich fast ein richtiges Drama wünschte, das den kriminalistischen Appetit seiner Vorgesetzten befriedigt hätte. Ein Serienmörder aus einem Kriminalroman, Ökoterrorismus oder ein Meteoriteneinschlag auf dem Dorfplatz, alles wäre ihm recht.

»Tut mir leid, Capitaine, aber es handelt sich nur um Madame Saulnier, sie ist neunzig Jahre alt und haut einmal die

Woche ab. Wir werden sie an einem ihrer Lieblingsorte wiederfinden, die da wären: das ehemalige Kino, die Mediathek von Decazeville, das Ufer am See von Avalone oder auf dem Puy de Wolf, dem Berg in Firmi.«

»In welcher Verbindung stehen diese Orte miteinander?«

»Das wissen wir noch nicht … Ich empfehle Ihnen, mit diesen Orten anzufangen, bevor wir die schweren Geschütze auffahren. Aber Sie sind der Boss, und Sie entscheiden.«

Noémie sackte wieder in sich zusammen, ihr war wie einem Kind zumute, das gerade erfahren hat, dass seine Geburtstagsfeier doch nicht stattfinden würde.

»Nein, schon gut«, kapitulierte sie, »wir machen es, wie Sie gesagt haben. Bilden Sie die Teams.«

Milk und Bousquet wurden für Kino, Mediathek und See eingeteilt, und Noémie und Valant machten sich auf den Weg zum Puy de Wolf.

»Wollen Sie fahren?«, bot er ihr an.

»Nein, lieber nicht.«

Erst als Romain hinterm Lenkrad saß, wurde ihm bewusst, dass Noémie sich ihm auf dem Beifahrersitz von der einzigen Seite zeigen konnte, die sie ertrug.

Nach zwanzig langen Minuten ohne Martinshorn oder Blaulicht, unter Beachtung aller Rechts-vor-Links-Kreuzungen, roten Ampeln und Geschwindigkeitsbegrenzungen erreichten sie endlich ihr Ziel. Es war die reinste Folter für Capitaine Chastain. Sie parkten neben einer Wasserstelle am Fuß des Bergs. Valant holte seine Ferngläser hervor, suchte den Gipfel ab und schaltete das Funkgerät ein.

»Ich hab sie gefunden«, informierte er das andere Team.

»Wieder ganz oben?«, hakte Milk nach.

»Jepp. Ganz oben.«

»Ich wünsche einen guten Aufstieg.«

Der Puy de Wolf war nicht sehr hoch, und es wäre übertrieben, ihn als Berg zu bezeichnen, aber die Steigung war beschwerlich. Borstiges sandfarbenes Kraut wechselte sich mit jadegrünen Serpentinfelsbrocken ab, eine für Pflanzen giftige Gesteinsart, die als messerscharfe mineralische Pusteln über den gesamten rund neunzig Meter langen Anstieg verstreut waren. Diese raue und unwirtliche Natur zeichnete ein zerklüftetes Relief, das Noémie auf Anhieb in seinen Bann zog. Ganz oben zeichnete sich eine weiße, gespenstische Silhouette ab, die zu tanzen schien.

»Puh, hat die eine Kondition!«, staunte Chastain, der auf halber Strecke schon die Puste ausging.

»Saulnier? Die ist nicht kleinzukriegen.«

»Und ist bekannt, was sie immer wieder hierherzieht?«

»Ich bin mir nicht mal sicher, dass sie wirklich weiß, wo sie ist, geschweige denn, was sie dort will.«

Als sie den Gipfel erreicht hatten, kam ihnen die alte Dame Valant entgegen, und bewegte sich dabei gefährlich nah an einem Abgrund entlang, den zwei mittlerweile verwachsene, mehrere Meter tief in der Erde steckende Felsen geschaffen hatten.

»Mein kleiner Romain!«, begrüßte sie ihn. »Du trauriger Junge. Was machst du denn hier?«

Valant ergriff ihre Hand, um einem eventuellen Sturz vorzubeugen, ein Risiko, das die alte Dame nicht mal ansatzweise erahnte. Madame Saulnier hatte durch ihre Senilität paradoxerweise an Selbstsicherheit gewonnen und dachte wahrscheinlich, dass ihr nichts und niemand etwas anhaben könne, so, wie Kinder es oft glauben.

»Ich war mit einer Freundin spazieren«, erklärte Valant, »und als wir Sie gesehen haben, haben wir uns gefragt, ob wir uns Ihnen anschließen und Sie nach Hause fahren dürfen. Wir sind mit dem Auto da.«

»Außerdem laufen Sie hier im Nachthemd rum«, fügte Noémie hinzu.

Die alte Dame betrachtete den leichten, geblümten Stoff ihres Gewands, als würde sie ihn zum ersten Mal sehen.

»Gehen wir«, lautete Madame Saulniers einfache Antwort.

Der Polizist, die senile Alte und Noémie bildeten einen bunt zusammengewürfelten Haufen und nahmen gemeinsam den Abstieg vom Puy de Wolf in Angriff. Sie ließen den Abgrund hinter sich, in dessen Nähe Madame Saulnier sich verirrt hatte. Ganz weit unten ragte unter einem wüsten Geflecht an Ginsterbüschen – eine der seltenen Pflanzen, der die Giftigkeit des Serpentingesteins nichts anhaben konnte – ein wurmstichiges Holzkreuz aus dem Boden, das verborgen war wie ein düsteres Geheimnis.

21

Romain Valant entfernte das Magazin aus seiner Waffe, warf die darin befindlichen Patronen aus und legte das Gewehr in den Tresor in seinem Schrank. Da er eine kleine Tochter mit ausgeprägtem Entdeckungsdrang hatte, wollte er kein Risiko eingehen. Er erinnerte sich an einen schrecklichen Vorfall, der sich vor gar nicht allzu langer Zeit und gar nicht so weit entfernt zugetragen hatte. Weihnachten, eine Familie, ein Kind und ein Gewehr. Im selben Raum ein geschmückter Baum, die festliche Beleuchtung und das Blaulicht der Feuerwehr vermischten sich miteinander, einer der Feuerwehrmänner versuchte, das Kind zu reanimieren. Vergebens. Der nächste Morgen, die eingepackten Geschenke, die niemals geöffnet werden würden. Das Risiko, andere zu töten oder selbst getötet zu werden, ist bei Waffenbesitzern dreimal so hoch wie bei Menschen, die keine Waffen besitzen. Er schloss den Tresor und gab den Sicherheitscode ein.

Er ging durchs Wohnzimmer und zerzauste im Vorbeigehen das Haar seiner Tochter, die vor dem Kamin saß und sich ihre Füße an der Feuerstelle wärmte. Sie hatte sich in einen Abenteuerroman vertieft, das Buch war so dick, dass ihre kleinen Hände es kaum gerade halten konnten.

Aminata kam mit einem dampfenden Gericht aus der Küche und stellte es auf dem Tisch ab. Jeden Abend ein anderes Gericht, ohne selbst kochen zu müssen, das war der Vorteil daran, als Kellnerin in der Auberge du Fort zu arbeiten, einem Restaurant in der benachbarten Gemeinde, in Aubin. Romain nahm ihre Hand und küsste sie. Die Kombination aus seiner weißen Haut auf der schwarzen Haut seiner Frau war die zehnjährige Lily mit ihrer karamellfarbenen Haut und den lavendelblauen Augen. Allerdings hatte auch Lilys Geburt nicht die Zwietracht aus der Welt schaffen können, die die Hochzeit von Romain und Aminata zwischen Vater und Sohn gesät hatte. Denn der alte Valant, der Bürgermeister und Grundherr, hielt gar nichts davon, Hautfarben miteinander zu vermischen. Seit dieser Hochzeit hatte Pierre Valant keinen Fuß mehr in das Haus seines Sohnes gesetzt und seufzte immer übertrieben, wenn Romain ihm von seiner Familie erzählte. Was zur Folge hatte, dass die zwei Männer so wenig Kontakt wie möglich miteinander hatten und die Worte »Vater« und »Sohn« fast aus ihrem Vokabular verschwunden waren. Pierre betrachtete seinen Sohn als einen Polizisten und Romain seinen Vater als den Bürgermeister von Avalone. Alles andere waren nur noch Erinnerungen. Die Jagdpartien, vergessen. Der Sheriffstern, der an einer Kiste steckte. Und das Elternhaus am See, das die Lücke, die Madame Valant hinterließ, nachdem sie verstorben war, sehr schlecht verkraftet hatte; nur ein eingerahmtes Foto war noch von ihr übrig, welches beide Männer zu Hause stehen hatten.

»Und? Hat sie sich ein bisschen beruhigt?«, erkundigte sich Aminata.

»Ich würde eher sagen, dass sie sich mit der Situation abgefunden hat.«

»Und hat sie sich ans Landleben gewöhnt?«

»Und wie!«, witzelte er. »Sie ist immer noch im Großstadtmodus. Sie schließt die Tür von unserem Haus am See zweimal ab, das Gleiche macht sie mit dem Auto, sobald sie sich auch nur ein paar Meter davon entfernt, und beim klitzekleinsten Fall ist sie bereit, einen Kreuzzug anzuführen. Ich habe das Gefühl, mit einer Dynamitstange zusammenzuarbeiten. Ich weiß, dass sie explodieren wird, ich weiß nur noch nicht, wann. Aber seltsamerweise macht mir das weniger Sorgen.«

Lily konnte dem Duft, der durchs Wohnzimmer zog, nicht widerstehen, ließ von ihren Abenteuern ab und setzte sich an den Tisch. Zum Aligot, einem Kartoffelpüree mit frischem Tome-Käse und einem Hauch Knoblauch, gab es eine dicke, saftige Wurst. Draußen kratzten Äste über das Dach, als wollten auch sie am abendlichen Miteinander teilnehmen.

»Ich habe den Eindruck, dass diese Frau manchmal geistig

abwesend ist«, fuhr Romain fort. »Sie vergisst alles Mögliche. Manchmal spüre ich förmlich, wie sie die Kontrolle über sich selbst verliert. Ich glaube, dass sie von ihrer eigenen Aggressivität überfordert ist.«

»Dann musst du ihre Stütze sein. Du darfst nicht zulassen, dass andere ihre Schwächen kennen. Schütze sie. Das ist doch die Aufgabe eines zweiten Mannes, oder?«

»Ja, das ist die Aufgabe eines zweiten Mannes. Ich halte alles zusammen.«

»Sie muss unglaublich leiden«, merkte Aminata voller Mitgefühl an.

»Ich glaube nicht. Zumindest zeigt sie es nicht.«

»Sie leidet bestimmt in ihrem Herzen, du Idiot.«

Beim Anblick ihres Vaters, der dumm aus der Wäsche schaute, prustete Lily los vor Lachen, und als sie ihren kleinen Püreeberg aufgegessen hatte, schlug sie ganz selbstverständlich vor:

»Du kannst sie doch zu uns nach Hause einladen. Sie ist ganz allein, dahinten.«

»Ja, das werde ich machen«, versicherte ihr Romain, obwohl ihm diese Vorstellung etwas unangenehm war.

»Ist sie hübsch?«, erkundigte sich die Kleine.

»Du weißt, wie sie ist. Das habe ich dir doch erzählt.«

»Ja und? Als ich vom Fahrrad gefallen bin und mir die Wange aufgerissen habe, hast du mir gesagt, dass ich trotzdem hübsch bin.«

»Na gut«, lenkte ihr Papa ein. »Sie ist so hübsch wie nach zehnmal vom Fahrrad fallen.«

»Du lädst sie aber ein, ja?«

»Iss, oder ich esse dich auf.«

»Wie der Oger von Malbouche? Der Oger, der Kinder mit einem Happs auffrisst, sogar ohne zu kauen?«

»Genau wie der, kleines Fräulein.«

...

Noémie hatte es sich am Rand des Kastanienwalds auf einem tief liegenden, mitgenommen aussehenden Baumstamm, der mit Moos überwachsen war, bequem gemacht. Sie hatte sich in einen Wollpulli gekuschelt und versuchte, Melchiors Ratschläge zu befolgen und positive Gedanken zu hegen, ihr Gesicht zu vergessen oder die geheimen Gründe, warum sie hier war, sowie das Leid, das sie hier bald erzeugen würde, wenn sie das Kommissariat schloss. Hinter ihr fiel Licht durch die Fenster des Hauses in die Abenddämmerung.

Plötzlich hörte sie Laub rascheln und Äste knacken, etwas bahnte sich seinen Weg durch den Wald. Sie stellte die Füße auf den Boden, ging leicht in die Knie und war bereit, vor einem Wolf, einem Bären, der Bestie von Gévaudan oder einem anderen Pariser Hirngespinst zu flüchten. Zum Vorschein kam dann aber nur die feuchte Nase einer undefinierbaren Hunderasse. Ein über Generationen gekreuzter und nochmals gekreuzter Mischling, schwarzes Fell hatte er und einen weißen Bauch, am Waldrand tigerte er jetzt vor ihr her, hin und her, ohne ihr dabei näher zu kommen. Noémie entspannte sich und machte es sich wieder auf dem Baumstamm bequem.

»Na du? Bist du der nächtliche Krachmacher?«

Der Hund kam langsam, Zentimeter für Zentimeter, näher. Jetzt konnte sie ihn ein bisschen besser sehen. Die Zunge hing auf absurde Weise seitlich aus dem Maul heraus, weil der Kiefer offensichtlich gebrochen war und sie nicht mehr halten konnte; sein linkes Auge war geschwollen und tränte. Er hinkte, sein Gang war schwankend, also musste eine Pfote verletzt sein.

»Du raufst dich gern, ja?«

Sie hörte seine raue Atmung und konnte ihn jetzt fast anfassen.

»Auf jeden Fall bist du übel zugerichtet. Wir könnten Freunde sein.«

Mit der Hand berührte Noémie ihn schließlich an der Flanke und streichelte ihn vorsichtig. Sie überlegte gerade, was sie ihrem nächtlichen Besucher anbieten könnte, ging den Inhalt ihrer Küchenschränke durch, als in der Ferne eine Pfeife ertönte. Der Hund spitzte die Ohren, sein ganzer Körper wurde steif, und er machte sich so schnell, wie seine kaputte Pfote es ihm erlaubte, davon. Der Wald verschlang ihn wieder.

»War schön, dich kennenzulernen.«

22

Noémie kannte ihren Vermieter bisher nur durch seinen Sohn, und auch wenn Romain nie etwas Schlechtes über ihn gesagt hatte, so hatten sein Schweigen und die Bitterkeit in seinen Augen Bände gesprochen. Als Pierre Valant sie im Haus am See aufsuchte, war sie angenehm überrascht von seiner freundlichen Art.

Mit seinem langen dunkelgrünen Lodenmantel verschmolz er geradezu mit der Natur, und als sie ihm in die Augen sah, erkannte sie auf Anhieb Romain wieder.

»Vielleicht sind Ihnen die ersten zehn Tage etwas lang erschienen«, gestand er ihr zu, »aber das ist die Zeit, die man braucht, um sich an den Rhythmus hier anzupassen. Und bevor Sie es merken, ist der ganze Monat vorbei, dann das Jahr, und Sie können sich gar nicht mehr vorstellen, woanders zu leben. Sie werden sich sogar fragen, wie Sie nur so lange in Paris wohnen bleiben konnten, wo die Appartements so groß wie Kaninchenkäfige sind.«

Da das Thema Wohnsituation aufgekommen war, nutzte Noémie die Gelegenheit, schnell zu den wichtigen Dingen überzugehen: einige logistische Fragen, die schon zu lange im Raum standen.

»Was die Miete betrifft …«, begann sie.

Er ließ sie nicht einmal ausreden.

»Was die Miete betrifft, sagen wir, dass ich Sie nur bitte, alles in Schuss zu halten. Ist Ihnen das recht?«

»Mehr als recht, aber leider darf man uns Polizisten nichts schenken, das wirkt nämlich schnell verdächtig. Wo Großzügigkeit aufhört und Abhängigkeit anfängt, die Grenze, die dazwischen verläuft, ist ganz fein. Sollte ich Sie eines Tages mal verhaften müssen, dann hätte ich Skrupel.«

Valant verzog kurz das Gesicht, bevor ihm klar wurde, dass es sich um ihren trockenen Humor handelte, der zu ihrer insgesamt unterkühlten Art passte. Ein Eisblock, dem kein Lächeln zu entlocken war. Sie vereinbarten einen Preis, der so lächerlich niedrig war, dass er fast einem Geschenk gleichkam. Aber Valant hatte ihr glaubhaft versichert, hier auf dem Lande sei die Miete für ein Haus so hoch wie in Paris für eine enge Wohnung. Anschließend durfte sie der Rede des Herrn Bürgermeister lauschen, die Letzterer offenbar nicht zum ersten Mal hielt und zum Ausdruck brachte, wie sehr er sich für sein Dorf einbrachte und wie stolz er darauf war.

»Der Staudamm von Avalone hat uns jede Menge Arbeitsplätze beschert, aber das ist fünfundzwanzig Jahre her. Seitdem sind wieder viele aus unseren Gemeinden weggezogen. Dem Projekt Mecanic Vallée haben wir es zu verdanken, dass wir wieder aufatmen können. Sogar die Chinesen interessieren sich dafür. Ganz zu schweigen von den Engländern, die sich in unsere Region verliebt haben und hier Häuser kaufen wie bei einem Monopoly-Spiel. In der Hauptstraße haben schon zwei neue Geschäfte aufgemacht. Die Welt ist dabei, uns zu entdecken«, begeisterte er sich, »und wir heißen alle willkommen. Solange sie vom richtigen Kontinent kommen, wenn Sie verstehen, was ich meine.«

Pierre Valants Charme hatte sich mit diesem letzten Satz augenblicklich erledigt, und im weiteren Verlauf hörte Noémie ihm höflich zu, bis sie einen Termin mit Commandant Roze im Kommissariat vorschützte.

...

Zwanzig Tage später musste Noémie ihrem Vermieter allerdings in einem Punkt zustimmen: Der Monat war in dieser friedlichen Umgebung ohne die sonst üblichen hierarchischen Nervereien schnell vorbeigezogen. Ihre Langeweile hatte einem unaufgeregten lethargischen Alltagstrott Platz gemacht, und auch wenn sich hier und da Kriminalität gezeigt hatte, ging das Leben im Kommissariat seinen Gang im Schneckentempo.

Sie hatte tunlichst darauf geachtet, keine Sympathien aufkommen zu lassen, den mehrfachen Einladungen Valants, Milks

Liebenswürdigkeit und den Bemühungen des armen Bousquet zum Trotz, der jeden Tag aufs Neue versuchte, das Fettnäpfchen, in das er bei ihrer ersten Begegnung mit Anlauf gesprungen war, vergessen zu machen. Sogar Commandant Roze wusste nicht mehr, was er noch veranstalten sollte, damit Noémie sich hier heimisch fühlte.

Sie setzte sich vor ihren PC und starrte auf eine weiße Seite mit dem unmissverständlichen Titel: »Über die Aktivitäten des Kommissariats von Decazeville, seine sechs Gemeinden und die Überführung zur Zuständigkeit der Gendarmerie.«

Ihr Urteil fiel eindeutig aus, und damit stand auch fest, dass sie wieder nach Paris zurückkehren würde.

In der Ferne jaulte der lädierte Hund. Auch ihn würde sie wie die anderen zurücklassen, sobald ihr Verrat am nächsten Tag aufgeflogen war. Sie war da, um zu zerstören, nicht, um zu reparieren.

Die Nacht war unerträglich. Sie stand mehrere Male auf und beschimpfte sich vor dem Spiegel unter anderem als »verdammtes Miststück«.

Am frühen Morgen hatte sie sich wieder gefangen. Ein Sonnenstrahl schien durch die Glasfront und füllte ihre leeren Koffer, die sie offen davor abgestellt hatte. Sie war bereit, den Aveyron endlich zu verlassen, und speicherte ihren Abschlussbericht auf einem USB-Stick.

…

Kurz vor sieben Uhr klopfte Romain mit angespanntem Gesichtsausdruck an die Haustür. Nie hätte Noémie es für möglich gehalten, dass sie ihn mal ohne seine unerschütterlich gute Laune zu Gesicht bekommen würde.

»Schlafen Sie denn nie?«, fragte er sichtlich überrascht, sie, zwar nicht sonderlich frisch, aber dennoch wach vorzufinden.

»Das habe ich mir nicht ausgesucht. Und Sie, was machen Sie um diese Uhrzeit hier und vor allem mit diesem Gesicht?«

»Wir glauben, dass eine Leiche gefunden wurde.«

»Sie glauben? Derartige Umstände lassen eher selten halbe Sachen als Folgerung zu. Entweder tot oder lebendig.«

»Definitiv tot.«

»Gab es wieder einen Treppenunfall?«

»Das wäre mir lieber gewesen.«

Sie steckte den USB-Stick in die Hosentasche ihrer Jeans.

Ihren Abschlussbericht, den sie im Geist schon formuliert hatte, würde sie im Laufe des Tages zu Papier bringen. Aufgeschoben war nicht aufgehoben. Bald würde sie wieder ihren Platz als Leiterin des Drogeneinsatzkommandos in der Bastion einnehmen.

»Wo wurde der Leichnam gefunden?«

»In einer Plastiktonne. Die an der Oberfläche des Sees schwamm.«

DRITTER TEIL

Im Auge des Sturms

23

Der Angler, der den Leichnam entdeckt hatte, erbrach gerade sein Frühstück hinter einem Baum, und schluchzte vor sich hin. Das Ermittlerteam erwartete Chastain am sandigen Ufer des Sees, um mit der Arbeit zu beginnen. Ein Flatterband war um eine achtzig Zentimeter hohe rote Tonne, die etwa zweihundert Liter fasste, gezogen worden: Sie stand jetzt geöffnet da. Obwohl sich das Ganze an der frischen Luft abspielte, wurde allen von dem ekelerregenden Gestank, der aus der Tonne entwich, übel. Bousquet reichte Noémie ein Paar Latexhandschuhe, und sie holte einmal tief Luft, bevor sie einen vorsichtigen Blick hineinwarf.

Der Inhalt der Tonne bestand aus Knochen und organischem Material, das sich zu einer schleimigen Flüssigkeit zersetzt hatte, einem Schädel mit zahnlosem Kiefer und einigen verfilzten braunen Haarsträhnen. Ein Skelett und Pampe.

»Fundort?«

»Auf *der* Höhe«, zeigte Milk mit dem Finger in besagte Richtung, »mitten auf dem See, etwa fünfzig Meter vom Ufer entfernt.«

»Noch ungenauer geht's nicht?«, wetterte Chastain.

»Tut mir leid, Fabre hat die Tonne an seinem Boot befestigt, um sie ans Ufer zu schaffen, ohne zu wissen, was er im Schlepptau hatte.«

»Fabre?«

»Der Angler, der sich hinter den Tannen verschanzt hat und Stimmübungen macht«, klärte Romain auf.

Ohne Rücksicht auf Gefühle bat Noémie ihn, näher zu kommen.

»Sie haben doch ein Kind. Bis zu welchem Alter passt ein Mensch da wohl rein?«

»Zwischen acht und zehn Jahre, würde ich sagen. Zwölf, wenn man ordentlich stopft.«

»Es gibt keine laufenden Vermisstenanzeigen von besorgniserregender Relevanz«, fügte Milk hinzu.

Noémie kniete sich fassungslos neben die Tonne.

»In Anbetracht des Zustands des Leichnams, würdest du dich wohl kaum an diese Vermisstenanzeige erinnern können. Fleisch und Muskeln haben sich aufgelöst, die Zähne sind ausgefallen, und es sind nur noch ein paar Haarsträhnen übrig. Der ist vor vielen Jahren gestorben. Lange bevor du Polizist geworden bist.«

Sie stand wieder auf, zog die Handschuhe mit einem lauten Knallen aus und befolgte das für solche Fälle vorgeschriebene Protokoll.

»Keiner fasst mehr irgendwas an. Wir rufen das Bestattungsinstitut an, schrauben den Deckel wieder fest drauf und empfehlen ihnen unbedingt, Spanngurte mitzunehmen. Es wäre mehr als dumm, wenn sich das Ganze zu einem Schwimmbad in deren Wagen ausleeren würde. Bei Ankunft in der Gerichtsmedizin von ...«

»Montpellier«, fügte Valant hinzu.

»... genau da wird der Inhalt aus dem Behälter extrahiert.«

»Ich werde die Staatsanwaltschaft von ...«

»Rodez.«

108

»… darüber in Kenntnis setzen. Es sollte doch mit dem Teufel zugehen, wenn es mir nicht gelingen würde, den Fall an die Kripo von … Rodez? Montpellier? zu übergeben.«

»Nein, Toulouse.«

»Natürlich, Toulouse, na klar.«

In Lieutenant Valants Stimme schwang etwas Enttäuschung mit.

»Ich hätte gedacht, dass Sie den Fall gern behalten würden.« Enttäuschung nicht nur darüber, dass sie sofort versuchte, das einzige zu lösende Verbrechen wieder loszuwerden, sondern weil er sich in dem Bild geirrt hatte, das Romain von der gestandenen Hauptkommissarin hatte, die es seiner Meinung nach kaum erwarten konnte, solide Ermittlungen durchzuführen, dank derer sie sich vergessen konnte.

»Dann haben Sie wohl falsch gedacht«, beendete sie das Gespräch.

Aufgeschoben, es war nur aufgeschoben.

Sie würde noch heute einen Abflug machen, komme, was wolle.

Milk und Bousquet blieben vor Ort, um auf das Bestattungsunternehmen zu warten, während Chastain sich auf die Wache fahren ließ. Das Auto verschwand hinter einer Kurve, und Milk gestattete sich endlich, laut zu denken, wobei er den Blick auf den See gerichtet hielt.

»Das alte Dorf lässt seine Geister frei. Das bedeutet nichts Gutes.«

»Jetzt komm mir bloß nicht mit deinen alten Geistergeschichten«, fuhr Bousquet ihn an. »Oder sollen die Leute dich für einen Trottel halten?«

109

24

Zurück im Büro des Ermittlerteams, leitete Noémie eine Video-konferenz mit der Staatsanwaltschaft ein. Da rund vierzig Kilometer zwischen Decazeville und dem obersten Gerichts-hof von Rodez lagen, war das die bestmögliche Weise, um mit einem Staatsanwalt zu sprechen.

Sie fasste die Situation zusammen, die Tonne, wie lange das Geschehen zurückliegen musste, die unzureichende Ausstat-tung ihrer Dienststelle, und versuchte, dem Staatsanwalt zu ver-stehen zu geben, dass es das einzig Sinnvolle war, diesen Fall an die Kripo von Toulouse abzutreten.

»Toulouse? Unmöglich«, entgegnete der Staatsanwalt. »Ich musste denen schon Verstärkung aus Montpellier schicken, die ertrinken in Arbeit. Vergeltungsmaßnahmen, Vergewaltigun-gen und florierender Drogenhandel, die rosarote Stadt verliert so einiges an Farbe. Und es ist ja nicht so, als würden Ihre Män-ner vor lauter Arbeit untergehen. Die Sterne könnten nicht besser stehen: Sie haben nur eine einzige laufende Ermittlung und eine komplette Dienststelle, die Ihnen zur Verfügung steht. Ein Polizist der Großstadtkripo ist auch nicht besser als ein Polizist der Gendarmerie, und das wissen Sie.«

»Es handelt sich vermutlich um einen Mord oder die Ver-tuschung eines Unfalls. Das sollte nicht Sache einer kleinen Wache sein«, versuchte Chastain es noch einmal.

»Wissen Sie, Capitaine, Ihre Heldentaten aus Paris haben sich bis hierher herumgesprochen. Ich habe sehr viel Bewunderung und Respekt für Sie, das kann ich Ihnen versichern. Nutzen Sie ihre fünfzehn Jahre Erfahrung bei der Kripo, das sollte doch für die ersten Amtshandlungen reichen. Für den Fall, dass das Verfahren komplizierter wird als gedacht, werde ich sehen, was ich für Sie tun kann. Können Sie damit leben?«

»Ist das als Frage gemeint?«

»Nein, als unsere Übereinkunft.«

Noémie schlug wutentbrannt die Bürotür hinter sich zu, und führte dann ein weiteres Telefonat. Natürlich kannte sie die Nummer der Bastion auswendig, und dank der zentral vernetzten Datenbanken, wusste ihr Chef bestimmt schon Bescheid.

»Chastain!«

»Wir hatten dreißig Tage gesagt«, unterbrach sie ihn.

Und die dreißig Tage hatten nicht einmal gereicht. Der Polizeidirektor hatte mehrere Gleise gefunden, auf die er seine störende Mitarbeiterin hätte abstellen können, aber nicht einen guten Grund. Nichts, rein gar nichts rechtfertigte es, sie abzuschieben. Es sei denn, sie versagte jetzt mit Pauken und Trompeten und würde damit ihre Unfähigkeit beweisen, Außeneinsätze zu leiten.

»Es sind doch nur ein paar Tage«, beschwichtigte er sie. »Das Ziel ist es zu beweisen, dass Ihr Kommissariat völlig unnütz ist. Mit Ihren Dorfpolizisten werden Sie diesen Fall wohl kaum lösen. Zumal bei einem *Cold Case* wie diesem, wovon ich beim Zustand des Körpers ausgehe. Vergeigen Sie Ihre Ermittlungen, verpfuschen Sie sie im großen Stil, lassen Sie sich von Toulouse die Zuständigkeit entziehen oder, noch besser, treten Sie den Fall an die Gendarmerie ab. Ihr Platz ist hier und wartet auf Sie, das wissen Sie doch. Wichtig ist, dass Sie mir vertrauen.«

111

Der Fund des kleinen, schon so lange vergessenen Leichnams in der Tonne wurde zum Herzstück des Schlachtplans des Polizeidirektors, damit man Chastain endlich auf ganz legitime Weise von der Bastion fernhalten konnte. Sie musste dafür einfach nur scheitern.

Noémie verließ ihr Büro und kehrte zum Rest des Teams zurück, das im Büro des Commandant Roze darauf wartete, wie es weitergehen würde.

»Wir behalten den Fall bis auf Weiteres«, verkündete sie. Hocherfreut über diese Neuigkeit, gab Bousquet Milk ein High five.

»Ich wusste, dass Sie das nicht mit sich machen lassen würden!«

»Gut gemacht, Capitaine«, fügte der junge Polizist hinzu.

Romain hatte als Einziger verstanden, dass es sich nur für die Männer um eine gute Neuigkeit handelte, und Noémie vermied tunlichst, ihm in die Augen zu schauen.

»Bis wann muss alles für das Rechtsmedizinische Institut bereit sein?«

»Die Autopsie ist für morgen zehn Uhr angesetzt.«

»Gut. Bousquet, Sie vernehmen den Angler. Milk, Sie tragen alle ungelösten Vermisstenfälle der letzten fünf Jahre in unseren sechs Gemeinden zusammen. Valant, für den Fall, dass DNA-Proben bei diesen Vermissten entnommen wurden, verständigen Sie das Labor, damit wir bald eine Reihe von Vergleichen mit dem gefundenen Leichnam vornehmen können. Wir tauschen uns stündlich zum aktuellen Stand aus.«

Dann wandte sie sich Roze zu.

»Ich weiß, dass Ihnen das nicht gefallen wird, aber ich würde der Gendarmerie gern eine Kopie unserer Ermittlungen zukommen lassen. Damit sie uns beratend zur Seite stehen können. Ich kann mir denken, dass Sie eher weniger zusammenarbeiten, aber es wäre doch schade, wenn uns eine wichtige Information vorenthalten bliebe, nur weil Sie im Clinch miteinander liegen.«

»Aber wenn die eine Spur haben, dann seh ich kommen, dass die sich den Fall angeln!«, entfuhr es Roze, der sich hin und her wand, als würde er auf einem elektrischen Stuhl sitzen.

»Das Risiko müssen wir eingehen. Das Opfer ist wichtiger, oder?«

Roze kapitulierte, Valant grübelte derweil immer noch darüber nach, was seiner Vorgesetzten wirklich wichtig war. Einen Monat arbeiteten sie schon zusammen, und er hatte immer noch keine Ahnung, was sie wirklich bewegte.

...

»Darf ich ehrlich mit Ihnen sein?«

»Sie sind mir bis jetzt nicht durch besondere Rücksichtnahme aufgefallen.«

Noémie war am frühen Abend in das Haus am See zurückgekehrt. Zuerst hatte sie ihre Koffer mit Fußtritten traktiert, um dann wie eine Verurteilte, deren letztes Stündlein geschlagen hatte, gierig eine Zigarette nach der anderen zu rauchen. Dann hatte sie Melchior kontaktiert. Aber der Psychologe war nicht der Typ, Dinge schönzureden oder seine Patienten zu verhätscheln.

»Was wollen Sie eigentlich, Capitaine Chastain? Paris hat Sie verraten. Kommen Sie sich nicht albern vor, dahin zurückkehren zu wollen? Um dann wen wiederzusehen? Adriel? Sie zwei im gleichen Büro, den ganzen lieben langen Tag lang? Sie wollten wieder Polizistin sein, nur Polizistin, das haben Sie mir gesagt. Sie haben hier ein Team, das Lust hat, mit Ihnen zu arbeiten, einen Fall, für den Sie sich früher ein Bein ausgerissen hätten, und Sie sind immer noch und immer wieder wütend. Vielleicht haben Sie Angst? Angst davor, nicht mehr die zu sein, die Sie mal waren. Der Polizeidirektor geht davon aus, dass Sie den Fall nicht lösen werden. Wollen Sie, dass er recht behält? Versuchen Sie immer noch, ihn nicht zu enttäuschen? Ihr Gesicht, ja, das ist verwundet. Der Rest funktioniert einwandfrei.«

»Aber wenn ich hierbleibe, haben die gewonnen.«

»Wenn es Ihnen gelingt, den Fall zu lösen, dann haben die verloren. Niemand wird Sie dann davon abhalten können, mit Pauken und Trompeten nach Paris zurückzukehren. Atmen Sie tief durch, beruhigen Sie sich, und wir sprechen uns morgen noch mal, wenn Sie mögen. Nehmen Sie eine Schlaftablette, in Ordnung?«

Tief durchatmen. Sich beruhigen. Mit geballten Fäusten und brennendem Herzen stapfte sie im Kreis durchs Wohnzimmer, wechselte dazu über, hin und her zu tigern, ohne dass das eine andere Wirkung gehabt hätte. Tief durchatmen. Sich beruhigen. Einfach gesagt. Sie war kurz davor, zu explodieren und alles im Haus kurz und klein zu schlagen.

Dann heulte der lädierte Hund. Das war einmal zu viel. Zum falschen Zeitpunkt.

Sie zog sich ihren Mantel über und rannte bis zu dem Baum, der auf der Erde lag, wo sie ihn zuletzt gesehen hatte. Von da bahnte sie sich mithilfe der Taschenlampe ihres Handys einen Weg durchs Unterholz und gelangte zu einem Steinhaus auf der anderen Seite des Waldes.

Das Schmerzensgeheul ertönte wieder.

Sie sprang über das Mäuerchen des Gemüsegartens, rannte über den Hof und hämmerte mehrmals mit der Faust gegen die Tür.

»Polizei!«, brüllte sie und verpasste der Holztür mit aller Kraft ein paar Fußtritte. Der Hund hörte auf zu jaulen. Sie hörte Schritte, und die Tür öffnete sich.

Ein Mann um die fünfzig in Holzfällerhemd und Cordhosen erschien und wirkte angesichts des späten Besuchs perplex. Er öffnete den Mund, hatte aber keine Gelegenheit, auch nur ein Wort zu sagen. Wutentbrannt polterte Noémie los und streckte ihm drohend den Finger entgegen.

»Hör mir gut zu, du menschlicher Abschaum, wenn ich den Hund noch einmal vor Schmerzen aufheulen höre, reiße ich dir höchstpersönlich die Eier ab, häng sie über den Rückspiegel deines Autos und fackel es ab.«

Der verletzte Hund trottete näher und stellte sich in treudoofer Ergebenheit direkt neben das Bein seines Herrchens. Er blutete ein wenig aus der Nase und hatte Mühe, Luft zu bekommen. Der Mann suchte nach etwas hinter der Tür, und als Noémie den Blick wieder hob, hielt er ein Jagdgewehr in der Hand und zielte auf sie.

Sofort stand sie wieder in der Wohnung in der Pariser Banlieue, Adriel und ihr Team hinter ihr. Der Schuss. Ihr Gesicht, das zerfetzt wird, Hautfetzen wie verkokeltes Papier. Bewegungsunfähig.

Der Hund spürte sofort ihre Verwundbarkeit. Er machte

einen Schritt auf sie zu, war hin und her gerissen zwischen ihr und seinem Herrchen, der ihm daraufhin dermaßen eine verpasste, dass er quer durchs Zimmer geschleudert wurde.

Ohne ein weiteres Wort wich der Mann zurück und schloss langsam die Tür. Noémie sackte an Ort und Stelle in sich zusammen, sie zitterte am ganzen Leib. Mitten auf diesem Hof, mitten in dieser Nacht und überwältigt von ihren Gefühlen, hatte sie wieder versagt.

Und dann ballten sich langsam ihre Fäuste. Verdunkelten sich ihre Augen. Und sie stand endlich wieder auf, fest entschlossen.

Ja, sie hatte Angst. Hierzubleiben. Nach Paris zurückzukehren. Ihre Waffe zu halten. Vor den anstehenden Ermittlungen. Denjenigen gegenüberzutreten, die der Meinung waren, dass sie zu nichts mehr zu gebrauchen war. Diejenigen zu enttäuschen, die an sie glauben wollten. Nicht mehr lieben zu können. Nicht mehr geliebt zu werden. Ja, sie hatte Angst. Es war eine reale Angst, ein schwarzes Monster, das sich in ihrem Schatten versteckte. Allgegenwärtig, es lauerte auf sie, ernährte sich von ihr.

Ein plötzlich einsetzender dichter Regen begleitete sie auf ihrem Weg zurück zum Haus.

Als der Mann zum zweiten Mal an diesem Abend erlebte, wie sein Haus unter den anschwellenden Faustschlägen gegen die Tür erbebte, schwor er sich, seine neue Nachbarin ein für alle Mal zur Räson zu bringen. In dem Moment, als er die Tür öffnete, zog Noémie ihre Waffe und zielte direkt auf seinen Kopf. Aber ihre Stimme war nicht so fest wie erhofft. Sie weinte fast.

»Mach schon. Zieh schon. Tu mir den Gefallen.«

116

Beim Anblick dieser Frau – sie war nass bis auf die Haut, zitterte wie Espenlaub, hatte den Finger am Abzug und augenscheinlich viel mehr Angst als er selbst – hielt er es für ratsam, sich nicht zu rühren. In den Augen des Unbekannten zeigte sich Grausamkeit, unterdrückter Hass. Der Hund humpelte unterwürfig auf Noémie zu, warf seinem Herrchen besorgte Blicke zu, zögerte, bis sie ihn am Halsband packte.

»Wenn du mir folgst, wenn du auch nur ansatzweise etwas unternimmst, mach ich dich auf der Stelle kalt.«

Je länger sie blieb, desto schwerer wurde die Waffe in ihren Händen. Sie war kurz davor, von einer Panikattacke überwältigt zu werden. Schritt für Schritt wich sie zurück, bis die Dunkelheit sie verschlungen hatte.

25

Das Erste, was Noémie sah, als sie die Augen öffnete, war die feuchte Nase und schiefe Schnauze des Hundes, der es sich auf der Bettdecke bequem gemacht hatte. Sie rieb sich übers Gesicht und ließ die Nacht noch einmal Revue passieren, wie wenn man nach einer feuchtfröhlichen Nacht am Morgen einen Fremden neben sich im Bett entdeckte.

»Ich bin schon neben Schlimmerem aufgewacht«, gestand sie ihm. Sie konnte noch so gerade eben seiner Schlabberzunge ausweichen und schob ihn liebevoll weg.

Zuerst hatte sie überlegt, ihn Adriel zu nennen, änderte ihre Meinung aber, da sie keine Lust hatte, mehrmals am Tag seinen

Namen zu rufen. Da der Hund tendenziell eher abstrakt aussah, entschied sie sich für Picasso, nahm sich aber vor, später einen besseren Namen für ihn zu finden. Unbewusst hatte sie die Möglichkeit eines »Später« in Betracht gezogen.

Sie war jetzt für ein anderes Wesen verantwortlich. Melchior hätte ihr jetzt suggeriert, dass sie auf diese Weise ihr Schicksal akzeptierte. Und sie hätte wie immer ihrer Missbilligung Ausdruck verliehen. Mit der Fußspitze nötigte sie den Hund vom Bett herunter.

»Ich hoffe, du konntest den Aufenthalt im Schlafzimmer genießen, denn das war das letzte Mal. Ein Hund gehört nach draußen, hat mein Vater immer gesagt.«

...

Bousquet und Milk warteten schon auf dem Parkplatz der Wache und zogen Gesichter, die nichts Gutes verhießen.

»Gibt es Probleme? Einen neuen Fall?«, erkundigte sich Noémie.

»Nichts wirklich Schlimmes. Es gab nur eine Anzeige wegen einer Morddrohung, und ein Hund wurde gestohlen. Ihr Nachbar. Irgendwas mit Eiern und Rückspiegel. Ich habe nicht alles verstanden, aber das Vokabular passt zu Ihnen.«

»Monsieur Vidal«, fügte Milk hinzu, »ein Genealoge aus der Region, Koryphäe auf diesem Gebiet. Ehemaliger Legionär. Das hätte böse ausgehen können. Es ist allgemein bekannt, dass er nicht gerade liebevoll mit seinen Tieren umgeht, aber es wäre ratsam, wenn Sie die Finger davon lassen würden.«

In genau dem Moment erschien Picassos Kopf auf der Rückbank des Land Rover. Mit seiner seitlich heraushängenden Zunge und dem ausgerenkten Kiefer bildeten Noémie und er das perfekte Paar.

»Ach du Scheiße …«, entfuhr es Bousquet. »Und was sollen wir jetzt machen, Capitaine?«

»Sie könnten schon mal damit anfangen, einen Tierarzt hierherzubestellen, dann sehen wir weiter. Ich muss jetzt weiter zur Autopsie, wir sind schon spät dran.«

Sie waren als Zivilstreife unterwegs, Romain saß hinterm Lenkrad, und der erste Teil der Fahrt verlief schweigend. Dem jungen Lieutenant schwirrten immer noch die gleichen Fragen an Noémie im Kopf herum, die ihrerseits wiederum viel nachzudenken hatte.

»Ich habe einen Hund.«

»Ich hörte davon.«

Das Auto ließ Decazeville hinter sich und fuhr auf die Bundesstraße Richtung Montpellier.

»Aber mal abgesehen davon, müsste die Waffe, mit der Sie Ihren Nachbarn bedroht haben, nicht sicher im Tresor der Wache liegen?«, fragte Romain.

»Jetzt seien Sie mal nicht so kleinlich. Ich werde sie morgen zurücklegen, versprochen. Wir sind übrigens spät dran«, merkte sie an.

»Wollen Sie Blaulicht und Sirene? Würde ich Ihnen damit eine Freude bereiten?«

»Ja, unbedingt.«

Die Tachonadel kletterte in die Höhe, und Valant bahnte sich trotz der hohen Geschwindigkeit entspannt einen Weg durch die Autos.

»Sie wirken verändert.«

»Wie verändert?«

»Interessiert. Involviert. Präsent.«

»Was davon?«

»Dann würde ich sagen: präsent.«

...

Das Rechtsmedizinische Institut von Montpellier gehörte zur Uniklinik und hatte nichts von dem altmodischen Charme des Rechtsmedizinischen Instituts von Paris, einem Gebäude aus altem Stein, das von der Seine umschmeichelt wurde. Ein riesiges Krankenhaus fanden sie vor, das im Jahr zuvor renoviert worden war und jetzt mit seinen weißen Fassaden und unendlichen Fluren fast so wirkte wie jedes andere Krankenhaus auch.

Die Autopsiesäle waren so steril wie OP-Räume und mit den neuesten Geräten ausgestattet, die Leichenhalle in Paris sah daneben wie ein Kuriositätenkabinett oder die Praxis eines Dorfarztes aus.

Auf dem Tisch aus rostfreiem Stahl lagen die Überreste jenes Kinderskeletts, das am Tag zuvor entdeckt und schon von den verflüssigten Geweberesten reingewaschen worden war, welche sich jetzt wiederum in großen, mit »Biohazard« beschrifteten Müllcontainern befanden. Zu Chastains Überraschung hing ein riesiger Bildschirm an der Wand, mit dessen Hilfe Autopsien live übertragen werden konnten; eine solche Vorrichtung hatte sie noch nie gesehen.

»Wir hätten auch eine Videokonferenz hierher machen können?«

»Das wäre Ihnen lieber gewesen?«, fragte Romain.

»Auf diese Weise wäre Ihnen der Gestank erspart geblieben«, erklärte der Gerichtsmediziner, der mit ausgestreckter Hand in den Raum trat, um sie zu begrüßen. »Aber meiner Erfahrung nach glauben Ermittler nichts, was sie nicht mit ihren eigenen Augen gesehen haben.«

Seinem Körperbau nach zu urteilen, hatte er schon lange auf Sport verzichtet und dafür die Künste der Gastronomie umso mehr genossen. Neugierig betrachtete er Noémie, als wäre sie sein neuer Fall, und es war ihm förmlich anzusehen, dass er versuchte, die Ursache jeder einzelnen Narbe zu entziffern. Sie wartete geduldig, bis sie es nicht mehr aushielt.

»Das, wonach Sie suchen, befindet sich auf dem Seziertisch«, merkte sie an.

»Verzeihen Sie, Capitaine«, erwiderte er und wandte sich den Überresten des Leichnams zu. Er zog sich Einmalhandschuhe und Atemschutzmaske über und betätigte über die Fernbedienung die Starttaste, um die Untersuchung aufzunehmen.

»Das zu untersuchende Individuum ist mit X registriert. Die Knochenreife ist noch nicht abgeschlossen, ich kann das Geschlecht also nicht bestimmen. Zwischen acht und zwölf Jahre alt. Wurde in einer hermetisch verschlossenen Plastiktonne entdeckt, die im Wasser schwamm. Es wurden Proben der Tonne zu Analysezwecken entnommen, bald werden wir wissen, wozu sie eigentlich genutzt wurde. Ich identifiziere einen glatten Bruch im Bereich der Wirbelsäule, der auf ein gewaltsames Verrenken zurückzuführen ist und danach aussieht, als wäre der Körper einfach zusammengefaltet worden. Dafür benötigt man eine Menge Kraft, um ehrlich zu sein, ist das rein manuell fast unmöglich. Auf jeden Fall handelt es sich hierbei um die Todesursache.«

»Können Sie einen Zeitpunkt festmachen?«

»In diesem Zustand? Zwischen mehreren und vielen Jahren.«

»Noch ungenauer geht es nicht, nein?«, lamentierte Noémie. »Ich bin Gerichtsmediziner und kein Hellseher.«

»Was ist mit der DNA?«

»Ich benötige dafür nur die Osteoblasten und die Spongiosa der Knochen, damit sollten wir hinkommen.«

Er griff nach einer chirurgischen Bohrmaschine, suchte in den Knochenüberresten nach dem besten Kandidaten, hielt in der Bewegung inne und wandte sich Chastain zu.

»Schussverletzungen«, verkündete er, als hätte er endlich das Wort gefunden, das ihm auf der Zunge lag.

»Das Kind oder ich?«

»Sie sind die Kommissarin aus Paris, richtig? Und schon wieder im Dienst? Wenn ich bedenke, dass sich eine unserer Krankenschwestern wegen einer Erkältung hat krankschreiben lassen!«

»Ich hätte das Gleiche gemacht. Eine Erkältung kann sehr anstrengend sein.«

26

Die Nachricht über den Fund eines Kinderleichnams erschütterte die gesamte Region. Als Noémie und Romain wieder im Kommissariat eintrafen, war Pierre Valant schon im Gespräch mit Commandant Roze.

»So ein Mist, der Bürgermeister«, entfuhr es Romain, als er einparkte.

»Die Ereignisse finden in seiner Gemeinde satt, völlig unnormal ist es also nicht, wenn sich Ihr Vater hier nach Details erkundigt.«

»So ist es wohl. Übernehmen Sie. Das ist nichts für mich.« Noémie näherte sich ihren Vorgesetzten, und bevor sie auch nur zur Begrüßung ansetzen konnte, bestürmte der Stadtvater sie schon mit Fragen.

»Weiß man, wer das Kind ist?«

»Noch nicht.«

»War es Mord?«

»Wahrscheinlich.«

»Wir sind mitten in den Verhandlungen mit den Chinesen als potenzielle Investoren in der Mecanic Vallée, das ist eine Katastrophe.«

»Sie haben recht. Ich werde der Familie richtig einheizen, sobald das Kind identifiziert ist.«

»Sparen Sie sich Ihren Sarkasmus für andere. Sie haben ja keine Ahnung, wie sehr ich für Avalone ackere. Und Sie kennen doch die Chinesen, die sind abergläubisch. Bei einem schlechten Omen rollen die sich wie Igel zusammen. Aber das war ja abzusehen, und mit dem Gemeinderat hatte ich auch schon Krach darüber! So lange, wie wir schon jeden Dahergelaufenen hier aufnehmen, musste das ja mal passieren. Fünfundzwanzig syrische Familien wurden seit Anfang des Jahres hier integriert, und wir verstehen uns, was ich mit ›integriert‹ meine. Das würde ich denen mit ihrer primitiven Art glatt zutrauen. Werden Sie in diese Richtung ermitteln?«

»Nein, das habe ich nicht vor«, zügelte Noémie sich, der

sich eine Szene aus dem uralten *Frankenstein*-Film in Schwarz-Weiß von James Whale aufdrängte, in der die Kreatur von einem wütenden Dorf-Mob verfolgt wurde. »Ich würde erst einmal gern den Todeszeitpunkt erfahren, bevor es hier zu Ausschreitungen gegen irgendwen kommt. Aber ich verspreche Ihnen, sollten wir auch nur den geringsten Verdacht haben, halte ich Mistgabel und Fackel für Sie bereit.«

Romain konnte sich nicht daran erinnern, dass jemals jemand in einem solch ironischen Tonfall mit dem Bürgermeister gesprochen hätte, und ergötzte sich am Anblick seines Vaters, den Noémie mit offenem Mund wie einen unbedeutenden Gernegroß auf der Türschwelle zum Kommissariat stehen ließ. Roze hastete hinter ihnen her, nachdem er sich überschwänglich bei Pierre Valant entschuldigt hatte, und fand die versammelte Mannschaft in hitziger Diskussion in ihrem Büro vor.

»Also, ich sag ja nicht, dass er mit allem recht hat, was die Syrer betrifft. Allerdings hat Saint-Charles den Fall schon auf Seite eins gebracht, und die Sorge des Bürgermeisters wird schnell zur allgemeinen Sorge unserer Gemeinden werden. Noch nie zuvor wurde in dieser Gegend ein Kind ermordet.«

Noémie brauchte nichts weiter tun, als sich zu Milk hinunterzubeugen, damit er sie aufklärte.

»Saint-Charles, Vorname Hugues. Er ist der Journalist bei der Regionalzeitung für unsere sechs Gemeinden, *La Dépêche*«, klärte er sie flüsternd auf. »Und ich widerspreche Ihnen nur ungern, Commandant«, fügte er dann lauter hinzu, »aber 2000 gab es schon einmal einen Kindsmord, in Flavin. Das war der Typ, der die Familie seiner Ex umgebracht hat, aus Eifersucht. Ein fünf Monate alter Säugling war dabei, der ist damals bei lebendigem Leib verbrannt.«

»Aber das sag ich doch«, verteidigte sich Roze. »Das war vor neunzehn Jahren, vierzig Kilometer von uns entfernt. Das ergibt doch keinen Sinn!«

Bousquet legte eine dünne Akte auf den Schreibtisch, die er zu Chastain hinüberschob.

»Wir haben uns noch mal die letzten fünf Jahre angeschaut. Da gab es genau zwei Kinder, die als vermisst gemeldet wurden. Eines kam bei einem Unfall in einer Scheune ums Leben, und das andere war abgehauen und wurde innerhalb von ein paar Tagen wiedergefunden.

»Ich sage euch, das sind die Phantome des alten Dorfs«, wiederholte Milk hartnäckig.

»Danke, jetzt halten uns alle für Dorftrottel«, klagte Bousquet.

»Was denn? In Paris gibt es sogar Phantome in der Oper.«

»Ja, aber Phantome, die schweben mit Laken über dem Kopf durch die Gegend und machen ›Buh‹, die sind nicht in Plastiktonnen unterwegs.«

Nur ein einziges Detail hatte Noémie von diesem Wortgefecht aufgeschnappt.

»Was meinen Sie mit ›altes Dorf‹?«

»Avalone war nicht immer dieser Ort«, klärte Roze sie auf, »1994, also vor fünfundzwanzig Jahren, gab es den Stausee noch nicht in der Form. Der Fluss Sentinelle musste erst gestaut werden, damit ein See entstehen konnte, der dann das Tal überflutet hat. Das Tal, in dem sich das alte Avalone befand. Ein neuer Ort wurde einige Kilometer weiter entfernt eins zu eins nachgebaut, die Einwohner wurden umgesiedelt, und unsere zurückgelassenen Häuser wurden von den Wassermassen überflutet. Danach haben wir mit unseren Leben weitergemacht wie bisher, und wir haben auch den Namen behalten. Avalone. Das Ganze war maximal so traumatisch wie ein Umzug.«

Noémie fiel es schwer, ihre Verblüffung zu verbergen.

»Sie wollen damit sagen, dass sich genau vor meinem Haus eine Unterwasserstadt befindet?«

»Ja, das, was davon übrig ist. Und natürlich ranken sich viele Legenden darum. Sobald etwas Unerklärliches geschieht, kommen die Geister unserer Ahnen ins Spiel. Aber das wird doch keinen Unterschied in Bezug auf unsere Ermittlungen machen?«

»Wir haben es mit dem Leichnam eines Kindes zu tun, das niemand vermisst, und mit einem Dorf, das vor einem Vierteljahrhundert in der Zeit stehen geblieben ist. Entweder wurde der Leichnam des toten Kindes zu der Zeit ins Wasser geworfen, oder es ist noch länger als fünfundzwanzig Jahre her. Und doch, wir rollen unsere Ermittlungen ganz neu auf.«

Entschlossen schickte sie Bousquet wieder ins Archiv.

»Suchen Sie mir alle Vermisstenfälle der letzten dreißig Jahre heraus. Wir konzentrieren uns erst mal auf einen Radius, der unsere Gemeinden umfasst, gegebenenfalls weiten wir ihn aus.«

»Was ist mit der Fährte, die zu den Syrern führt?«

»Die schließen Sie zusammen mit der Fährte, die zu den Geistern führt, weg, die können sich dann gegenseitig gute Gesellschaft leisten.«

Chastain verließ den Raum, um dem diensthabenden Staatsanwalt Bericht zu erstatten, wurde jedoch schnell von ihrem Lieutenant eingeholt, der neben ihr herlief.

»Der Kleine hat nicht ganz unrecht, wissen Sie.«

»Mit den Syrern?«

126

»Nein, mit den Geistern. Wenn wir so viele Jahre zurückgehen, wie Sie gesagt haben, dann werden Sie einen Geist erwecken, der den überwiegenden Teil meiner Kindheit für Gesprächsstoff gesorgt hat.«

»Ich höre.«

»Der Übergang vom alten zum neuen Avalone ist nicht ganz so glücklich verlaufen. Zum Zeitpunkt der Übersiedlung verschwanden drei Kinder.«

»Warum haben Sie mir das nicht schon früher erzählt?«

»Das war vor fünfundzwanzig Jahren. Ich habe nicht so weit zurückgedacht. Erinnern Sie sich an die Lokalnachrichten von vor fünfundzwanzig Jahren? Wie dem auch sei, davon darf nichts an die Öffentlichkeit gelangen, bevor wir nicht ein Minimum an Gewissheit haben.«

»Das bleibt natürlich im Kommissariat, falls Sie das meinen.«

»Das wird nicht reichen. Milks Mutter ist die Bibliothekarin von Decazeville und die inoffizielle Übermittlerin von jedem Klatsch und Tratsch. Wenn morgens etwas geschieht, berichtet Milk ihr in aller Ausführlichkeit beim Mittagessen darüber, und um 14 Uhr weiß es dann ganz Avalone. Sie müssen wissen, dass die Familien der drei Kinder noch im Dorf leben. Stellen Sie sich nur vor, was das für ein Erdbeben auslöst, wenn sie erfahren, dass wir den Fall wieder aufrollen. Zumal sich die Angelegenheit damals schnell als Entführung entpuppt hat. Da kann unmöglich ein Zusammenhang bestehen.«

Noémie platzte der Kragen: »Das ist ja nicht zum Aushalten, erzählen Sie mir jetzt endlich die ganze Geschichte, oder wollen Sie mich verarschen?«

Romain störte sich nicht mal mehr an Chastains Ausdrucksweise.

»Er hieß Fortin. Ein Saisonarbeiter, der eines Morgens, mitten während der Erntezeit, scheinbar grundlos abgehauen ist. Die letzte Ernte vor der Überflutung war das. Am gleichen Tag verschwanden die drei Kinder. Hätte natürlich auch ein Zufall sein können, aber Fortin war polizeibekannt. Hatte wegen bewaffnetem Überfall eingesessen.«

»Bewaffneter Überfall und Entführung, das sind aber zwei unterschiedliche Paar Schuhe.«

»Das sehen die Leute anders. Sie wollten wissen, welchen Geist Sie erwecken würden, ich sag Ihnen nur den Namen. Fortin.«

»Und seitdem hat man nie wieder etwas von den Kindern oder Fortin gehört?«

»Nichts.«

»Gut. Wir lassen nichts aus. Wir bleiben dabei, dass wir uns die letzten dreißig Jahre vornehmen, und Sie holen mir diesen Fall aus dem Archiv. Sie können ihn mir unauffällig zustecken, und ich werde mich heute Abend in Ruhe damit auseinandersetzen.«

»Oder Sie kommen ihn sich heute im Laufe des Abends bei mir abholen. Meine Frau würde Sie wirklich gern kennenlernen. Und das ist jetzt das dritte Mal, dass ich Sie einlade.«

»Macht sie sich Sorgen wegen mir? Haben Sie ihr erzählt, dass ich mit meinem Aussehen ganz bestimmt keine Bedrohung darstelle?«

»Ich bitte Sie. Nur auf ein Glas, dann lasse ich Sie wieder gehen. Das macht man doch so unter Teamkollegen, oder nicht? Danach wird sie ihre Aufmerksamkeit etwas anderem widmen, und vor allem gibt sie dann endlich Ruhe mit der ›mysteriösen Polizistin aus Paris‹.«

»Sagt sie das so?«

»Genau so. Ohne Pause zwischen den Worten, als wäre es Ihr Name.«

»Wenn ich damit Ihre Ehe retten kann …«, kapitulierte Noémie.

Sie konnte sich jetzt schon bildlich vorstellen, wie Madame Valant sie mit Argusaugen beobachtete, um ihre potenzielle Eifersucht zu mäßigen, da vibrierte ihr Handy in der Hosentasche. Der Gerichtsmediziner hatte Neuigkeiten:

»Mein Assistent ist zwar ein alter Hase, aber Sie haben dafür gesorgt, dass er ganz grün im Gesicht geworden ist. Es muss die Hölle gewesen sein, diesen organischen Brei von Knochen und Haaren zu befreien und darin herumzustochern.«

»Und was haben Sie in der Hölle gefunden?«

»Dem Zahn der Zeit und den Verdauungssäften haben nur metallene Gegenstände standgehalten. Wir haben also … zwanzig metallene Ringe, wahrscheinlich Ösen der Schnürlöcher an den Schuhen. Eine Gürtelschnalle. Eine Legierung, die einer Zahnplombe ähnelt, und ein Zehn-Centime-Stück.«

»Insgesamt ist also nichts Interessantes dabei.«

»Und wenn ich Ihnen sage, dass mir anhand eines dieser Gegenstände eine ziemlich genaue Datierung möglich ist?«

Chastain nahm die Herausforderung an und begann zu grübeln. Was nicht lange dauerte.

»Ich weiß es, das Zehn-Centime-Stück! Ein Zehn-Centime-Stück aus Zeiten des Francs, vor der Einführung des Euros, richtig?«

»Bravo. Ich hatte schon Angst, dass Sie mich enttäuschen würden. Ja, es handelt sich um Francs. Und der Euro wurde 2001 eingeführt.«

»Wir haben also einen Leichnam von vor 2001, das heißt, der Vorfall ereignete sich vor mindestens achtzehn Jahren, zumindest wenn das Kind kein Münzhändler war. Das schränkt den Zeitraum, in dem wir suchen, ungemein ein. Noch was?«

»Das Resultat der Analyse der Tonne selbst. Da haben wir Propylenglykol gefunden. Etwas, das in Ihrer Gegend nicht ungewöhnlich ist, weil es Milchkühen und Schafen zugefüttert wird.«

Nachdem sie alle Informationen ausgetauscht hatten, eilten Chastain und Valant ins Untergeschoss Richtung Archiv. Der heruntergerockte Gang führte sie an Gewahrsamszellen, dem Erkennungsdienst und an Spinden vorbei, bis sie zu einem Raum ohne Fenster gelangten, in dem es aussah, als wäre der Herbst zu früh ausgebrochen, denn Milk saß in einem Wust von Zettelchen und Unterlagen zu laufenden Ermittlungen, die er um sich herum verteilt hatte.

»Über einen Zeitraum von dreißig Jahren habe ich vierzehn Vermisstenfälle gefunden. Nummer eins war eine Minderjährige, die zwei Tage später bei ihrem Freund in Rodez gefunden wurde. Fall Nummer zwei wurde in Spanien wiedergefunden. Nummer drei …«

»Milk, wer wiedergefunden wurde, interessiert uns herzlich wenig. Die ungelösten Fälle, die brauchen wir, und ganz besonders die vor der Umstellung vom Franc zum Euro. Das Opfer hatte ein altes Centime-Stück in seiner Hosentasche.«

»Francs?«, wiederholte der junge Polizist überrascht. »Das geht ja ewig zurück, 1950er-Jahre oder so.«

»Bis 2001, du Depp«, erteilte Noémie ihm amüsiert Nachhilfe in Wirtschaftsgeschichte.

»Ist auch egal, ob 2001 oder 14. Jahrhundert, ich habe nichts. *Rien.* Es gibt keine vermisst gemeldeten Kinder vor 2001. Estelle Mouzin, Marion Wagon oder Aurore Pinçon kommen nicht aus dem Aveyron. Das Einzige, was irgendwie zutreffen könnte, vor allem in Bezug auf den genannten Zeitraum, das ist dieser Fall.«

Er hievte eine Akte mit mehreren Ordnern auf eine Ecke des Tischs, auf die er mit rotem Stift FORTIN geschrieben hatte.

»Und ja, Sie werden wahrscheinlich sagen, das tut nichts zur Sache, das war ja eine Entführung.«

Noémie und Romain sahen einander besorgt an. Mit der Diskretion hatte sich das jetzt erledigt: Der Kleine hatte die gleiche Eingebung gehabt wie sie und verfolgte jetzt auch diese Spur.

»Ich gehe davon aus, dass wir die Akte zurückpacken und unsere Suche auf das Département ausweiten?«, kombinierte Milk.

»Nein, wir arbeiten erst mal mit dem, was uns zur Verfügung steht, und lassen keinen Schritt aus. Wir müssen hier ganz akribisch vorgehen. Wurde im Fortin-Fall die DNA der Kinder isoliert?«

»Ich will ja nicht klugscheißen, aber die nationale DNA-Analyse-Datei wurde erst 1998 eingeführt. Das war vier Jahre nach der Entführung, die schon 1994 stattgefunden hat.«

»Die automatisierte Datenbank, das ist richtig, aber DNA-Tests, vor allem bei Vermisstenfällen, gab es da schon seit fünfzehn Jahren«, korrigierte ihn Romain.

Milk blätterte durch die Seiten der dicken Akte, fuhr mit dem Finger über die Zeilen, bis er die Antwort gefunden hatte.

»Du hast recht. Ich habe hier das Protokoll zu den DNA-Proben, die während der Ermittlungen genommen wurden. Fortin schlief in einem der Nebengebäude auf dem Hof der Valants, man hat seine DNA an mehreren Orten gefunden und in die Datenbank eingepflegt. Und es gab jeweils zwei Probeentnahmen in den Zimmern der drei verschwundenen Kinder. Jeweils auf Zahnbürste und Unterwäsche.«

»Perfekt. Rufen Sie im Labor an, damit die DNA des Kindes X in der Gerichtsmedizin in Montpellier mit denen der drei Kinder verglichen wird, die sie im Archiv haben müssten. Da es sich nur um einen Abgleich handelt, müssten die Ergebnisse morgen da sein. Hoffentlich kommen wir damit weiter, es ist unsere einzige Spur.«

Milk schien verwirrt zu sein und fragte, ob sie jetzt wirklich den Fall noch einmal ganz neu aufrollen wollten. Romain herrschte ihn daraufhin gereizt an, er solle auf alle Fälle jetzt nichts ausplaudern und nicht das Dorf grundlos in Aufruhr versetzen, bevor sie eine öffentliche Mitteilung machten.

»Ist ja gut«, erwiderte Milk. »Reg dich nicht auf.«

Um wieder in die erste Etage zu gelangen, ging Noémie durch den gleichen Gang zurück, und als sie diesmal an den Zellen vorbeiging, hörte sie ein Bellen. Sie warf einen Blick hinein und sah Bousquet mit einem Wassernapf in der Hand dastehen. Picasso kauerte in der ersten Zelle direkt vor ihr.

»Sie sollten zu Valant gehen, es gibt Neuigkeiten zu unseren Ermittlungen«, informierte sie ihn.

Bousquet schob dem verängstigten Hund, der sich in die hinterste Ecke der Zelle verkrochen hatte, den Wassernapf hin.

Picasso, der darauf programmiert war, Prügel zu beziehen, kam mit allem, was von einem Schlag oder Fußtritt abwich, nicht zurecht. Erst als er Noémie sah, schlabberte er gierig die Hälfte des Napfes aus.

»War der Tierarzt noch nicht da?«

»Doch. Vor einer Stunde.«

»Ich sehe keinen großen Unterschied.«

»Der Bruch am Hinterbein ist schon zu alt. Der Knochen ist an der Bruchstelle verkalkt. Man müsste ihn neu brechen, um ihn neu in Form zu bringen. Der Tierarzt hat gesagt, das wäre viel Aufwand für wenig Besserung, zumal er keine Schmerzen hat.«

»Und sein Kiefer?«

»Das Gleiche. Der Bruch ist zusammengewachsen. Da ist nichts mehr zu machen. An den Anblick seiner zerstörten Fresse müssen wir uns also gewöhnen, die wird er für immer behalten«, sagte er grinsend, bevor ihm klar wurde, in welches Fettnäpfchen er wieder getreten war.

»Verdammt, ich fass es nicht, Capitaine«, entschuldigte er sich betreten, »ich bin so ein Riesentrottel, dabei habe ich es nicht mal extra gemacht.«

Und zum ersten Mal seit drei Monaten brach Noémie Chastain in Gelächter aus. Ein befreiendes Lachen, und es war so schön zu hören, dass Romain und Milk noch mehr überrascht waren, als wenn sie vor Schmerz aufgeheult hätte, und die Köpfe aus dem Archiv herausstreckten. Noémie ließ sie einfach dastehen, und sie schauten ihr mit aufgerissenen Augen hinterher.

»Ein Wunder ist geschehen«, sagte Romain.

»Wusste ich es doch, dass sie menschlich ist«, fügte Milk hinzu.

27

Noémie band ihren Hund mithilfe einer schlichten Kordel an einen der Pfosten der Pergola an, die sich rund um das Haus erstreckte und die breite Terrasse schützte. Über einem Teil des Geländers hingen bunte Lichterketten, wie sie auch in den Biergärten am Ufer der Marne für eine gastfreundliche Atmosphäre sorgten. Sie kniete sich vor Picasso hin.

»Nicht bewegen. Nicht bellen. Nicht abhauen«, befahl sie und tippte bei jeder Anweisung mit dem Finger auf seine Nase.

Sie war immer noch in der Haltung einer gestrengen Lehrerin über ihn gebeugt, als Romain die Tür öffnete und sagte, sie könne ihn ruhig mit hereinbringen, wenn sie wolle, aber sie antwortete nur wieder mit der Spruchweisheit ihres Vaters, dass Hunde nach draußen gehörten.

»Und wenn es regnet?«

»Gehen Sie mir nicht auf den Sack, Valant. Ich hatte noch nie ein Haustier, ich improvisiere.«

»À propos, ich habe eine zehnjährige Tochter, Ihre unflätige Ausdrucksweise bleibt auch draußen, einverstanden?«

»Ich werde mein Bestes geben.«

Ein halbes Stündchen musste sie durchhalten, mehr nicht, sagte sie sich.

Aber kaum hatte sie einen Fuß ins Haus gesetzt, umschmeichelte sie der Duft einer Mahlzeit, die auf dem Herd vor sich hin köchelte. Das war nichts anderes als eine Falle.

»Ja, tut mir leid. Ich hatte zwar gesagt, nur auf einen Drink, aber Aminata hat daraus ein ganzes Abendessen gemacht. Ich überlasse es Ihnen, ihr zu sagen, dass Sie nicht länger bleiben können.«

Bevor sie widersprechen konnte, stürzte Aminata auf sie zu und schlug sich die Hände vor den Mund, als würde sie eine alte Freundin aus Kindheitstagen wiedersehen.

»Die-mysteriöse-Polizistin-aus-Paris Noémie Chastain! Ich freue mich so, dich zu sehen«, duzte sie unumwunden drauflos.

Chastain versuchte, sie einem Fleckchen Erde zuzuordnen. Somalia? Äthiopien? Sie auf einer Schönheitsskala richtig einzuordnen, fand sie auf jeden Fall weniger schwierig. Aminata war von einfacher, perfekter, einer verstörenden Art von Schönheit, eine Prinzessin, für die es aus Liebe oder Eifersucht zu sterben lohnte. Ihre Haut war so schwarz, dass Noémie klar wurde, warum Romain und sein rassistischer Vater einander so spinnefeind waren. Dass diese Afrikanerin sich in das Herz seines Sohnes geschlichen hatte, musste für Pierre Valant einer Schmach gleichgekommen sein. Vermutlich sah er darin eine Bedrohung des valantschen Genpools. Und was besagten Genpool betraf, so zeigte sich jetzt schüchtern, halb hinter den Beinen ihrer Mutter versteckt, die perfekte Vereinigung dieser zwei Menschenwesen.

»Ich möchte dir Lily vorstellen, und ich kann dir sagen, dass sie nicht zu bändigen ist, seitdem sie weiß, dass sie dich kennenlernen wird.«

Während des Essens wurde Noémie vor allem mit Fragen zu vergangenen Ermittlungen bombardiert. Alles, von den schwierigsten bis zu den schaurigsten Fällen, wollten sie wissen, und

Noémie musste mit Bedacht ihre Worte auswählen, um der Kleinen, die an ihren Lippen hing, keine Albträume und schlaflosen Nächte zu bescheren.

Ganz besonders fiel ihr auf, das Aminata nicht ein einziges Mal ihre Wunden gemustert oder sie neugierig angestarrt hatte. Noémies Aussehen war ihr herzlich egal, sie verhielt sich, als wären ihre Wunden an der Türschwelle vollständig verheilt.

Nur Lily, die zu ihrer Rechten saß, beobachtete sie heimlich aus den Augenwinkeln und sah dabei aus wie eine Maus, die in ihrem Mäuseloch in der Wand nach der Katze Ausschau hält.

»Vielleicht solltest du einmal so richtig hinschauen, meine Kleine, sonst verfehlt die Gabel noch deinen Mund.« Noémie drehte sich zu ihr um und schmunzelte sie wohlwollend an.

Lily riss die Augen auf und streckte völlig überraschend ihre Finger nach den noch roten, tiefen Narben aus. Aminata und Romain hielten den Atem an, wie ihr Gast reagieren würde.

»Wenn du mich berührst …«

Lilys Hand stoppte mitten in der Bewegung.

»Wenn du mich berührst, dann bist du die Erste.«

Mit den Fingerspitzen fuhr Lily über Noémies Narben, dann rollte sie einen Wirbel ihrer silbergrauen Strähne um einen Finger.

»Du bist schön.«

»Du bist klein.«

»Nein, du bist schön«, bestätigte Aminata und drückte sanft die Hand ihrer Tochter herunter.

Noémies Blick verschleierte sich.

Verfluchte Falle.

...

Romain stellte zwei dampfende Tassen Kaffee auf einen längs durchgesägten Eichenstamm, der als Beistelltisch auf der Terrasse fungierte.

»Schafft ihr es, sie zum Schlafen zu bewegen?«, erkundigte sich Noémie.

»Sie ist ein bisschen aufgekratzt, aber mit der Geschichte des Oger von Malbouche sollten wir das hinbekommen.«

»Die musst du mir dann wohl auch erzählen.«

»Wir duzen uns jetzt also?«

»Was ist jetzt mit diesem Oger?«, wich sie ihm aus.

»Ach so, ja, entschuldige. Der Oger von Malbouche. Das war im neunzehnten Jahrhundert, im Causse noir, der Kalkhochebene etwa hundert Kilometer von hier entfernt.«

Romain reichte Noémie eine Tasse und hielt ihr eine Keksdose mit Zuckerstückchen hin. Picasso, den Noémie nach einer Stunde dann doch hereingeholt hatte, saß zwischen ihren Beinen, die Augen hingen auf Halbmast, und er wirkte entspannt. Die Art und Weise, wie Valant diese Geschichte erzählte, ließ erahnen, dass es Lilys Lieblingsgeschichte war. Er improvisierte nicht, sondern sagte einen schon tausendmal vorgelesenen Text auf.

»Es war einmal ein Mann namens Jean Grin, man sagte von ihm, er sei fast so groß wie eine Riese und lebe zurückgezogen in einer ärmlichen Hütte mit eingefallenem Dach neben der Schlucht von Malbouche. Er war Jäger und trug das Fell der getöteten Tiere, sodass man oft nicht sicher war, ob es sich um einen Menschen oder ein Tier handelte. Im Jahr 1899 wurden drei Kinder verschleppt und aufgefressen, das war Pech für ihn. Wahrscheinlich steckte ein Wolf dahinter, zumal man zu der Zeit eine Population von zweitausend Wölfen im Aveyron zählte. Es brauchte leider nicht viel mehr, damit aus ihm der Oger von Malbouche wurde, der Kinder fraß, indem er sie, ohne auch nur einmal zu kauen, verschlang. Da organisierten die Dorfbewohner eine Strafexpedition, Grin wurde überwältigt und bei lebendigem Leib in einem bis zur Weißglut befeuerten Ofen verbrannt. Man erzählt sich aber auch, dass er zwanzig Jahre später bei der Hochzeit seiner Tochter gesehen wurde. In Legenden geht es gern mysteriös zu.«

»Und wenn hundert Jahre später erneut drei Kinder verschwinden, wird Fortin der neue Jean Grin, und der Mythos lebt fort?«

»So was in der Art.«

»Und Atlantis?«

»Du meinst das alte, versunkene Avalone?«

»So was ist doch gang und gäbe und sicherlich auch keine neue Legende. Wasserkraftwerke müssen Flüsse stauen, um ihre Kraft zu kanalisieren und sie in Energie umzuwandeln. Und weil Menschen sich immer an Ufern niederlassen, wo sie vom Nahrungsangebot der Wasserstellen profitieren, befinden sich manche Dörfer einfach am falschen Ort und sind dazu verdammt, überflutet zu werden. Wie Essertoux, Antibes, Sarrans, Salles-sur-Verdon, Dramont, Guerlédan, Sainte-Marie-du-Caisson und noch viele mehr, die ich mir jetzt spare.«

Romains Haus stand ganz oben am Ende einer Serpentinenstraße und bildete sozusagen den Punkt zum Fragezeichen. Vor ihnen lagen, zwischen den Hügeln eingebettet, fünf der sechs Gemeinden, für die sie zuständig waren. Fünf in der Nacht klar erkennbare Lichtinseln, die sich aus beleuchteten Häusern und Straßenlaternen zusammensetzten.

»Siehst du, wie ruhig es hier ist?«, fragte Valant sie. »Sollten

138

wir diesen Fall wieder aufrollen, dann können wir uns gemütlich zurücklehnen und dabei zusehen, wie es hier hochkocht, bis eine Feuersbrunst ausbricht.«

»Wir sind nicht für Kollateralschäden einer laufenden Ermittlung verantwortlich.«

»Vielleicht nicht in der Großstadt, weil die Polizei da kein Gesicht hat. Auf dem Land bin ich mir da nicht so sicher.«

Noémie hatte den Fall zuvor rasch überflogen, und die Namen der Opfer drängten sich ihr immer wieder auf.

»Alex Dorin, Cyril Casteran und Elsa Saulnier«, dachte sie laut. »Kanntest du diese Kinder?«

»Es gab zwei Schulen für die sechs Gemeinden. Die Hälfte der Mittdreißiger unter uns war mit ihnen in einer Klasse. Aber ohne die Fotos in der Akte hätte ich mich nicht daran erinnert, wie sie aussahen.«

»Elsa Saulnier, könnte das die Tochter der alten Bergsteigerin sein, die wir oben am Puy Sowieso eingesammelt haben?«

»Der Puy de Wolf, genau. Was die Tochter betrifft, da bin ich mir nicht so sicher. Die Saulniers waren als Pflegeeltern aktiv. Das müssten wir mal in der Akte überprüfen.«

Aminata gesellte sich mit einer staubigen Flasche ohne Etikett zu ihnen.

»So. Gehen wir jetzt zum eigentlichen Teil des Abends über?«

Sie warf ihrerseits einen Blick auf das Schauspiel, das die leuchtenden Dörfer darboten. »Hat Romain dir gesagt, dass uns das Haus gehört?«, fragte sie Noémie, ohne den Blick davon abzuwenden.

»Nein, so weit waren wir noch nicht gekommen.«

»Das Haus ist auf unser beider Namen eingetragen«, fuhr sie stolz fort. »Ein Stückchen Frankreich gehört mir. Damit bin ich keine Ausländerin mehr.«

Dann goss sie drei Gläser randvoll mit dem unbekannten Zeug aus der Flasche.

28

Als Noémie am nächsten Morgen auf dem Weg zum Kommissariat eine SMS von Romain erhielt, gab sie ihrem Handy den Befehl, es laut zu lesen. Die abgehackte und metallisch klingende Stimme ermöglichte es ihr, die Augen weiterhin auf die Straße zu richten.

»Nimm den Hintereingang des Kommissariats, ich erkläre es dir später.«

Sie parkte ungesehen, ging durch den Flur an den Zellen vorbei, hoch in die erste Etage, am Büro des Commandant Roze vorbei. Als sie im Vorbeigehen hineinschaute, sah sie, wie Roze vor Milk stand und Letzterer mit gesenktem Blick dasaß, als würde er eine Strafpredigt über sich ergehen lassen. Dann traf sie auf Bousquet und Valant, die vor einem der großen Fenster am Treppenabsatz standen.

»Gibt es ein Problem?«, erkundigte sie sich.

»Noch nicht. Aber es fehlt nicht mehr viel.«

Noémie warf einen Blick hinaus. Auf dem Parkplatz standen zwei Gruppen mit jeweils etwa ein Dutzend Menschen herum. Einige rauchten und liefen hin und her, manche waren mit ihrem

Handy beschäftigt, und die Übrigen starrten einfach nur in ihre Richtung.

»Soll ich sie dir vorstellen?«

Noémie nickte, und Bousquet nahm verwundert zur Kenntnis, dass die zwei sich duzten; hatte ja lange genug gedauert.

»Also, auf der linken Seite siehst du den Dorin-Clan. Sie führen den zweitgrößten landwirtschaftlichen Betrieb der Region nach meinem Vater. Da haben wir Serge, den Vater des vermissten kleinen Alex, und Bruno, den Jüngsten der Familie. Der Typ ist ein Arschloch.«

»Warum?«

»Bruno Dorins Strafregister ist ziemlich lang. Seine Jugend hat er damit verbracht, in den Zellen des Kommissariats ein und aus zu gehen. Einbrüche, Drogen, Prügeleien, Betrügereien, ein Arschloch vom Feinsten, sag ich euch.«

»Ist angekommen. Und weiter?«

»Die Gruppe rechts ist der Casteran-Clan, und da sind die Eltern des kleinen Cyril. Der Vater war Friedhofswärter im ehemaligen Avalone, die Mutter war in der ambulanten Pflege tätig. Beide sind jetzt in Rente. Offensichtlich wissen sowohl die Dorins als auch die Casterans Bescheid, dass die DNA ihrer Jungs mit der des gefundenen Leichnams verglichen wird.«

»Hat Milk geplaudert?«

»Wir können ihm deswegen wahrscheinlich nicht mal böse sein. Seine Mutter ist gefürchtet, was das Auf-die-Schliche-Kommen von Lügen und Geheimnissen betrifft. Er ist wahrscheinlich angespannt nach Hause zurückgekehrt, sie hat es gespürt und ihn so lange gequält, bis er es ausgespuckt hat. Roze hält ihm gerade eine Strafpredigt in seinem Büro.«

»Es fehlt eine Familie«, merkte Noémie an. »Die von Elsa.«

»Dafür müsste Madame Saulnier den Weg zum Kommissariat finden, ohne auf dem Puy de Wolf oder mitten im See zu landen«, erwiderte Romain. »Außerdem glaubt sie sowieso, dass sie mit Elsa zusammenlebt. Sie verbringt jeden Tag damit, am Fenster darauf zu warten, dass Elsa von der Schule nach Hause kommt. Im Augenblick haben wir also die Dorins und die Casterans, und ich verspreche dir, das reicht voll und ganz aus.«

»Und die werden jetzt dastehen bleiben und warten?«

»Vermutlich wird das Einzige, was sie zum Weggehen bewegen könnte, der erwartete Anruf vom Labor sein.«

»Dann sollten wir zusehen, dass der so schnell wie möglich erfolgt«, erwiderte Noémie.

...

Wenn alle benötigten Proben zur Verfügung stehen, ist ein DNA-Vergleich eine Sache von wenigen Minuten. Das Labor hielt sein Versprechen und rief schon bald an. Die DNA des Leichnams passte zu Dorin, es handelte sich also um Alex Dorin. Noémie bat den Laboranten noch darum, ihr den Bericht als E-Mail zu senden, bevor sie zu ihrem Team zurückkehrte, das mittlerweile vollständig vor dem Fenster versammelt stand.

»Ich schwöre, ich wollte nichts sagen wegen dem DNA-Vergleich in der Fortin-Sache«, entschuldigte Milk sich bei ihr. »Aber Sie kennen meine Mutter nicht, die bekommt jeden weichgeklopft.«

»Ob sie es seit gestern oder seit heute Morgen wissen, das

macht jetzt in Anbetracht des Ergebnisses auch keinen Unterschied mehr«, beschwichtigte Chastain ihn. »Du hast höchstens dafür gesorgt, dass wir keinen Hausbesuch machen müssen.«

»Es ist einer der drei Vermissten, oder?«, fragte Romain.

»Ja. Es ist der kleine Dorin. Alex. Der Sohn des Landwirts.«

»Scheiße. Was machen wir jetzt?«

»Das, was wir immer mit Todesnachrichten machen. Ohne lang zu fackeln.«

Ein Blick in die missmutigen Gesichter ihrer Kollegen reichte für Noémie, um zu verstehen, dass sie selbst wohl die Überbringerin der schlechten Neuigkeit sein würde. Es war an ihr, eine Familie zu zerstören. Sie genehmigte sich erst mal einen Kaffee und schob Verzweiflung und Tränen um zehn Minuten hinaus. Vor Jahren hatte sie den Weg eines Kollegen gekreuzt, der ihr ein schönes Geschenk mitgegeben hatte. Es war nur ein Satz. »Es sind nicht deine Angehörigen, es ist nicht dein Schmerz.« Leider war die Realität nicht immer so einfach wie eine Redensart.

Wenn Fortin, der Oger von Malbouche, drei Kinder entführt hatte, gab es keinen guten Grund, warum eines der Kinder im See über dem ehemaligen Avalone auftauchte. Und wenn eines dort auftauchte, warteten die zwei anderen vielleicht auch geduldig seit fünfundzwanzig Jahren irgendwo dort im Wasser.

Als Chastain auf die Außentreppe des Kommissariats trat, verstummten die zwei Dutzend Personen sofort. Noémie konnte sich lebhaft vorstellen, was in diesem Moment in den Köpfen der Angehörigen der zwei Clans vorging: Hoffentlich ist es keiner von uns, hoffentlich ist es der andere. Diese zwei Familien hatten sich auf den Trümmern eines Dramas ihre

Leben wiederaufgebaut. Was hätten sie wohl entschieden, wenn sie die Wahl gehabt hätten? Sie hätten bestimmt lieber daran geglaubt, dass ihr Kind von Fortin entführt worden war, was ihnen seitdem so gerade eben genug Sauerstoff zum Atmen ließ. Es war zwar mühselig, das Atmen, so als würde man ersticken, aber irgendwie klappte es. Jetzt waren ganz neue Fragen aufgetaucht, und sie hatte nicht eine einzige Antwort darauf.

»Ich bin Capitaine Chastain, Leiterin der Ermittlungsgruppe«, teilte sie mit lauter und bestimmter Stimme den versammelten Menschen mit.

»Um reibungslose Ermittlungen gewährleisten zu können, möchte ich Sie bitten, diese Versammlung aufzulösen und nach Hause zu gehen. Alle, bis auf Monsieur Dorin.«

Das Urteil war einer Gewehrkugel gleich haarscharf an einer der beiden Familien vorbeigeschossen und hatte die andere Familie mitten ins Herz getroffen. Casteran gelang es noch so gerade eben, seine Frau aufzufangen, die ohnmächtig wurde, und Dorin selbst blieb für einen kurzen Moment stoisch, bevor auch er in Tränen ausbrach und Bruno, sein Jüngster, ihm in die Arme fiel.

Noémie drehte sich um und kehrte zu dem mutlosen Haufen zurück, der sich im Eingang verschanzt hatte.

»Valant, du führst eine schnelle Anhörung mit Serge Dorin durch. Du informierst ihn über den Fund des Leichnams laut Protokoll und schickst ihn mit so wenig wie möglich Informationen wieder weg, versprichst ihm aber, dass wir ihn auf dem Laufenden halten. Die Familien und Angehörigen stören jetzt nur, wir müssen sie beruhigen, aber ohne dass wir ihnen auch nur ansatzweise etwas sagen.«

»Geht klar, Noémie.«

Als Chastain ihren vollständigen Namen hörte, zuckte sie zusammen. Die Bilder, wie sie aus dem Krankenhaus entlassen worden war und den Aufkleber auf ihrem Koffer teilweise abgerissen und damit ihren Namen verstümmelt hatte, drängten sich ihr sofort auf.

»Capitaine. Oder Chastain. Oder No. Aber bitte nicht Noémie.«

...

Chastain telefonierte mit dem Oberstaatsanwalt von Rodez, berichtete ihm von den neuesten Entwicklungen des Falls, der nun beim besten Willen zu groß für das Kommissariat wurde.

»Wissen Sie, warum es keine auf *Cold Cases* spezialisierten Ermittlungsgruppen gibt, Capitaine?«

Chastains Schweigen gab ihm zu verstehen, dass sie auf seine Erklärung wartete.

»Ganz einfach, weil die Aufklärungsraten quasi gleich null sind und diese Art von Ermittlungen einen ewig auf Trab halten. Ein *Cold Case* ist aus gutem Grund kalt. Wenn der Fall zu den Akten gelegt wurde, dann haben sich andere schon die Zähne daran ausgebissen. So etwas wieder aufzurollen hat, abgesehen davon, dass man sich wohl für den besten Polizisten der Welt halten muss, nur zur Folge, dass alte Geschichten unnütz wieder aufgewärmt werden. Die anderen werden nicht viel schlauer sein. Außerdem werden alle Dienststellen, denen ich den Fall nahelege, die tollsten Ausreden finden, um ihn nicht anzunehmen.«

»Sie könnten sie zwingen, es ihnen befehlen.«

145

»Damit sie dann rumtrödeln und den Fall Schimmel ansetzen lassen? Ich glaube nicht, dass uns das weiterbringen wird. Sie werden wieder alle von diesem Drama betroffenen Familien anhören, in ihre Erinnerungen eintauchen müssen, und diese Innenschau wird umso erfolgreicher sein, wenn sie es mit Polizisten zu tun haben, die sie und außerdem die ganze Geschichte kennen. Ich kann mich nur wiederholen, Ihr Team ist dafür am besten geeignet.«

Noémie sank etwas tiefer in ihren Stuhl. Sie würde dem Staatsanwalt gleich etwas vorschlagen, was ihn möglicherweise an die Decke gehen lassen würde.

»Wissen Sie, alle gehen davon aus, dass die drei Kinder von einem gewissen Fortin entführt wurden, und haben sich mit dieser Annahme ein neues Leben aufgebaut. Die Kinder wurden weit weg von Avalone vermutet. Dass wir jetzt eines der Opfer im See über dem alten Dorf wiedergefunden haben, eröffnet die Möglichkeit, dass die zwei anderen sich auch dort befinden könnten.«

»Worauf Sie hinauswollen, gefällt mir nicht, Capitaine.«

»Aber warum? Sehen Sie eine andere Lösung, als das Wasser aus dem See abzulassen?«

»Das kann nicht ihr Ernst sein«, empörte sich der Staatsanwalt, der sich schon lebhaft vorstellen konnte, wie die Presse sich auf diese filmreife Vorgehensweise im Rahmen der Ermittlungen stürzen würde.

»Wir werden ja wohl kaum mit Taucherbrille und Schnorchel weitersuchen, oder?«

Das brachte den Staatsanwalt allerdings sofort auf eine andere Idee.

»Nein, natürlich nicht. Zumindest Sie nicht. Aber ich gestatte

Ihnen, die Flussbrigade aus Paris abzukommandieren. Das ist eine landesweit anerkannte Truppe, die bei Bedarf durch ganz Frankreich reist. Avalone kennen die bestimmt noch nicht. Bitten Sie sie um eine Unterwasserortung mit Ultraschall. Sollte sich Ihre Hypothese als wahr erweisen, machen wir uns Gedanken zu umfassenderen Nachforschungen.«

Chastain verschlug es angesichts der unerwarteten Möglichkeiten, die sich ihr auftaten, die Sprache. So lange, dass der Staatsanwalt das Gespräch für beendet erklärte, ohne dass sie etwas entgegenzusetzen gehabt hätte.

29

Noch bevor es zwölf Uhr mittags schlug, war Alex Dorin in allen sechs Gemeinden Gesprächsthema Nummer eins. Sie mussten so schnell wie möglich handeln und, um das zu tun, sich die Zeit für das Wesentliche nehmen. Erst einmal mussten sie sich dringend mit allen Informationen zu dem Fall vertraut machen. Chastain schob sämtliche Ordner der Ermittlungsakte über den Kopierer der Wache, der regelmäßig mit Papierstau oder unmittelbar bevorstehender Explosion drohte, und kopierte jede einzelne Seite in vierfacher Ausführung. Roze, Bousquet, Milk und Valant, sie mussten den Fall wie ihre eigene Westentasche kennen.

Sie schickte der Flussbrigade von Paris eine Anfrage, zu der sie vierzig Minuten später eine positive Antwort erhielt. Die selbstbewusste Stimme des Capitaine Massey versicherte ihr am Telefon, dass sie binnen vierundzwanzig Stunden vor Ort sein würden. Er bat sie außerdem »Avalone« zu buchstabieren, da er den Namen dieses Dorfs noch nie gehört hatte.

Dann kletterte sie in ihren Land Rover, um den Fall zu Hause in Ruhe studieren zu können. Kamin, Köter, Kaffee und Konzentration.

Picasso hüpfte aus dem Auto, kaum dass sie die Tür geöffnet hatte. Er machte einen Schritt, hob schnüffelnd die Nase, erstarrte auf der Stelle und verzog sich mit eingeklemmter Rute und angelegten Ohren hinter einem der Autoreifen, wo er versuchte, sich so klein und unsichtbar wie möglich zu machen.

Vor der großen Fensterfront wartete Vidal, Nachbar und ehemaliger Legionär, die Hände hatte er in die Hosentaschen gesteckt, und er sah so aus, als wäre mit ihm nicht gut Kirschen essen. Noémie visualisierte ihre Waffe, die sie tief in ihrem Schrank unter den Pullovern versteckt hatte. Sie schob ihren Mantel ein Stück zurück und legte die Hand auf die Hüfte, als hätte sie eine Pistole umgeschnallt. Vidal zeigte ihr daraufhin seine zwei leeren Hände, um ihr zu verstehen zu geben, dass er mit friedlichen Absichten gekommen war.

»Was ist mit meinem Hund, haben Sie vor, ihn mir zurückzugeben?«

Noémie unterdrückte mit aller Kraft das Zittern in ihrer Stimme. Wenn sie nur kurze Sätze sprach, gelang es ihr vielleicht besser.

»Steht nicht auf meiner Agenda.«

»Dann werde ich mir einen anderen nehmen.«

»Um den auch zu vermöbeln? Was ist eigentlich Ihr Problem?«

»Ich bin mit dem Ledergürtel erzogen worden. Ich habe

meine Frau mit dem Ledergürtel erzogen. Warum sollte ich einen Köter anders erziehen?«

»Keine Ahnung. Ist mir auch egal. Und jetzt verpissen Sie sich von hier, oder ich verpasse Ihnen eine Kugel in ihren verdammten Arsch.«

Vidal musterte die verunstaltete und mutige Frau, die gleichzeitig schreckliche Angst hatte. Von seiner Zeit beim Militär geprägt, erkannte er einen Soldaten, wenn er ihn sah, auch wenn er gebrochen war. Er knurrte, was fast einer Kapitulation gleichkam.

»Ich komme wieder«, spielte er den starken Mann, »ich lege mich nicht mit unbewaffneten Personen an.«

Mit klopfendem Herzen nahm Noémie daraufhin die Hand von der Hüfte und sah ihm hinterher, wie er ruhigen Schrittes in den Wald verschwand.

»Picasso, bei Fuß!«, befahl sie.

...

Sie hatte die Klammern der verschiedenen Ordner gelöst und diese von der Akte getrennt, um sich nur auf die rund hundert Niederschriften und dazugehörigen Fotos zu konzentrieren, die jetzt um sie herum auf dem Boden lagen und nach einem Muster geordnet waren, das jeder Außenstehende als reines Chaos empfunden hätte.

Stundenlang las sie sich durch die Ordner, machte sich Notizen, besah sich manchmal auch einfach nur die Dokumente, die ein Vierteljahrhundert alt waren, und verteilte mental kleine rote Fähnchen.

Vor Erschöpfung schloss sie die Augen, verpasste, worauf sie ein wenig stolz war, dennoch nicht ihren Termin mit Melchior. Sie erzählte dem Psychologen von ihrer Einladung bei Romain, dem Abendessen, dem Duzen, was er alles beifällig aufnahm, aber da ihre persönliche Situation nun einmal sehr mit ihrer Arbeit verwoben war, kamen sie schnell auf den Fall der Vermissten von Avalone zu sprechen. Sowie auf Noémies Zweifel und Sorgen, diesem Fall gewachsen zu sein.

»Es ist schon verblüffend, wie wenig man sich seiner selbst bewusst sein kann«, stellte der Psychiater fest.

»Sachte, Doc, ich hatte einen anstrengenden Tag«, warnte sie ihn vor.

»In Ordnung, aber jetzt mal im Ernst. Haben Sie nicht das Gefühl, sich mitten in einem Spiel zu befinden, das speziell für Sie entwickelt wurde? Hier haben wir die intakte Seite Ihres Profils und ein reizendes Dörfchen, da haben wir die verwundete Seite Ihres Profils und das versunkene Dorf, das schreckliche Erinnerungen wachruft. Alles steht im Gegensatz zueinander, wie im Umkehrfilm bei den Dias von damals. Dieser Fall ähnelt Ihnen immer mehr. Ich wage sogar zu behaupten, dass er Ihre Rettung ist, in vielerlei Hinsicht, und sich dieser Erkenntnis zu widersetzen, finde ich schon erstaunlich.«

»Unterschätzen Sie mich nicht. Ich sehe nichts anderes, und vielleicht ist es gerade das, was mir furchtbare Angst macht. Dieses Dorf und ich, wir tragen die gleichen Narben.«

»Und was haben Sie jetzt vor? Wieder flüchten? Sich verstecken? Oder wieder die außergewöhnlich begabte Polizistin werden, die Sie immer schon waren?«

»Sie Süßholzraspler ... Ich bin mir sicher, dass Sie das zu allen Polizistinnen sagen, die sich das halbe Gesicht wegballern lassen, um sich in der tiefsten französischen Provinz

wiederzufinden, wo sie an einem schwarz-weißen Fall arbeiten. Es ist jetzt sowieso zu spät, ich mache selten einen Rückzieher, zumal ich dafür schon viel zu tief drinstecke.«
»Good girl«, beendete Melchior das Gespräch.

30

Die Kaffeekanne war voll, auf dem Tisch lagen Croissants, und die Wanduhr im Büro zeigte acht Uhr dreißig. Nachdem Noémie mit Melchior telefoniert hatte, war sie unter Picassos neugierigem Blick durch die Wohnung getigert, der sie schließlich sogar nachahmte. Sie hatte daraufhin beschlossen, die Nacht im Kommissariat zu verbringen. Als die Morgendämmerung die Landschaft allmählich zum Leben erweckte, verteilte sich das Ergebnis ihrer Schlaflosigkeit über sämtliche Wände des Büros, die jetzt vollständig mit Anhörungen, Feststellungen und Fotos des Verfahrens tapeziert waren.

Als alle vom Team da waren und ihr neu dekoriertes Büro besichtigt hatten, in dem es jetzt aussah wie in einem Museum, das Ermittlungsunterlagen aus dem letzten Jahrhundert ausstellte, verkündete Noémie die Wiederaufnahme des Verfahrens. Ihre drei Mitstreiter setzten sich brav hin und trauten sich kaum, nach den Croissants zu greifen.

»Vor fünfundzwanzig Jahren«, begann sie, »verschwand Avalone in den Fluten des Staudamms. Es gab Arbeit für alle auf der Baustelle, es gab ein Umsiedlungs- und gleichzeitiges Wiederaufbauprogramm, Kosten und Planung wurden von der Global Water Energy getragen, dem Unternehmen, das für das Projekt und dessen Ausführung verantwortlich zeichnete. Und während dieser ereignisreichen Zeit verschwanden drei Kinder. Cyril Casteran, Elsa Saulnier und Alex Dorin, der vor Kurzem wiedergefunden wurde. Ein gewisser Fortin wurde als Täter auserkoren, ein Saisonarbeiter, der im landwirtschaftlichen Betrieb unseres heiß geliebten Bürgermeisters Pierre Valant beschäftigt war.«

»Er besaß zu der Zeit ein Drittel der Ländereien von Avalone, also standen die Chancen eins zu drei, diesen Saisonarbeiter einzustellen«, sagte Bousquet. »Das hätte genauso gut den anderen passieren können.«

»Niemand hier will ihm die Handschellen anlegen«, versicherte ihm Chastain, »ich zähle nur Tatsachen auf. Machen wir weiter. Am gleichen Tag, an dem die drei Kinder verschwinden, verschwindet auch Fortin spurlos, und Valant entdeckt, dass eines seiner Nutzfahrzeuge gestohlen wurde. Ein Ford Transit mit dem Nummernschild …«

Sie suchte die Wände ab, ohne Erfolg, da sie das Puzzle noch nicht komplett verinnerlicht hatte.

»Wir scheißen also auf das Nummernschild, der Transporter wurde einige Tage später sowieso völlig verkohlt auf dem Hof einer verlassenen Scheune dreihundert Kilometer von hier entfernt gefunden. Ich erspare euch die Suchtrupps, die Ausspähflüge im Helikopter, die Suchhunde, die rund vierhundert vorgenommenen Vernehmungen und die Tausenden von Hinweisen von Möchtegerndetektiven, die sie gesehen haben wollen, die einen in Paris, die anderen in La Réunion, wieder andere in einem Kinosaal. Letzten Endes war Fortin, der in der Vergangenheit Raubüberfälle begangen hatte, der designierte Schuldige geworden, und aus den vermissten Kindern wurden die entführten Kinder.«

152

»Nur weil wir eines der drei entdeckt haben, heißt das nicht, dass Fortin die zwei anderen nicht doch entführt hat«, warf Bousquet ein.»Und nur weil alle sich darauf geeinigt haben, dass sie entführt wurden, heißt das nicht, dass nicht auch alle drei hier getötet worden sein könnten, auch von Fortin.«»Das ist richtig. Und wenn wir uns nicht selbst davon überzeugen, werden wir es nie erfahren. Daher kommt es zum Einsatz der Flussbrigade anstelle der Leerung des Sees.«

»Eine ganz schöne Hausnummer.«

»Glaubt mir, wenn der Junge neben einem Berg gefunden worden wäre, hätte ich den Berg wie einen Schweizer Käse durchlöchern lassen.«

Dann wandte sie sich dem jungen Kollegen zu, der das ganze Spektakel wie ein Zuschauer verfolgte, der vor dem Fernseher saß.

»Milk, kannst du mir etwas zu den drei Familien sagen?«

Milks Gesicht hellte sich auf:»Genau darüber habe ich gestern noch mit meiner Mutter gesprochen.«

»Hör endlich mit deiner ›Mutti‹ auf«, fuhr Bousquet ihn an,»das wirkt doch unseriös. Soll sie doch selbst Polizistin werden, aber hör auf, sie in unsere Ermittlungen mit einzubeziehen.«

Der junge Polizist errötete, und Bousquet zerzauste ihm die Haare. Die Stimmung war gelöst, der Kaffee wurde eingeschenkt, und von den Croissants waren bald nur noch Krümel übrig. Mit noch halb vollem Mund legte Milk los.

»Familie Casteran. Wie ihr wisst, war der Vater André Friedhofswärter auf dem ehemaligen Friedhof von Avalone, und Juliette, die Mutter, arbeitete in der mobilen Krankenpflege. Beide sind heute Rentner, aber es gibt immer noch manche Familien, die sich weigern, eine andere Krankenschwester als

Madame Casteran zu nehmen, und sie hin und wieder anrufen. Juliette Casteran hat nie aufgehört, daran zu glauben, dass Cyril eines Tages zurückkehren wird. Wir sprachen von Entführung, ihre Antwort darauf war immer, dass er einfach nur weggelaufen sei. Sie ist im APEV, einem Verein für Eltern, deren Kinder Opfer von Straftaten wurden, und ruft dort regelmäßig an. Ruft dort an oder belästigt sie regelmäßig, wie man's nimmt. Auf jeden Fall hat sie nie aufgegeben und ist davon überzeugt, dass ihr Sohn irgendwo ist und lebt.«

»Ich war nach einem Einbruch mal in ihrem Haus«, fügte Romain hinzu, »und man erkennt kaum noch die Tapete vor lauter Fotos von Cyril an den Wänden. Die Hoffnung ist noch schmerzhafter als die Trauer, die sowieso schon den ganzen Raum füllt und keinen Platz für etwas anderes lässt.«

»Eltern, die immer noch hoffen«, seufzte Noémie, »sind die schlimmsten, und das meine ich nicht mal böse. Die ständigen Anrufe bei der APEV und Ansprechpersonen, die nicht einmal mehr so tun, als würden sie daran glauben. Mit denen umzugehen ist oft das Schwierigste von allem.«

Milk blätterte in einem albernen Heftchen herum, dessen Cover Harry-Potter-Wappen zierten.

»Familie Saulnier. Madame Saulnier brauche ich Ihnen ja nicht vorzustellen, Sie haben sie schon von einem ihrer Ausflüge auf dem Gipfel des Puy de Wolf gerettet. Das Ehepaar Saulnier hat nie Kinder bekommen können, und 1987 wurden sie Pflegefamilie. Als Elsa drei Jahre alt war, wurde sie ihnen von der Fürsorge anvertraut, und der Richter gestattete direkt im Anschluss die Adoption. Ein paar Jahre später hatte der Ehemann einen unglücklichen Unfall, stürzte auf der Treppe und machte Madame Saulnier zur Witwe. Von da an hat sie

Elsas Erziehung ihr ganzes Leben gewidmet. Nach dem, was wir für eine Entführung gehalten haben, hat sie sich völlig gehen lassen und ist die alte Dame geworden, die wir hier und da nur mit einem Morgenrock bekleidet wieder einsammeln müssen. Ihr Gehirn hat 1994 aufgehört zu funktionieren, sie nimmt seitdem einfach nichts mehr wahr. Auf der einen Seite haben wir also Juliette Casteran, die daran glaubt, dass ihr Kind an einem anderen Ort lebt, und auf der anderen Saulnier, die davon überzeugt ist, dass Elsa das Dorf nie verlassen hat.«

Er sah vielleicht nicht danach aus, aber hinter seiner Milchbubi-Fassade steckte ein nicht unbrauchbares polizeiliches Gespür, und er hatte einen guten Sinn für Zusammenhänge.

»Und als Letztes haben wir die Familie Dorin. Zweitgrößter landwirtschaftlicher Betrieb von Avalone. Es gibt nur noch den Vater Serge und den jüngsten Sohn Bruno. Jeanne Dorin, die Mutter, hat sich nach Alex' Verschwinden das Leben genommen.«

»Auf welche Weise?«

»Sie hat sich in der Scheune, zwischen den Kühen und Pferden, erhängt. Danach haben die Dorins nie wieder über Alex gesprochen. Auch nicht über sie. Sie haben sich zurückgezogen und den Kontakt zu einem Großteil des Dorfs abgebrochen.«

»Gut. Besten Dank an Mutti«, neckte Noémie ihn.

Da steckte Roze seinen Kopf durch die Tür und unterbrach die Besprechung mit einem verschmitzten Gesichtsausdruck.

»Da versucht gerade ein Boot, auf unserem Parkplatz einzuparken.«

155

31

Im Rathaus von Avalone konnte Pierre Valant sich gar nicht mehr beruhigen. Er hatte die heutige Tageszeitung derart malträtiert, dass eine neue gekauft werden musste. Immer und immer wieder starrte er auf den großen Artikel auf Seite eins, der natürlich aus der Feder des lokalen Nachrichtenredakteurs Hugues Saint-Charles stammte, und schlug dann wütend mit der Hand auf das Blatt, das unter seinen Ohrfeigen erzitterte und löchrig wurde.

DER FLUCH VON AVALONE

Wer erinnert sich noch an das alte Avalone, bevor es dem Staudamm weichen musste? Das Dorf lag im Sterben und sah machtlos dem Ende entgegen, es glich einem auf einer Bank sitzenden Greis, der dabei zusieht, wie das Leben zwischen seinen Fingern zerrinnt. Die Jugend zog weg, die Verarmung war vorprogrammiert, und die Geschäfte gaben eines nach dem anderen auf und zogen ihre Rollgitter herunter. Es gab den ewigen Kampf gegen die Schließung der Schule mit ihren insgesamt vielleicht zwanzig Schülern. Keine Kinder, keine Zukunft, die Folgen lagen auf der Hand. Manchmal macht man Tabula rasa, um neu anzufangen und es besser zu machen. In Avalone haben wir das ganze Dorf in den Fluten untergehen sehen und hatten Hoffnung auf einen Neuanfang. Global Water Energy hatte lange zwischen drei Standorten geschwankt, bevor die Entscheidung auf Avalone fiel, was wir der Hartnäckigkeit unseres jungen Bürgermeisters zu verdanken hatten, der damals in seiner ersten Amtszeit gerade mal dreißig Jahre alt und voller Tatendrang war. Drei Jahre dauerte der Bau des Staudamms, und als die Bauarbeiten ein Ende fanden, verschwanden drei Kinder. Cyril, Alex und Elsa. Und anstatt voranzuschreiten, erstarrte die Zeit um dieses Drama herum. Das war das erste Unheil.

Sicherlich hat der Staudamm Avalone eine Vielzahl an Jobs gebracht und ihm neues Leben eingehaucht, aber seit seiner Fertigstellung werden nur noch rund hundert Personen für dessen Betrieb benötigt, und unser Dorf taucht seit einiger Zeit wieder in Richtung »Dämmerschlaf« ab, wie unser geschätzter Bürgermeister es gern zögerlich umschreibt.

Im neuen Avalone, fünfundzwanzig Jahre später, einen Tag vor der Ankündigung, dass die Chinesen Milliarden Euro in die Mecanic Vallée investieren wollen, schlägt das zweite Unheil zu. Das zweite oder das gleiche? Denn es handelt sich bei dem aufgetauchten Leichnam um niemand Geringeren als den kleinen Alex Dorin, der so viele Jahre später Erinnerungen wachruft, die lange ganz tief vergraben waren.

Die erst kürzlich zugezogene Capitaine Chastain, die zuvor in der legendären Bastion in Paris tätig war, ist mit den komplexen Ermittlungen zu diesem Fall betraut worden. Ihr obliegt nun die schwere Aufgabe herauszufinden, was genau vor einem Vierteljahrhundert hier geschehen ist. Die Geister von Elsa und Cyril sind nunmehr Gesprächsthema Nummer eins, als würde man den Toten in Avalone nicht gönnen, in Frieden zu ruhen.

»Ist alles in Ordnung, Herr Bürgermeister?«, traute sich der Sekretär, ihn in seiner Lektüre zu unterbrechen.

»Wollen Sie mich verarschen? Nein, gar nichts ist in Ordnung. In den 1980er-Jahren wurden aus einer Schlagzeile drei Artikel und eine Reportage gemacht. Heute wird so etwas dank der sozialen Medien und Rund-um-die-Uhr-Nachrichtensender zur landesweiten Sensation. Die Medien werden diesen Fall bis ins kleinste Detail ausschlachten, Tausende Artikel werden darüber erscheinen, bis etwas noch Schlimmeres geschieht, über das sie sich hermachen können.«

Im hohen Bogen flog die Zeitung Richtung Mülleimer und verfehlte ihn.

»Holen Sie mir Roze. Ich würde gern vor den Zeitungen wissen, was in meiner Gemeinde los ist. Wenn's nicht zu viel verlangt ist.«

...

Noémie begab sich auf den Parkplatz und ging auf den neuen, strahlend weißen Ford-Ranger-Geländewagen zu, dessen Türen und Motorhaube mit den Schriftzügen »Police nationale – Flussbrigade« versehen waren. Auf dem Anhänger dahinter war ein schwarzes, fünf Meter langes Zodiac-Schlauchboot befestigt, und ein Mann war gerade dabei, die Schutzhülle zu entfernen, wodurch der Name sichtbar wurde, auf den das Boot getauft worden war: ARES stand da in silberfarbenen Lettern auf schwarzem Gummi.

Ein Mann stieg aus dem Ford. Ein vierschrötiger Kerl mit sonnengegerbter Haut und Bärenpranken, in denen Noémies Hände einfach verschwanden, als sie einander begrüßten.

»Capitaine Massey?«

»Nein, ich bin sein Assistent. Brigadier Lanson.« Noémie warf einen fragenden Blick auf den Mann, der jetzt auf das Schlauchboot gestiegen war und für Noémie gänzlich unbekannte Ausrüstungsgegenstände überprüfte. »Immer noch nicht.« Lanson schüttelte den Kopf. »Das ist der Sonar-Fachmann. Sie können ihn auch einfach Sonar nennen, ist etwas einfacher. Eigentlich ist das Lieutenant Radivojevic, aber damit verknoten Sie sich ja die Zunge.«

Vom Schlauchboot aus hob Sonar die Hand zum Gruß, die sich dann an Lanson gerichtet zum Stinkefinger verwandelte.

»Und Massey?«, fragte Noémie nach.

»Der ist schon am See. Er atmet den Ort. Macht sich mit ihm vertraut. Bei einem solchen Einsatz muss man den Ort ein bisschen kennen, bevor man zur Tat schreitet. Haben Sie denn ein Hotel für uns?«

»Ja, es befindet sich ein paar Kilometer von hier entfernt. Das Hôtel du Parc in Cransac. Die Zimmerschlüssel bekommen Sie an der Rezeption. Ich bin erst seit einem Monat hier und kenne die Region noch nicht so gut, aber das soll ein gutes Hotel sein.«

Sonar sprang mit der Leichtigkeit einer Heuschrecke, mit der er auch den langgliedrigen Körperbau gemein hatte, vom Schlauchboot und stand jetzt direkt neben ihnen. Eine Heuschrecke mit Professorenbrille auf der Nase.

»Es soll sich hier ein Dorf unter Wasser befinden?«, fragte er ungeduldig.

»Das stimmt. Ist das eine Premiere für Sie?«

»Das wird in vielerlei Hinsicht eine Premiere«, gestand er.

»Wir benötigen eine Karte des alten Dorfs, damit wir uns besser zurechtfinden können. Und die Maße, Form und Beschaffenheit der Plastiktonne, in der der Junge gefunden wurde.

»Wir stehen erst am Anfang unserer Ermittlungen«, erklärte Noémie, »und wir haben keinerlei Hinweise darauf, dass die zwei anderen auch im See vergraben liegen oder sich in ähnlichen Behältern befinden.«

»Letzteres wäre allerdings von Vorteil«, merkte Sonar an, »denn wenn Ihre Kinder fünfundzwanzig Jahre ohne Schutz im Wasser verbracht haben, dann werden wir nicht mehr viel orten können. Auch wenn die Skelette noch da wären, die Porosität der Knochen würde die Reflexion der Schallwellen verhindern, und das Sonargerät würde nichts sehen können.«

Er hatte die Schutzplane jetzt vollständig abgezogen, und im hinteren Teil des Boots waren zwei quietschgelbe Koffer zum Vorschein bekommen. Der eine war so lang wie ein Gewehrfutteral, der andere so breit und hoch wie ein Schrankkoffer.

»Ich werde alles, was Sie benötigen, heute Nachmittag in Ihr Hotel bringen lassen. Denken Sie, dass Sie morgen früh einen Tauchgang machen können?«, fragte Noémie.

»Ja. Das heißt, wenn das Sonargerät etwas findet. Dann haben wir, je nach Gefährlichkeitsgrad, die Wahl zwischen zwei Tauchern. Einem menschlichen und einem Roboter. Bei dem menschlichen handelt es sich um Capitaine Massey, und der wird das entscheiden.«

...

Der alte Mann auf dem Ruderboot hatte sich einverstanden erklärt, für einen Moment seine Angelhaken und -schnüre ruhen zu lassen, um auf die Bitte des jungen Mannes mit der ausgeprägten Pariser Sprechart hin in die Mitte des Sees zu rudern.

Der Gast aus der Hauptstadt trug einen Neoprenanzug mit der Aufschrift »Polizei«, um den eisigen Temperaturen am Grund des Sees zu trotzen, denn schon in vierzig Meter Tiefe waren nur noch vier Grad möglich. Zwischen seinen Beinen hatte er einen Rucksack aus reifendickem Plastik, der offensichtlich schwer und voll war. Er blickte in das dunkle Gewässer, als würde er ein Buch lesen, jedes Wogen, jedes Zittern hatte seine eigene Bedeutung.

»Hier ist es perfekt«, meinte der Fremde.

»Das halte ich für keine gute Idee«, meinte wiederum der alte Mann.

Ohne weiteren Kommentar überprüfte der Passagier das Dolchmesser, das an seiner Wade befestigt war, zog sich eine Tauchermaske und den Rucksack über, stellte die Gurte richtig ein, holte so tief wie möglich Luft und ließ sich nach hinten fallen.

Am schlimmsten ist das Eintauchen ins Wasser, in ein neues Element, der Übergang von Luft zu Flüssigkeit. Der Rest ist nichts anderes als ein Tanz. Die von der Dichte des Wassers verlangsamten Bewegungen, die Schwerelosigkeit eines Flugs im Wasser. Nichts sehen, nichts hören, nichts wiegen, der Traum absoluter Freiheit. Das Gewicht des Rucksacks zog ihn hinab. Er streckte die Beine, kreuzte die Arme über seinem Brustkorb und ließ sich, mit dem Kopf voran, langsam sinken, ohne das Tempo zu bestimmen. Wenn er sich besonders konzentrierte, konnte er sogar sein Herzklopfen hören, das im ganzen Körper widerhallte. Der hypnotisierende Rhythmus seines eigenen Blutkreislaufs begleitete ihn, bis er unter seinen Fingern den Sandboden spürte. Er überprüfte das Tiefenmessgerät an seinem Handgelenk und prägte sich die Zahlen ein.

Dann öffnete er seinen Rucksack und holte sechs große Steine heraus, die ihm bis dahin als Gewicht gedient hatten.

Das Wasser um das Ruderboot herum war spiegelglatt. Luftblasen drangen an die Wasseroberfläche und deuteten auf eine Unterwasseraktivität hin. Massey tauchte nach seinem langen Freitauchgang wieder auf, und der alte Mann konnte endlich aufatmen.

»Ich hatte schon Angst, dass die Geister des Dorfs sie erwischt hätten«, empfing er ihn und streckte ihm die Hand übers Wasser entgegen.

»Genau für die bin ich ja hier.«

Und Massey wusste auch schon, wo er sie finden würde. Auf genau sechsunddreißig Meter Tiefe. Er hatte auf weniger gehofft. In diesen Tiefen wurde alles komplizierter.

...

Als Capitaine Hugo Massey im Hôtel du Parc ankam, saßen Lanson und Sonar schon auf der Terrasse des Restaurants und genossen die Sonne. Die Karte des ehemaligen Dorfs hatten sie auf einem Tisch ausgebreitet und mit drei kalten Bierflaschen an den Ecken fixiert.

Vor ihnen auf der Koppel kebbelten sich ein paar junge Pferde und sorgten mit jeder Kapriole für Wolken aus roter, vertrockneter Erde.

»Sechsunddreißig Meter«, verkündete Massey.

»Bei einem Freitauchgang können wir einen direkten Aufstieg machen, aber mit den Sauerstoffflaschen ist das nicht möglich. Wir werden die Dekompressionsphasen einhalten müssen, haben also keine Puffer für schwerwiegende Zwischenfälle.«

»Die sind auch nicht vorgesehen«, verkündete Hugo großspurig.

»Die sind nie vorgesehen.«

Er öffnete seine Bierflasche und stieß mit seinen zwei Teamkollegen an.

»Auf Amandine*«, sagte er mit einem Hauch von Traurigkeit in der Stimme.

»Auf Amandine«, wiederholten die anderen zwei.

Sie hielten ein stummes Gebet für die Frau, die 1981 bis 2018 Taucherin ihrer Flussbrigade gewesen war, dachten kurz an ihr tragisches Ende, bevor sie sich wieder an die Arbeit machten.

»Ein ganzes Dorf verfolgt uns auf Schritt und Flossenschlag«, fuhr Lanson schließlich fort. »Chastain, die Leiterin der Ermittlungsgruppe, fragt, ob wir morgen schon um sieben Uhr früh beginnen können, um einen Menschenauflauf zu vermeiden.«

»Das wäre sinnvoll. Sonar, weißt du schon, wonach du suchst?«

»Jawohl«, antwortete er und zog eines der Beweisfotos aus der Akte hervor, die nach dem Fund des Leichnams gemacht worden waren. »Solch eine Tonne. Vielleicht auch zwei.«

Massey schaute sich den Gegenstand ganz genau an.

»Perfekt. Und sonst, wie ist sie so?«, fragte er schelmisch grinsend.

»Chastain?«

Sonar und Lanson schauten sich amüsiert an.

»Das kommt drauf an.«

---

* Taucherin der Flussbrigade 1981–2018.

163

»Was heißt das, das kommt drauf an? Ist sie hübsch, oder ist sie nicht hübsch, das ist eine einfache Frage.«

»Na ja, nein, das ist gar nicht so einfach«, widersprach Sonar verlegen. »Das kommt drauf an. Besser können wir es nicht sagen.«

32

Diesmal konnte Milk wirklich nichts dafür. Es schien, als hätte das gesamte Dorf die Nacht unter freiem Sternenhimmel am Ufer des Sees verbracht, um den Einsatz der Flussbrigade ja nicht zu verpassen. Und wären es doch nur die Dorfbewohner gewesen! Mit um den Hals gehängter Kamera saß Hugues Saint-Charles auf einem der Felsbrocken, die den Waldrand säumten, und hielt jede Bewegung der Polizisten mithilfe seines Diktiergeräts fest. Hinter ihm zeichnete die Kamera der Regionalnachrichten von France 3 das Geschehen auf.

Lanson legte den Rückwärtsgang ein, und die Räder des Anhängers kamen erst im See zu stehen. Das Schlauchboot wurde in dem Moment losgeschnallt und zu Wasser gelassen, als Noémie und Romain eintrafen. Da sich schon zahlreiche Zuschauer eingefunden hatten, mutete es für Noémie so an, als wäre sie zu spät zu ihrer eigenen Feier gekommen. Romain parkte den Wagen und kreuzte den Blick seines Vaters, der sich schon ganz vorn einen Platz gesichert hatte und vor Wut fast außer sich war, weil es in seiner sonst so ruhigen Gemeinde regelrecht brodelte.

Sonar kam Noémie nicht zur Begrüßung entgegen, sondern

wies mit dem Kinn in Richtung seines Vorgesetzten, dem Letzten aus dem Team, den sie noch nicht kennengelernt hatte. Massey stand schon mit den Füßen im Wasser und musterte den See mit einer Haltung, als würde er die Herausforderung mit gebührendem Respekt annehmen. Als er sich endlich umdrehte, wurde Noémie sofort bewusst, dass sich die weiteren Ermittlungen wesentlich komplizierter erweisen würden. Instinktiv drehte sie ihren Kopf ein Stückchen nach rechts. Massey erblickte sie und trat mit selbstbewussten Schritten auf sie zu. Je näher er kam, desto mehr wandte sie den Kopf von ihm ab, und als er schließlich vor ihr stand, wirkte es, als würde sie ihn ignorieren.

»Guten Morgen. Ich bin Hugo Massey«, stellte er sich vor. »Wir hatten miteinander telefoniert.«

Er verstörte sie vom ersten Moment an, was ihr sehr ungelegen kam. Weder hatte sie Lust, noch war es der richtige Zeitpunkt. Massey war von einer besonderen Schönheit, die Noémie mehr schmerzte als alles andere und bewirkte, dass sie sich für ihr eigenes Aussehen schämte. Übellaunig war sie, peinlich berührt, verunsichert, verletzt, hingerissen, aber vor allem empfand sie Scham.

»Capitaine Chastain«, erwiderte sie mit einer Stimme, so herzlich wie die eines Navigationsgeräts.

Massey war feinfühlig genug, um zu erkennen, dass sein Blick auf ihrem zerstörten Gesicht brannte und dass die abweisende junge Frau sich nichts mehr wünschte, als dass er aus ihrem Blickfeld verschwand. Er war sich unsicher, ob er gehen oder bleiben sollte, um mit ihr, wie erforderlich, den weiteren Verlauf des Einsatzes zu besprechen, und blieb noch ein paar Sekunden stehen. Noémie nahm ihm schließlich die Entscheidung ab und beschloss, ihr sinnloses kokettierendes Prinzessinnengetue abzulegen. Unvermittelt wandte sie sich ihm zu und blickte ihm direkt in die Augen.

»Und? Worauf wartest du noch? Oder brauchst du einen Schwimmreifen?«, duzte sie ihn ohne Umschweife. »Zwei Kinder warten darauf, von dir gefunden zu werden, und nach meinem letzten Wissensstand befanden die sich nicht auf dem Festland.«

»Ist ja gut, ist ja gut«, erwiderte er, jetzt auch durch ihre Aggressivität verunsichert. »Aber es wäre gut, wenn du uns aufs Boot begleiten würdest. Wenn uns ein Kollege die Richtung weisen und den Fall ein bisschen ausführlicher erzählen könnte, würden wir dadurch Zeit gewinnen.«

»Natürlich«, stimmte Noémie zu, »ja, ist normal.«

Sie drehte sich zu Romain um und grätschte den Ball weiter.

»Valant, aufs Boot! Danke. Ich warte im Auto.« Und schon kehrte sie ihnen den Rücken zu.

Einigermaßen aus der Fassung gebracht, stiegen die beiden Männer schweigend in das Schlauchboot. Massey setzte sich neben Valant auf einen der Schläuche.

»Tut mir leid wegen gerade«, sagte Romain leise. »Keine Ahnung, was mit ihr los ist. Sie ist oft launisch, aber so was habe ich noch nicht erlebt. Ich möchte mich in aller Form für sie entschuldigen.«

»Schon in Ordnung, ich glaube, mir ist gerade ein Licht aufgegangen. Deine Chefin, die kommt aus Paris, oder? Ehemalige Drogenfahnderin?«

»So ist es«, bestätigte Romain.

»Dann weiß ich, wer sie ist. Du brauchst dich nie für sie zu entschuldigen.«

...

Das Boot entfernte sich langsam, dann gab Lanson einmal kurz Gas, in weniger als zehn Sekunden befanden sie sich etwa fünfzig Meter weg vom Ufer.

Valant wies auf die Stelle, wo die Tonne gefunden worden war.

Lanson warf den Anker aus, und das Boot kam zum Stehen.

»Wir haben mit der Leitung des Staudammbetreibers Kontakt aufgenommen«, erklärte Massey, »und sie haben uns versichert, dass seit Wochen kein Wasser abgelassen wurde, um den Wasserstand zu regulieren. Es sollte also keine Strömung geben. Wenn die Tonne hier gefunden wurde, hat sie sich nicht weit von ihrem Ursprungsort entfernt. Wo sind wir hier genau?«

Sonar holte einen Monitor aus der hermetisch verschlossenen Kiste hervor und erweckte den Touchscreen mit einem Fingerdruck zum Leben.

»Ich habe die Karte des alten Dorfs heruntergeladen. Ich kann sie als Pause unter die Anwendungssoftware legen, und dann weiß ich auf den Meter genau, wo wir uns befinden, und vor allem, wo wir drüberschwimmen.«

Das Programm rechnete die Angaben durch und verkündete schließlich das Ergebnis: »44°31'44"N Breitengrad, 2°14'54"O Längengrad.«

»Laut Karte befinden wir uns genau oberhalb der Rue Alary. Zwischen den geraden Nummern 2, 4 und 6 und den ungeraden 1, 3 und 5. Hinsichtlich der Dimensionen des Katasters bin ich mir bei Haus Nr. 5 nicht sicher, es wirkt dreimal so groß wie die anderen. Vielleicht ist es etwas anderes. Auf der Karte steht ›M.C. Avalone‹, sagt dir das was?«

Leicht schwankend näherte sich Valant dem Bildschirm und

167

hielt sich dabei an den Halteseilen, die an den Schläuchen befestigt waren, fest.

»M.C. ist die Abkürzung für ›Maison communale‹, das ehemalige Gemeindehaus, das eine Art Lebensstätte und Zwischenlager war. So ein Haus gibt es in jeder Gemeinde. Wenn es so etwas ist wie das Haus in Aubin, also in meinem Dorf, dann gibt es dort ein paar Zimmer, um Gäste des Rathauses unterbringen zu können, einen Versammlungsraum, aber es gibt auch Tische und Sonnenschirme für Wohltätigkeitsbasare, Anstreichfarbe für Renovierungen von Allgemeingütern, Motorölreserven und Reinigungsprodukte. Nicht jeder hier hat einen großen landwirtschaftlichen Betrieb, aber jeder hat zumindest einen Garten, manchmal sogar ein paar Nutztiere. Wenn größere Mengen Getreide oder Aussaat angeschafft werden, dann werden die Fässer auch hier gelagert und stehen allen zur Verfügung.«

»Und könnten diese Fässer auch Propylenglykol beinhalten?«, hakte Massey nach.

»Du scheinst dich schon ganz gut auszukennen«, erwiderte Romain anerkennend. »Ja, Propylenglykol ist ein Futterergänzungsmittel für Kühe und Schafe.«

Massey drehte sich zu Sonar um und gab ihm mit einem Kopfnicken zu verstehen, dass er jetzt die Steuerung des Boots übernahm. Sonar öffnete die lange quietschgelbe Kiste, und ein Sonargerät in gleicher Farbe kam zum Vorschein. Es hatte die Form einer ein Meter langen Rakete. An einem Ende war es zur Optimierung des Hydrodynamismus abgerundet, am anderen Ende befanden sich drei Stabilisierungsflossen. Auf dem Rumpf stand in schwarzen Lettern der Spitzname: CENTURIO.

»Zwischen eurem Boot, das den Namen ARES trägt, und dem Sonar, das CENTURIO heißt, sorgt ihr für ein eher männlich geprägtes Arbeitsklima«, merkte Romain an.

»Na ja, warum auch nicht? Lollipop und Bijou boten sich als Namen nicht so an, sind ja keine Ponys«, konterte Lanson belustigt.

Monitor und Sonargerät wurden gekoppelt, das Sonar wurde an eine Metalltrosse eingehängt und zu Wasser gelassen. Es tauchte auf sechs Meter Tiefe ab, bereit, das unterseeische Avalone zu kartografieren.

Von dem, was auf dem Monitor sichtbar wurde, war Romain, der deutlichere Aufnahmen erwartet hatte, ein wenig enttäuscht. Im Grunde genommen waren nur orangefarbene Flecken und dunkle Blöcke zu sehen.

»Die fünf Quadrate, die du hier siehst, das sind die Wohnhäuser«, erklärte Sonar. »Da ist dein Gemeindehaus. Und schau mal, das Dach sieht so aus, als wäre es teilweise eingestürzt. Wenn die Tonne von dort stammt, dann ist sie möglicherweise da durch das Dach von der noch eingeschlossenen Luft hoch- und hinausgetrieben worden.«

»Und siehst du noch etwas anderes?«, erkundigte sich Romain.

»Unter dem ganzen Schutt und Geröll? Unmöglich. Das Sonar funktioniert wie eine Fledermaus, es sendet akustische Wellen, die vom Geröll zurückgeworfen werden, aber nicht in der Lage sind hindurchzuschauen. Ich befürchte, dass ich hier erst mal nichts mehr machen kann. Und dass das ROV jetzt übernehmen muss.«

Lanson zeigte mit dem Finger auf die große Kiste.

»Das ROV. Remotely Operated Vehicle. Genauer gesagt ist es das ObsROV. Obs steht für ›observation‹. Es handelt sich dabei um einen ferngesteuerten Roboter mit kleinen muskulösen Armen, um Hindernisse aus dem Weg räumen zu können. Er wird auf Forschungsschiffen eingesetzt, aber auch um Unterwasserinstallationen wie Ölplattformen zu reparieren oder Schiffswracks zu begutachten. Dieses hier ist ganz neu, die Flussbrigade hat es eigens für die Olympischen Spiele 2024 angefragt, um auf einen terroristischen Anschlag über den Wasserweg, also über die Pariser Kanalisation oder die Seine reagieren zu können. Wir haben in der Theorie zwar schon Tests durchgeführt, aber ehrlich gesagt benutzen wir das Gerät heute zum ersten Mal in der Praxis.«

»Und wir gehen damit ein großes Risiko ein«, fügte Massey hinzu. »Es kann keine großen Steine aus dem Weg räumen, das heißt, sollte es zu einem weiteren Einsturz kommen und es wird darunter verschüttet, dann haben wir kein zweites Gerät. Deswegen möchte ich erst einmal einen Blick hineinwerfen.«

»Wenn du in das Haus eindringst, handelt es sich um Tauchen in geschlossenen Räumen. Das ist dann ein Höhlentauchgang, und du weißt, dass du das nicht darfst«, entgegnete Lanson. »Ich kenn dich, du bleibst doch nicht auf dem Treppenabsatz stehen, du wirst dir alles angucken wollen. Das wird also nichts, nein.«

»Ich bin dein Vorgesetzter.«

»Nicht, wenn du dich wie ein Vollidiot benimmst.«

Lanson beendete das Gespräch, indem er sich Sonar zuwandte.

»Hol Centurio hoch und den Roboter raus.«

Die zweite gelbe Kiste wurde geöffnet, und das ROV kam zum Vorschein. Auf zwei achtzig Zentimeter langen Schwimmern war eine durchsichtige Kugel aus dickem Plastik montiert, in der sich eine schwenkbare Kamera befand, die eine Rundumsicht der Umgebung ermöglichte. Auf der Kugel befand sich ein Miniaturscheinwerfer, und an den Seiten waren zwei bewegliche Arme, an deren Enden kräftige Zangen steckten. Rückseitig waren zwei Propellergondeln, die für einen quasi neutralen Unterwasserauftrieb sorgten.

»Und hat der auch einen Namen?«, fragte Valant grinsend.

»Nein, noch nicht, aber in Gedenken an Avalone werden wir es Lollipop nennen.«

Lanson entrollte ein etwa hundert Meter langes Kabel, das die Verbindung zwischen dem Roboter und dem Kontrollmonitor herstellte.

Sie ließen das ROV zu Wasser und etwas Wasser in die Schwimmer. Langsam sank die kleine Plastikkugel. Auf zehn Meter. Zwanzig Meter. Fünfunddreißig Meter. Sie pendelte sich auf fünfzig Zentimeter überm Grund des Sees ein.

Lanson schaltete vom Boot aus die Kamera ein, und auf dem Monitor erschien ein Bild.

Vor ihren Augen tat sich das ehemalige Avalone auf.

Lollipop warf den Scheinwerfer an, und die Dunkelheit wich einer einzigartigen Unterwasserlandschaft. Da war eine Straße, die nur aus Sand und Steinen bestand und von hohen Algen gesäumt war, welche um die moosbewachsenen Häuser herumwuchsen. Ein Schwarm neugieriger winziger Fische umkreiste die Roboterkugel, verschwand schließlich durch eine zerstörte Haustür und kam durch die kaputte Scheibe eines Küchenfensters wieder zum Vorschein.

Lanson ließ die Propeller bewusst sehr langsam drehen, um keine Sedimentwolke aufzuwirbeln. Der brave kleine Polizeiroboter Lollipop schwebte mit seinem integrierten Scheinwerfer als einzige Lichtquelle durch dieses vergessene Atlantis. Er schwebte an Häusern vorbei, die seit fünfundzwanzig langen Jahren keinen einzigen Besucher mehr erlebt hatten, und machte einen auf Sightseeingtourist, bis er an der 6, Rue Alary angekommen war. Das ROV warf die Kartografie-Anwendung an und schoss alle drei Sekunden ein Foto. Auf diese Weise konnten die Gendarmen der Flussbrigade, sobald es wieder aufgetaucht war, eine dreidimensionale Karte der Umgebung und auch des Gebäudes von innen erstellen, das hieß, wenn der Roboter einen Durchgang fand.

Mit einem Propellerschlag gewann Lollipop an Höhe, um das Gemeindehaus zu überfliegen, und auf dem Boot empfing Lanson Bilder des eingestürzten Dachs, dessen Öffnung durch einen mächtigen Balken und einige gesplitterte Bretter versperrt war, die spitzen Lanzen gleich Richtung Oberfläche zeigten. An einigen Stellen passte so gerade eben eine Tonne hindurch, aber auch wenn Lollipop nicht so hoch wie eine Tonne war, so war er doch wesentlich breiter, und es wäre zu riskant gewesen, ihn hindurchzumanövrieren.

»Wir werden doch wohl ein Loch in der Mauer oder ein kaputtes Fenster finden«, schlug Massey vor.

»Okay, ich wechsle in den Einbruchsmodus.«

Das ROV sank wieder auf den Grund, positionierte sich vor das Haus und richtete den Scheinwerfer auf die Fassade.

Das eingestürzte Dach hatte tatsächlich eine der tragenden Mauern zum teilweisen Einsturz gebracht, und durch eine der Einbuchtungen war es schließlich möglich hineinzugelangen. Lanson platzierte Lollipop mit leichten Bewegungen des Steuergeräts genau vor die Öffnung, die in der Mauer entstanden war, und mit einem leichten Druck nach vorn fand sich der Roboter einen guten Meter innerhalb des Gebäudes wieder, von wo er einen guten Rundumblick über die Halle hatte. Der Lichtstrahl des Scheinwerfers drang kaum durch das von Schwemmpartikeln trübe Wasser, und das ROV sendete Aufnahmen eines Wohnraums mit einem Kamin, Sesseln und einer Couch, zwischen denen ein Wohnzimmertischchen stand. Wahrscheinlich handelte es sich um den Versammlungsraum. Ganz hinten befand sich ein Fenster, durch das man in die dunkle Nacht des Wassers blickte und an dem immer noch Gardinen hingen, die wie zwei schlafende Geister aussahen. Eine Kulisse, die unter anderen Umständen normal gewirkt hätte, die hier aber den Eindruck eines Geisterhauses erweckte. Am Ende des Raums entdeckte Lanson einen Gang, und er beschleunigte die Propeller, um dorthin zu gelangen.

Lollipop glitt als stiller Besucher an einem an der Wand befestigten Transparent vorbei, auf dem der große Dorfbasar von 1993 beworben wurde, ein Jahr bevor Avalone überflutet worden war. Es glitt weiter durch den Gang und landete schließlich im Lagerraum, von dem Valant gesprochen hatte. Ein wildes Durcheinander an Trödel, Schulmöbeln, Holzkisten, hohen Krügen, Schalen in allen möglichen Formen, Möbeln und Metallregalen bot sich dar, alles war mit einem grünen Film überzogen, Mikroalgen wuchsen darauf.

Über dem Roboter fiel gespenstisches Licht durch das aufgerissene Dach. Die Kamera hielt auf den herabgestürzten Balken, dessen unteres Ende eine Doppelfalltür zerschmettert hatte, die jetzt den Blick auf einen Raum im Untergeschoss freigab.

»Es ist immer eine gute Idee, ein Geheimnis im Keller zu verstecken«, murmelte Lanson. »Werfen wir mal einen Blick hinein.«

Er betätigte die Steuerung, und der Roboter platzierte sich genau über der Öffnung. Sechsunddreißig Meter weiter oben brachte die gesendete Aufnahme alle zum Schweigen.

Da war eine rote Tonne, eingequetscht unter dem Balken.

»Ist es das, was ihr sucht?«, fragte Lanson.

»Ein Teil davon«, flüsterte Romain fast, der immer noch unter Schock stand. »Könnt ihr in den Keller rein?«

»Leider nicht, dafür ist der Durchgang zu eng. Für Lollipop ist hier jetzt Feierabend. Tut mir leid.«

Der Roboter trat den Weg zurück an, durch den Gang, am Wohnraum vorbei und etwas zu nah an den Gardinen, die am Fenster hingen, wodurch sich eine der Gardinen um den linken Propeller wickelte. Lanson legte den Rückwärtsgang ein, vergeblich, fuhr vor, immer noch ohne Reaktion. Lollipop war lahmgelegt.

»Schön ruhig bleiben«, redete er sich gut zu, »wir versuchen, ihn zu befreien.«

Einer der beweglichen Arme fuhr hoch, drehte sich um hundertachtzig Grad und griff hinter die Kugel, die als Schutz für die Kamera fungierte, um an den Stoff heranzukommen. Die Zange öffnete sich zehn Zentimeter und schloss sich wieder über dem Stoff. Ein leichter Druck, dann ein etwas stärkerer Druck, nichts tat sich. Trotz der vielen Jahre unter Wasser hing die Gardine immer noch erstaunlich fest an der Stange. Mit einem Knopfdruck aktivierte Lanson den Schneidemodus, und der dicke Stoff ließ sich ohne Weiteres zerschneiden. Aber mit einem nicht funktionierenden Propeller, der aufgrund der drum herumgewickelten Gardine unbeweglich war, wurde es riskant, das ROV zu steuern. Lollipop folgte den Anweisungen von oben, setzte zurück, knallte gegen den Kamin und begann, sich um sich selbst zu drehen wie ein Hund, der versucht, seinen Schwanz zu fassen zu bekommen. Der einzige funktionierende Propeller schickte ihn in die immer gleiche Richtung, wodurch es fast unmöglich wurde, ihn zu lenken. Aber Lanson ließ sich nicht beirren, und mit vorsichtigem Antrieb gelang es ihm, den Roboter wieder auf den Weg zurück in die Empfangshalle zu steuern. Aber auch wenn es Lanson gelang, das ROV sicher durch die breiten Flure zu manövrieren, versagten seine Pilotkünste angesichts der kleinen Öffnung in der Mauer, durch das es zuvor hineingelangt war.

»Verfluchte Scheiße, die werden uns in Paris so richtig auseinandernehmen«, zischte er und wirkte dabei wie ein Kind, das gerade die Familienlimousine in einen Graben gefahren hatte.

»Halt ihn an«, befahl Massey. »Lass die Luft aus den Schwimmern, und lass ihn auf den Grund sinken. Das ist direkt am Eingang, ich muss nur zwei Meter in geschlossenen Räumen tauchen, um ihn zu holen.«

»Dafür, Hugo, brauchst du das Okay von oben. Ich lass dich nicht ohne gehen. Ich schwör dir, ich lass hier und jetzt den Sauerstoff aus deinen Flaschen!«

»Das ist ja fast eine Liebeserklärung.«

»Aber auch nur fast.«

...

Das Schlauchboot landete wieder am Ufer, das Commandant Roze vorsorglich mit Flatterband abgesperrt hatte, damit nicht alle sofort auf das zurückgekehrte Team einstürmten. Chastain wartete an der sandigen Uferböschung auf sie, und Valant gab ihr mit einem einzigen Blick zu verstehen, dass ihre Aktion von Erfolg gekrönt gewesen war. Massey sprang vom Boot, zog es an Land und befestigte es am Anhänger. Noémie zwang sich, ihm in die Augen zu schauen, und hatte dabei die Hände ganz tief in ihren Manteltaschen vergraben.

»Unser Roboter ist ausgebüxt«, verkündete Massey. »Wir müssen wieder zurück, um ihn zu holen. Dafür haben wir eine eurer Tonnen gefunden, und zwar im Keller des Gemeindehauses. Gleiche Größe, gleiche Farbe, in unmittelbarer Nähe des Ortes, durch den die erste nach oben gelangt ist.«

»Eine einzige?«

»Eine einzige sichtbare. Wie gesagt, wir haben die Kontrolle über die Steuerung des ROV verloren.«

»Und glaubt ihr, dass ihr dorthin zurückkehren könnt?«

»Zum Roboter? Auf jeden Fall. Den erreichen wir ohne großes Risiko. Was den Keller betrifft, da handelt es sich um einen Höhlentauchgang, das überschreitet unsere Kompetenzen, dafür muss ich die Erlaubnis von oben einholen.«

»Die du niemals bekommen wirst«, unterbrach ihn Lanson.

Noémie drehte sich in Richtung der Schaulustigen um – etwa ein Drittel der Bewohner von Avalone.

»Es wird nicht leicht werden, unsere Entdeckung geheim zu halten«, merkte Hugo an.

»Daran habe ich mich gewöhnt. Hier bleibt nichts lange geheim. Aber noch viel schlimmer ist, dass ihr nur eine Tonne gefunden habt. Was dazu führen wird, dass alle mit einer schrecklichen Frage beschäftigt sein werden.«

»Und zwar?«

»Wer befindet sich da drin? Cyril oder Elsa?«

33

Boot der Flussbrigade.

Seine-Ufer. Paris.

Die Eiffelturm-Schneekugel, die Commandant Bergeron im zweiten Stock des Boots grimmig hin und her schüttelte, hätte sie am liebsten gegen die Wand geworfen. Hinter ihr in Übergröße hing ein Kinoplakat des *Titanic*-Films, das wunderbar den Schiffbruch symbolisierte, der ihr gerade am Telefon erklärt wurde.

»Haben Sie eine Ahnung, was uns das alles kostet?«

»Ich kann es mir nur ansatzweise vorstellen, Commandant«, gab Massey zu. »Aber ich kann mich nur wiederholen, ich kann den Roboter, ohne große Risiken einzugehen, da rausholen. Er befindet sich nur zwei Meter vom Eingang entfernt.«

»Einen Tauchgang in geschlossenen Räumen? Das schlagen Sie mir vor? Ich hätte größte Lust, Sie zu ertränken, Hugo, aber es sind nur Gelüste. Sie sind mir trotz allem wichtiger als ein Roboter. Schreiben Sie Ihren Bericht, nehmen Sie sich einen Tag zum Sonnenbaden im Aveyron frei und kehren Sie zur Basis zurück.«

...

Kommissariat von Decazeville.

Hugo klopfte an die Tür des Ermittlungsbüros, wo er Noémie vertieft in das Durcheinander an Fotos, Pressenotizen und Protokollauszügen an der Wand vorfand.

Der Einsatz der Flussbrigade hatte, auch wenn er nicht vollständig von Erfolg gekrönt war, zumindest die Hypothese untermauern können, vor der alle hier Angst gehabt hatten. Die Kinder hatten das Dorf vielleicht nie verlassen, und Fortin hatte als Sündenbock für ein Drama herhalten müssen, das sich mitten in Avalone abgespielt hatte.

»Störe ich dich?«, fragte Massey.

»In Anbetracht dessen, was für einen Verlust ihr heute gemacht habt, sollte ich dir wohl fünf Minuten gewähren können.«

»Was den Verlust betrifft, wäre ich nicht zu voreilig. Es gibt vielleicht eine Lösung.«

»Deine Kollegen scheinen da anderer Meinung zu sein.«

»Meine Kollegen sind nicht ich, und ich bin der einzige Taucher. Außerdem habe ich ein Okay bekommen, um das ROV zu holen.«

Noémie setzte sich an ihren Schreibtisch, und Hugo setzte sich auf die Schreibtischkante und rückte ihr damit, für ihren Geschmack, etwas zu nah auf die Pelle. Dort, wo er saß, entging ihm keine einzige ihrer Narben.

»Ich kann dir nicht folgen«, hakte Noémie nach. »Du willst dein Leben für einen Roboter riskieren? Für ein Opfer, das könnte ich noch irgendwie nachvollziehen, aber das ist ja wohl total bescheuert.«

»Der Roboter ist mir egal. Für den werde ich nicht tauchen.«

Noémies Gesichtszüge wurden etwas weicher, und sie gestattete sich, ein wenig aus der Deckung zu gehen.

»Wofür tauchst du dann, Capitaine Massey?«

»Seit wann geht ein Polizist nicht bis ans Ende seiner Ermittlungen? Drei Familien haben aufgehört zu leben, seitdem der erste Leichnam gefunden wurde, und du beabsichtigst, ihnen mitzuteilen, dass wir alles an den Nagel hängen, weil es zu riskant wäre? Ich muss in diesen Keller, ich muss wissen, ob die zwei Kinder da drin sind, und ich muss versuchen, sie da rauszuholen, wenn es irgendwie möglich ist. Ich tauche für sie. Und auch ein bisschen, um dich zu beeindrucken, wenn alles klappt.«

Noémie senkte den Blick aus Angst, wie ein junges Mädchen zu erröten.

»Dafür hast du also auch das Okay bekommen?«

Hugo hätte ihr nicht antworten können, ohne zu lügen.

Stattdessen stellte er eine neue Frage.

»Warum bist du hier gelandet?«

»Ich werde versteckt.«

»Eine Beförderung wäre nach deinem letzten Fall in Paris wohl angebrachter gewesen.«

»Mach dir wegen mir keine Sorgen. Ich werde diesen Fall abschließen und in die Bastion zurückkehren.«

»Weiß dein Team das?«

»Nein. Genauso wenig, wie dein Team weiß, dass du ohne Erlaubnis in das Haus zurückkehren wirst, da kannst du mir erzählen, was du willst. Jetzt kennen wir beide das Geheimnis des anderen, die beste Voraussetzung, um einander nicht wehzutun.«

Noémie betrachtete die Unterwasserfotos, die Lollipop aufgenommen hatte und jetzt vor ihr verstreut lagen. Das eingestürzte

Dach und der winzige Durchgang würden bald ihren Platz an den übervollen Wänden ihres Büros finden.

»Bist du dir wirklich sicher, was den Tauchgang betrifft?«

»Wenn du morgens um sechs Uhr mit einem Rammbock eine Tür einschlägst, weißt du auch nicht, was du dahinter vorfinden wirst, oder? Warum solltest du also das Recht darauf haben, mutiger zu sein als ich?«

»Mut ist eine Stärke. Tollkühnheit eine Schwäche.«

»Dann solltest du morgen vom Boot aus alles im Auge behalten«, trotzte er ihrer Argumentation.

34

Mitternacht.
In Avalone und woanders auch.

Mit der Taschenlampe unter der Bettdecke las Lily die letzten Seiten von *Die unendliche Geschichte*, die sie schon zweimal gelesen hatte. Morgen früh würde sie von der nächtlichen Lektüre übermüdet sein.

Im Nachbarzimmer war Aminata in den Armen ihres Mannes eingeschlafen. Romain hatte sich Noémies Schlafstörungen wie ein Virus eingefangen. Er erinnerte sich gerade an den Tag, an dem er seine neue Vorgesetzte am Bahnhof abgeholt hatte. Zu diesem Zeitpunkt hätte nichts und niemand den Gewittersturm vorhersagen können, den sie im Schlepptau hatte.

Im Hôtel du Parc saß Sonar schon auf gepackten Koffern, da er nach Paris zurückbeordert worden war. Ein Mädchen war in

Paris vom Pont des Arts gesprungen und nicht wieder aufgetaucht. Ihm oblag es, sie wiederzufinden. Lollipops Rettung waren sie bis ins kleinste Detail durchgegangen, und Sonar würde seine zwei Kollegen für einen letzten Tauchgang zurücklassen.

Madame Saulnier hatte Elsa am Fenster vorbeigehen sehen und wartete, während sie im Garten in einem Liegestuhl saß, geduldig darauf, dass sie wieder vorbeikam; Saulnier sah aus wie eine alte Erbin, die ein Sonnenbad an der Côte d'Azur nimmt, nahm aber in Wahrheit ein Mondbad.

Pierre Valant, der in seinen Funktionen als Bürgermeister und Landwirt Achtzehnstundentage hatte, leistete noch dem Tierarzt im Stall auf seinem Hof Gesellschaft, der die einzige Lichtquelle inmitten seiner vielen Hektar Felder war. Zora, eine seiner schönsten Kühe, lag auf einer mit Blut und Fruchtwasser getränkten Heuschicht und hatte gerade ein Kälbchen geboren, das sie jetzt mit kräftigen Huftritten von sich stieß. Es war schier unmöglich, Zora das Kälbchen an den Euter zu stellen, ohne dass sie es blutig biss. Mit einer riesigen Babyflasche in seinen faltigen Händen lehnte Pierre sich also an die Wand einer leeren Box, nahm das Kälbchen zwischen die Beine und fungierte als notdürftiger Ersatz für die mütterliche Liebe. Für den Moment war's das Kälbchen zufrieden. Aber es schien mit traurigem Blick nach der Wärme der Mutter und mit der feuchten babyrosafarbenen Schnauze nach deren Geruch zu suchen. Es spürte, dass etwas gar nicht in Ordnung war.

Juliette Casteran hatte nie an Gott geglaubt, aber 1994, sie war fünfunddreißig Jahre alt, hatte man ihr den Sohn genommen,

181

und da war Gott zu ihr gekommen. André Casteran hielt diese plötzliche Frömmelei im Vergleich zu Antidepressiva für die bessere Wahl und hatte zugelassen, dass hier und da Ikonen und andere Gottesbildchen an den Wänden sprießten, die zusätzlich zur Vielzahl der Fotos von Cyril ihr Haus allmählich in eine inbrünstige Kapelle verwandelt hatten. Da André sich weigerte, in einem Mausoleum zu leben, ging er bei Morgengrauen aus dem Haus und kehrte erst nachts, meist schwer betrunken, zurück, denn ob Alkohol, Gottesglauben oder Medikamente, das lief alles aufs Gleiche hinaus, nämlich die Flucht nach vorn. An diesem Abend war er schwankend und gereizt nach Hause gekommen. Dass ein neuer Leichnam entdeckt worden war, der vielleicht ihr Kind war, machte ihm riesige Angst, und er hatte wutentbrannt die Fotos von der Wand gerissen, um dann vollständig bekleidet auf dem Bett zusammenzubrechen. Vorsichtig sammelte Juliette die am Boden liegenden zerknickten und zerrissenen Erinnerungsstücke auf, klebte sie wieder zusammen und begann, sie erneut mit Reißzwecken an der Wand zu befestigen.

Wenn Cyril zurückkehren würde, musste alles ordentlich sein.

Serge Dorin saß am Wohnzimmertisch, hatte die Hände flach auf die Holzplatte gelegt und konnte sich nicht dazu überwinden, einen der Schieber seines Vier-Farben-Kugelschreibers zu drücken. Neben dem Kugelschreiber lag ein geöffneter Ordner mit Bestattungsformularen. Am schwierigsten war es, die ersten drei Fragen zu beantworten: Name, Vorname, Alter.

Dorin. Alex. Zehn Jahre. Es war ihm schlicht unmöglich, das zu schreiben.

»Was ist das?«, fragte Bruno ihn im Vorbeigehen. »Etwas, das ich morgen erledigen werde, mein Sohn«, antwortete der alte Mann und klappte den Ordner wieder zu.

Picasso lag neben Noémie, hatte den Kopf in ihren Schoß gelegt und wirkte so entspannt, wie er bestimmt schon lange nicht mehr gewesen war. Er träumte wohl von Freiheit und rannte im Schlaf ohne Leine, dann wurde er wieder ruhiger. Um sich nicht die Finger zu verbrennen, zog Noémie sich die Ärmel über die Hände, bevor sie nach der Teeschale griff, die auf dem Couchtisch stand, und ging zum dritten Mal die Textnachrichten durch, die sie empfangen hatte und die zu einem großen Teil von ihrem alten Team stammten. Chloé hatte ihr wie jeden zweiten Tag eine wohlwollende Nachricht geschickt, auf die es ihr jedes Mal unmöglich erschien zu antworten. Gesund zu werden und gleichzeitig zurückzuschauen war schier unmöglich. »Ich vergesse dich nicht. Ich brauche mehr Zeit«, zwang Noémie sich zu antworten. Aber was die restlichen Nachrichten betraf, weigerte sie sich, diese auch nur ansatzweise zu beantworten. Adriel machte sich Vorwürfe. Adriel bat um Verzeihung. Adriel verfluchte sich. Adriel bettelte um eine zweite Chance. Ein Dutzend Mal hatte sie seine Anrufe ignoriert, was ihn nicht davon abhielt, beharrlich zu bleiben. Sie machte ihr Telefon aus, um ihn ins Nichts zu verbannen.

Und Lollipop, der wartete in der Finsternis darauf, gerettet zu werden.

35

Sie hatten ARES wieder zu Wasser gelassen, und das Navigationssystem führte sie zur Mitte des Sees, zurück in Richtung des unterseeischen Gemeindehauses. Hugo Massey und Lanson wechselten kein Wort miteinander und arbeiteten in konzentriertem Schweigen.

Romain hatte mehr Polizisten zur Uferböschung abkommandieren müssen. Sie versuchten, eine Menschenmenge in Schach zu halten, die sich seit der Verbreitung des Gerüchts, ein weiterer Leichnam sei aufgetaucht, verdoppelt hatte. Einige Schaulustige wollten ihre makabre Neugier befriedigen und taten so, als wäre nur ein morbides Video im Netz hochgeladen worden, andere waren gekommen, um André Casteran zu unterstützen, der nicht in Begleitung seiner Frau erschienen war, da ihr Sohn ja nicht tot sein konnte. Romain schaute dem Boot, das auch Noémie mit an Bord hatte, hinterher.

Massey war schon in seinen Neoprenanzug geschlüpft und ließ die Finger über die Wasseroberfläche gleiten. Er schien mit dem Wasser zu flirten, zu kommunizieren, als wollte er es zähmen. Alles um sich herum, so wirkte es, hatte er vergessen.

Um den Anker zu werfen, musste Lanson an seinem Kollegen vorbeigehen und legte ihm dabei eine Hand auf die Schulter. Ohne sich umzudrehen, legte Massey seine Hand kurz darüber. Ihre Freundschaft bedurfte keiner überflüssigen Worte.

Lanson kontrollierte, ob der Hahn der Tauchflasche vollständig aufgedreht war, Hugo atmete zweimal mit seinem Lungenautomat und bestätigte dann, dass er gut Luft bekam. Nachdem er noch den sieben Kilo schweren Bleigürtel überprüft hatte, setzte er sich mit dem Rücken zum Wasser auf den Bootsrand, zwinkerte Noémie zu, zog sich die Tauchermaske über und ließ sich rückwärts ins Wasser fallen.

Kaum war er verschwunden, bekam Noémie es mit der Angst zu tun. Die GoPro-Kamera, die an Hugos Rumpf befestigt war, sendete erste Aufnahmen an den Monitor, und ihr wurde erst jetzt bewusst, in welche Finsternis er hinabtauchte. Sie wandte sich an Lanson.

»Er wird reingehen«, stieß sie kurzatmig hervor. »Er wird nicht nur den Roboter befreien. Er will ins Gemeindehaus hinein.«

Lanson hielt den Blick auf den Monitor gerichtet.

»Natürlich wird er das«, wiederholte er ruhig. »Glaubst du wirklich, dass er mir etwas vormachen kann? Ich kenne ihn schon so lange, dass ich sein Tagebuch im Voraus schreiben könnte. Außerdem hat er einen Ariadnefaden und einen Hebesack eingepackt, da müsste ich schon schwer von Begriff sein.«

»Soll mich das jetzt beruhigen?«

»Den Ariadnefaden benötigt er, um seinen Weg zurückzufinden. Der Hebesack ist ein leichter Behälter, der mithilfe der Luft aus den Sauerstoffflaschen schwere Lasten an die Wasseroberfläche transportieren kann.«

»Zum Beispiel eine Tonne?«

»Ich gehe stark davon aus, dass er das vorhat. Aber zuerst muss er sie aus dem Haus rausholen.«

Noémie blickte auf die Wasseroberfläche, die sich nach Hugos Rückwärtsrolle wieder geglättet hatte.

185

»Meinst du, er kann das schaffen?«

»Natürlich kann er das schaffen.«

»Machst du dir Sorgen?«

»In einem angemessenen Rahmen.«

Mit abnehmender Lichtintensität verschwinden bestimmte Farben. Auf fünf Meter Tiefe ist kein Rot mehr zu erkennen. Auf sieben Meter kein Gelb. Hugo schaltete die Leuchte ein, die an seinem Helm befestigt war, um die Kolorimetrie wiederherzustellen, wie man das früher bei den alten Fernsehern gemacht hatte. Die Gewichte an seinem Gürtel sorgten dafür, dass er die restlichen neunundzwanzig Meter hinabsank.

Zuerst erkannte er die Umrisse des Dorfs, die, je mehr er sich dem eingefallenen Dach näherte, deutlicher wurden. Er hielt sich an der Regenrinne fest, die an der Mauer entlangführte und ihm als Richtungsweiser zum Erdgeschoss des Gemeindehauses diente. Mit seiner Stirnlampe leuchtete er die Häuserfassade ab und fand schnell die aufgerissene Stelle, durch die sich Lollipop geschlängelt hatte. Mit einem Flossenschlag schwamm er zu einem der Fenster und schlug es mit dem Griff seines Dolchmessers ein. Das zersplitterte Glas regnete im Zeitlupentempo herunter, worauf Hugo den Rahmen sauber abkratzte, um sich nicht noch daran zu verletzen.

Dann stützte er sich mit beiden Händen auf dem Rahmen ab und katapultierte sich hinein.

Geduldig wartete dort die kleine, vor sich hin schlummernde Kugel des ROV auf ihn. Massey benötigte mehrere Anläufe, um den Stoff, der sich um den Propeller gewickelt hatte, zu entfernen, dann machte er das Daumen-hoch-Zeichen vor der GoPro-Kamera und gab damit oben zu verstehen, dass Lollipop reaktiviert werden konnte. Der Roboter sprang an, und mit zwei leichten Bewegungen des Steuergeräts überprüfte Lanson die Funktionalität der Propeller. Als würde er einen Fisch aus einem Netz befreien, positionierte Hugo den Roboter vor den schmalen Durchgang, gab ihm einen kleinen Schubs und ließ ihn aus dem Haus entkommen. Daraufhin befestigte er den silberfarbenen Ariadnefaden an diese Stelle, um, für den Fall, dass seine Leuchte ausfiel oder ihm eine Sedimentwolke die Sicht vernebelte, den Ausgang wiederzufinden.

Alte Gebäude leben. Ob überflutet oder nicht, sie reden nachts, knirschen, reiben und ziehen sich zusammen oder wieder auseinander. Unter Wasser spürt man die Geräusche eher, als dass man sie hört. Die akustischen Wellen sterben kurz nach ihrem Entstehen, werden zu klanglosen, erstickten Vibrationen. Sollten die alten Steinmauern eine Botschaft für Hugo haben, ihn alarmieren oder warnen wollen? Er setzte sich auf einen der Sessel des Unterwasserversammlungsraums, schloss die Augen, atmete so leise wie möglich und spitzte die Ohren. Das Haus schwieg und lud ihn somit ein weiterzumachen.

Er warf einen Blick auf den Tiefenmesser. Sechsunddreißig Meter. Elf Minuten Tauchzeit.

Er knotete den Ariadnefaden an der Armlehne der Couch fest.

Dann schwebte er Richtung Flur, der zum Lagerraum führte, und fand alles so vor, wie er es am Vortag auf dem Monitor gesehen hatte. Da war der mächtige Balken, der vom Dachgiebel bis auf den Boden hing und im Sturz die Doppelfalltür zum Keller durchbohrt und damit den Eingang offengelegt hatte. Und da war die rote Tonne, was keine Überraschung war, aber sie in echt zu sehen und eine Ahnung zu haben, was sich vielleicht darin befand, war auf eine andere Art beunruhigend.

Bevor er die Tonne bewegte und damit die labile Statik, die das Haus zusammenhielt, in Gefahr brachte, wollte er sichergehen, dass sich keine zweite Tonne in dem Keller befand. Er öffnete die linke Hälfte der Falltür, um sich einen besseren Überblick über das Untergeschoss zu verschaffen. Nachdem er einen letzten Knoten in den Ariadnefaden gemacht hatte, steckte er erst den Kopf durch die Tür und verschwand dann mit dem ganzen Körper darin. Der Keller war ein großer Raum, der früher als Kohlenkeller gedient hatte und trotz des Lichts der Stirnlampe vom Boden bis zur Decke komplett schwarz war. Schwarz und leer. Er konnte sich Noémies Enttäuschung etwa vierzig Meter weiter oben lebhaft vorstellen.

Hugo kehrte zu der roten, unter dem Balken eingequetschten Tonne zurück und ging, wie bei einem Mikado-Spiel, verschiedene mögliche Konsequenzen durch, wenn er den Behälter auf eine bestimmte Weise befreite. Er stand jetzt in der Öffnung der zerborstenen Falltür, der Oberkörper ragte heraus, und in dieser Position zog er leicht an der Tonne, drückte dagegen, vergeblich. Er versuchte es wieder, diesmal mit mehr Kraft, versuchte sogar, das Dolchmesser unter das Fass zu schieben, um es freizubekommen, ohne Erfolg. Widerstrebend gestand er sich ein, dass er an die Grenzen seiner Möglichkeiten gelangt war. Er kreuzte also vor der Kamera seine Vorderarme, um auf diese Weise das Ende seines Tauchgangs anzuzeigen.

Noémie und Lanson, die vom Boot aus alles mitverfolgt hatten, atmeten, trotz der schlechten Neuigkeit, auf. Sie würden einen anderen Weg finden müssen, um an den Behälter heranzukommen. Sie hatten nichts unversucht gelassen.

Massey warf wieder einen Blick auf das Tiefenmesser. Er zeigte achtunddreißig Meter an, plus zwei Meter, wenn man die Tiefe des Kellers hinzurechnete, das Ganze bei neunzehn Minuten Tauchzeit. Auch wenn er eine Notfallflasche dabeihatte, war es an der Zeit, wieder aufzusteigen. Als er sich am Balken entlanghangelte, um aus dem Keller zu steigen, spürte er auf einmal einen Widerstand, als würde ihn eine unsichtbare Hand zurückhalten. Er hielt sofort inne, überprüfte seine gesamte Ausrüstung nach einem Fremdkörper, übersah aber den langen Holzsplitter, der aus der zerborstenen Kellertür herausragte und jetzt zwischen einer seiner Flaschen und dem Lungenautomaten feststeckte. Beruhigt drückte er sich mit beiden Beinen ab und riss sich den Schlauch heraus, aus dem ein Strahl mit Millionen von Luftblasen entwich. Der reinste Hexenkessel aus Pressluft brach um Massey herum los.

Zusammenreißen musste er sich, die Panik loswerden und einfach so tun, als würde er sich in einer Übung befinden. Innerhalb weniger Sekunden hatte er sich beruhigt. Hugo spuckte das Mundstück seines Lungenautomaten aus und schnappte sich das der Notfallflasche. Bedingt durch den Stress, atmete er schneller als sonst, wodurch er die Luft aus der zweiten Flasche zu schnell in seine Lungen pumpte. Währenddessen strömte ein Kubikmeter Pressluft aus dem abgetrennten Schlauch heraus und verteilte sich nicht nur im ganzen Haus, sondern wirbelte fünfundzwanzig Jahre mineralischer und pflanzlicher Ablagerungen in einer riesigen dunklen Wolke auf. Das Äquivalent von tausend Liter Luft drang in sämtliche Freiräume und Ritzen zwischen Bretter und Steine, und das ganze Haus begann zu vibrieren. Hugo legte die Hand auf den silberfarbenen Faden, mit dem er Knoten für Knoten den Weg markiert

189

hatte, und in dem Moment, als er aus dem Keller schwimmen wollte, heulte das Haus vor Wut auf, es gab ein dumpfes Geräusch wie von Steinen in einem Mahlwerk, und der obere Teil des Balkens stürzte herunter und begrub seine Beine unter sich.

Lanson ballte oben auf dem Boot die Hände zu Fäusten, und Noémie hörte vor Schreck auf zu atmen.

Der Balken hätte ihm normalerweise die Knie zerschmettern müssen, stattdessen hatte er seine Beine nur eingeklemmt: die rote Tonne hatte den Großteil des Gewichts abgefangen und ihn gerettet. Unter dem Druck platzte die dickwandige Tonne aus Plastik aber, worauf der Riss, der durch die Tonne ging, den Ausschnitt eines darin befindlichen Schädels offenbarte. Zwei große leere Augenhöhlen starrten Hugo an und ihm war, als würde er in einen Spiegel schauen.

Er hatte das zweite Kind gefunden. Er würde zwar draufgehen, aber er hatte es gefunden. Der Taucher und das Kind starrten sich an.

»Dein Hebesack, verdammte Scheiße, benutz deinen Hebesack!«, schrie Lanson überm Wasser.

Trotz seiner langjährigen Erfahrung war Hugo orientierungslos, panisch und stand unter Schock, es gelang ihm nicht, den Kontakt zur Realität wiederherzustellen. Mit seiner hektischen Atmung brauchte er die ganze Luft auf, und er hatte nur noch zwanzig Minuten, um eine Lösung zu finden.

Schließlich fuhr er mit der Hand über seinen Oberschenkel und öffnete die seitliche Tasche seines Neoprenanzugs, um den Hebesack herauszuholen. Er zog die Gurte über den Balken und hielt dann mitten in der Bewegung inne.

Die Sauerstoffflasche war nur noch halb voll. Wenn er den

Hebesack damit füllte, würde er freitauchend wieder aufsteigen müssen …

»Ein quasi unmöglicher Freitauchgang«, setzte Lanson den Gedankengang fort, als wären ihre zwei Gehirne miteinander verbunden. »Er muss den Balken anheben, aus dem Haus herausfinden und fast vierzig Meter aufsteigen, indem er nach und nach ausatmet, damit seine Lungen nicht zerreißen. Und durch die Anstrengung hat man nur noch halb so viel Freitauchkapazität.«

Egal, wie oft Hugo das Szenario auch in Gedanken durchspielte, es gab noch ein weiteres unüberwindbares Hindernis, denn es war nicht damit getan, während des gesamten Auftauchens ausatmen zu müssen. Er musste nämlich außerdem weniger als fünfzehn Meter pro Minute aufsteigen, damit der Stickstoff in seinem Blut nicht anfing zu brodeln und in Gehirn oder Knochenmark gelangte, wo er sich festsetzen würde. Die Luft würde niemals ausreichen.

Es sei denn, Lanson dachte wie er.

Nur dann käme er hier lebend raus. Er würde das Haus verlassen und einen Notaufstieg machen. Alles andere lag in den Händen seines Freundes.

Hugo holte tief Luft, nahm sein Mundstück heraus und hielt es an die Stutzen des Hebesacks, der innerhalb von wenigen Sekunden fast vollständig aufgeblasen war. Der Balken gab ein fast animalisches Knurren von sich.

Während der Hebesack sich in einen riesigen Unterwasserheißluftballon verwandelte, sah er seine Luftreserven auf dem Druckmesser schwinden. Er hatte gehofft, zumindest noch ein paar Atemzüge für den Weg aus dem Haus zurückbehalten zu können, aber der Hebesack verleibte sich alles ein, was übrig geblieben war, und hob den Balken damit vielleicht einen knappen Zentimeter an. Mehr brauchte Hugo nicht. Er zog an seinen Beinen, drückte sich mit den Armen ab, und mit letzter Anstrengung gelang es ihm, sich zu befreien. Er konnte nicht anders, als der roten Tonne noch einen letzten Blick zuzuwerfen, dann griff er nach dem Ariadnefaden und schlug, so schnell er konnte, mit den Taucherflossen. Es ging durch den Lagerraum, den Flur, den Versammlungsraum bis zu dem Fenster, durch das er eingedrungen war, und dann war er draußen. Apnoezeit: zwei Minuten.

Er würde noch eine Minute und dreißig Sekunden benötigen, um sechsunddreißig Meter gleichmäßig ausatmend emporzusteigen.

Im Schwimmbad hatte er schon fast vier Minuten getaucht, aber da hatte er sich nicht bewegt, und der Stress, die Anstrengung und die Tatsache, dass er die ganze Zeit ausatmen musste, waren mit einer Übung nicht vergleichbar, er würde dem Erstickungstod nah sein. Hugo machte erneut das Auftauchzeichen vor der Kamera und hoffte inständig, dass Lanson begriff. Dann schloss er die Augen und schlug so schnell, wie er konnte, mit den Flossen, um an die Wasseroberfläche zu gelangen.

Oben auf dem Boot hatte Lanson die gleichen Überlegungen angestellt und verstanden, dass Massey nichts anderes übrig blieb als ein Notaufstieg, das heißt, er würde keine Pausen einlegen, und er würde dann zwar wieder an der Luft sein, aber sein Körper würde das nicht vertragen.

»Ich habe weniger als drei Minuten, um ihn wieder nach unten zu bringen«, redete er laut mit sich selbst. »Sonst erleidet er einen Dekompressionsunfall.«

Lanson schnappte sich eine Sauerstoffflasche und ließ sich

192

ins Wasser fallen. Er hielt sich an der Ankerkette fest und wartete. Es waren qualvolle Sekunden, die sich endlos ausdehnten. Immer wieder schaute er sich um und lauerte auf das geringste Erzittern der Wasseroberfläche. Er hatte fast schon resigniert, da bemerkte er einige Luftblasen, und kurz darauf tauchte Hugo nach Luft schnappend auf.

Er schlug wild mit den Armen um sich, als würde er noch schwimmen, verdrehte dabei die Augen und atmete schwer. Lanson packte ihn an den Schultern und brüllte ihn an.

»Du musst wieder runter, Hugo, das ist deine einzige Chance!«

Massey, der wie betrunken wirkte, konnte nur nicken. Lanson drückte ihm das Mundstück in den Mund.

»Fünf Minuten auf achtzehn Meter Tiefe, zehn Minuten auf sechs und achtunddreißig Minuten auf drei Meter. Keine Angst, ich komme mit.«

Lanson hielt ihn mit einem Arm fest umschlungen und hangelte sich mit dem anderen entlang der Ankerkette wieder in die Tiefe. Bei achtzehn Metern hielten sie an, und Lanson hakte Hugo in ein Glied der Kette ein, um zu verhindern, dass er wieder hochstieg. Die beiden Männer verharrten dreißig Sekunden von Angesicht zu Angesicht in der Stille und Finsternis des Sees, und während Masseys Blut den Stickstoff allmählich wieder abgab, beruhigte sich seine Atmung. Lanson, der in Apnoe getaucht war, musste wieder aufsteigen, weil ihm die Luft ausging.

»Geht es ihm gut?«, erkundigte sich Noémie mit aschfahlem Gesicht.

»Gib mir noch fünfzig Minuten, dann kann ich es dir sicher sagen«, antwortete er außer Atem. »Reich mir schnell eine Flasche!«

193

Als sie das gemacht hatte, verschwand er wieder im Wasser. In den darauffolgenden fünfzig Minuten blieb ihr nichts anderes übrig, als abzuwarten, und sie fühlte sich dabei so nutzlos, dass es sie schier wahnsinnig machte.

Zuerst tauchte Lanson auf und hängte sich in einen der Schläuche des Boots ein. Ein paar Sekunden später erschien Hugo, benommen, aber am Leben, und Noémie streckte ihm die Hand über dem Wasser entgegen.

36

Noémie redete auf den Staatsanwalt ein, wobei sie alle guten Manieren vergaß und wie ein Rohrspatz schimpfte.

»Ich hätte fast einen Mann verloren!«, sagte sie wutschäumend. »All das, um ja nicht zu hohe Wellen zu schlagen, ja? Ganz großes Kino, gerade rollt eine Flutwelle auf Sie zu.«

»Capitaine Chastain …«

»Und was sag ich jetzt den Familien? Dass wir ein zweites Kind gefunden haben, aber dass es weiterhin den Fischen Gesellschaft leisten wird, weil ihr euch nicht traut, den verdammten See zu leeren?«

»Capitaine Chastain …«

»Und die Presse, was wird die vom Stapel lassen? Dass wir nicht dorthin vordringen können, weil es zu kompliziert ist? Zu teuer?«

»Capitaine Chastain …«

»Ja, was denn, ›Capitaine Chastain‹? Was für eine Scheiße!«

»Ich wollte Ihnen nur sagen, Sie haben grünes Licht. Morgen

wird mit der Leerung des Sees angefangen. Der Präfekt und noch so manch andere Person, die weit über mir steht, haben mir ganz klar zu verstehen gegeben, dass wir Ihnen mit den Ermittlungen bestmöglich entgegenkommen und Ihnen freie Hand lassen sollen.«

»Oh, Entschuldigung.« Noémies Wut war mit einem Schlag verraucht. »Das hätten Sie aber auch eher sagen können«, meinte sie dennoch hinterherschieben zu müssen.

Der Staatsanwalt, dem bewusst war, was sie gerade durchgemacht hatte, ging nicht weiter darauf ein.

»Der See von Annecy wurde in sechs Wochen geleert und der von Sarrans in vier. Wie Sie sehen, habe ich mich schon erkundigt. Der See von Avalone ist nur halb so groß wie die beiden. Ich gehe davon aus, dass Sie in zehn Tagen die ersten Hausdächer zu sehen bekommen. Zehn Tage, in denen Sie mit Ihren Ermittlungen erst mal nicht weiterkommen werden.«

»Das sehe ich nicht so. Die zehn Tage können wir jetzt gut gebrauchen. Auch wenn sich die Beweise unter Wasser befinden, gibt es noch Informationen, die in den Erinnerungen der Menschen vergraben sind, die ich gut gebrauchen kann. Da werde ich die nächsten Tage eintauchen.«

»Apropos, was ist mit Ihrem Taucher, wie geht es ihm?«

»Er leidet an Schwindel und starker Erschöpfung. Er befindet sich in seinem Hotelzimmer und bekommt reinen Sauerstoff, sein Kollege passt auf ihn auf. Er wird jetzt zwölf Stunden schlafen, und dann sollte alles wieder in Ordnung sein.«

»Das ist gut, ich bin aufrichtig erleichtert. Brauchen Sie sonst noch etwas? Ausrüstung? Mehr Mitarbeiter? In diesem Stadium der Ermittlungen kann ich Ihnen zur Verstärkung ein vollständiges SEK schicken, wenn Sie wollen.«

»Nein, bloß kein Spezialkommando. Das ist meine Angelegenheit.«

Dem Staatsanwalt gefiel ihre neue Einstellung, aber er staunte auch darüber und musste einmal nachfragen, was denn in den letzten Tagen passiert sei.

»Nichts. Ich bin nur wieder ganz Polizistin geworden.«

»Das freut mich sehr zu hören.«

...

Noémie parkte ihren Land Rover vor dem Hôtel du Parc und öffnete die Hecktür, um Picasso, dem sie eine Gassirunde einfach nicht hatte verwehren können, herauszulassen. Der Hund sprang aus dem Auto und machte sich sofort Richtung Koppel auf den Weg zu den Pferden. Da er jetzt selbst für seine Betreuung gesorgt hatte, begab Noémie sich zum Eingang.

Sie erkundigte sich bei der hübschen jungen Rezeptionistin nach den Zimmernummern der Flussbrigade und klopfte eine Etage höher leise an Hugos Zimmertür. Da sie keine Reaktion hörte, öffnete sie mit professioneller Gewissenhaftigkeit die Tür. Sie wollte sich nur davon überzeugen, dass alles mit ihm in Ordnung war, schwor sie sich. Sie fand ein ungemachtes Bett vor, am Nachttisch lehnte eine Flasche mit reinem Sauerstoff, und als sie das Zimmer gerade wieder verlassen wollte, ging die Badezimmertür auf.

Hugo war mindestens genauso überrascht wie sie, als er mit um die Hüften geschlungenem Handtuch einer Wolke aus Wasserdampf entstieg. Sie schauten sich verlegen an. Dann doch nicht mehr ganz so verlegen.

196

»Ich bitte dich, zieh dir ein T-Shirt über.«

»Tut mir leid, ich dachte es wäre die Kleine von der Rezeption«, neckte er sie.

»Wie fühlst du dich?«

»Lebendig«, antwortete er und zog sich dabei einen leichten schwarzen Pulli über. »Sogar wahnsinnig lebendig.«

»Das kenne ich. Na ja, bei mir hat das leider nicht lange angedauert.«

Instinktiv drehte sie den Kopf, damit er nur ihr linkes Profil zu sehen bekam. Sie führte sich schon wieder wie eine dumme Gans auf und hätte sich am liebsten geohrfeigt.

»Ich wäre dir gern eine größere Hilfe gewesen, das schwör ich dir«, sagte er leise, während er sich aufs Bett setzte.

»Du konntest die Existenz eines zweiten Leichnams bestätigen. Und die Staatsanwaltschaft lässt jetzt den See leeren, und das habe ich dir zu verdanken.«

»Dann habe ich meinen Auftrag erfüllt. Ich habe noch zwölf Stunden Ruhigstellung vor mir und einen Tag, um meinen Abschlussbericht über die Tauchgänge zu schreiben, und dann musst du mir nur noch befehlen zu gehen«, sagte er, während er sich zu ihr beugte.

Sein Leben hätte genauso gut am Grund des Sees enden können. Er hatte unverschämtes Glück gehabt. Er hätte eigentlich ertrinken müssen. Jeder seiner Atemzüge war die reinste Provokation für dieses Schicksal, dem er mit Apnoe getrotzt hatte. Er war am Leben. Er war ein Überlebender. Gierig nach jeder weiteren Sekunde. Befreit von Ängsten und Zwängen. Ohne jemals noch mal Zeit zu verlieren zu haben. Er griff nach Noémies Handgelenk und zog sie so sacht und langsam an sich, dass sie sich hätte befreien können, wenn sie es gewollt hätte.

197

»Du stehst noch unter posttraumatischem Schock«, sagte sie, ohne jedoch Anstalten zu machen, sich zu wehren. »Du wirst jetzt Blödsinn machen, und später wirst du es bereuen.« Sie ließ sich mit dem Knie aufs Bett sinken und stützte sich mit der Hand auf seinem Brustkorb ab. Sie konnte seinen Herzschlag spüren. Sie schien noch etwas zu zögern, aber Hugo nahm keine Rücksicht mehr darauf, er zog sie noch näher an sich. Es folgte ein erster flüchtiger, wie schüchterner Kuss. Ein zweiter Kuss, diesmal länger und fester. Noémies Panzer zerfiel in tausend Stücke, sie erlaubte sich zu entspannen und zitterte lustvoll, während sie den Rücken durchbog. Der nachfolgende Kuss hätte kein Ende gefunden, wenn Hugo nicht unbedacht im Überschwang der Gefühle seine Hand auf ihr vernarbtes Gesicht gelegt hätte. Ein heftiges Scham- und Ekelgefühl vor sich selbst durchfuhr Noémie, und sie sprang wie von der Tarantel gestochen auf.

»Entschuldige, es tut mir so leid«, sagte er sofort.

Noémie fühlte sich hin- und hergerissen zwischen Verlangen und Selbstekel.

»Niemand außer dir selbst findet dich …«

»Halt bitte den Mund«, unterbrach sie ihn. »Ich weiß genau, wie ich bin. Ich weiß genau, was du siehst. Und das kannst du einfach nicht wollen.«

Sprachlos und mitfühlend sah er ihr hinterher. Nachdem sie die Tür zugeknallt hatte, ließ er sich aufs Bett fallen. Er würde Noémie auf dem Weg, den sie noch zu gehen hatte, nicht helfen können.

37

Serge Dorin trug einen grauen Anzug, den er das letzte Mal vor drei Jahren zur Hochzeit eines entfernten Cousins, der ihm nicht einmal besonders viel bedeutet hatte, aus dem Schrank geholt hatte. Der heutige Anlass war jedoch ein ganz anderer: Die Überreste von Alex' Leichnam waren ihm in einem schwarzen Holzkistchen überreicht worden. Sie würden wenig Platz in dem sowieso schon nicht sehr großen Sarg einnehmen ...

Er kam seinem Sohn Bruno zu Hilfe, der im Badezimmer stand und bei dem Versuch, seine Krawatte zu binden, heillos überfordert war. Der Sohn spürte den Atem seines Vaters auf seinem Gesicht, während dieser versuchte zu helfen.

»Wirst du mit ihm reden?«, fragte Bruno.

»Nicht heute.«

»Du weißt aber, dass er dich angelogen hat?«

»Da können wir uns nicht sicher sein.«

»Das müssen wir auch nicht, um mit ihm zu reden. Du bist der mit Blut an den Händen, nicht er.«

»Sag das nie wieder!«, schrie Serge. »Ich werde es in seinen Augen sehen, ob er die Wahrheit sagt.«

Er zupfte ihm den Kragen zurecht und rückte den Krawattenknoten gerade.

»Fertig. So bindet man eine Krawatte, mein Sohn.«

...

Milk parkte den Wagen mit der Aufschrift »Police nationale‹ genau vor der großen Fensterfront von Noémies Haus. Der Form halber knurrte Picasso kurz, bevor er außer Rand und Band um das Auto herumkreiste. Noémie pfiff ihn zurück, um den jungen Polizisten aus der Situation zu befreien.

»Guten Morgen, Capitaine. Romain ist schon vor Ort. Ich hab mir gedacht, dass es vielleicht einfacher für Sie ist, nicht allein dort anzukommen. Mit all den Fremden.«

»Das ist sehr aufmerksam von dir. Sag mal, du siehst ja richtig schick aus.«

Milk lächelte sie traurig an.

»Ich werde Sie nur absetzen. Ich muss zurück zum Kommissariat. Fast alle Kollegen wollen zur Beerdigung, und ich werde dort die Stellung halten.«

Dann bemerkte er, dass sie von der gerade geschnittenen Hose bis zum taillierten Sakko ganz in Schwarz angezogen war.

»Sie hatten zufällig das Passende dabei?«, fragte er erstaunt.

»Bunte Farben sind insgesamt nicht so mein Ding, falls dir das noch nicht aufgefallen sein sollte.«

»Damit Sie nicht so auffallen?«, folgerte er arglos.

»Genau. Damit ich nicht so auffalle.«

...

Der Friedhof von Avalone lag zwischen zwei Hügeln eingebettet, als wollte er sich nur denen offenbaren, die zum Beten hierherkamen. Die Gräber entlang der Friedhofswege waren nur vom Zug aus sichtbar, und zwar dann, wenn er über die

Brücke fuhr, die beide Hügel miteinander verband. Romain, ebenfalls dem Anlass entsprechend gekleidet, wartete vor dem schmiedeeisernen Tor auf sie. An seiner Seite stand Aminata, wunderschön und würdevoll in ihrem nachtblauen Kleid. Lily ließ ihre Hand los, rannte auf Noémie zu und begrüßte sie, indem sie ihre kurzen Ärmchen um Noémies Taille und den Kopf auf ihren Bauch legte.

»Ich weiß, dass heute kein Tag ist, an dem man sich freuen sollte«, sagte sie vertrauensvoll, »aber ich freue mich, dich zu sehen, No.«

Dann wandte sie sich an Milk und teilte ihm selbstbewusst mit: »Danke, ich kümmere mich jetzt um sie.«

Schweigend gingen sie nebeneinanderher, bis Noémie sich zu ihr hinunterbeugte.

»Sind schon viele Leute da?«

»Was glaubst du denn? Alle sind schon da.«

»Was heißt das: alle?«

Mittlerweile waren sie auf der anderen Seite des Tors angelangt, und Noémies Frage beantwortete sich von selbst: Das ganze Dorf hatte sich hier versammelt. Über sechshundert Menschen musterten mit ernstem Blick das leere Loch vor ihnen. Ein erstes Gesicht wandte sich ihr zu, dann ein zweites, es folgten weitere, bis ganz Avalone sie ansah. Einige sahen die berühmt-berüchtigte Polizistin aus Paris mit dem lädierten Gesicht zum ersten Mal und starrten sie ungeniert an. So viel zum Thema nicht auffallen wollen …

Lange stand sie jedoch nicht im Zentrum der Aufmerksamkeit. Die Menge teilte sich auf einmal in der Mitte, um die zwei Träger mit dem kleinen Sarg aus Tannenholz und den goldenen Griffen durchzulassen.

201

Da wurde ihr bewusst, dass ein Großteil des Dorfs mit dieser Sache nie richtig hatte abschließen können. Für die Alten, die durch dieses makabre Ereignis gleichsam in jener Zeit stehen geblieben waren, war es wichtig, herzukommen und ihre Angehörigen dabeizuhaben, um das letzte Kapitel eines Dramas abzuschließen, das nie aufgehört hatte, sie zu quälen.

Serge Dorin wirkte geistig abwesend. Weder die Träger noch die übrigen Anwesenden sah er ein einziges Mal an. Melchior hätte dazu bestimmt etwas von posttraumatischer Dissoziationsstörung gesagt.

Bruno, der jüngste Sohn, biss die Zähne zusammen und ballte innerlich die Fäuste, als hätte er fünfundzwanzig Jahre später immer noch eine Ungerechtigkeit zu rächen. Sein großer Bruder war verschwunden, als er acht Jahre gewesen war, eine Abwesenheit, die so viel Raum eingenommen und die Aufmerksamkeit seiner Eltern so sehr in Anspruch genommen hatte, dass es seine Mutter in den Suizid getrieben hatte.

Nie würde er diesen Moment vergessen, als er die Tür zur Scheune geöffnet hatte und er beim Anblick des Körpers, der vom Balken baumelte, ins Stroh auf die Knie gefallen war, gefangen in einem unwirklichen Entsetzen. Nachts hatte er seinen verschwundenen Bruder manchmal gehasst. Damals war er noch ein Kind gewesen. Heute war er dreiunddreißig Jahre alt.

Vater Dorin war kein umgänglicher Mann, ganz im Gegenteil. Mürrisch war er, stocksteif, und nicht im Traum hätte er daran gedacht, eine Trauerfeier nach der Beerdigung zu organisieren, da er nicht die geringste Neigung verspürte, andere Menschen zu treffen. Er warf eine Handvoll Sand auf die Überreste seines Sohnes und verließ mit Bruno im Schlepptau den Friedhof.

Als Serge an Noémie und ihren Kollegen vorbeiging, verlangsamte er seinen Schritt, bekam jedoch kein Wort heraus. Ein paar Meter weiter zischte er dem Bürgermeister im Vorbeigehen ins Ohr:

»Hast du mich angelogen, Pierre?«

Valant, völlig aus der Fassung gebracht, wusste darauf keine Antwort.

»Mein Junge«, fuhr Serge fort, »im See. Ich versteh das nicht. Wie kann das sein? Was hat er da zu suchen?«

»Lass uns bitte später darüber reden«, antwortete der Bürgermeister mit kräftiger Stimme.

Bruno mischte sich mit hochrotem Kopf in das Gespräch ein.

»Später? Warum später? Wenn du uns etwas zu sagen hast, dann sag es jetzt! Dass deine Wähler dich hören, das passt dir jetzt wohl nicht, was, Herr Bürgermeister?«

»Hör auf damit, Bruno!«, herrschte Serge ihn an. »Hör auf.«

Bruno wollte gerade von Neuem loslegen, aber dann folgte er dem Blick seines Vaters, der jetzt auf die neue Hauptkommissarin gerichtet war, und verstummte, denn sie verließ gerade die Beerdigung und näherte sich ihnen.

Noémie nickte ihnen nur zu, worauf die drei Männer nüchtern zurücknickten. Sie war zu weit entfernt gewesen, um den Inhalt des erregten Wortwechsels zu verstehen, aber die Dorins und Pierre Valant hatten allein durch ihre Gestik und Haltung verraten, wie feindselig sie einander begegneten. Noémie nahm sich vor, das im Hinterkopf zu behalten.

Auf der anderen Seiten des Friedhofsgitters rief sie Bousquet und Valant zu sich. Ohne es zu wissen, beschäftigten Noémie die gleichen Fragen wie Serge Dorin.

»Wir haben es mit drei Kindern zu tun, von denen alle

dachten, sie seien Opfer von Entführungen geworden und weit weg von hier, und dann werden zwei Leichname im See gefunden. Der eine ist Alex Dorin, das können wir mit Sicherheit sagen. Beim zweiten wissen wir erst, wenn der See geleert wurde, ob es sich um Elsa Saulnier oder Cyril Casteran handelt. Ich bin mir so sicher, dass sich alles im alten Avalone abgespielt hat und dass Fortin ausschließlich zur Ablenkung diente. Das dritte Kind ist irgendwo hier.«

»Vielleicht ist auch beides passiert«, schlug Romain vor. »Was spricht dagegen, dass zwei der Kinder hier ermordet wurden und eines von Fortin entführt wurde?«

»In ein und derselben Nacht soll es hier einen Mörder und einen Entführer gegeben haben? Das wären aber eine Menge Zufälle für solch einen kleinen Ort«, merkte Bousquet an.

»Ich bleibe bei Fortin«, beharrte Romain, »er könnte beides sein. Mörder und Entführer.«

»Und ich, ich bleibe bei Avalone«, erwiderte Noémie mit Nachdruck. »Das alles ist 1994 hier geschehen. Falls ihr nicht noch etwas Zeit braucht, um euch nach der Beerdigung zu sammeln, würde ich vorschlagen, dass wir ins Kommissariat zurückfahren und einen Zeitsprung von fünfundzwanzig Jahren machen. Da wir immer noch nichts wissen und keine Spur haben, möchte ich das Dorf von damals mit euch nachstellen. Ein vollständiges Röntgenbild, besser noch, eine Autopsie. Und sei es das unbedeutendste oder nebensächlichste Detail, ich will alles an der Wand sehen. Und ich will, dass unsere Bürotür immer geschlossen bleibt, sowohl für die Öffentlichkeit als auch für die Kollegen.«

»Haben wir es mit einer Vertrauenskrise zu tun?«, fragte Romain erstaunt.

»Wenn ich keinen Verdächtigen habe, muss ich alle verdächtigen. Milk, Bousquet, du, der Commandant Roze und ich, wir werden die Einzigen sein, die den Schlüssel haben, um ins Büro zu kommen. Und ich überlasse es dir, unserem jungen Kollegen das Konzept der Schweigepflicht und Geheimhaltung von Informationen im Rahmen laufender Ermittlungen nahezubringen.«

»Es wäre einfacher, ihn direkt zu knebeln, aber dann könnte man uns wahrscheinlich wegen Kindesmisshandlung drankriegen«, sagte Bousquet und grinste.

Als sie vom Friedhof wegfuhren, hielt Noémie kurz inne. Irgendetwas stimmte nicht. Sie drehte sich noch einmal um und ließ den Blick über die Wege mit den blumengeschmückten Gräbern schweifen.

Ja, irgendetwas stimmte nicht. So etwas wie ein Anachronismus oder eine Person in einer Menschenmenge, die in die Kamera lacht. Wie eine Krawatte, die nicht zum Anzug passt. Irgendetwas irritierte sie, aber was nur? In Gedanken markierte sie den Friedhof mit einem roten Fähnchen und schwor sich wiederzukommen.

Nachdem Noémie zu Romain in den Wagen gestiegen war, zögerte sie, ihn nach der Auseinandersetzung zu fragen, von der sie so gut wie nichts mitbekommen hatte, aber sie hielt es nicht lange aus.

»Gibt es einen Grund, warum die Dorins am Tag von Alex' Beerdigung mit deinem Vater aneinandergeraten?«

»Ja, da gibt es Tausende von Gründen. Jeder hat das ein oder andere Motiv dafür. In Anbetracht seines Scheißcharakters wäre es sinnvoller zu fragen, mit wem er keine Probleme hat.«

Es war offensichtlich keine besonders gute Idee, den Sohn auf den Vater anzusprechen.

205

38

Jeder war mit einer Mission beauftragt worden. Milk war unterwegs zum Redaktionsbüro der Zeitung *La Dépêche*, das sich am Ende der Einkaufsstraße von Decazeville befand. Bousquet hatte sich Kopfhörer auf die Ohren gepackt und die Musik bis zum Anschlag auf laut gedreht, um nach der Nadel im Heuhaufen des World Wide Web zu suchen. Romain ging im Untergeschoss durch sämtliche Akten von damals, und Noémie koordinierte und sammelte alles.

Am späten Nachmittag kehrte Milk mit den Armen voller Kopien von Zeitungsartikeln zu seinem Team zurück, und seine Ausbeute wurde direkt an die Wand gepinnt.

»Saint-Charles hat es dir nicht zu schwer gemacht?«, erkundigte sich Chastain.

»Nein, er hat sogar den Tag mit mir verbracht, um effektiver zu sein.«

»Ist ja auch in seinem Interesse«, merkte sie an. »Wenn wir diesen Fall lösen, hat er seine Sensationsmeldung. Er ist jetzt Teil unseres Ökosystems.«

Sie schloss die letzte, fast leere Schachtel mit Reißzwecken und bewunderte die Rückwand des Büros, die jetzt vollständig mit einem Puzzle aus unterschiedlichsten Informationen zugepflastert war. Lokalnachrichten, Unfallregister, Zeitungsartikel, Fotos, gerichtliche Feststellungen, Verhöre und Anklagen über einen Zeitraum von fünf Jahren vor dem Verschwinden der drei Kinder. Wenn die Ereignisse tatsächlich in Avalone stattgefunden hatten, dann musste es in einem Zeitraum zwischen dem Tag der Verbrechen und den Wochen oder Jahren davor Anzeichen dafür gegeben haben. Und die befanden sich höchstwahrscheinlich gerade genau vor ihren Augen.

In die Mitte der Wand hatten sie die Gesichter der drei Kinder gepinnt, sie bildeten das Zentrum des Universums, das im Laufe der Ermittlungen immer weiter expandieren würde. Um sie herum war ein wildes Sammelsurium an Material zusammengetragen, das sie, wenn sie alle Mosaikteile zusammengefügt hatten, der Wahrheit näherbringen würde. Es war nur eine Frage der Fügung, der Logik und des Glücks, kombiniert mit einer weiteren unbekannten Komponente, wie viel wovon nötig sein würde.

An prominenter Stelle befand sich natürlich der allererste Zeitungsartikel über das Verschwinden von Alex, Cyril und Elsa. Der Schock der Dorfbewohner. Erste Hypothesen. Erste Verdächtigungen. Commandant Roze, der zu der Zeit ein junger Lieutenant gewesen war, hatte dem Journalisten Rede und Antwort gestanden und beteuerte, dass alle zur Verfügung stehenden Einsatzkräfte seines Kommissariats herangezogen worden seien, um die Kinder zu finden.

»Lieutenant Roze?«, wiederholte Noémie. »Wahnsinn. Der hat tatsächlich seine gesamte Laufbahn hier im Kommissariat verbracht.«

»Mir würde das auch gefallen«, ließ Milk sie wissen. »Großstädte und übervolle U-Bahnen sind nicht jedermanns Sache.«

Die Erinnerung an Gestank, Dreck und Beengtheit der öffentlichen Verkehrsmittel in Paris drängte sich ihr auf einmal ins Bewusstsein. Paris wirkte so weit weg.

Sie konzentrierte sich wieder auf den Fall und die lange zurückliegenden Anhörungen der Eltern, nächsten Verwandten und Bekannten. Die Familien Casteran, Dorin und Saulnier hatten auf surreal anmutende Fragen zu ihren Kindern antworten müssen. »Hat Ihr Kind Feinde?«, »Ist Ihr Kind süchtig?«, »Hat Ihr Kind schlechten Umgang?«, »Hat Ihr Kind in den letzten Tagen Mord- oder Gewaltandrohungen erhalten?« Noémie konnte sich angesichts dieser unsensibel arbeitenden Justizmaschinerie nur zu gut die Verzweiflung und Fassungslosigkeit der gequälten Eltern vorstellen.

»Was weiß man denn nun über diese Kinder?«, fragte sie.

»Ganz normale Kinder, über Zehnjährige gibt es halt nicht so viel zu sagen. Aber die Anhörungen der jeweiligen Familien stimmten alle in einem Punkt überein: Alex, Cyril und Elsa waren ein unzertrennliches Trio. Cyril und Alex waren beste Freunde. Alex und Elsa waren sehr ineinander verliebt, aber weil Liebe in dem Alter nur Händchenhalten bedeutet, hat das die kleine Gruppe nicht weiter aus dem Gleichgewicht gebracht.«

Unter den Anhörungen befand sich ein Artikel über den Staudammdeal, den Global Water Energy ergattert hatte, und über die Überflutung des Tals. Ein anderer Artikel griff das Thema der Umweltschutzdemonstranten auf, die ins Dorf gekommen waren, um sich Global Water Energy entgegenzustellen, und vergeblich versucht hatten, eine Art Schutzzone für die von der Megabaustelle bedrohten Tiere einzurichten. Das dazugehörige Foto zeigte, dass sie alle die gleichen T-Shirts mit dem Abbild eines purpurroten Reihers trugen. Diese in der Region heimische und vom Aussterben bedrohte Art war zum Wahrzeichen ihres Kampfes gegen die Naturzerstörung geworden.

Nur ein Schritt zur Seite genügte, damit Noémie zu jenem Teil der Ermittlungen gelangte, der dem Hauptverdächtigen gewidmet war. Das Foto, auf dem Fortin abgebildet war, zeigte einen Mann mit buschigen Augenbrauen und breiter Stirn. Hätte damals ein Filmproduzent ein Casting für die Rolle des Bösewichts in einem Film noir machen wollen, so hätte Fortin bestimmt die Rolle bekommen, ohne auch nur den Mund aufmachen zu müssen. Der kantige Kiefer und dann dieser finstere Ausdruck in seinen Augen: Fortin war die ideale Besetzung. Er war als »Monster«, »Entführer«, »Oger« und sogar als »Pädophiler« bezeichnet worden, ohne dass es jemals einen Beweis für diese Anschuldigungen gegeben hätte; damit hatten die Zeitungen ihre Auflagen in die Höhe getrieben, ohne dabei an die Eltern zu denken, denen sich beim Lesen dieser Worte unerträgliche Bilder aufgedrängt haben mussten.

Es gab auch ein Foto des Kleintransporters, der Pierre Valant gestohlen und völlig ausgebrannt wiedergefunden worden war. Und auch hier waren sich alle einig gewesen, dass es Fortins Fluchtfahrzeug gewesen sein musste.

Auf dem höheren Abschnitt der Wand entdeckte man, Foto für Foto, Artikel für Artikel, die verschiedenen Etappen der Wiedergeburt von Avalone. Von der Überflutung des gesamten Tals zum quasi identischen Zwillingsort, der nur ein paar Kilometer weiter entfernt aufgebaut worden war. Es gab auch einen kurzen Artikel, der von einem Ferienlager für die Kinder von Avalone handelte und die Überschrift »Ferien, um zu vergessen« trug.

Noémie fragte sich, ob es darum ging, die drei verschwundenen Kinder zu vergessen. Oder ging es darum zu vergessen, dass ihr Dorf in den Fluten untergehen würde?

209

»Stell dir mal vor, was die durchgemacht haben müssen«, dachte Romain laut. »Du siehst, wie dein Leben und deine Erinnerungen jeden Tag ein bisschen mehr vom Wasser überflutet werden, während man dir auf der anderen Seite des Tals einen Ort baut, der aussieht wie dein Zuhause, aber du bist da nicht wirklich zu Hause. Das ist wie ein Bühnenbild im Kino, eine Attrappe, total irreal. Oder wie eine Episode bei *Twilight Zone.*«

»Du warst doch damals dabei, erinnerst du dich nicht mehr daran?«, fragte Milk erstaunt.

»Nicht wirklich. Ich war gerade mal zehn Jahre alt. Ich erinnere mich an die Spaziergänge mit meinem Vater, als wir da unterwegs waren, wo der See von Avalone entstehen sollte. Und dann gab es das große Kinder- und Jugendlager. Ferien, um zu vergessen, wie der Artikel so schön sagt. Global Water Energy hat allen Kindern zwei Wochen in den Bergen spendiert. Auf diese Weise sollte uns der Übergang einfacher gemacht werden. Eigentlich keine schlechte Idee, aber in dem Konzern hatte sich niemand darüber Gedanken gemacht, dass schon drei Kinder verschwunden waren, und als auch wir noch alle weg waren, befanden sich plötzlich nur noch Erwachsene im Dorf. Es war, als müssten alle Eltern die gleiche Qual durchleiden. Wie dem auch sei, als wir nach Hause zurückkehrten, hatte der Umzug schon stattgefunden. Das Wasser hatte alles verschlungen, und ich hatte ein neues Zimmer, das ein bisschen größer war als mein altes, in einem Haus, das auch ein bisschen größer war als das alte. Global Water Energy zeigte sich großzügig, und alle haben davon profitiert.«

Schließlich konzentrierte Noémie sich auf den Teil der Wand, der den Opfern und insbesondere der Familie Dorin gewidmet war. Da waren der amtliche Bericht und ein Foto des Leichnams der Mutter, die vom Balken hing, mit Angaben dazu, wie Madame Dorins Körper vorgefunden worden war, ihre Kleidung, das Fehlen eines Abschiedsbriefs sowie der ganze Schmuck, den sie wohl ein letztes Mal hatte zur Schau stellen wollen.

»So viel Klunkerkram«, wunderte sich Noémie. »Das ist nicht nur viel, sondern ein bisschen zu viel.«

»Das wirkt schon fast vulgär für Menschen, die sich sonst immer durch Bescheidenheit hervorgetan haben«, stimmte Valant zu.

»Vielleicht wollte sie sich hübsch machen, um zu ihrem Sohn zu gehen. Das wäre doch realistisch, oder?«, wandte Milk ein.

Chastain sah sich das Foto genauer an. Madame Dorin. In einem hübschen blauen Kleid, das mit ineinander verschlungenen Linien gemustert war. Sie hatte ihre Haare zurechtgemacht und viel Schmuck angelegt: Zwei vergoldete Ketten. Ohrhänger mit Perlen aus schwarzem Perlmutt. Sechs Ringe, von denen zwei mit einem Stein versehen waren. Und ein Gliederarmband, das eher maskulin wirkte.

Irgendetwas irritierte sie … Noémie zwang sich, den Rückgabebericht noch einmal zu lesen, der ganz unten von Serge Dorin unterschrieben worden war.

Alle Schmuckstücke waren aufgelistet worden.

Alle, bis auf eines.

»Das Gliederarmband fehlt«, sagte sie.

Ihre drei Kollegen standen auf und stellten sich neben sie.

»Schaut, hier, in dem Bericht wird jedes Schmuckstück aufgezählt. Aber auf dem Foto trägt sie ein Armband. Das ist nirgends aufgeführt. Und es passt nicht recht zu dem restlichen Schmuck.«

»Es besteht aus dicken Kettengliedern und einer breiten Plakette«, merkte Bousquet an, »das sieht eher männlich aus.«

»Dass eine Frau ein Herrenarmband trägt, daran erkenne ich erst mal nichts Verdächtiges, aber dass genau dieser Schmuck nicht im Übergabebericht erscheint, das macht die Sache dann doch interessanter.«

»Könnte der Polizist das während der gerichtlichen Feststellung vergessen haben? Könnte ein Polizist das Armband vor Ort geklaut haben?«

»Jetzt überlegt doch mal«, unterbrach Noémie sie in ihren Überlegungen. »Sie hat zwei Söhne. Dass es das Armband des Jüngsten, also von Bruno, ist, halte ich für extrem unwahrscheinlich. Aber wenn es Alex' Armband ist, dann erklärt mir doch mal, warum sie es trägt, obwohl der Junge verschwunden ist und es sich eigentlich an seinem Handgelenk befinden sollte?«

Angesichts dieser neuen Wendung verschlug es den Männern die Sprache.

»Leute, das sind echte Fragen, die ich euch stelle! Ich erwarte, dass ihr hier mitmacht. So habe ich bei der Kripo gearbeitet. Jeder einzelne Ast des Hypothesenbaums wird untersucht, bis hin zu den mickerigsten Blättchen. Das ist übrigens nicht von mir, sondern das hat mein Chef in der Bastion immer gesagt.«

»Okay, also Hypothese Nummer eins«, begann Milk, »eines der Kinder mag das Armband nicht tragen, und sie mag nicht, dass es in einer Schmuckkiste liegt?«

»Möglich.«

»Hypothese Nummer zwei, es gehört einem der Männer

212

aus ihrer Familie. Ihrem Mann, ihrem Vater oder einem anderen Verwandten?«

»Könnte sein, ja.«

»Hypothese Nummer drei, es ist ihr Armband, obwohl es unserer Ansicht nach Männerschmuck ist.«

»Auch möglich.«

»Und jetzt?«

Noémie beugte sich vor, bis sie mit der Nase fast am Foto klebte.

»Und jetzt schicken wir die Aufnahme in die Abteilung für Forensische Bildbearbeitung der Kripo von …«

»Toulouse, immer noch«, beendete Romain ihren Satz.

»Genau, Toulouse, und wir fragen sie, ob sie den Namen auf dem Armband lesen können. Solange wir nicht wissen, wem es gehörte, werden wir uns nicht erklären können, warum es irgendwann verschwinden konnte.«

»Haben wir eine Fährte?«, hakte Milk nach.

»Nein, nur etwas, das im Dunkeln liegt.«

Noémie machte drei Schritte zurück, um das komplette, bislang ungelöste Puzzle mit einem Blick überschauen zu können.

»Also gut. Es ist alles da. Oder zumindest fast. Mehr bekommen wir gerade nicht zusammen. Wir müssen uns das anschauen, immer wieder anschauen und noch mal anschauen, und wenn ein Teil nicht am richtigen Platz ist oder ganz fehlt, dann wird irgendwann der Groschen fallen. Schriftsteller machen das auch, wenn sie eine Schreibblockade haben, sie schlafen eine Nacht drüber, damit sich ihr Unterbewusstsein einen Weg bahnt. Ich will damit nicht sagen, dass wir es uns jetzt alle gemütlich machen sollen, aber die Sache ein bisschen ruhen lassen, das hilft manchmal.«

213

Milks Handy vibrierte, und als er die Nachricht las, verzog er den Mund.

»Macht Mutti sich sorgen?«, neckte Bousquet ihn.

»Nein. Mutti rät uns, BFM TV anzumachen.«

»Das war ja abzusehen«, klagte Noémie, »ich hatte sogar ein bisschen eher damit gerechnet.«

Mit der Fernbedienung schaltete Milk den Fernseher, der unauffällig in einer Ecke des Raums stand, ein und war direkt in dem Beitrag einer Journalistin des Vierundzwanzig-Stunden Nachrichtensenders.

»Und AVRIL, das für Leerung, Instandsetzung und Inspektion zuständige Unternehmen, wird das gesamte Vorhaben leiten. Bei uns befindet sich jetzt Monsieur Boscus, Leiter der hydroelektrischen Zentrale, der die Leerung des Sees als Ausnahmezustand der besonderen Art bezeichnet, da er auf einer richterlichen Anordnung und nicht auf einer technischen Notwendigkeit basiert.«

Die Reporterin hielt besagtem Monsieur Boscus das Mikro hin, der darum bemüht war, keine Sensationsheischerei daraus zu machen.

»Also, wissen Sie, ob die Leerung des Sees auf richterliche Anordnung geschieht oder weil zum Beispiel die Turbinen des Staudamms gewartet werden müssen, die Vorgehensweise bleibt die Gleiche. Wir werden schrittweise die Schleusentore öffnen, um den See von Avalone zu leeren. Die Wasserableitung wird mit nicht mehr als dreißig Kubikmeter pro Sekunde vorgenommen, um zu verhindern, dass die Sentinelle über die Ufer steigt. Wir gehen davon aus, dass der See fünf Zentimeter pro Stunde sinken wird. Gleichzeitig werden wir mit einem Infraschallsystem die Fische so lenken, dass sie dem abfließenden

Wasser folgen. Bei all unseren Einsätzen achten wir immer ganz besonders auf den Tier- und Artenschutz.«

Er wurde ganz rot im Gesicht, vielleicht weil er merkte, dass es sich so anhörte, als würde er sich mehr Gedanken um die Heringe im See als um den Leichnam eines Kindes machen. Er wollte neu ansetzen, aber die Reporterin zog das Mikro wieder weg von ihm, der Kameramann fokussierte auf sie, der Verantwortliche von AVRIL verschwand aus dem Sichtfeld, und Milk schaltete den Fernseher aus.

»Schönen Feierabend, meine Herren«, verkündete Chastain. »Ich will euch morgen alle um acht Uhr hier sehen. Und niemand redet mit den Journalisten. Auch nicht mit Milks Mutter.«

39

Zu Hause angekommen, entledigte sich Noémie erschöpft und wenig zielsicher ihrer Sachen: Die Schlüssel landeten neben dem Tisch auf dem Boden, und auch der Mantel verfehlte die Couch. Sie kochte Wasser auf und überlegte gerade, ob sie Kamillen- oder Süßholztee trinken wollte, als ihr bewusst wurde, dass es kein Gebell und auch keine freudige Begrüßung gegeben hatte.

Sie warf einen Blick aus dem Küchenfenster, sah, dass die Sonne den See berührte und kurz davor war, darin einzutauchen, und dass außerdem am Ende des Stegs jemand saß, als würde er dahin gehören, ihren Hund streichelte und die Aussicht genoss, jemand, dessen Silhouette ihr nur allzu vertraut war. Sie erkannte ihn sogar von hinten.

Noémie stürmte hinaus und brodelte dermaßen vor Wut, dass Picasso bei ihrem Anblick den Schwanz einzog und sich schleunigst durch die halb offene Tür ins Haus verzog. Als er Noémie im Vorbeigehen leicht streifte, warf sie ihm einen bitterbösen Blick zu.

»Und du, du könntest dich hier endlich mal nützlich machen!« Sie stapfte über den kurz gemähten Rasen zum Eindringling und hätte ihn am liebsten direkt ins Wasser gestoßen.

»Was zur Hölle machst du hier, Adriel? Wie hast du mich gefunden?«

»Ich habe mich durchgefragt.«

»Ich kenne hier fast niemanden.«

»Aber jeder kennt dich. Da hatte ich schon komplexere Fälle als die Suche nach der Polizistin aus Paris in Avalone.«

»Großartig, hast du ganz toll gemacht. Aber ich frage dich jetzt noch einmal, was zur Hölle du hier machst?«

»Sehr hübsch, deine kleine Lagune hier«, wich er ihrer Frage aus.

Der Wasserstand des Sees sank kontinuierlich, und das Kreuz, das die Spitze der ehemaligen Kirche zierte, durchbrach schon die Wasseroberfläche. Ein einfaches Kreuz aus Stein, das mitten im See zum Vorschein kam.

»Das ist keine Lagune, sondern ein See. Und außerdem ist es auch kein See mehr, sondern ein Friedhof.«

»Ja, das habe ich im Fernsehen gesehen. Dich habe ich auch im Fernsehen gesehen. Die ganze Bastion verfolgt deinen Fall, auch wenn keiner darüber redet.«

»Hör mal, es hat mich echt gefreut, dich wiederzusehen, ganz ehrlich, aber jetzt musst du schnell gehen, bevor ich mich vergesse und dir wehtue.«

Er kam ihrer Aufforderung nicht nach und näherte sich ihr mit der Vorsicht eines Dompteurs, der sich seiner Sache nicht ganz sicher war.

»Ich bin hierhergekommen, um mich zu entschuldigen, okay? Ich habe Scheiße gebaut. So richtig Scheiße gebaut. Das war unter aller Sau.«

»Deine Reue, die kannst du dir in den Arsch schieben, Adriel! Du hast ja keine Ahnung, wie sehr ich dich gerade hasse. Sag mir also bitte, wo dein Auto steht, und ich werde dich dahin begleiten.«

»Ich bin mit dem Zug gekommen. Und der nächste fährt erst morgen früh.«

Noémie spürte förmlich, wie die Falle über ihr zuschnappte. Sie sah sich nicht in der Lage, einen ihrer Teamkollegen zu bitten, ihren Ex zu beherbergen, ohne ein Minimum an erklärenden Worten hinzuzufügen, und das Hôtel du Parc war völlig undenkbar, weil Hugo dort untergebracht war. Da sie schon unzählige Male ins Auge gefasst hatte, sich wie ein Dieb aus Avalone davonzuschleichen, kannte Noémie die Zugabfahrtszeiten nach Paris auswendig.

»Morgen um 6.56 Uhr fährt ein Zug zur Gare d'Austerlitz. Das Haus ist groß, und ich habe eine Couch, für eine Nacht sollte das machbar sein.«

»Ich habe keine Angst vor einer unruhigen Nacht, davon hatte ich in letzter Zeit so einige.«

»Das Machbare bezog sich auf mich, du Hohlbirne. Der Wecker geht morgen um 5.30 Uhr. Dann verschwindest du aus meinem Leben. Und deine Reue, die kannst du für dich behalten.«

Kleinlaut schob er seine Hände tief in seine Hosentaschen.

217

»Hättest du trotzdem eine Kleinigkeit zu essen, oder gehen wir um 21 Uhr schlafen?«

Sie probierte eine Nudel und verbrannte sich dabei Finger und Lippen. Einen Hauch Butter und Salz, kein bisschen mehr würde er dazu bekommen. Adriels Parfüm, das sie früher so sehr gemocht hatte, hing in der Luft. Die Erinnerungen an zwei Jahre glücklicher und leidenschaftlicher Beziehung kamen langsam wieder an die Oberfläche, wie ein Toter, der hochgeschwemmt wurde. Sie hörte seine Schritte im Wohnzimmer über ihr, dann wie er die Treppe herunterkam. Sie hörte, wie er sich näherte, traute sich aber nicht, sich umzudrehen. Sie spürte seinen Atem jetzt hinter sich. Mit festem Griff umfasste Adriel ihre Hüften, übte mit den Daumen leichten Druck auf ihre Lenden aus und küsste ihren Nacken. Er kannte ihren Körper wie kein anderer, wusste, wo sie besonders gern angefasst wurde, und die Berührungen riefen Erinnerungen an unzählige Nächte hervor.

Als hätte sie sich gerade an ihm verbrannt, wirbelte sie verstört, unversöhnlich und zutiefst verletzt herum.

»Vielleicht sehe ich in diesem Schummerlicht nicht so schlimm aus, aber ich möchte dich daran erinnern, dass ich immer noch die gleiche Visage habe, die dich vor drei Monaten in die Flucht geschlagen hat.«

»Nein. Ganz bestimmt nicht. Du bist stärker. Selbstbewusster. Und du fehlst mir.«

»Du hast kein Recht darauf, so mit mir zu reden. Du hast nicht mal ein Recht darauf, hier zu sein.«

Sie öffnete einen Schrank und holte eine Flasche Wodka heraus, die noch fast voll war.

»Glaub ja nicht, dass ich dir was zu trinken anbiete. Ich hoffe nur, dass der Abend mit Hochprozentigem schneller vorbeigeht.«

Sie schenkte sich eine weiße Keramiktasse halb voll ein.

»Nimm dir selbst, wenn dir danach ist. Meine Gastfreundschaft hört hier nämlich auf.«

Adriel tat wie geheißen, bevor sie ihre Meinung änderte, und kam dann auf ein Thema zu sprechen, von dem er wusste, dass es ihr am Herzen lag.

»Möchtest du Neuigkeiten von deinem Team?«

»Es ist jetzt dein Team. Dafür hast du gesorgt, oder? Mein Team ist jetzt hier.«

»Chloé ist schwanger«, überrumpelte er sie.

Noémie hatte alles hinter sich gelassen. Paris und die Bastion. Sogar ihre Freundschaft mit Chloé. Sie hatte sich geschworen, dass sie sich die Zeit nehmen würde, sie zurückzurufen, um ihr zu versichern, dass alles in Ordnung war, aber sie hatte es nicht gemacht. Dieses Baby, dieses neue Leben, diese neue Zukunft, von alldem war sie ausgeschlossen gewesen. Sie war zutiefst verletzt, und Schuld daran hatte nur sie, was Grund genug war, ihre Tasse in einem Zug zu leeren, sich nachzuschenken und in den Angriffsmodus überzugehen.

»Und sie, wo werdet ihr sie hinschicken? In die Karpaten? Eine Polizistin mit dickem Bauch wird euch in der Bastion bestimmt nicht sehr nützlich sein, oder?«

»Du hast recht. Du hast alles Recht der Welt, wütend zu sein, auf mich wütend zu sein. Ich verdiene das alles, dessen bin ich mir bewusst. Es war dumm und egoistisch von mir, dich sehen zu wollen, ich tue dir mehr weh als alles andere. Ich verspreche dir, ich werde morgen früh aus dem Haus gehen, ohne dass du irgendetwas mitbekommst.«

»Wie weit ist sie?«

»Im sechsten Monat.«

Sie rechnete und verzog das Gesicht. Adriel bestätigte das Ergebnis.

»Ja, sie war im dritten Monat schwanger, als du den Unfall hattest. Sie wollte es uns ein paar Tage später eigentlich sagen.«

Noémie begriff, dass es Chloé nicht angebracht erschienen war, ihr Glück mitzuteilen. Ein Leben, das auf einmal angehalten worden war, neben einem Leben, das noch nicht einmal richtig angefangen hatte, das war so grausam, dass Chloé es vorgezogen hatte, nichts zu sagen.

»Hast du wenigstens ein Foto?«

»Na klar. Wir haben nichtalkoholisch darauf angestoßen. Das war zwar ein bisschen lahm, aber wir hatten Spaß.«

Adriel suchte in seinem Handy und hielt es Noémie hin. Ihre Augen füllten sich schnell mit Tränen.

»Ich hätte mit dabei sein müssen. Aber das hast du mir genommen.«

Das dritte Glas leerte sich genauso schnell wie die ersten beiden. Adriel gab seine vorsichtig reservierte Art allmählich auf, wohingegen Noémie immer wütender wurde. Ihre Wut schwelte wie die Glut in ihrem Kamin.

»Aber du trägst genauso viel Schuld«, verteidigte er sich.

»Du bist schuld, weil du mich für stärker gehalten hast, als ich bin.«

Noémies Blick verdunkelte sich jäh, aber Adriel erkannte die Sturmwarnung nicht.

»Auch wenn es mir leidtut«, fuhr er fort, »aber du, du konntest dir nicht aussuchen, ob du mit deinen Verletzungen leben möchtest oder nicht. Und ich, für einen Moment hatte ich die

Wahl. Es war nur ein kurzer Moment. Ich hatte Angst, dass ich der Sache nicht gewachsen sein würde. Ich hatte Angst, dir bei dem, was auf dich zukommen würde, nicht helfen zu können.«

Adriel hatte in den letzten Monaten des Alleinseins Zeit genug gehabt, die Geschichte zu seinem Vorteil neu zu schreiben, aber Noémie spürte die Brutalität seiner Feigheit noch heute. Sie hatte ihn nie darum gebeten, sie weiter zu lieben. Sie hätte ihm verzeihen können, dass er sie vergaß oder ihr den Laufpass gab, wenn er denn nicht anders konnte, aber nicht, dass er sie daran gehindert hatte, ihre Arbeit wiederaufzunehmen. Wie eine Maus, die nicht sieht, dass die Katze gleich die Krallen ausfährt und es an der Zeit ist, die Biege zu machen, setzte Adriel seine Verteidigungsrede fort.

»Und wenn ich über dein missglücktes Wiedereingewöhnungsschießen Bericht erstattet habe, dann war das nur zur Sicherheit der Mannschaft. Ich habe eine Entscheidung gefällt, die du hättest treffen sollen, denn du warst zu der Zeit nicht einsatzfähig.«

Noémies Hand begann zu zucken, und der Wodka in der Tasse zitterte in konzentrischen Wellen, als würde in der Ferne ein Erdbeben stattfinden. Als würde in der Ferne eine Armee den Boden zum Vibrieren bringen.

Er hatte sie ausgelöscht, als man ihr Gesicht verunstaltet hatte. Er hatte ihr die Möglichkeit versagt, ihr normales Leben wiederaufzunehmen. Er hatte sie gerade in dem Augenblick von ihrem Team ferngehalten, als sie die Unterstützung ihrer Kollegen am meisten gebraucht hätte. Er hatte ihr Leben mit derselben Brutalität sabotiert, mit der auf sie geschossen worden war. Ihr fiel auf einmal auf, dass sie nicht ein einziges Mal an Sohan, also an den Mann gedacht hatte, der am anderen Ende des Gewehrs gestanden hatte. Aber wie oft hatte sie Adriel schon verflucht. Adriel, der auch heute noch Mühe hatte, ihr länger als zwei Sekunden direkt ins Gesicht zu schauen.

Noémie hätte sich vielleicht erweichen lassen. Noémie hätte ihm vielleicht verziehen. Aber No bevorzugte Rache. Sie setzte sich rittlings auf Adriel, der auf der Couch saß, und nahm seinen Kopf zwischen ihre Hände.

»Sieh mich an. Sieh mich gut an. Das bin ich heute.«

Animalisch rieb sie ihr zerstörtes Gesicht an seinem, das so glatt war. Sie küsste ihn mit weit geöffnetem Mund, alles andere als zärtlich. Genauso wenig zärtlich zog sie ihn aus, während sie sich gleichzeitig ihrer Hose entledigte und ihn fast zwang, in sie einzudringen.

Adriel wirkte verloren, überfordert, unangenehm berührt.

»Ich hasse dich, Adriel«, zischte sie gegen sein Gesicht. Sie nahm seine Hände und legte sie auf ihre Narben.

Männlicher Stolz wallte in ihm auf, er befreite sich aus ihrem Griff und fasste nach ihren Brüsten, als versuchte er, wieder die Oberhand über eine Situation zu gewinnen, die ihm völlig entglitten war, aber No legte seine Hände unwirsch wieder zurück auf ihre Narben.

»Du kannst mir nicht mehr wehtun. Du wirst nie wieder etwas von mir bekommen.«

Sie kam mit nur wenigen Beckenstößen, stand auf und ließ Adriel dasitzen, ohne dass auch er zum Höhepunkt gekommen wäre.

»Ich gebe nicht mehr. Ich nehme.«

Sie hatte nicht mit ihm geschlafen, sie hatte ihn gefickt. Nein, sie hatte ihn nicht gefickt, sie hatte ihn gedemütigt. Sie sammelte ihre Sachen ein, knäulte sie zusammen, ging in Richtung ihres Schlafzimmers und ließ ihn auf der Couch zurück.

»Der Wecker geht morgen früh um 5.30 Uhr. Ich bringe dich zum Bahnhof. Und sollte ich dich noch einmal hier sehen, verpasse ich dir eine Kugel.«

Unter der Dusche schrubbte Noémie ihre Haut, bis es wehtat, und ihre Tränen vermischten sich mit dem kochend heißen Wasser. Dann zeichnete sich kaum wahrnehmbar ein Lächeln auf ihren Lippen ab.

Adriel saß immer noch mit heruntergelassener Hose im Wohnzimmer. Er hatte sich nicht gerührt.

40

3.30 Uhr morgens.
Landwirtschaftlicher Betrieb von Pierre Valant.

Eine alte Stute, die nicht mehr lange zu leben hatte, teilte jetzt ihre Box mit dem Kälbchen, das von Geburt an von der Mutterkuh verstoßen worden war. Die Körperwärme der auf dem Stroh ausgestreckten Stute bot ausreichend Ersatz für die fehlende Mutterliebe, damit das Kälbchen nicht mehr jede Nacht seinen Schmerz und sein Unverständnis hinausschrie. Die Pferde und Kühe um sie herum schliefen friedlich, nur zwei Schafe mit dicker Wolle waren hellwach, standen Flanke an Flanke da und rieben sich aneinander.

Ein metallenes Geräusch erklang.

Die Stute spitzte die Ohren. Andere taten es ihr gleich, als das Schloss des Stalls aufgebrochen wurde und auf den Boden fiel.

Auf leisen Sohlen kam ein Mann herein, in jeder Hand trug er einen vollen Benzinkanister, welche er schließlich absetzte und öffnete. Ein intensiver Geruch nach Benzin breitete sich aus, als er die Kanister leerte und die Strohballen und Holzwände damit tränkte. Durch die Benzinausdünstungen waberte die Luft wie in einer Fata Morgana.

Als er wieder draußen war, tränkte er einen trockenen Pinienzapfen mit Benzin und zündete diesen mit der Flamme seines Feuerzeugs an. Daraufhin warf er diese ländliche Variante eines Molotowcocktails in den Stall. Der Pinienzapfen hüpfte mehrmals über den Boden und rollte weit hinein, wobei er bei jedem Bodenkontakt einen Feuerherd entzündete. Die verschiedenen Herde verbanden sich schnell zu einem großen Feuer. Innerhalb kurzer Zeit wurde es sehr heiß, und es bildete sich eine weiße Rauchwolke an der Decke, die zusehends größer wurde und sich immer mehr in Richtung Boden und der Tiere ausbreitete, bei denen jetzt Panik aufkam.

Alarmiert stand die alte Stute auf und stupste das Kälbchen wach. Auch die Pferde in den benachbarten Boxen traten aus Angst vor dem Feuer heftig gegen die Türen. Die frei herumlaufenden Schafe rannten so schnell wie möglich Richtung Ausgang, aber ihre Wolle entzündete sich, sodass sie umkehrten; schnell brannten sie lichterloh und brachen schließlich zusammen. Der Geruch von Verbranntem und die Schmerzensschreie der Schafe versetzten die anderen Tiere in noch größere Panik. Man hörte das Geräusch von ausschlagenden Hufen, Schreie zerrissen die Nacht.

Auch die Stute schlug, trotz ihres hohen Alters, so kräftig

224

wie möglich aus und schaffte es, das Holz zum Splittern zu bringen und das Schloss auszuhebeln. Das verängstigte Kälbchen hatte sich in eine Ecke gekauert und weigerte sich, die Box zu verlassen. Die Stute zauderte, die allerletzten Sekunden noch dafür zu nutzen, sich in Sicherheit zu bringen. Sie hatte nie selbst ein Fohlen zur Welt gebracht, und dieses Neugeborene war von dem Moment an, als man es an ihre Seite gestellt hatte, ihres geworden. Sie kehrte um, stellte sich hinter das Kälbchen und schob es an. Ihr Schweif fing Feuer, sie bäumte sich auf und fiel auf den Rücken. Dann ging ihre Mähne in Flammen auf, und als das Kälbchen hinter der Rauchwolke verschwand, hörte sie auf zu kämpfen, schloss die Augen und machte ihren letzten Atemzug.

Die Kühe waren mit der Situation gänzlich überfordert, prallten kopflos gegeneinander und wurden von den Flammen einverleibt.

Die Türen der anderen Boxen gaben nach, und die Pferde stürmten lebenden Fackeln gleich aus dem Stall hinaus auf die Felder, wo sie in der Dunkelheit der Nacht wie Blitze am Himmel anmuteten. Vor Schmerzen und der Helligkeit ihres brennenden Fells blind, schlugen die Hengste wild um sich aus und wieherten schrill. Einer von ihnen galoppierte blindlings in Pierre Valants Hof, der vom Lärm aufgeschreckt schon mit dem Gewehr in der Hand draußen stand. Das Pferd verfehlte den Bauern nur um Haaresbreite und rannte geradewegs in die Mauer des Bauernhauses. Es stürzte auf die Knie, stand, von der Kraft der letzten Verzweiflung angetrieben, wieder auf, bäumte sich als lodernde Fackel vor Valant auf und brach schließlich zusammen.

Bei einem Brand gibt es irgendwann den Point of no Return,

wo einem nichts anderes mehr übrig bleibt, als mit anzusehen, wie das Gebäude, das einem Feuer zum Opfer fiel, bis auf die Grundmauern niederbrennt. Pierre Valant stand in Socken auf dem feuchten Boden vor seinem Stall und musste mit ansehen, wie dieser abbrannte.

Er lief von einem qualmenden Pferd zum nächsten und erlöste diejenigen mit einem Kopfschuss, die sich noch quälten. Dann ging er zum Haus, um die Feuerwehr anzurufen, wobei er den Gewehrlauf über den Boden hinter sich herschleifen ließ und eine Furche durch die noch heiße Asche zog.

Als er in den Hof zurückkehrte, explodierte auf einmal die Windschutzscheibe seines Transporters. Valant blieb stehen, sah aber nichts anderes als die Dunkelheit der Nacht.

Dann explodierten nacheinander seine Fensterscheiben. Manche zersprangen nur sternenförmig, andere zerfielen in einem Scherbenhagel.

Valant rührte sich nicht von der Stelle, als wäre er sich sicher, dass der Schütze nicht den Mumm haben würde, ihn genau vor seinem eigenen Haus zu töten.

Endlich hörte das Schießen auf.

41

Romain hatte mehrmals versucht, Chastain auf dem Handy zu erreichen, jedoch vergebens. Dem Strahl seiner Taschenlampe folgend, umrundete er das Haus seiner Vorgesetzten und musste zu seinem Erstaunen feststellen, dass um kurz nach fünf Uhr morgens schon Licht im Haus brannte.

Noémie öffnete ihm, mit Leinenhose und engem T-Shirt bekleidet, und machte einen hellwachen Eindruck.

Sie empfing ihn mit den Worten: »Für gute Neuigkeiten ist es viel zu früh.«

»Wie recht du hast, ich habe nämlich keine guten Neuigkeiten. Dich betrifft das zwar eigentlich nicht und auch nicht unsere Ermittlungen. Aber ein Teil des Hofs meines Vaters ist abgebrannt. Er hat jede Menge Tiere verloren.«

»Ach, du Scheiße, das tut mir leid. Weißt du schon, wie es passiert ist?«

»Die Feuerwehr hat Kohlenwasserstoffspuren über den Hof verteilt gefunden. Es wurden außerdem Schüsse auf sein Haus abgegeben.«

»Schüsse? Wie geht es ihm?«

»Alles gut. Da braucht es schon mehr, um ihm Angst einzujagen.«

Chastain dachte kurz nach.

»Egal, was du jetzt meinst, es könnte trotzdem etwas mit unseren Ermittlungen zu tun haben«, war ihr Fazit. »Da wir bisher nicht eine einzige Spur haben, müssen wir alles, was im Umkreis von zehn Kilometern nicht rundläuft, in Bezug auf einen möglichen Zusammenhang mit unserem Fall überprüfen.«

Eine schemenhafte Gestalt wurde in der anfänglichen Morgendämmerung hinter Romain sichtbar und kam näher.

»Das habe ich deinem Lieutenant auf dem Weg hierher auch gesagt«, bekräftigte Hugo ihre These.

Die Überraschung war gelungen. Das Unbehagen auch. Je nachdem, was jetzt passierte, und je nach Adriels Form von Zurückhaltung konnte alles außer Kontrolle geraten.

»Guten Morgen, Frau Hauptkommissarin«, sagte Hugo und grinste sie an, »wir dachten, wir spielen mal Weckdienst.«

»Guten Morgen, Herr Taucher. Und du? Bist zufällig in der Gegend, ja?«, fragte sie betont lässig.

»Die Flammen waren vom Hotel aus sichtbar, und dann kam der Rauch. Und weil man als Polizist immer Polizist ist, bin ich hingefahren, und da habe ich dann deinen Mitstreiter hier getroffen.«

Er kam zu ihr an die Tür und schien zu erwarten, dass sie ihn hereinbat, aber Noémie rührte sich nicht von der Stelle.

»Machst du uns einen Kaffee oder leisten wir draußen deinem Hund Gesellschaft?«

In genau diesem Moment kam Adriel frisch geduscht, mit einem Handtuch um die Hüften gewickelt und einem dämlichen Grinsen auf den Lippen, aus dem Badezimmer heraus.

»Ich bin in zehn Minuten bereit«, rief er in den Raum, bevor er die zwei Polizisten entdeckte, die auf der Türschwelle standen. Völlig ungeniert kam er mit ausgestreckter Hand auf sie zu, mit der anderen Hand hielt er sein Handtuch fest.

»Guten Morgen, meine Herren. Adriel. Exkollege. Exfreund.« Auch die beiden anderen stellten sich vor. Romain war peinlich berührt, und Hugo wirkte alles andere als freundlich gestimmt.

»Ich mach mir einen Kaffee, wollt ihr auch einen?«, fragte Adriel selbstbewusst und ging ganz entspannt zurück ins Haus, als würde er schon immer hier wohnen.

Hugo murmelte ein »Ich warte im Auto« und verschwand im Morgengrauen. Romain, der Noémies Verstörung bemerkt hatte, als der Taucher aufgetaucht war, sowie das offensichtliche Interesse, das Letzterer gezeigt hatte, als er während der gesamten Fahrt zu Noémies Haus von ihr geredet hatte, wandte den Blick lieber ab.

Fassungslos schlug Noémie die Hände über dem Kopf zusammen und verspürte das unbändige Bedürfnis, sich ordentlich zu ohrfeigen.

»Bin ich dumm, bin ich dumm, ich bin so unglaublich dumm!«, beschimpfte sie sich.

»Ja, Chefin, da hast du richtig Scheiße gebaut«, bestätigte Valant. »Vor allem, wenn das dein Ex aus der Bastion ist, von dem du mir erzählt hast.«

Noémie hatte sich schnell wieder im Griff und kümmerte sich erst mal um das, was ihr unerträglich war.

»Tut mir wirklich leid wegen deinem Vater, aber würdest du diesen Vollidioten bitte für mich zum Bahnhof fahren?«

»Zum 6.56-Uhr-Zug? Mach ich. Und du, du solltest ihm schleunigst hinterherrennen!«

...

»Warte!«

Der noch feuchte Sand auf dem unebenen Weg blieb an ihrer Hose haften. Sie lief schneller und kramte nach dem Autoschlüssel des Land Rover.

»Warte, bitte! Ich bring dich zum Hotel.«

Hugo blieb widerwillig stehen.

»Du hast einen Freitauchgang Zeit.«

»Ich habe Scheiße gebaut, so richtig Scheiße gebaut ...«

Adriel hatte gestern genau das Gleiche gesagt!

Noémie war nicht in der Lage, den Satz zu Ende zu bringen. Sie schwieg und suchte nach Worten für das Fehlen einer glaubwürdigen Erklärung. Der Wutausbruch, der Adriel voll getroffen hatte. Ihre heimtückische Rache. Blödsinniger Trotz. Der Groll, der unter der Oberfläche brodelte. Wie sie ihn beherrscht und dann weggeworfen hatte. Alles nicht konkret genug, um Hugos trauriges Lächeln zu besänftigen. Also ergriff er das Wort.

»Du versteckst deine Wunden. Aber für mich bist du weder schlechter noch besser als vorher. Ich habe dich nur so kennengelernt. Und so gefällst du mir. Deine Wunden, die sind wenigstens ehrlich. Die verstecken sich nicht und lügen auch nicht. Sie erzählen von dir. Aber vielleicht hast du es dir ja anders überlegt? Als du deinen Ex wiedergesehen hast, hast du dir vielleicht gedacht, dass du alles auslöschen und dein Leben da wiederaufnehmen kannst, wo du aufgehört hast, da, wo du dich ein wenig geliebt hast. Sollte das der Fall sein, gibt es keinen Platz für mich. Und das ist nicht so schlimm, wir kennen uns ja kaum. Es hat noch nichts angefangen, niemand wird verletzt werden.«

»Es ist nicht, was du denkst«, sagte sie. Und dann:

»Ich kann alles erklären … Er bedeutet mir gar nichts.«

Obwohl sie alles von Herzen so meinte, hörten sich ihre Entschuldigungen hohl an, weil man so etwas erfahrungsgemäß oft zu hören bekam, wenn es nicht stimmte. Sie brachte kein Wort mehr heraus, und somit schien das Gespräch beendet. Hugo streckte ihr die Hand entgegen. Noémies Hoffnung, dass es sich um eine versöhnliche Geste handelte, wurde zerschlagen, als er ihr nur die Schlüssel des Geländewagens aus der Hand nahm.

»Ich werde ihn auf dem Hotelparkplatz stehen lassen, einer deiner Jungs kann ihn dann für dich holen. Du solltest in deinem

230

Leben aufräumen, und zwar so, wie du es für richtig hältst. Du weißt, wo ich wohne. Seine-Ufer. Flussbrigade.«

Als Noémie zurück ins Haus ging, kamen ihr Romain und Adriel entgegen, welchen sie mit finsterem Blick bedachte.

»Schick den Erkennungsdienst zum Hof deines Vaters, sie sollen eine der Kugeln finden und zur Forensischen Ballistik schicken. Dann sagst du deinem Vater, dass ich ihn in einer Stunde im Kommissariat erwarte. Wenn es sich um vorsätzliche Brandstiftung handelt, dann hat Pierre Valant einen Feind. Ich will wissen, wer es ist.«

»In Ordnung«, antwortete Romain.

Adriel kam näher, wohl, um sich zu verabschieden. Er öffnete den Mund, kam aber nicht dazu, auch nur ein Wort zu sagen.

»Und du, halt einfach die Schnauze!«

42

Noémie saß allein mit Pierre Valant in ihrem Büro. Dass Romain an der Befragung teilnahm, war für sie nicht infrage gekommen, wegen des Interessenskonflikts, auch wenn Vater und Sohn sich überhaupt nicht leiden konnten. Der Anzug des Herrn Bürgermeister war im Rathaus von Avalone geblieben, stattdessen sah Noémie an diesem Morgen nur einen erschöpften Bauern mit nach allen Seiten abstehenden Haaren vor sich, dessen mit Ruß befleckte Kleidung nach Benzin und verbranntem Holz stank.

231

»Es heißt, dass Ermittlungen in einem Dorf rein gar nichts mit Ermittlungen in einer Großstadt zu tun haben, das hat mir Commandant Roze direkt bei meiner Ankunft zu verstehen gegeben. Und es heißt, dass jeder hier die Geheimnisse, die Vergangenheit und Probleme des anderen kennt und dass all unsere modernsten wissenschaftsbasierten Techniken nicht so viel wert sind wie gute Menschenkenntnis. Also, Monsieur Valant, wer hat Ihre Kühe heute Nacht in Brand gesteckt und wer hat auf Sie geschossen?«

»Da mein Gewehr noch im Waffenschrank steht, habe ich keine Ahnung.«

»Wie meinen Sie das? Heißt das, Sie regeln Ihre Streitigkeiten lieber untereinander?«

»Das ist eine Redensart. Das war nur eine Redensart«, ruderte er zurück. »Ich hätte natürlich meinen Sohn benachrichtigt.«

Noémie rückte die Tastatur vor ihrem Computer zurecht.

»Ich schreibe also, dass Sie keine Ahnung haben? Das wird aber eine kurze Zeugenaussage.«

»Tut mir leid. Sie können ja schreiben, dass wir Landmenschen alle wortkarg sind, nicht so wie ihr Großstadtliteraten. Das können Sie dann noch zu ihrer Klischeeliste über das Leben auf dem Land hinzufügen.«

Angesichts der neuen Wendung, die das Gespräch nahm, stand Noémie von ihrem Platz am Schreibtisch auf und stellte sich mit dem Rücken zu Valant ans Fenster. Vielleicht tat sie es aber auch, weil es ihr schwerfiel, ihm ins Gesicht zu schauen. Es irritierte sie, in seiner Mimik und Gestik eine große Ähnlichkeit mit seinem Sohn zu erkennen.

»Könnte jemand eifersüchtig sein?«, fuhr sie mit ihrer Befragung fort.

»Ich bin Befürworter des chinesischen Projekts in der Mecanic Vallée.«

»Wo sehen Sie da einen Zusammenhang?«

»Die Menschen haben Angst vor Veränderungen. Sie haben Angst, dass man ihnen ihr Land wegnehmen wird. Sie haben Angst, dass ein neuer Wirtschaftssektor die Landwirtschaft in den Hintergrund drängen wird. Dann gibt es noch die, die Angst vor Schlitzaugen haben. Das sorgt für angespannte Stimmung. Und Feindseligkeiten. Hinzu kommt, dass ich der größte Großgrundbesitzer in unseren sechs Gemeinden bin. Die Frage lautet nicht, wer auf mich eifersüchtig sein könnte, sondern eher, wer es nicht sein könnte.«

»Das leuchtet mir ein. Und wenn Sie es noch nicht mal schaffen, sich mit Ihrem Sohn gut zu verstehen, warum sollte es Ihnen dann mit anderen gelingen.«

»Ich rate Ihnen tunlichst davon ab, dieses Thema weiter zu vertiefen.«

»Tut mir leid. Sie kennen doch die Pariser, die haben alle kein Benehmen.«

Im Duell der Klischees hatte sie den Ball jetzt schön in die Mitte platziert.

»War es das erste Mal?«, fragte sie weiter.

»Die Brandstiftung? Ja. Die Schüsse übrigens auch.«

»Sind Sie gerade dabei, etwas zu verkaufen oder zu kaufen, gibt es ein bestimmtes Projekt, geschäftliche Unstimmigkeiten?«

»Ich habe so schon Arbeit genug und muss mir nicht noch mehr aufhalsen. Ich mache es wie alle Landwirte, ich versuche, zu überleben, meinen Angestellten pünktlich ihr Gehalt auszubezahlen und mich an Europa anzupassen.«

Milk hatte den Land Rover am Hôtel du Parc abgeholt und

fuhr auf den Parkplatz des Kommissariats. Er stieg aus und winkte zu Noémie hoch, die immer noch hinter ihrem Fenster stand und mit einem Lächeln antwortete. Schließlich drehte sie sich um.

»In der Stadt kommt es vor, dass manche Menschen ihre Autos anzünden und vorgeben, jemand habe den Brand gelegt, um Geld von der Versicherung abzukassieren.«

Valant richtete sich auf, sichtlich in seiner Ehre gekränkt.

»Mein Bauernhof ist doch keine alte Karre. Es ist nicht immer leicht, ich bin der Letzte, der das Gegenteil behauptet, aber ich habe den Kopf noch über Wasser. Und wenn ich schon so tief gesunken wäre, dann hätte ich ein Gebäude angezündet, in dem sich keine Tiere befanden. Die sind fast alle auf meinem Hof geboren und jedes Einzelne hat einen Namen. Sie haben ja keine Ahnung von der Bindung, die man zu den Tieren aufbaut.«

Noémie musste an Picasso denken. Sie konnte Pierre Valants Unterstellung nicht wirklich bestätigen, hielt es für überflüssig, etwas zu entgegnen.

»Und Ihre Ermittlungen?«, fragte Valant nach einer Weile.

»Gehen ziemlich langsam voran, muss ich zugeben.«

»Ich frage Sie das jetzt nicht als Landwirt, sondern als Bürgermeister, und ich fordere Sie auf, mich über den Stand Ihrer Ermittlungen bezüglich des Dramas, das unsere Gemeinde erschüttert hat, aufzuklären. Muss ich Sie daran erinnern, dass ich im Rahmen meiner Funktionen in Avalone Ihr oberster Vorgesetzter bin?«

Mit nur einem Satz hatten sich die Rollen umgekehrt, und jetzt war es an Noémie, ausgefragt zu werden.

»Alex Dorin wurde in einer Plastiktonne gefunden. Die Flussbrigade hat eine zweite Tonne gefunden, am selben Ort.

Darin befindet sich entweder Elsa Saulnier oder Cyril Casteran. Aber es gibt keine dritte Tonne. Kein drittes Kind.«

»Es ist vielleicht woanders?«

»Das hab ich auch überlegt, aber das ergibt keinen Sinn. Der Keller des Gemeindehauses ist groß genug, um einen ganzen Friedhof zu beherbergen. Warum sollte jemand drei Kinder entführen und je nach Szenario zwei umbringen und eines nicht oder drei umbringen, aber sie an zwei verschiedenen Orten verstecken? Wenn ich nach den infrage kommenden Möglichkeiten gehe, dann haben wir drei verschwundene Kinder, von denen zwei tot aufgefunden wurden; die Wahrscheinlichkeit ist also groß, dass das dritte Kind auch tot ist. Und das suche ich.«

»Wahrscheinlichkeiten nachzugehen ist sicherlich nicht verkehrt, aber einen Fall wird man damit wohl kaum aufklären«, wies Valant sie zurecht.

»Sie führen mich dahin, wo die Chancen auf Erfolg am größten sind.«

»Man kann also sagen, Sie tappen völlig im Dunkeln.«

Noémie, der das jetzt zu weit ging, machte ihre Bürotür ganz weit auf.

»Ich habe Sie lange genug aufgehalten, Herr Bürgermeister. Der Brigadier Bousquet wird Ihre Anzeige fertigstellen. Für Ihre Versicherungsunterlagen.«

Noémie war gerade auf dem Weg nach draußen, um auf der Außentreppe eine Zigarette zu rauchen, die sie wieder etwas abregen sollte, da lief sie Milk über den Weg, der sich mit der jungen Polizistin am Empfang unterhielt. Sie streckte ihre Hand aus, und er übergab ihr die Schlüssel des Land Rover.

»Gibt es Neuigkeiten vom Erkennungsdienst?«

»Ja, Chefin. Eine Kugel wurde auf Valants Lieferwagen abgefeuert. Sie ist durch die Windschutzscheibe und den Fahrersitz in der Kopfstütze der Rückbank gelandet. Sie ist jetzt zur Ballistik unterwegs, wie Sie es gewünscht haben.«

Während Noémie sich Milks musterschülerhafte Berichterstattung anhörte, zog ein auffälliger Blumentopf, der auf dem Schoß einer vielleicht sechzig Jahre alten Frau mit leerem Blick balancierte, ihre Aufmerksamkeit auf sich. Sie warf Milk einen fragenden Blick zu.

»Das ist Juliette Casteran, die Mutter des kleinen Cyril. Sie haben sie schon einmal hier gesehen, an dem Tag, als der Name des ersten identifizierten Leichnams verkündet wurde.«

Die Blicke der beiden Frauen kreuzten sich, und Noémie sah sich genötigt, zu Madame Casteran zu gehen und sie zu begrüßen.

»Ich bin Capitaine Chastain, erinnern Sie sich an mich?«, stellte Sie sich vor.

»Ja«, antwortete Madame Casteran und stand auf. »Ich bin gekommen, um Sie zu sehen.«

»Gehen wir in mein Büro?«, schlug Noémie vor und steckte ihre Zigarettenpackung wieder zurück in die Hosentasche.

»Sie haben sicherlich sehr viel Wichtigeres zu tun. Ich wollte Sie nur fragen, ob Sie mich darüber informieren könnten, wenn Sie die kleine Elsa aus dem Wasser geholt haben. Ich gucke kein Fernsehen und höre sehr wenig Radio, und ich würde gern ihr Grab mit Blumen schmücken.«

Die Kleine. Oder der Kleine. Elsa. Oder Cyril. Madame Casteran schien vergessen zu haben, dass es immer noch zwei Möglichkeiten gab und eine davon ihr Sohn war, aber Noémie verzichtete darauf, sie darauf hinzuweisen. Mit dem Kinn deutete sie auf die Blumen.

»Sind die für Alex?«

»Ja. Das sind Margeriten. Wussten Sie, dass mein Mann der Friedhofswärter war? Ich hatte es mir zur Gewohnheit gemacht, die Stelen der Vergessenen mit Blumen zu schmücken. Einige sind auch Patienten von mir gewesen. Mein Mann pflegte zu sagen: ›Wenn es dir nicht gelingt, sie gesund zu machen, übernehme ich.‹«

Es war ein regnerischer Tag, und Noémie bemerkte, dass Juliette Casterans Hosensaum feucht war. Sie folgerte daraus, dass Madame Casteran zu Fuß gekommen war, um sie zu sehen.

»Das ist von hier aus noch eine ganz schöne Wegstrecke bis zum Friedhof. Soll ich Sie absetzen?«

43

Während Madame Casteran andächtig an Alex Dorins Grab verharrte, saß Noémie auf dem Friedhofsmäuerchen und rauchte endlich ihre Zigarette. Schließlich drückte sie den Glimmstängel in einem Lavendelstrauß aus und gesellte sich wieder zu Cyrils Mutter.

»Was ich Ihnen jetzt sagen werde, lässt sich nicht gut mit mehr Taktgefühl umschreiben, deswegen sage ich es geradeheraus«, setzte Noémie an.

»Ich weiß genau, was Sie denken«, unterbrach Madame Casteran sie, »Madame Saulnier, die ist verrückt geworden, die Dorins sind so gut aufgelegt wie Haie im Blutrausch, und die alte Casteran weigert sich zu glauben, dass ihr Sohn tot ist.«

»Ich hätte es vielleicht etwas weniger krude gesagt, aber ja, so etwas in der Art.«

Juliette zupfte den Strauß Margeriten zurecht und richtete sich wieder auf.

»Was haben Sie denn erwartet? Wir haben alle ein bisschen den Verstand verloren. Der Verlust eines Kindes und dazu noch die Ungewissheit, das treibt einen dazu, das Schlimmste zu denken. Es heißt, dass es einer Mutter einen Stich ins Herz versetzt, wenn das eigene Kind stirbt. Auch wenn ein Kontinent zwischen ihnen liegt. Ich, ich habe nichts gespürt.«

»Das ist alles? Ich meine damit, das reicht, um Sie zu überzeugen?«

»Das reicht mir, um zu hoffen. Ich habe die Hoffnung nie aufgegeben. Jede Woche rufe ich die APEV an, um nachzufragen, ob es etwas Neues gibt. Ich bete jeden Tag. Ich habe sogar fast vier Jahre lang einen Privatdetektiv engagiert, der mich viel Geld gekostet hat. Ich bin nicht verrückt, ich habe Vertrauen. Geburten und Beerdigungen. Zwischen Wiegen und Grabstätten, da spielt sich die Geschichte des Lebens ab. Immer wieder. Ein Grabstein folgt auf den nächsten. Aber Cyrils Moment ist noch nicht gekommen.«

Während sie sich mit Juliette Casteran unterhielt, verspürte Noémie das gleiche Befremden wie vor einigen Tagen, als sie den Friedhof verlassen und ihr Unterbewusstsein ihr signalisiert hatte, dass hier ein rotes Erinnerungsfähnchen hingehörte. Irgendetwas stimmte nicht, und sie musste an Melchiors

Worte denken, als er über ihren Unfall und die Hypermnesie gesprochen hatte, die daraus resultieren könnte.

Genau diese Hypermnesie, die wünschte sie sich jetzt von ihrem Gedächtnis. Sie musste diese Farbe, diesen Geruch, diese Beschaffenheit, dieses Geräusch oder diese Melodie, dieses kleine Detail wiederfinden, das irgendeine Assoziation ausgelöst und sie alarmiert hatte. Es musste etwas mit diesen Ermittlungen zu tun haben.

In einiger Entfernung sah sie den Friedhofswärter, der von Grab zu Grab lief und die Blumen goss. Ein Grabstein folgte auf den nächsten, wie Casteran vorhin gesagt hatte. Und noch einer und noch einer.

Und dann spuckte ihr Gedankenkarussell das Offensichtliche aus. Es war genau vor ihren Augen. Zu ihren Füßen. Diese Stele, auf der ein Todesdatum aus dem Jahr 1987 stand. Und dann diese Wege und noch mehr Wege, über mehrere Hundert Meter lang. Das war alles viel zu groß für so ein kleines Dorf.

Sie ließ Juliette stehen und eilte auf den Friedhofswärter zu, der abwehrend die Gießkanne hob und einen Schritt zurückmachte, als erwartete er, beschimpft zu werden.

»Chastain. Polizei«, stellte sie sich vor und hielt ihm die trikolore Karte entgegen.

»Ähm, ja, ich weiß«, antwortete der junge Mann in grünen Latzhosen und dazu passenden Stiefeln misstrauisch.

»Wie viele Gräber gibt es hier genau?«

»Genau? Keine Ahnung. So knapp tausend.«

»Wir sprechen also von tausend Menschen, ja?«

»Nein, nein. Wenn Sie sich die Stelen anschauen, dann sehen Sie, dass die meisten davon Familiengruften sind. Eine Gruft hat zwei bis sechs Gräber.«

»Das heißt wir haben es hier mit mindestens zweitausend verstorbenen Personen aus den letzten fünfundzwanzig Jahren zu tun.«

Noémie zückte ihr Handy und sprach hinein: »Mortalitätsrate in Avalone für 2018«, artikulierte sie deutlich.

»Der Ort Avalone verzeichnete im Laufe des Jahres 2018 einunddreißig Todesfälle«, antwortete die metallisch klingende Stimme ihres Handys.

»Das ergibt über einen Zeitraum von fünfundzwanzig Jahren also höchstens siebenhundertfünfundsiebzig Todesfälle, wenn wir 2018 als Referenzjahr nehmen. Nicht zweitausend. Falls Avalone nicht eine Epidemie, einen Krieg oder ein Erdbeben zu beklagen hatte, worüber mir gegenüber niemand ein Wort verloren hat, ist der Friedhof dreimal zu groß.«

Der Wärter sah sich um und schien auf einmal zu entdecken, dass das Verhältnis zwischen dem Zeitraum des Bestehens und der Größe des Friedhofs absolut nicht passte.

»Ach so, ja«, räumte er schließlich etwas lasch ein.

Noémie schaute sich die in Marmor oder Stein eingravierten Daten genauer an. Einige waren noch recht neu, so um das Jahr zweitausend herum, was sehr gut passte. Andere Daten waren merkwürdiger und zeigten Jahreszahlen an, die der Friedhof gar nicht erlebt haben konnte: 1980, 1970, 1960.

Avalone war 1994 überflutet worden, und diese Daten hatten hier nichts zu suchen. Sie überließ den Wärter seiner Blumengieß-Beschäftigung und schloss sich wieder Juliette Casteran an, die schon auf dem Kiesweg Richtung Ausgang unterwegs war.

»Warten Sie, Madame Casteran, ich fahre Sie zurück.«

»Sie sind reizend, aber ich lebe nur fünfhundert Meter von hier entfernt.«

»Na, dann fahr ich Sie trotzdem. Ist Ihr Mann zu Hause?«

Die alte Dame warf einen Blick auf die Uhr an ihrem mageren Handgelenk.

»Um zehn Uhr? Ja. Aber wir sollten uns besser beeilen. In einer knappen Stunde wird er sich schon zur Bar aufmachen. Und dann versteht man ihn nicht mehr so gut.«

...

Im Haus der Casterans sah es genau so aus, wie Romain Valant es beschrieben hatte. Die Wände waren zugepflastert mit Fotos von Cyril in allen Altersstufen. Das heißt, bis zu seinem zehnten Lebensjahr.

Juliette war rasch in ihr Zimmer verschwunden, und Noémie stand jetzt allein mit André Casteran in der Küche. Seine Hände zitterten, die Zirrhose hatte sein Gesicht, das von langen roten geplatzten Äderchen durchzogen war, schwer gezeichnet, Wangen und Nase waren aufgequollen und fleckig wie verbranntes Plastik. Er goss ihnen zwei Tassen Kaffee ein, die Hälfte landete auf dem Wachstuch.

»Was haben Sie meiner Frau gesagt?«

»Nichts Bestimmtes. Sie hat viel mehr gesprochen als ich.«

»Setzen Sie ihr keine Flausen in den Kopf, ja? Ihr Junge, der wird wiederkommen, sie kann über nichts anderes mehr reden. Die Zeit, die sie damit verbringt, auf seine Rückkehr zu hoffen, ist die Zeit, in der sie mich in Ruhe lässt. Mehr will ich nicht. Sie geht mir auf die Nerven, aber ich habe sonst niemand anderen. Der Leichnam im Wasser sollte besser nicht unser Junge sein. Das würde sie nicht verkraften.«

Noémie sah ihm dabei zu, wie er seinen Kaffee um einen gleichen Anteil Armagnac verlängerte.

»Aber Sie, Monsieur Casteran, Sie wissen schon, dass es leider sehr wohl Ihr Sohn sein kann?«

»Ja. Wenn er es ist, lass ich mir was einfallen.«

»Glauben Sie, dass sie es nie herausfinden wird?«

»Sie guckt kein Fernsehen, liest keine Zeitungen, und wenn sie das Radio anmacht, dann nur für Musik. Seit fünfundzwanzig Jahren hören die Leute sie von nichts anderem reden als von Cyril. Niemand widerspricht ihr, warum sollte sich jetzt etwas daran ändern. Alle wissen, dass sie labil ist. Sollte es sich um ihn handeln, wobei ich ›sollte‹ betone, werden wir ihn ganz diskret beerdigen. Und dann geht auch das vorbei.«

Noémie nickte zustimmend, als André Casteran anbot, ihr ein Schlückchen Alkohol in den Kaffee zu gießen. Da seine Hand so zitterte, wurde aus dem Schlückchen ein extragroßer Schluck.

»Apropos Begräbnis, ich würde Ihnen gern ein paar Fragen zum Friedhof stellen. Sie waren lange Zeit Wärter auf dem Friedhof im ehemaligen Avalone, nicht wahr? Ist der heutige Friedhof nach fünfundzwanzig Jahren nicht ein bisschen groß? Und diese Gräber von vor 1980? Wie kommen die …«

»Fünfundzwanzig Jahre? Wie kommen Sie denn auf diese Zahl?«, wunderte er sich. »Der Friedhof hat kein Alter. Das ist der gleiche wie früher. Es wurde damals entschieden, dass der Friedhof als einziger Ort nicht überflutet werden sollte. Er wurde Grab für Grab ins neue Avalone umgebettet. Auch wenn einigen der Gedanke nicht gefiel, die Totenruhe zu stören, so wollten sie doch erst recht nicht die Toten unter Wasser zurücklassen.«

»Erinnern Sie sich noch an das genaue Datum?«

»Der Alkohol hat mir geholfen, meinen Sohn zu vergessen, vom Umzug ist auch nicht mehr viel übrig geblieben, das kann ich Ihnen sagen.«

»Gibt es vielleicht Archive?«, hakte Noémie nach.

»Ja. Bestimmt. Da, wo Sie gerade hergekommen sind. Tut mir leid, dass Sie umsonst hier rausgefahren sind.«

»Muss Ihnen nicht leidtun. Zu den Anfängen zurückzukehren, darauf basiert ja jede Ermittlung.«

...

Noémie bahnte sich einen Weg durch Reihen voller Metallschränke, die sich unter dem Gewicht von Ordnern bogen.

Die Friedhofsverwaltung befand sich in einem heruntergekommenen Haus aus hellem Stein mit bemoostem Flachdach. Es gab ein einziges Fenster, durch das man auf die Rückseite der Stele einer imposanten Familiengruft schaute, die kein Licht durchließ. Milk musste sich, obwohl er so schmal war, gegen die Wand drücken, um seine Chefin nicht zu berühren, wenn sich ihre Wege kreuzten.

»Was suchen wir genau?«, fragte er.

»Den genauen Termin des Umzugs. Die Kinder sind am 21. November 1994 verschwunden. Wir haben zwei von dreien tot gefunden, obwohl die drei doch stark miteinander verbunden waren.«

»Wir suchen also ein zweites Versteck?«

»Genau.«

»Und warum hier?«

Noémie stellte eine verstaubte Akte wieder zurück und sprach zum ersten Mal eine Hypothese aus, die ausschließlich auf ihrem kriminalistischen Instinkt beruhte.

»Die Frage, die sich mir stellt, ist, wo kann man einen Leichnam verstecken, ohne zu riskieren, dass er irgendwann gefunden wird.«

»Auf einem Friedhof?«

»Ja, Milk. Da, wo sich nie jemand trauen würde, in der Erde herumzuwühlen.«

Schließlich ergriff Noémie einen Ordner, dessen Rücken mit den Jahreszahlen 1993/1994 beschriftet war. Sie blätterte durch die vergilbten Seiten und fand schnell eine Kopie des öffentlichen Beschaffungswesens, auf der ein Umzug zwischen dem 1. und 30. November 1994 angekündigt wurde. Sie blätterte weiter und stieß auf die Notiz eines einfachen Grabs, dessen Datum nicht passte, und zeigte dem jungen Polizisten das Dokument.

»Insbesondere wenn der Friedhof dreißig Tage lang eine Baustelle ist, die Grabstätten auf ein anderes Grundstück umgebettet werden und genau in der Zeit jemand einen Ort sucht, an dem er einen Leichnam verstecken kann. Ich habe übrigens keinen Vertrag mit einem Sicherheitsdienst ausfindig machen können.«

»Wissen Sie, das ist hier nicht der Père-Lachaise. Wir haben hier nicht viele Gothics, die zwischen den Grabstätten herumlungern, und noch weniger Satanisten, die wir verjagen müssen.«

»Ich meine einen Sicherheitsdienst während des Umzugs 1994. Beide Friedhöfe waren so aufgerissen wie Adventskalender an Heiligabend. Tausend Löcher in der Erde auf dem

Originalfriedhof, tausend neue Löcher auf dem neuen Grundstück, die darauf warteten, gefüllt zu werden. Eines mehr oder weniger, es gab keine Kontrolle, niemand hätte etwas gesehen.«

»Sie glauben, dass er vielleicht hier vergraben liegt?«

»Ich habe keine Ahnung, aber so habe ich damals in der Organisierten Kriminalität gearbeitet. Jeder einzelne Ast des Hypothesenbaums wird untersucht, bis hin zu den mickerigsten Blättchen.«

Milk hatte diesen Satz jetzt zwar schon zum zweiten Mal gehört, sparte sich aber aus Respekt seinen Kommentar.

»Wie stellen Sie sich die weitere Vorgehensweise vor, Capitaine?«

»Wir werden die Grabstätten in vier Segmente aufteilen und die genaue Anzahl an Grabsteinen sowie die Namen der dazugehörigen Personen zählen. Sollte es einen zu viel geben, wissen wir, wo wir graben müssen.«

...

Die Neuigkeit verbreitete sich wie ein Lauffeuer im Dorf, auch ohne dass die Presse etwas davon schrieb. Sogar der Bürgermeister Pierre Valant hatte sich zu den rund hundert Schaulustigen gesellt und verfolgte das Geschehen aus der Ferne. Die vier Polizisten der Ermittlungsgruppe zählten aufmerksam jeden Grabbewohner der ihnen zugeteilten Zone, und als sie damit fertig waren, verkündeten sie das Endergebnis und fingen mit vertauschten Zonen von vorn an.

Nach einer Stunde der Gegenrechnung wiederholten sie exakt die gleichen Zahlen, die zusammengerechnet 2327 Grabbewohner ergaben. 2327 Tote gegen 2326 Erfassungen. Es gab also unter all den Gräbern einen Usurpator. Einen Überzähligen. Einen Leichnam zu viel.

Die Sonne ging unter, und es begann, leicht zu nieseln.

»Wir müssen jedes Grab mit der Liste der Sterbeurkunden aus dem Archiv abgleichen.«

»In rund einer halben Stunde sehen wir hier gar nichts mehr«, merkte Romain an.

»Dann erwarte ich euch morgen früh bei Tagesanbruch. Ohne Zuschauer.«

...

Obwohl sein Körper nach Alkohol gegiert hatte, war André Casteran nicht direkt in die Bar gegangen. Er hatte das Zittern und die heftigen Krämpfe, die seine Gedärme zerfleischten, ertragen, das Flehen seines Körpers ignoriert. Stattdessen verfolgte er aus der Ferne die Aktion der Polizistin aus Paris mit, ohne Anstalten zu machen, dies zu verbergen. Tief sitzende böse Erinnerungen stiegen in ihm auf, sodass es ihm noch schlechter ging als ohnehin schon.

Er zückte sein Mobiltelefon, ein altes Modell zum Auseinanderklappen, und wählte eine Nummer. Es klingelte einige Male, bevor sein Gesprächspartner endlich abnahm.

»Sie ist auf dem Friedhof«, vermeldete er, ohne sich vorzustellen.

»Was macht sie da?«

»Sie zählt«, antwortete er mit sorgenvoller Stimme.

»Auch wenn sie das Grab findet, wie soll sie draufkommen, dass wir es waren?«

»Was wetten wir?«

246

Es folgte ein betretenes Schweigen, das einer Antwort auf die Frage gleichkam.

»Geh nach Hause, André, ich ruf dich zurück.«

44

Kurz vor 21 Uhr erhielt Noémie eine Mail von der Forensischen Ballistik. Die in der Kopfstütze von Valants Auto gefundene Kugel war zwar verwertbar, jedoch leider nicht in ihrer Kaliber-Datenbank verzeichnet. Es handelte sich um eine Acht-Millimeter-Munition, die wenig im Umlauf war, ohne jedoch extrem selten vorzukommen.

Als sie in den Land Rover stieg, freute sie sich auf die so wunderbar erholsame Strecke, die sie nach Avalone bringen würde, auf den Kamin, auf ihren Steg, auf ihren Hund. Zum ersten Mal verspürte sie so etwas wie ein Gefühl von zu Hause zu sein.

Als sie vom Parkplatz herunterfuhr, folgte ihr ein alter Transporter mit ausgeschalteten Scheinwerfern und hielt gebührenden Abstand, um nicht bemerkt zu werden. Sie durchquerte Decazeville, fuhr unter der Brücke von Aubin durch und nahm die Straße, die den Hügel hoch bis zum höchsten Punkt des Staudamms führte. Weiter unten erleuchtete Avalone in der hereinbrechenden Nacht. Der Wasserstand des Stausees sank immer weiter ab, und hier und da waren schon Dächer der höheren Gebäude zu sehen. Nur noch wenige Tage; und es würde wieder möglich sein, durch die Straßen des alten Avalone zu schlendern.

Zu Hause würde sie sich eine große Schale Tee zubereiten. Sie würde Melchior anrufen. Und wenn sie genug Mumm hatte, würde sie noch einmal versuchen, sich bei Hugo zu entschuldigen. All diese Gedanken stoben durch ihren Kopf, als sie auf einmal von einem grellen Licht im Rückspiegel geblendet wurde. Es folgte ein heftiger Stoß von hinten. Der Aufprall beförderte sie haarscharf an der Böschung vorbei, und ihr Wagen streifte eine riesige Eiche, bevor es ihr gelang, das Steuer herumzureißen und wieder auf die Spur zu finden. Aber das andere Fahrzeug blieb an ihrer Stoßstange kleben und schob sie mit qualmenden Reifen und heulendem Motor in Richtung Abgrund. Als Noémies Land Rover von der Straße abkam und sie einen kurzen Moment mit durchdrehenden Reifen in der Schwebe hing, erinnerte sie sich genau daran, wie hoch der Staudamm war:

Einhundertdreizehn Meter.

Das bedeutete einhundertdreizehn Meter freier Fall. Ihr Auto überschlug sich mehrfach in einer glitzernden Wolke aus zersplitterndem Glas. Das Licht der Scheinwerfer ließ je nachdem, wie es aufprallte, abwechselnd die Farben der Felsen und der Bäume aufleuchten, die das Auto während seines Falls außerdem mit sich riss.

Der Sicherheitsgurt schnitt ihr fast die Luft ab, während der schwere Wagen mühelos die Erde des Hügels durchpflügte. Diverse Gegenstände schwebten scheinbar schwerelos im Wagen umher. Bis zu dem Moment, als der Wagen ganz unten auf dem sandigen Ufer des Sentinelle aufprallte und alles in sich zusammenfiel.

45

Das Rundumlicht des Abschleppwagens ließ die Bäume des Waldes, der die Straße säumte, in grellem Orange aufleuchten. Das metallene Zugseil verschwand bis aufs Äußerste gespannt in der Kluft und zog Zentimeter für Zentimeter das schwere Autowrack mit den zerborstenen Scheiben heraus.

Valant und Bousquet schauten vorsichtig den schwindelerregenden Abhang hinunter, der so tief war, dass die Strahlen ihrer Taschenlampen nicht bis ganz nach unten reichten.

»Ich habe das hier gefunden«, verkündete Milk und kam mit einem Beweismittelbeutel in der Hand hinzu. »Weiße Lacksplitter, die sind auf der ganzen Straße verstreut.«

»Weiß. So gut wie alle Nutzfahrzeuge sind weiß«, erwiderte Bousquet. »Auch Noémies Land Rover. Das bringt uns leider nicht weiter.«

...

Der diensthabende Arzt in der Notaufnahme des Krankenhauses von Decazeville näherte sich dem Unfallarzt, der vor der Leuchttafel stand und sich gerade auf die Röntgenaufnahme seiner neuen Patientin konzentrierte.

»Meine Güte, was ist das denn? Ein Boxer? Ein Stuntman?«

»Nein. Ein Polizist. Um genauer zu sein, eine Polizistin.«

Der Bereitschaftsarzt löste die Röntgenaufnahme von der Tafel und schaute sie sich auf dem Weg zu Noémies Zimmer genau an, wobei er sie immer wieder prüfend gegen das Neonlicht hielt. Er klopfte an die Tür.

»Noémie Chastain?«

Die Bäume hatten den freien Fall ihres Autos abgebremst, und nur ihnen hatte sie es zu verdanken, dass sie noch am Leben war. Als sie wieder zu Bewusstsein gekommen war, hatte sie, umgeben von einer trüben Benzinwolke, kopfüber in ihrem Sicherheitsgurt gehangen und den Mund voller Erde gehabt, weil sie mit dem Oberkörper durch die zerborstene Scheibe geschleudert worden war und mit dem Gesicht in der Erde lag. Eine große Schramme zog sich jetzt über die komplette linke Wange. Die linke Wange, natürlich, das Schicksal wollte ihre Verunstaltungen offenbar symmetrisch verteilt wissen.

»Wenn ich mir so Ihre Röntgenaufnahmen und Arztberichte anschaue, dann drängt sich mir der Verdacht auf, dass dieser Tag heute ein Tag wie jeder andere für Sie ist.«

»Wann kann ich nach Hause?«

»Nicht so schnell«, zügelte er sie, »Sie bleiben über Nacht, morgen werden wir Sie routinemäßig durchscannen, und dann können Sie sich wieder ganz nach Herzenslust von einem neuen Felsen hinunterstürzen.«

»Schnauzen Sie mich nicht so an, das war kein Unfall.«

Der Arzt wollte gerade ihre überquellende Krankenakte an das Fußende ihres Betts hängen und hielt mitten in der Bewegung inne.

»Kein Unfall?«, wiederholte er überrascht. »Sie wollen damit sagen, dass … Aber dann sollten wir die Polizei …«

Noch während er es aussprach, fiel ihm ein, dass er mit der Polizei höchstpersönlich sprach.

»Ja«, unterbrach ihn Noémie, »ich werde mich darum kümmern.«

Schmerz durchzuckte ihre linke Gesichtshälfte, und sie fuhr sich mit den Fingern über ihre neuen Verletzungen.

»Sagen Sie mir bitte nur, wie tief die Schrammen sind. Ich habe Angst, sie könnten mein Gesicht entstellen«, witzelte sie.

»Mit etwas Betadine und einer Wund- und Heilsalbe dürften die Schrammen in einer guten Woche verschwunden sein. Ich schreibe Ihnen ein Rezept auf. Allerdings hat der Sicherheitsgurt Ihnen ein böses Hämatom verpasst, das sich von der Schulter bis zur Hüfte hinunterzieht. Das wird eine Weile dauern, bis es verschwindet. Wie auch immer, es ist jetzt ein Uhr morgens, und ich möchte, dass Sie schlafen.«

»Dafür bräuchte ich ein wenig Schützenhilfe.«

»Damit kann ich dienen.«

46

Als Noémie aufwachte, erblickte sie ein kleines Mädchen, das wie ein Schutzengel über ihren Schlaf zu wachen schien und im Schneidersitz am Fuß ihres Betts saß.

»Wie geht es dir, No?«, fragte Lily.

Noémie richtete sich auf und rieb sich die Augen.

»Mach dir keinen Kopf, ich hab schon Schlimmeres erlebt.«

Ihr Blick fiel auf ihr Team, und sie zeigte auf ihr Gesicht.

»Was ist denn mit euch los? Nichts? Kein einziger schlechter Witz? Ihr enttäuscht mich, Jungs.«

»Um ehrlich zu sein, haben wir auf dem Weg hierher im Auto schon jede Menge Witze gerissen«, gab Milk zu. »Aber nur, um die angespannte Stimmung etwas aufzulockern, wir haben uns nicht wirklich darüber lustig gemacht.«

Romain kam näher.

»Hast du etwas gesehen? Irgendjemanden?«

»Nein, leider nicht. Aber die Botschaft ist angekommen Kaum stöbern wir auf dem Friedhof herum, werde ich eine Stunde später gewaltsam zu einem improvisierten Crashtest eingeladen. Ursache und Wirkung. Ich sage euch, wir sind auf der richtigen Fährte. Habt ihr letzte Nacht den Friedhof überwachen lassen?«

»Ja, natürlich«, versicherte Valant ihr. »Den Friedhof und die Gegend drum herum. Keine weiteren auffälligen Vorkommnisse.«

»Dann lasst uns dahin zurückkehren, wir finden das Scheißgrab und werfen einen Blick hinein.«

»Das sagt man nicht«, rügte Romain sie.

»Du hast Scheiß gesagt«, sagte Lily mit einem Grinsen.

»Das kann nicht sein, dieses Wort nehme ich nie in den Mund«, antwortete Noémie und tat empört. »Aber du, solltest du nicht in der Schule sein? Schwänzt du etwa? Du weißt, dass das gesetzeswidrig ist, oder?«

»Ich wollte dich sehen«, antwortete Lily und zupfte an der feinen Goldkette herum, die sie um den Hals trug, bis sie den Anhänger fand, der daran hing. »Außerdem habe ich für dich gebetet.«

Noémie nahm ihr den Anhänger aus den Fingern, um ihn besser sehen zu können.

»Die Jungfrau Maria?«

»Ja. Das ist das Amulett meiner Großmutter aus Afrika. Das habe ich zu meiner ersten Kommunion bekommen. Finde ich schöner als so ein Armband.«

Halskette oder Armband.

Chastains Alarmglocken läuteten wieder, ein mittlerweile bekanntes Gefühl.

»Haben wir schon eine Rückmeldung von der Forensischen Bildbearbeitung zum Armband?«

»Na klar«, antwortete Milk überrascht, »das habe ich Ihnen doch gestern schon erzählt, schien Sie aber nicht weiter zu interessieren.«

Romain stieß ihm den Ellenbogen in die Seite.

»Es sei denn, ich hab's vergessen, auch möglich«, versuchte Milk die Sache zu retten. »Auf jeden Fall ist da nichts zu machen. Der Winkel der Aufnahme passt, aber die Qualität der Auflösung ist so schlecht, dass man den Namen, der auf dem Armband eingraviert ist, nicht näher heranzoomen kann.«

»Es ist also irgendwann zwischen der Aufnahme des Fotos in der Scheune und dem Moment, als die persönlichen Gegenstände aufgelistet wurden, verschwunden. Wir sind uns einig, dass die Angehörigen der Opfer darüber informiert wurden, dass alle Gegenstände oder sämtliche Kleidung, die der Verstorbene trägt, innerhalb von achtundvierzig Stunden zurückgegeben werden, wenn sie für die laufenden Ermittlungen unerheblich sind.«

»Die würden uns sonst niemals mit Dingen, die einen emotionalen Wert haben, gehen lassen«, bestätigte Bousquet.

»Warum macht sich also jemand die Mühe, das Armband und sonst nichts direkt vom Opfer zu entwenden? Und als

Serge Dorin der Schmuck seiner Frau wieder ausgehändigt wurde, wie hätte er nicht bemerken können, dass ein Armband fehlt? Da stimmt doch was nicht.«

»Was ist mit unseren Kollegen? Wir kennen alle einen Polizisten, der gern lange Finger gemacht hat.«

»Siehst du dich Schmuck von einem Leichnam klauen? Das ist nicht besonders gut fürs Karma. Und nehmen wir mal an, du hättest keine Skrupel, würdest du dann den am wenigsten wertvollen Schmuck mitnehmen? Fast alles ist aus Gold, aber du nimmst den Silberschmuck mit? Nein. Mit diesem Armband hat es etwas auf sich, das bedeutend genug ist, um es kurz nach Madame Dorins Tod von ihrem Leichnam zu entwenden, damit die Polizei es nicht in die Hände bekommt. Und da an diesem Tag, außer der Kripo, nur Serge und Bruno dabei waren, bleiben nicht mehr viele Verdächtige übrig.«

»Mir drängt sich irgendwie der Eindruck auf, dass wir uns keine Freunde machen werden«, bekundete Romain besorgt. »Ermittlungen gegen die Eltern der Vermissten, das wird richtig Ärger geben.«

»Ist mir egal.«

»Ich weiß.«

»Mit dem Friedhof haben wir jetzt also zwei Fährten«, schlussfolgerte Bousquet.

»Der Friedhof ist eine Fährte. Das Armband ist nur eine Dunkelzone.«

»Womit fangen wir an?«

»Ich denke, dass wir problemlos beides gleichzeitig angehen können. Romain, ich möchte, dass du Commandant Roze auf den neuesten Stand bringst. Das wird alles immer komplizierter, und unser Vorgesetzter sollte über alles informiert sein.«

Als Lily sie zum Abschied auf die Wange küsste, flüsterte sie Noémie ein Geheimnis ins Ohr, ein Kinderflüstern, das so laut war, dass alle es hören konnten.

»Dein Verehrer sitzt im Wartezimmer.«

Noémie dachte an Adriel, und pures Entsetzen zeichnete sich in ihren Gesichtszügen ab, aber Romain, der das Missverständnis sofort erkannte, beruhigte sie.

»Nein, nicht der, der andere. Er muss über die Zentrale von deinem Unfall erfahren haben. Er war kaum in Paris angekommen, da hat er sich ins Auto gesetzt und ist sofort zurückgefahren. Das ist doch ein gutes Zeichen, was meinst du?«

Ihre Beunruhigung verwandelte sich augenblicklich in ein schlechtes Gewissen. Adriel, den hätte sie wenigstens anschreien können, sie hätte die Böse, Unausstehliche raushängen lassen und sich in einen Mantel aus Hass hüllen können. Mit Hugo war sie nackt, ohne Schutzschild.

»Wir warten im Kommissariat auf dich, No.«

...

»Warum bist du zurückgekommen?« Die Dankbarkeit in ihrer Stimme stand im Kontrast zur eigentlichen Frage.

Hugo setzte sich zwanzig Zentimeter von ihr entfernt auf das Bett.

»Weil du, sobald ich dich ein paar Stunden allein lasse, Unfug mit deinem Körper veranstaltest.«

»Da ist nichts gelaufen. Auf jeden Fall nichts Wichtiges, ich schwöre.«

»Dann lass uns kein Wort mehr darüber verlieren.«

»So einfach ist das, ja?«

»Ich habe mir noch so einige, viel kompliziertere Szenarien ausgemalt, aber jetzt habe ich mich dafür entschieden. Am meisten mache ich mir im Augenblick Sorgen um deine Ermittlungen. Angesichts dessen, was da passiert ist, hast du jemanden sehr wütend gemacht.«

»Der Meinung bin ich auch.«

»Aber anstatt auf die Bremse zu treten, wirst du jetzt wahrscheinlich erst recht Gas geben?«

»In der Hinsicht sind wir wohl ziemlich ähnlich gestrickt, was?«

Noémie richtete sich auf.

»Bleibst du hier?«

»Ich habe jede Menge Überstunden, die ich abbauen kann. Und du brauchst jemanden, der auf dich aufpasst.«

Noémie beugte sich zu ihm hinüber.

»Und wirst du mich jetzt küssen?«

Hugo sah sie an, ließ den Blick von einer Wunde zur nächsten schweifen.

»Das habe ich vor, aber wo?«

»Mistkerl.« Sie grinste.

Ohne zu klopfen, öffnete die Krankenschwester die Zimmertür und schloss sie sogleich wieder.

»Was machst du denn, geh rein«, drängelte ihre Kollegin. »Wir müssen das Zimmer putzen.«

»Ich glaube, wir sollten besser ein bisschen warten.«

47

Seitdem am Vortag die ersten Regentropfen auf Avalone nie-
dergegangen waren, hatte es nicht mehr aufgehört zu regnen.
Ein Tisch war zwischen zwei Friedhofswegen aufgebockt und
ein großer Schirm darübergespannt worden, um die Akten aus
den Archiven zu schützen.
Milk hielt eine Auflistung der Todesurkunden in der Hand
und hakte nach und nach die Namen ab, die Bousquet und
Valant von den Stelen ablasen und ihm laut zuriefen.
»Claire Favan?«
»Ja«, bestätigte Milk. »Favan, Claire, hab ich hier.«
»Jacques Saussey?«
»Saussey, Jacques, hab ich.«
Bousquet hatte die Idee gehabt, Holzstäbe mit einem roten
Band vor die bereits kontrollierten Gräber in den Boden zu stecken, aber dafür hätte man Tausende von Holzstäben und genauso viele Bänder benötigt, also wurde die Idee wieder fallen
gelassen. Was sie allerdings auf Vorrat hatten, und zwar reichlich,
waren die Flatterbänder, mit denen Unfallorte und Tatorte abgesperrt wurden. So wurde jedes abgehakte Grab mit einem rot-
weißen Band umwickelt, auf dem »Police nationale« aufgedruckt
war. Je länger es regnete, desto dunkler wurden mit zunehmen-
der Feuchtigkeit die Farben der Grabsteine, Stelen und der Erde.

Noémie hatte Hugo im Haus am See zurückgelassen, sich seinen
Ford Geländewagen ausgeliehen, mit dem er aus Paris zurück-

geeilt war, und fuhr einen Umweg über den Friedhof, bevor es weiter zu den geplanten Anhörungen von Serge und Bruno Dorin ging. Am Friedhof angekommen, nahm sie überrascht die neue rot-weiße Deko an den Grabstätten zur Kenntnis. »Das sieht sehr nach zeitgenössischer Kunst aus«, stellte sie fest.

»Wir müssen noch etwas weniger als die Hälfte überprüfen«, setzte Milk sie über den aktuellen Stand in Kenntnis. »Wir brauchen ewig dafür.«

»Ich weiß, aber entweder hat es einen Fehler bei der Aufnahme ins Archiv gegeben, oder eines der Kinder wartet dort seit fünfundzwanzig Jahren auf uns. Bleibt schön motiviert, ich muss zurück ins Büro.«

...

Serge Dorins blaue Augen bedachten Noémie mit einem harten und eiskalten Blick.

»Haben Sie nichts anderes zu tun?«

»Als den Mörder Ihres zu Sohnes zu suchen?«

»Sie haben mich schon verstanden. Wir sind hier die Opfer. Und Sie bestellen uns ins Kommissariat?«

»Es handelt sich um eine einfache Zeugenbefragung.«

»Und Sie glauben, dass das verschwundene Armband Ihnen zu neuen Erkenntnissen verhelfen wird?«

»Es handelt sich hierbei um eine Dunkelzone. Alles, was sich in Dunkelzonen befindet, interessiert mich.«

»Einen Scheißjob haben Sie da.«

»Das ist mir bewusst. Bruno war doch derjenige, der seine Mutter als Erstes entdeckt hat, oder?«

258

Als sie die Sprache auf seinen Sohn brachte, verschloss Serge Dorin, sofern das überhaupt möglich war, sich noch ein bisschen mehr.

»Er hat im gleichen Jahr seine Mutter und seinen Bruder verloren«, grummelte er schließlich. »Lassen Sie ihn in Ruhe. Finden Sie lieber heraus, welche Polizisten an diesem Tag bei uns zu Hause waren. Würde mich nicht wundern, wenn einer von ihnen das Armband hätte mitgehen lassen.«

»Das ist auch eine unserer Hypothesen«, erwiderte Chastain, um ihn etwas zu beschwichtigen. »Sind Ihre beiden Söhne getauft worden?«

»Taufe und erste Kommunion, ja. Und ja, sie haben beide ein Armband geschenkt bekommen, falls es das ist, worauf Sie hinauswollen.«

»Als wir den Leichnam Ihres Sohnes gefunden haben, trug er kein Armband. Wir haben metallene Schuhösen gefunden, ein Zehn-Centime-Stück, aber kein Armband.«

Dorin ballte die Hände, die auf seinem Schoß lagen, zu Fäusten.

»Die Vorstellung, dass er umgebracht wurde, geht für Sie klar, aber dass ihm etwas gestohlen worden sein könnte, nicht? Sie nehmen das, was Ihnen in den Kram passt, und lassen das, was nicht Ihren verworrenen Theorien entspricht, links liegen.«

»Ganz im Gegenteil. Ich greife nach jedem Strohhalm, der sich mir zeigt. Es macht für mich keinen Unterschied, wie lang oder breit diese Strohhalme sind. Ich gehe immer bis zum Ende. Und aus diesem Grund werde ich Ihrem Sohn die gleichen Fragen stellen.«

»Das ist doch lächerlich, er war damals doch erst acht Jahre alt«, empörte sich Dorin.

»Das Prozedere nach Vorschrift sieht das so vor. Ich gebe zu, dass die Erinnerungen an Ereignisse vor dem zehnten Lebensjahr eher seltener sind, aber traumatisierende Erlebnisse bleiben abgespeichert, als wären sie gestern geschehen. Das weiß ich aus eigener Erfahrung.«

Sie erwartete, dass Dorin aufstehen, herumbrüllen, sie beleidigen oder vielleicht sogar ihren Schreibtisch umstoßen würde, aber das Gegenteil trat ein. Jegliche Spannung wich aus seinem Körper, und seine Gesichtszüge wurden weicher.

»Ich war's«, flüsterte er endlich, als würde eine schwere Last von ihm abfallen.

»Das müssen Sie schon etwas genauer erklären.«

»Alex trug das Armband immer. Bruno wollte es nie tragen, und es ist im Schmuckkästchen meiner Frau gelandet. An dem Tag waren überall in der Scheune Polizisten und haben Fotos geschossen und Fragen gestellt. Der Strick wurde durchgeschnitten, der Körper meiner Frau wurde auf eine Bahre gebettet, und als ich sie ein letztes Mal küssen durfte, habe ich Brunos Armband an ihrem Handgelenk erkannt. Da habe ich es ihr abgenommen.«

»Warum?«

»Weil es da nichts zu suchen hatte. Weil ich die Botschaft nicht verstanden habe. Warum nimmt sie sich das Leben und trägt dabei etwas, das ihrem Sohn gehört?«

»Und jetzt? Wo befindet sich das Armband jetzt?«

»Ich habe es lange mit mir herumgetragen, sozusagen als Andenken. Erst in meiner Tasche, dann hat es in meinem Auto gelegen, und irgendwann habe ich es nicht mehr gefunden. Bruno hat nie etwas davon gewusst, und es wird wenig zur Aufklärung beitragen, wenn Sie ihn dazu befragen. Sie werden höchstens dazu beitragen, ihn nur noch mehr zu verstören.«

»Wenn ich mir sein Vorstrafenregister so anschaue, wirkt er gar nicht so empfindsam. Drogenkonsum, Gewalttaten, Betrügereien, Erpressungen, Einbrüche, Beschädigung von Privateigentum. Ich frage mich, wie er es geschafft hat, nicht im Knast zu landen.«

Die Anrufe, die Serge Dorin mitten in der Nacht vom Kommissariat bekam, an die erinnerte er sich nur zu gut, und auch an die darauf folgenden Auseinandersetzungen mit seinem Sohn, die manchmal handgreiflich wurden, etwas, das kein Vater jemals mit seinem Kind erleben sollte.

»Ich weiß ja nicht, wie Sie Ihre Kindheit und Jugend erlebt haben, aber seine hat mit dem Verschwinden seines Bruders und dem Selbstmord seiner Mutter angefangen. Seitdem er achtzehn ist, hat er nicht mehr mit der Polizei zu tun gehabt. Er arbeitet hart, härter als ich, und bereitet heute niemandem mehr Probleme, vergessen Sie ihn also bitte einfach.«

Da Noémie dem erst mal nichts mehr entgegenzusetzen wusste, beendete sie das Gespräch. Wenige Minuten später sah sie, wie Vater und Sohn das Kommissariat verließen und wie Serge Dorin versuchte, seinen Sohn mit einem Zipfel seines Regenmantels vor dem Regen zu schützen, bevor sie in ihrem alten weißen Transporter verschwanden, der mit Schlamm und Staub verdreckt war.

Auf der Türschwelle zündete sie sich eine Zigarette an, als sich Commandant Roze zu ihr stellte und sie fragte, wie die Anhörung verlaufen sei.

»Wie ein Duell, das sich Streichholz und Benzinkanister liefern.«

»Hat er Rede und Antwort gestanden?«

»Mehr schlecht als recht.«

»Haben Sie den Eindruck, dass er Sie für dumm verkauft?«

»Das ist sehr gut möglich. Wenn ja, dann macht er das gut.«

»Wie dem auch sei, beim nochmaligen Durchblättern der Ermittlungsakten habe ich festgestellt, dass wir nicht viel gegen ihn in der Hand haben«, merkte Roze an. »Nur diese Sache mit dem verschwundenen Armband.«

Der alte Transporter der Dorins fuhr unter dem lautem Geknatter eines müden Motors vom Parkplatz.

»Das habe ich mir auch so gedacht«, stimmte Noémie ihm zu.

Ihr Handy in der Hosentasche klingelte, und mit einer entschuldigenden Geste ging sie dran.

»Warum gehst du nicht an dein Festnetz?«, fragte Romain.

»Ich bin nicht mehr im Büro. Mit Dorin bin ich schon fertig.«

»Mit beiden?«

»Nein, den Sohn habe ich nicht angehört. Dafür ist, glaube ich, noch nicht der richtige Zeitpunkt.«

»Ich bin mit Milk und Bousquet auf dem Friedhof.«

Noémie drückte ihre Zigarette aus und hörte Romain aufmerksam zu.

»Ruf die Spurensicherung an, die sollen sofort kommen«, sagte sie und legte auf.

Dann wandte sie sich an Roze.

»Sie haben das Grab gefunden.«

VIERTER TEIL

Mitten ins Herz

48

Keine drei Stunden später war eine Abdeckplane über das überzählige Grab gespannt worden. Laut der Stele lag hier Pauline Destrel begraben, die von 1972 bis 1994 gelebt hatte.

Um den Friedhof herum hielt ein Kordon aus uniformierten Polizisten des Decazeviller Kommissariats die neugierigen Dorfbewohner davon ab, näher zu kommen.

»Habt ihr den Namen durch die Erkennungsdienstkartei laufen lassen?«, fragte Noémie.

»Unbekannt.«

Sie wandte sich an den Genealogen ihres Teams.

»Milk? Familie Destrel, sagt dir das etwas?«

»Nein, zumindest nicht in unseren sechs Gemeinden.«

»Ausnahmsweise erlaube ich dir, deine Mutter anzurufen, um sicherzugehen.«

Milk errötete, woraus Noémie folgerte, dass er genau das schon getan hatte.

Sie hatten Pauline Destrels Grabstein mithilfe einer Friedhofszugwinde hochheben lassen, und jetzt schaufelten die Männer sich vorsichtig durch die vom Regen aufgeweichte Erde. Die Kollegen der Spurensicherung hatten ihre weißen Schutzanzüge angezogen und warteten auf das dumpfe Geräusch, das die Schaufel machen würde, wenn sie auf das Holz des Sargs traf, um endlich mit ihrer Arbeit beginnen zu können. Tatsächlich war bald ein Geräusch anderer Art zu hören: Ein dumpfes

Krachen wie von einem brechenden Ast ließ die Schaufelnden innehalten. Einer der Männer kniete sich davor, tauchte mit den Händen in den weichen Sand und zog einen Knochen hervor, an dem nicht nur der Zahn der Zeit, sondern zum Teil auch Insekten genagt hatten. Trotz seines Zustands war erkennbar, dass es sich um einen Oberschenkelknochen handelte. Und zwar um einen sehr großen.

Mit größter Vorsicht legten sie das restliche Skelett frei. Da es jetzt langsam dunkel wurde, sorgte ein Scheinwerfer für Licht über der kriminalistischen Ausgrabungsstätte.

»Es ist das Skelett eines Erwachsenen«, bestätigte der Forensiker. »Nicht wirklich das, was Sie gesucht haben.«

»Nein, tatsächlich nicht.« Noémie wirkte so verloren wie noch nie.

Die Intensität des Regens hatte sich mittlerweile verdoppelt. Die Regentropfen prasselten mit solcher Wucht auf die Kiesel, dass sie zusätzlich zur grauen Regenwand einen dichten Dunst erzeugten, der bis zu den Knien der hier arbeitenden Menschen reichte.

Als das komplette Skelett freilag, kniete Noémie sich vor das Knochenpuzzle und stupste mithilfe eines Kugelschreibers den Schädel an, sodass er zur Seite kippte. An der Schädeldecke befand sich ein großes Loch. Handelte es sich um ein Einschussloch? War er mit einem stumpfen Gegenstand erschlagen worden? Und hatte dieser Tote etwas mit den Kindern zu tun? Noémie verfluchte diesen Fall, der einfach kein Ende nehmen wollte und immer komplizierter wurde.

»Milk, du bleibst bei der Spurensicherung, bis sie fertig sind, und das Skelett muss in die Gerichtsmedizin. Um ehrlich zu sein, dieser Tag hätte nicht beschissener ausgehen können, wir stehen jetzt wieder ganz am Anfang. Heute Nacht gönnen wir uns eine Mütze Schlaf, und morgen sehen wir weiter.«

»Wir schlafen eine Nacht drüber, so wie Schriftsteller, wenn sie eine Schreibblockade haben?«, fragte Milk beflissen.

Noémie nickte nur.

Nass bis auf die Haut, verließ sie den Friedhof, und als sie die Menge der Schaulustigen, die nach und nach von den uniformierten Polizisten aufgelöst wurde, hinter sich gelassen hatte, erblickte Noémie den Journalisten Saint-Charles, der völlig ungeniert unter einem Regenschirm auf Hugos Geländewagen saß, welcher nunmehr als Ersatz für den in seine Einzelteile zerlegten Land Rover herhalten musste.

»Fischen Sie im Trüben?«, begrüßte er sie.

»Ich mag diesen Ausdruck zwar nicht, aber ja. Ich fühle mich, als hätte der heutige Tag vor einer Woche angefangen.«

Saint-Charles richtete sich mit gezücktem Notizbuch auf.

»Was ist mit Ihrem Unfall, berichten wir darüber?«

»Lieber nicht …«

»Und im Grab, haben Sie da etwas gefunden?«

»Ja. Das Skelett eines Erwachsenen.«

Der Journalist musste sich schwer zusammenreißen, um bei der unerwarteten Neuigkeit nicht vor Aufregung von einem Fuß auf den andern zu treten.

»Darf ich darüber berichten?«

Es war das allererste Mal, dass ein Journalist sie um Erlaubnis bat, etwas zu veröffentlichen, was sie jetzt ausnutzte.

»Können Sie noch ein paar Tage warten?«

»Wenn ich dann exklusiv berichten darf, bin ich einverstanden.«

267

Noémie reichte ihm die Hand, und Saint-Charles schlug ein.

»Wir befinden uns im Aveyron, Capitaine. Sie sind sich der Konsequenzen eines Handschlags bewusst? Vor noch nicht mal einem halben Jahrhundert wurden hier Geschäfte und Abmachungen auf diese Weise besiegelt.«

»In Paris gilt die Devise, dass ein Versprechen nur denjenigen bindet, dem es gemacht wurde, aber ich passe mich gern den hiesigen Gepflogenheiten an.«

Er steckte Kugelschreiber und Notizbuch wieder zurück in seine Tasche, wie um ihre Vereinbarung damit zu bekräftigen.

»Passen Sie auf sich auf, Chastain. Sie haben offensichtlich jemanden wütend gemacht.«

»Danke, Saint-Charles, das habe ich heute schon mal gehört.«

49

In dieser Nacht wurden die Bewohner Avalones und der benachbarten Gemeinden von einer Heerschar von Albträumen heimgesucht. Erinnerungen waren geweckt worden, die wie böse Gespenster aus den Schränken und unter den Betten hervorgekrochen kamen.

...

Serge Dorin fuhr mit geballten Fäusten und einem Gefühl, als würde es ihm die Gedärme zerreißen, aus dem Schlaf auf. *Sékou.* Er erinnerte sich an seinen Namen.

Kaum war er wieder eingeschlafen, ging der Traum genau da weiter, wo er aufgehört hatte, als hätte er nur auf die Pausentaste gedrückt. Er befand sich auf der Staudammbaustelle, vor fünfundzwanzig Jahren, es war mitten in der Nacht, und er hielt ein Gewehr in der Hand. Vor ihm kniete ein Mann mit bloßen Beinen auf der Erde, ein Afrikaner, er trug nur ein T-Shirt und zitterte am ganzen Leib.

»Ich, ich Sékou«, stieß er panisch hervor.

Dorin entsicherte die Waffe und hielt sie an den schwarzen, schweißgetränkten Nacken.

»Ich, ich Sékou«, wiederholte der Fremde, als handelte es sich um ein Missverständnis, das er durch das Aussprechen seines Namens beseitigen könnte.

»Schieß«, ertönte es hinter Dorin.

Er machte einen Schritt zurück, schloss die Augen und drückte ab. Der Afrikaner wurde nach vorn geschleudert und landete auf dem Boden. Das austretende Blut versickerte nach und nach in der Erde.

Mit trockenem Mund und klopfendem Herzen schreckte er wieder aus dem Schlaf hoch. Er ging ins Badezimmer, ließ kaltes Wasser laufen und spritzte es sich ins Gesicht.

Dann lief er auf leisen Sohlen am Zimmer seines Sohnes vorbei Richtung Keller. Er schaltete das Licht zur Kellertreppe an, drückte die wurmstichige Holztür auf und suchte schließlich etwas hinter der wackeligen Pyramide aus leeren Glasflaschen. Er holte eine verstaubte rote Schachtel hervor und spürte, wie sich seine Kehle zuschnürte. Er kramte in etwas, das wie ein kleines Nest aus verschiedenfarbigen Insekten anmutete, und wurde in dem Durcheinander von Gold- und Silberschmuck schließlich fündig. Er ließ ein Gliederarmband, auf dem Alex' Name eingraviert war, durch die Finger gleiten und brach in Tränen aus.

...

André Casteran wälzte sich schweißnass im Bett hin und her, schwitzte mit jeder Zelle seines Körpers den Rotwein, den er im Laufe des Tages gesoffen hatte, wieder aus und versuchte die Bilder, die ihn quälten, loszuwerden.

Der Friedhof. Sein Friedhof. Und diese Stimmen.

»Wir müssen ihn vergraben«, sagte eine dieser Stimmen.

»Der Schwarze ist ein Mörder«, sagte die andere Stimme, »er hat das bekommen, was er verdient hat.«

In seinem Traum grub Casteran mit bloßen Händen in der Erde, bis sie bluteten. Der Leichnam wurde in das Loch geworfen, es gab nicht einmal einen Sarg, dann wurde er mit Erde bedeckt.

»Du machst, was getan werden muss, André, du machst, was getan werden muss.«

...

Romain Valant hörte Geräusche im Haus. Ein schmatzendes Kauen, als würde jemand eine saftige Frucht essen. Er stand auf und lief durch den Nebel, der langsam über den alten Dielenboden kroch. Als er vor der Zimmertür seiner Tochter angelangt war, erblickte er einen Lichtstrahl auf dem Boden, der aus dem Zimmer kam. Die Kaugeräusche wurden immer lauter und wechselten sich mit Sauggeräuschen ab. Er zückte seine Waffe und öffnete langsam die Tür. Der Mond leuchtete in Lilys Zimmer, und er konnte deutlich erkennen, was darin geschah. Da war der Oger von Malbouche, dreckig und stinkend kniete er vor dem Bett, er trug ein Fell um die Schultern und zerquetschte mit seinen kräftigen Händen den Körper seiner Tochter. Sein Kiefer war wie der einer Schlange weit aufgeklappt, der Kopf seiner Tochter steckte schon tief in seinem Schlund, und er war gerade dabei, sich den restlichen Körper einzuverleiben. Romain schoss, bis er keine Munition mehr hatte, und Aminata weckte ihn auf.

»Du hattest einen Albtraum.«

Er saß mindestens eine Stunde auf dem Korbsessel vor Lilys Bett und sah ihr dabei zu, wie sie friedlich schlief, bevor er sich wieder hinlegte.

...

Noémie lag schlafend neben Hugo, und in der Nacht sprang ihre Katze aufs Bett. Vorsichtig kletterte sie über ihre Beine und lief weiter hoch. Auf Noémies Bauch begann sie mit dem Milchtritt, als wollte sie ihn massieren oder entspannen. Sie drehte sich einmal im Kreis, bevor sie ihren Weg fortsetzte und weiter nach oben lief. Als sie am Gesicht angekommen war, leckte sie Noémie mit ihrer rauen Zunge über die Wangen, um dann mit weit aufgerissenem Maul in ihre Nase zu beißen. Sie spürte keine Schmerzen. Es gab kein Blut. Sie bestand weder aus Haut noch aus Muskeln, sondern aus einem hellen Biskuitboden, leicht und locker, und bei jedem Bissen wurden die verschiedenen Schichten sichtbar. Die Katze aß so viel von Noémie, bis sie sich schnurrend in ihrem Kuchenkopf zusammenrollen konnte.

Als Noémie aufwachte, beschloss sie, dass es mal wieder an der Zeit war, Melchior anzurufen, den sie viel zu lange vernachlässigt hatte, und sie startete einen Videoanruf auf ihrem Computer.

»Was für ein Unfug«, amüsierte sich der Psychiater, während er sich die Zusammenfassung der Nacht anhörte.

»Das habe ich mir auch gedacht.«

»Aber die Botschaft haben Sie schon verstanden?«

»Nicht wirklich. Haben Sie einen Tipp für mich?«

»Der Kuchen ist ein Nachtisch. Den gibt es am Ende einer Mahlzeit. Vielleicht gelangen Sie gerade an das Ende Ihrer Ermittlungen?«

»Daran merke ich, dass ich Sie schon eine Weile nicht mehr angerufen habe. Ich versuche mal, die richtigen Worte zu finden, um alles kurz und knapp zusammenzufassen: Ich steh wieder ganz am Anfang.«

»Ihre Katze scheint aber gesättigt zu sein, jetzt, wo sie es sich in Ihrem Schädel aus Biskuitboden gemütlich gemacht hat. Möglicherweise haben Sie ja schon alles, was Sie benötigen, schaffen es aber nicht, die verschiedenen Teile miteinander zu verknüpfen.«

»So lief das nicht bei der Kripo. Eine Spur führt zu einem Beweis, und der Beweis macht den Verbrecher dingfest. Bei mir ist nichts davon der Fall.«

»Natürlich nicht. Sie ermitteln jetzt mit fünfundzwanzig Jahren Verspätung. Die Spuren, die Beweise, die sind schon vor einer halben Ewigkeit verschwunden. Diesen Fall werden Sie mit Ihrem Gespür, Ihrer messerscharfen Logik und Ihrem gesunden Menschenverstand lösen.«

»Sie meinen so etwas wie in einem spektakulären Finale bei Agatha Christie?«

»Was glauben Sie denn, was Ihre Vorgänger früher ohne

all die wissenschaftlichen Ermittlungstechniken gemacht haben?«

»Ich möchte Sie daran erinnern, dass man in der Zeit, von der Sie sprechen, wegen einfacher Denunzierung im Knast landen konnte.«

»Schlechte Polizisten hat es immer schon gegeben, aber Sie gehören definitiv nicht dazu. Ich mache mir da gar keine Sorgen.«

Hugo durchquerte das Wohnzimmer, um Kaffee zu machen, und warf im Vorbeigehen einen diskreten Blick auf den Bildschirm, weil er neugierig war, mit wem Noémie sprach.

»Sagen Sie mal«, wunderte sich Melchior, »ich habe gerade eine Gestalt hinter Ihnen vorbeihuschen sehen. Muss ich die Polizei rufen, oder klären Sie mich auf?«

Noémie errötete wie ein verknallter Teenager.

»Das ist Hugo. Der Taucher von der Flussbrigade.«

»Ich finde es ganz wunderbar, dass es einen Hugo gibt.«

»Danke. Ich habe auch einen Hund.«

»Das sind großartige Neuigkeiten. Um ehrlich zu sein, konnte Ihnen nichts Besseres passieren, und ich meine jetzt mehr Hugo als den Hund. Das sind so viele gute Anzeichen, was Ihre Fortschritte betrifft, dass ich Sie sogar für geheilt erklären könnte.«

»Ich verbiete Ihnen, mich allein zu lassen«, empörte sich Noémie.

»Sie werden irgendwann allein klarkommen müssen.«

»Sie könnten trotzdem ein bisschen eifersüchtig sein.«

»Das werden Sie nie erfahren, Noémie. Aber ich verspreche Ihnen, dass ich Sie jetzt nicht fallen lassen werde. Erzählen Sie mir doch mal von Ihrem Team.«

»Ja, das ist genau das richtige Wort. Wir sind ein Team geworden. Damit ist alles gesagt.«

»Und im Dorf? Sie rufen doch gerade Erinnerungen an eine Zeit wach, an denen niemandem gelegen ist. Wie stehen die Menschen zu Ihrer Arbeit?«

»Also, was das betrifft, hätte ich Sie gern in meinem Team gehabt. Ich habe es mit Opfern zu tun, die sehr facettenreich aufgestellt sind. Es gibt viele tiefe Verletzungen, die meine eigenen relativieren. Ich habe es mit einem Alkoholiker im Endstadium zu tun, mit einer Frau, die sich einredet, dass ihr Sohn noch lebt, und mit einem reizbaren Bauern oder besser: Großgrundbesitzer und Bürgermeister, der mich wahrscheinlich an der Nase herumführt. Es gibt außerdem eine verrückte Alte, die vor einem Vierteljahrhundert in der Zeit stehen geblieben ist und die immer wieder irgendwo im Dorf herumirrt und eingesammelt werden muss, aber ich habe noch nicht wirklich mit ihr gesprochen.«

Melchior grinste sie breit an, ein Grinsen, das kaum spöttischer hätte sein können.

»Sie erzählen mir gerade, dass sich in Ihrem unmittelbaren Umfeld eine alte Dame befindet, für die 1994 erst gestern war, und obwohl die größte Herausforderung im Rahmen Ihrer Ermittlungen darin besteht, dass die Ereignisse schon so lange her sind, haben Sie noch nicht mit der Dame gesprochen?«

Verlegen verzog Noémie das Gesicht und wäre am liebsten im Erdboden versunken.

»Anscheinend bin ich nicht die hellste Kerze auf der Torte, danke für den Hinweis.«

»Capitaine Chastain«, erwiderte Melchior mit ernster Stimme, »vor drei Monaten hat man Ihnen ins Gesicht geschossen, Ihr kompletter Kiefer wurde perforiert, um ihn zu verdrahten, man hat Ihnen Kugeln aus dem Schädel entfernt, und heute leiten Sie ein Team, Sie werden respektiert und führen die Ermittlungen zu dem kniffeligsten Fall Ihrer Karriere an. Sie haben einen Hund. Sie haben einen Hugo. Sie haben es richtig drauf, Noémie, aber so was von.«

Und ohne eine Antwort abzuwarten, machte Melchior einen filmreifen Abgang.

Noémie ging die Treppe zur Küche hinunter und entdeckte kleine warme, süße und vitaminreiche Aufmerksamkeiten auf dem Küchentisch, für die sie sich mit einem langen Kuss bei Hugo bedankte. Während Hugo ihr den Kaffee einschenkte, musste sie an die alte Madame Saulnier denken. Das Einzige, was Noémie über sie wusste, mal abgesehen von der Tatsache, dass sie ihre Sinne nicht mehr ganz beisammenhatte, war ihre Vorliebe für spontane Spaziergänge. Und wenn diese Spaziergänge sie immer wieder zu den gleichen Orten führten, dann musste es dafür einen Grund geben. Wider Erwarten erinnerte sie sich, obwohl ihr Gedächtnis sie oft im Stich ließ, an alle Einzelheiten ihres Gesprächs mit Romain, der ihr die Orte aufgezählt hatte, an denen sie Madame Saulnier immer wieder einsammelten.

Die Mediathek und das alte Kino von Decazeville, die Ufer des Sees von Avalone und der Puy de Wolf: Alle diese Orte mussten eine Verbindung mit Elsa haben.

In der Mediathek und im Kino hatte Marguerite wahrscheinlich Elsas Geist und Neugierde geweckt.

Im See, unterm Wasser, befand sich das Haus, in dem sie aufgewachsen war, sowie die Grundschule, in der sie lesen gelernt hatte.

Was von der Liste offen blieb, war der Puy de Wolf. In Anbetracht des steilen Hangs und des unebenen Geländes gab es keinen einzigen guten Grund dafür, an diesem Ort spazieren zu gehen. Schon gar nicht mit einem kleinen Mädchen. Nein, der Puy de Wolf ergab in diesem Zusammenhang einfach keinen Sinn.

Noémie gab ein Stück Zucker in den Kaffee, wartete, bis er sich auflöste, und nahm Hugos Hand.

»Lust auf einen Spaziergang?«

»Beruflicher Natur?«

»Das werden wir oben erfahren.«

Noémie wartete auf den ersten Planken des Holzstegs. Vor ihr lag der See, dessen Wasserspiegel so tief gesunken war, dass die Fenster der alten Häuser freilagen. Noch vierundzwanzig Stunden, und sie würden endlich das zweite Fass bergen können. Cyril oder Elsa.

Sie drehte sich um und sah, wie Picasso freudig um Hugo herumtänzelte.

»Ich glaube, er hat gespürt, dass wir jetzt eine Runde drehen wollen«, meinte er und lächelte.

50

Den Anstieg zum Puy de Wolf hinauf nutzte Noémie, um Hugo mit allen Einzelheiten des Falls vertraut zu machen, als wäre er ein neues Teammitglied. Das gab ihr auch Gelegenheit, die verschiedenen Puzzleteile in ihrem Kopf noch einmal zu sortieren.

»Wenn ich dich jetzt bitte, ob wir eine kurze Pause einlegen können, hältst du mich dann für einen Schlappschwanz?«, fragte Hugo. »Hoch hinauf ist nicht so mein Ding, mich zieht es ja eher in die Tiefe.«

»Also, Madame Saulnier mit ihren neunzig Jahren schafft diesen Anstieg mühelos.«

»Und wo spaziert sie dann so herum?«, fragte er, während er mit den Augen den Hügel absuchte.

»Auf dem Gipfel.«

»Natürlich.«

Als er wieder zu Atem gekommen war, zog Hugo Noémie mit angekratzter männlicher Eitelkeit und neuem Schwung hinter sich her, dicht gefolgt von Picasso, der aufgeregt mit dem Schwanz wedelte und immer wieder an den Pflanzen schnuppern wollte.

Der Wind drückte Gräser und Kräuter zu Boden, und die Spitzen der Felsen ragten als braune, mit vertrocknetem Moos bewachsene Kuppeln aus dem Hang hervor. Hier und da wuchsen messerscharfe, krallenartige Serpentingesteine aus dem Boden.

Als sie oben angekommen waren, offenbarte sich ihnen eine spektakuläre Aussicht auf den Landschaftspark Vaysse, den größten zusammenhängenden Akazienwald Europas, der sich über mehrere Täler hinwegzog und jetzt im Mai in strahlendem Weiß erblühte.

»Ich verstehe immer noch nicht, was sie hier, so weit von zu Hause entfernt und an einem derart schwer zugänglichen Ort, gemacht hat«, dachte Noémie laut nach.

Hugo war von dem Naturschauspiel, das sich vor ihm ausbreitete, so eingenommen, dass er nicht darauf achtete, wo er seine Füße hinsetzte, auf einem Felsen ausrutschte und eine winzige Gesteinslawine auslöste. Er fing sich schnell wieder, und Noémie verfolgte mit den Augen, wie die Steine den Hang hinabrollten, um dann zwischen zwei Felsen zu verschwinden. Nur den Bruchteil einer Sekunde später hörten sie, wie die Steinchen mehrmals gegen Felswände prallten. Dort musste es also einen fast unsichtbaren Abgrund geben. Sie hatten zufällig genau den Abgrund wiedergefunden, in den Madame Saulnier bei ihrer ersten Begegnung hätte stürzen können. Etwas, ein Gefühl, zog Noémie dorthin, und sie warf einen Blick hinunter. Picasso machte es ihr nach und fing an zu knurren.

»Das ist mindestens drei Meter tief«, schätzte sie, »und alles ist voll mit diesem Scheißginster.«

Hugo bot an, als Erster hinabzusteigen, aber er tat dies so lakonisch und mit so wenig Überzeugungskraft, dass Noémie ihn fragte, ob er »sie verarschen« wolle, was er entschieden verneinte.

Sie schaltete ihre Miniaturtaschenlampe an, klemmte sie sich zwischen die Zähne und tastete sich vorsichtig hinab, bis sie unten angelangt war.

»Und? Kannst du etwas sehen?«

Sie kniete sich vor eine dichte Dornenwand, zog ihren Pullover aus, schlang ihn sich um die Hand und begann damit, die stacheligen Zweige auseinanderzuziehen, wobei sie sich wenig darum scherte, dass ihr Wollpulli dabei zerriss. Mit ihrer Taschenlampe leuchtete sie hinein und fand, hinter den Ginsterbüschen versteckt, ein altes Holzkreuz, das gegen die Felswand gelehnt war. Sie betrachtete es näher und schüttelte fassungslos den Kopf. Hugo fragte, was denn los sei. »Jemand hat etwas in das Holz hineingeritzt, ziemlich dilettantisch.«

»Und, was denn?«

Alex. 1984-1994«, sagte sie »Nicht zu fassen. Noch ein Grab?«

Sie zückte ihr Handy und machte ein Foto, bevor sie wieder hinaufkletterte.

»Ich glaube, ich habe gefunden, warum sie immer wieder herkommt«, berichtete sie Hugo, während sie ihren zerfetzten Pulli wieder überzog.

»Guck dir mal deine Hände an, du siehst aus, als hättest du mit einer Katze gekämpft.«

»Eine Katze spielt in dieser ganzen Geschichte zwar auch eine Rolle, aber du würdest mich für verrückt erklären, wenn ich da jetzt näher drauf eingehe.«

Sie zitterte vor Kälte, und Hugo rieb ihr über den Rücken, um sie aufzuwärmen.

»Wie schafft es eine alte Dame wie sie, in diesen Abgrund zu steigen, ohne sich alle Knochen zu brechen?«, fragte er sich selbst und Noémie.

»Eine alte Dame, das weiß ich nicht, aber denk doch mal fünfundzwanzig Jahre zurück, das könnte passen. Ich glaube übrigens nicht, dass Madame Saulnier damals hierherkam. Schau mal.«

Noémie zeigte ihm das Holzkreuz auf ihrem Handydisplay und fuhr mit ihren Überlegungen fort.

»Auf dem Kreuz steht Alex' Name. Es kann also nur von Jeanne oder Serge Dorin gemacht worden sein. Und die Jahreszahlen bereiten mir schon wieder Kopfschmerzen.«

»Aber 1984 bis 1994 ergibt zehn Jahre, so alt war der Junge.«

»Ja, unbestritten. Aber versetz dich doch mal in die Haut der Familie. Der Junge verschwindet am 21. November 1994.

Damals gingen alle von einer Entführung aus. Aber dann gab es da jemanden, der hier ein Kreuz aufgestellt hat, als wenn klar gewesen wäre, dass der Junge tot ist. Siehst du, was hier nicht stimmt?«

»Der Zeitraum?«

»Genau, der Zeitraum. Dieses Kreuz ist irgendwann zwischen dem 21. November und 31. Dezember hier aufgestellt worden. Wenn es nur einen Tag später gewesen wäre, hätte da 1995 und nicht 1994 gestanden. Derjenige, der diese Jahreszahlen ins Holz geritzt hat, brauchte also weniger als vierzig Tage, um sicher zu sein, dass Alex tot ist. Da hat er die Hoffnung aber schnell verloren.«

»Du glaubst also, wenn ich dich richtig verstehe, dass ein Mitglied der Familie Dorin wusste, dass es keine Hoffnung mehr gab? Willst du unter dem Kreuz graben lassen?«

»Das ist nicht nötig. Wir haben Alex doch schon im See von Avalone wiedergefunden. Und schau dir mal den Boden an. Felsen. Dafür bräuchte man spezielle Bohrungsgeräte, um auch nur eine Einkerbung hinzubekommen.«

»Wie auch immer, das Ganze ist zwar sonderbar, aber eine erdrückende Beweislast sieht anders aus.«

»Ich habe mir sagen lassen, dass ich die Hoffnung aufgeben soll, noch Beweise zu entdecken. Ich suche einfach nur nach einer Storyline, die in sich stringent ist. Wir haben eine neue Dunkelzone, die zusammen mit dem Armband die zweite Dunkelzone in Verbindung mit den Dorins ist.«

»Willst du sie zur Rede stellen?«

»Nein, ich weiß ja jetzt, wie die ticken. Sie werden sagen, dass sie von nichts wissen, dass sie es vergessen haben, oder sie werden es als verzweifelte Tat einer Mutter darstellen. Wie du schon gesagt hast, ich habe keine erdrückende Beweislast. Aber ich wüsste vielleicht jemanden, der eher geneigt wäre, mit mir zu reden.«

Noémie wischte einmal über das Display, suchte Romains Kontakt heraus und rief ihn an.

»Treffen wir uns bei Madame Saulnier? Ich würde mich gern mit ihr über die Vergangenheit unterhalten.«

Valant erinnerte sie daran, dass in einer knappen Stunde die Videokonferenz zur Autopsie des Skeletts begann, zu der sie beide zugeschaltet werden sollten.

»Bis dahin ist genug Zeit. Was ist, kommst du?«

»Ich bin mit einigen Berichten im Verzug und muss außerdem noch die Anträge für die Gerichtsmedizin auf den Weg bringen«, wich Romain aus.

»Dann schick mir Milk.«

»Wenn du Madame Saulnier keine Angst einjagen möchtest, dann rate ich dir, mit jemandem hinzugehen, der ihr vertraut ist. Mit jemandem, den sie schon als jungen Polizisten gekannt hat.«

»Commandant Roze?«

51

Noémie parkte den Wagen vor dem zweistöckigen roten Backsteinhaus. Roze rührte sich nicht und betrachtete mit melancholischem Blick die verwitterte, mit wildem Wein überwucherte Fassade und Fenstersimse, die mit Blumen geschmückt waren.

»Das menschliche Gehirn ist in der Lage, das Äquivalent von 213 000 DVDs abzuspeichern«, sagte Noémie, die sich an ein Fachbuch aus ihrer Ausbildungszeit erinnerte. »Dann schauen wir doch mal, woran Madame Saulnier sich noch erinnert.«

Roze schien ihre Worte nicht gehört zu haben.

»Alles in Ordnung, Chef?«

»Das ist das erste Mal, dass Sie mich so nennen«, fiel dem Commandant auf.

»Sie wirken irgendwie … unentschlossen.«

»Ach, das sind nur die unschönen Erinnerungen, die hochkommen.«

Noémie machte den Motor aus und wandte sich ihm zu.

»Weil Sie die Familien damals über die Entführungen informiert haben, richtig?«

»Nicht alle, aber schon die Saulniers.«

»Ist es Ihnen lieber, wenn ich allein reingehe?«

»Das ist nicht nötig, ich bin ja nicht aus Zucker.«

Sie mussten mehrmals klingeln, bis sie im Haus Schritte hörten. Durch das Milchglasfenster sahen sie eine Gestalt auf sich zukommen, und endlich öffnete sich die Tür.

»Aber das ist doch mein kleiner Arthur von der Polizei!«, rief Madame Saulnier strahlend aus.

»Guten Tag, Marguerite«, erwiderte Roze mit der sanften Stimme und Haltung des jungen Mannes, den sie gekannt hatte und sicherlich auch vor sich stehen sah.

»Was ist denn passiert? Hat Elsa Unsinn gemacht?«

»Machen Sie sich keine Sorgen. Elsa macht nie Unsinn, das wissen Sie doch. Ich wollte Ihnen nur Noémie vorstellen. Sie ist auch Polizistin. Und sie möchte Ihnen ein paar Fragen stellen.«

»Ich habe nichts gegen ein bisschen Gesellschaft. Kommen Sie rein, kommen Sie rein, ich mach uns einen Kaffee«, sagte sie, bevor sie hinter einem Holzperlenvorhang verschwand, den Noémie in der Form nur bei einer Urgroßtante schon mal gesehen hatte.

Auf dem kurzen Weg von der Küche bis zum Wohnzimmer drohte das Tablett, jeden Moment aus Marguerites Händen zu fallen, und sie stellte es schließlich mit klirrenden Tassen vor Noémie und Roze ab.

»Erinnern Sie sich noch an unsere Begegnung auf dem Puy de Wolf?«, fragte Noémie.

Madame Saulnier lächelte sie an. Die Art von entschuldigendem Lächeln alter Menschen, deren Erinnerung auf Abwegen ist und sich in der Zeit verliert.

»Denken Sie sich fünfundzwanzig Jahre zurück«, flüsterte Roze Noémie zu.

Noémie passte ihren Fragenkatalog an das selbst gemachte Universum der alten Dame an.

»Wie geht es Elsa?«, begann sie aufs Neue.

Damit konnte Marguerite Saulnier sich wieder in ihrem Raum-Zeit-Kontinuum verorten, und ihr Gesicht leuchtete auf.

»Ach, wissen Sie, Elsa wächst viel zu schnell. Sie wartet nicht einmal mehr am Schultor auf mich. Sie geht allein nach Hause, macht ihre Hausaufgaben, und wenn ich aufstehe, ist sie schon wieder weg. Sie ist ein richtiges junges Mädchen geworden, das niemanden mehr braucht. Mein Mann wäre so stolz auf sie gewesen.«

»Elsa ist mit drei Jahren zu Ihnen gekommen, ist das korrekt?«

»Ach, wissen Sie …« Marguerite Saulniers Gesicht verfinsterte sich. Sie versuchte, den Kaffee in die Tassen zu gießen, und Roze kam ihr zur Hilfe, um das vorprogrammierte Unglück zu verhindern.

»Du hast schon wieder zu viel geredet, Arthur«, schimpfte sie und fuchtelte missbilligend mit ihren knotigen Fingern in seine Richtung. »Elsa darf nichts davon wissen, das ist wichtig. Ich weiß, manche sagen, ich beschütze sie zu sehr. Aber als sie damals zu uns kam, hat der Kinderarzt eine Schlafapnoe diagnostiziert. Ich habe ihr fast zwei Jahre lang beim Schlafen zugesehen und bin fast verrückt geworden, wenn sie auch nur ein paar Sekunden nicht geatmet hat. Dadurch hatten wir eine sehr enge Bindung. Mein Mann wollte mit ihr darüber reden, sobald sie alt genug gewesen wäre, um das zu verstehen. Ich habe immer gezögert. Jetzt, wo er nicht mehr da ist, ist es an mir, das zu entscheiden.«

Sie stand schwerfällig auf und langte nach einem Schwarz-Weiß-Foto auf dem Büfett, auf dem ein Mann in Smoking und eine Frau mit bauschigem Brautkleid im Konfettiregen zu sehen waren.

»Schauen Sie, was für ein hübsches Paar wir waren! Der Ärmste hat Elsas zehnten Geburtstag leider nicht mehr miterleben dürfen. Einige Jahre nachdem sie zu uns gekommen ist, ist er bei einem dummen Sturz ums Leben gekommen. Die Sicherungen waren rausgeflogen, und er hat sich mit einer Kerze aufgemacht, um sie zu auszutauschen. Mein Mann pflegte immer zu sagen, dass er im Sternkreis der Katze geboren ist, weil er im Dunkeln so gut sehen konnte. Er hat so einiges gesagt, um mich zu beeindrucken. Auf jeden Fall hat er eine Stufe übersehen und ist die Treppe hinuntergestürzt, ohne auch nur noch eine einzige Stufe zu berühren, bis auf die letzte, auf der ist er mit dem Kopf gelandet, und die hat ihm den Schädel gespalten. Er ist nicht mehr aufgestanden. Das musste wohl sein siebtes Leben gewesen sein. Sogar sieben Leben können schnell vorbei sein, das sag ich euch.«

Jedem seine Erinnerung. Ob freundlich oder feindlich gesinnt. Noémies Erinnern schwankte noch zwischen den beiden. Marguerites Erinnerung schützte sie als wohlgesinnte Verbündete gegen einen Schmerz, den sie nicht ausgehalten hätte. Der Tod ihres Mannes gehörte wohl zu den Eventualitäten, die, wenn schon nicht im Rahmen des Zumutbaren, zumindest erwartbar gewesen waren. Aber der Tod eines Kindes war ein nicht vorstellbares Ereignis und hatte einen Selbstverteidigungsmechanismus ausgelöst, der Madame Saulnier erlaubte weiterzuleben.

Chastain lenkte sie wieder in die gewünschte Richtung.

»Und der Puy de Wolf, da gehen Sie immer mit Elsa spazieren?«

»Ach so, ja, der Puy. Der ist wichtig«, erinnerte sich Madame Saulnier vage. »Das würde ihr dort bestimmt gefallen. Den muss ich ihr irgendwann mal nach der Schule zeigen.«

»Aber für wen ist der denn wichtig?«, hakte Noémie nach.

»Na, für Jeanne natürlich. Sie nimmt mich immer mit dahin. Um mit dem kleinen Alex zu sprechen.«

»Jeanne Dorin?«

»Ich kenne keine andere Jeanne. Wir sind befreundet, wissen Sie? Also, wir waren«, korrigierte sie sich, »sie ist schon lange nicht mehr gekommen, um mich zu einem Spaziergang dahinauf mitzunehmen.«

Roze schob Noémie sein Handy über den Wohnzimmertisch

hin, das Display zeigte an, dass sie nur noch zehn Minuten hatten, um zur Wache zurückzukehren und der Autopsie beizuwohner..

Marguerite begleitete Noémie und Commandant Roze bis zur Türschwelle, von wo aus sie ihnen hinterhersah. Noémie winkte ihr kurz zum Abschied, aber das nahm die alte Dame nicht mehr wahr, denn in ihrem Kopf war sie schon ganz woanders und wartete auf den Schulschluss. Als sie wieder im Auto saßen, schwieg Roze zunächst, da er nicht einschätzen konnte, inwiefern sie dieses Treffen weitergebracht hatte.

»Haben Sie etwas Interessantes erfahren?«

Chastain zeigte ihm das Bild mit dem Holzkreuz, das sie am Morgen entdeckt hatte, auf dem Display ihres Handys.

»Deswegen ist Jeanne Dorin immer zum Gipfel des Puy de Wolf hinaufgewandert. Wegen eines Kreuzes, auf dem der Name Alex und das Jahr 1994 eingekerbt sind.«

Dann ließ sie Roze diese Information einige Kilometer lang verarbeiten und wartete ab. Als sie fünf Minuten später nach Decazeville reinfuhren, fiel endlich der Groschen.

»1994?«

»Gibt es ein Problem, mein kleiner Arthur?«, grinste sie.

52

Im Kommissariat angekommen, nahm Noémie zwei Stufen auf einmal, hängte Roze ab und stürmte mit von der Anstrengung geröteten Wangen ins Büro. Valant, Bousquet und Milk saßen im Halbkreis vor einem der Computer.

»Habe ich etwas verpasst?«, fragte sie besorgt.

»Wir haben auf Sie gewartet, Capitaine«, begrüßte sie eine Stimme aus dem Bildschirm.

Der Gerichtsmediziner, der sich schon in seine Kluft geworfen und die sterilen Handschuhe übergezogen hatte, winkte ihr freundlich zu. Hinter ihm war der glänzende Untersuchungstisch aus rostfreiem Edelstahl zu sehen, darauf die zu einem Skelett zusammengefügten Knochen eines unbekannten Menschen.

»Guten Tag, Doktor, entschuldigen Sie die Verspätung.«

»Guten Tag, Chastain. Ich hoffe, Sie wollen nicht schon wieder den genauen Todeszeitpunkt von mir wissen?«

»Ist nicht nötig. Er ist zwischen dem 1. und 30. November gestorben, das ist der Zeitraum, in dem der Friedhof verlegt wurde. Aber das ist auch alles, was wir wissen.«

»Dann habe ich noch ein paar mehr Informationen für Sie«, sagte der Gerichtsmediziner mit einem Anflug von Stolz. »Ihr Leichnam ist ein Mann. Nach den Maßen des Nasenbeins, der Nasenöffnung und des Jochbeins zu urteilen ein Afrikaner.«

»Entschuldigen Sie, aber ich bin noch ziemlich neu in dieser Region«, unterbrach sie den Mediziner und wandte sich ihren Männern zu. »Ich kenne mich nicht mit eurer Zuwanderungsgeschichte aus. Ein Schwarzer, hier, in den 1990er-Jahren, war das üblich?«

»Nicht unbedingt üblich, aber es gab ein paar«, bestätigte Roze, den sie nicht hatte hereinkommen sehen. »Bergbau, Tiefbau, Baustellen im Allgemeinen«, fuhr er fort. »Sie haben nie den größten Anteil unserer Immigrationsgeschichte ausgemacht, aber es gab sie. Insbesondere 1991.«

»Warum ausgerechnet in diesem Jahr?«

»Das war der Anfang der Staudammbaustelle von Global Water Energy. Was glauben Sie wohl, wen die zu Niedrigstlöhnen haben schuften lassen, ohne sich um Arbeitsrecht oder eine mögliche Gewerkschaft zu scheren?«

»Arme Kerle wie ihn hier«, antwortete Noémie und zeigte auf das Skelett.

Der Gerichtsmediziner trennte die Webcam von der Basis und richtete sie auf die Überreste des Leichnams.

»Wie dem auch sei, verehrte Damen und Herren, er ist auf jeden Fall nicht an einem Arbeitsunfall gestorben, so viel steht fest.«

Alle rückten näher, als die Kamera auf Erkundungstour ging.

»Ich vermute, das Erste, was Sie gesehen haben, ist dieses Loch im hinteren Bereich des Schädels.«

»Man kann es kaum übersehen. Ein Projektil?«, riet Noémie.

»Ist er erschossen worden?«

»Ich gehe davon aus. Man begeht keinen Selbstmord, indem man sich selbst in den Hinterkopf schießt. Aber wenn Sie sich die Flugbahn genauer anschauen, werden Sie erkennen, dass die Munition nach der Eintrittsstelle auf einige Hindernisse gestoßen ist und noch zusätzlichen Schaden angerichtet hat.«

Er holte einen Laserpointer aus seinem Kittel hervor und richtete ihn im Laufe seiner Vorführung auf die jeweiligen Stellen.

»Die Einschussstelle befindet sich im Hinterhauptbein. Die Munition durchquerte anschließend das Schläfenbein an der Schädelbasis, den Kieferknochen, um dann im Unterkiefer stecken zu bleiben.«

»Stecken zu bleiben?«, wiederholte Noémie.

»Jawohl, Capitaine. Genau das habe ich gesagt.«

Er fuhr mit der Kamera ganz nah an den roten Punkt des Laserstrahls heran, wo ein metallener, runder Gegenstand unter dem Licht funkelte.

»Schauen Sie sich das an«, sagte der Gerichtsmediziner genießerisch, »seit fünfundzwanzig Jahren wartet sie dort auf uns. Ich werde fast sentimental.«

Noémie richtete sich auf, ein neuer Energieschub durchfuhr sie.

»Alles klar, Doc, Sie holen sie mir raus, ohne sie zu zerkratzen, das ist extrem wichtig für die Ballistik. Wir schicken Ihnen ein Team vorbei, um die Kugel abzuholen. Sie haben sehr gute Arbeit geleistet.«

»Es ist an mir, Ihnen zu danken. Sie beleben meinen Alltag, seitdem es Sie hierher verschlagen hat.«

Er stellte die Webcam zurück auf ihre Basis und sprach weiter, wobei sich ihnen sein Gesicht jetzt als Großaufnahme präsentierte.

»Haben Sie eine Spur zum dritten Kind?«

»Um ehrlich zu sein, haben wir erwartet, das dritte Kind in dem Grab vorzufinden.«

»Sind Sie enttäuscht?«

»Das wird davon abhängen, was die Kugel uns zu erzählen hat.«

»Ich werde mich sofort daranmachen«, beendete der Gerichtsmediziner die Videokonferenz.

Im Büro saßen immer noch alle regungslos vor dem Bildschirm, der mittlerweile schwarz war. Noémie begann, die neuen Informationen den Hypothesen, die in ihrem Kopf herumschwirrten und ein wirres Bild abgaben, hinzuzufügen.

»Die Ereignisse finden in einem sehr kurzen Zeitraum statt«, fasste sie zusammen. »Auf der einen Seite verschwinden drei Kinder, und zwei von ihnen werden in Fässern in einem Keller versteckt. Auf der anderen Seite haben wir einen neuen Leichnam: einen Afrikaner, der mit einem Kopfschuss getötet wurde. Wenn diese zwei Geschichten miteinander zu tun haben, in welcher Verbindung stehen dann dieser neue Leichnam und Malbouche?«

»Fortin«, korrigierte Valant sie.

»Ja, Fortin, den meinte ich. Wenn diese zwei Geschichten allerdings nichts miteinander zu tun haben, dann gab es hier im November 1994 ganz schön viele kriminelle Aktivitäten.«

Die vier Männer sahen sie erwartungsvoll an.

»Meine Herren?«, sagte sie jetzt lauter. »Ideen, bitte!«

Auch wenn Milk der jüngste und unerfahrenste des Teams war, so war er doch auch der unerschrockenste, wenn es darum ging, sich nach vorn zu wagen.

»Fortin und der Afrikaner haben vielleicht gemeinsame Sache gemacht, und das ist schiefgelaufen? Dann hat Fortin ihn sich vom Hals geschafft.«

»Mörderische Duos sind zwar selten, aber warum nicht«, räumte Noémie ein.

»Ein lästiger Zeuge, der Fortin gesehen haben könnte?«, schlug Bousquet vor.

»Könnte sein.«

»Ein Arbeitsunfall auf der Baustelle, der von Global vertuscht werden sollte?«

»Warum nicht?«

Ihr Blick fiel wieder auf die Puzzlewand, auf der neue Fotos dazugekommen waren. Die gefundene Tonne. Die Unterwasserfotos vom Erkundungstauchgang der Flussbrigade. Die qualmenden

Überreste von Pierre Valants Stall. Der zerstörte Land Rover. Und das mit Erde bedeckte Skelett im Friedhof von Avalone.

»Wir müssen das Ganze auf uns wirken lassen, irgendwo da drin versteckt sich die Lösung.«

»Hast du, davon einmal abgesehen, noch konkrete Anweisungen für uns?«, fragte Romain Valant.

Sie schnappte sich ihren Mantel, der über der Lehne des Stuhls hing, und war im Begriff, das Büro zu verlassen.

»Der See wird morgen vollständig geleert sein. Ich brauche die Karte des alten Dorfs, so genau wie möglich. Milk, ich erlaube dir, mit deiner Mutter zu reden. Sie soll uns skizzieren, wer vor der Überflutung wo gewohnt hat. Damit wird sie sicherlich einen Großteil des Tages beschäftigt sein.«

»Ach, dafür wird sie nicht mehr als eine Stunde benötigen«, gab der junge Polizist an.

»Und dann?«, fragte Bousquet.

»Und dann?«, wiederholte Noémie. »Also ich weiß ja nicht, was ihr so macht, aber ich werde mir ein Paar Gummistiefel kaufen. Es könnte ja ein schlammiger Tag werden.«

53

Nicht nur die Polizisten hatten sich einen Spezialschutz für unwegsames und sumpfiges Gelände über ihre Stiefel zogen, auch die Raupenketten des Minibaggers der Firma AVRIL[*]

---

[*] Agence de vidage, de réfection et d'inspection des lacs – Agentur für Leerung, Instandsetzung und Inspektion von Seen

waren besonders geschützt worden. Unermüdlich räumte dieser Bagger Steinhaufen zur Seite, die lange Zeit Teil des Gemeindehauses von Avalone gewesen waren.

Um den geleerten See herum waren Sicherheitsgitter aufgestellt worden, die normalerweise an den Markttagen zum Einsatz kamen. Auf der anderen Seite der Gitter wohnte fast die Gesamtheit des Dorfs, nebst genauso vielen Journalisten mit gezückten Mikros und geschulterten Kameras, dem Ereignis bei. Ein Vierteljahrhundert nach der Überflutung fand Avalone zu seiner finsteren Berühmtheit zurück.

Noémie lief Saint-Charles über den Weg, der ihr zur Begrüßung zunickte. Er hatte sein mit einem Handschlag besiegeltes Versprechen gehalten und bisher weder über den Autounfall noch über die Entdeckung des Skeletts berichtet.

Ein Kameramann bahnte sich einen Weg durch die Menge, rempelte im Vorbeigehen fast Bousquet an, der sich gerade mit Mühe die Gummistiefel überzog, und schloss zu einer Journalistin auf, die im Auto saß und einen Notizblock in der Hand hielt.

»Hast du einen guten Interviewpartner gefunden?«, fragte die junge Frau.

»Such dir einen aus«, antwortete der Kameramann. »Alle haben eine Theorie oder zumindest irgendeine Geschichte auf Lager. Aber ich glaube, dass ich etwas Besseres gefunden habe.«

Die Journalistin legte das Notizbuch auf den Beifahrersitz, stand auf und schaute in die Richtung, die er ihr anzeigte, wo sie die mit den Ermittlungen betraute Hauptkommissarin sah.

»Siehst du die Polizistin da? Siehst du die Narbe auf ihrer

Wange? Das ist die Kommissarin aus Paris, die vom Drogeneinsatzkommando …«

»Nicht dein Ernst! Die will ich haben«, geriet die Journalistin in Wallung, »das wird richtig gutes Fernsehen.«

Sie versuchten, unbemerkt über die Sicherheitsgitter zu
klettern, da stellte Bousquet, der jedes Wort mitgehört hatte,
sich ihnen in den Weg.

»Sollten Sie meiner Chefin zu nah kommen, zerstöre ich
Ihre Kamera und stopfe Sie Ihnen ins Maul.«

»Das dürfen Sie nicht«, echauffierte sich der Kameramann.
»Ich sag einfach, dass sie runtergefallen ist. Und du Mistkerl, du bist dann einfach mit deiner Kamera gestürzt, genau
das werde ich sagen.«

Bousquet packte ihn am Kragen und schob ihn zwei Schritte
zurück.

»Das ist ein Absperrgitter, bleibt auf der richtigen Seite.«

Im Zentrum des alten Dorfs war ein behelfsmäßiges Haupt-
quartier unter einem weißen Plastikzelt aufgeschlagen worden.
Auf dem Tisch, der in den Schlick gestellt worden war, lag eine
Karte des Dorfs, die vollständig mit Anmerkungen versehen war.

»Gibt es ein Problem mit den Journalisten?«, fragte Noémie
Bousquet, der jetzt auch endlich zum Team dazukam.

»Ach, das Übliche. Die sind wie Kinder, wollen immer näher ans Feuer dran. Aber die werden sich jetzt benehmen.«

Der Eingang des Zelts wurde zurückgeschlagen, und ein
Arbeiter in schlammbesudeltem Monteuranzug kam herein.

»Wir sind auf der Höhe des Kellers angekommen. Den
Rest machen wir jetzt mit den Händen, falls Sie dazukom-
men möchten.«

293

Nachdem das Haus von den Trümmern des Dachs und einer der Mauern freigeräumt worden war, erkannte Noémie das Hausinnere, das sie bis jetzt nur mithilfe von Hugos GoPro-Kamera während des Tauchgangs, der fast sein letzter geworden wäre, gesehen hatte. Da waren der Eingang, der Versammlungsraum, der Flur, der Lagerraum und schließlich die Doppelfalltür, die von einem der Stützbalken zertrümmert worden war und zum Keller führte. Der Hebesack, mit dessen Hilfe Hugo den Balken angehoben hatte, war nur noch ein schlapper Fetzen, aus dem alle Luft gewichen war.

Und da war sie, die rote, aufgeplatzte Tonne, die teilweise mit Mikroalgen überzogen und kürzlich von einem mehrere Hundert Kilo schweren Balken eingequetscht worden war. Durch den großen Riss im Plastik sah man den Schädel eines Kindes.

»Der Leichnam muss in die Gerichtsmedizin gebracht werden«, ordnete Noémie an, »samt Anforderung einer Autopsie und eines DNA-Vergleichs für das Labor. Das Ganze hat besondere Dringlichkeit.«

»Um die Familien nicht warten zu lassen?«, fragte Milk.

»Nicht wirklich. Wenn es Cyril ist, dann will seine Mutter nichts davon wissen. Ihr Mann will nicht mal, dass wir sie darüber informieren. Wenn es Elsa ist, dann wird Marguerite Saulnier uns einfach nicht hören. Die besondere Dringlichkeit hat es aus dem einzigen Grund, dass es mich wahnsinnig macht, es nicht zu wissen.«

Einer der AVRIL-Arbeiter teilte ihnen mit, dass der Balken jetzt angehoben werden würde und dass sie den Ort deswegen zu räumen hätten. Alle verließen das Haus und überließen das Geschehen dem hydraulischen Kran.

294

Noémie kehrte zum Zelt zurück und nahm die detaillierte Karte an sich.

»Was meinst du, Milk, zeigst du mir das Dorf?«

Der kriminalistische Spaziergang führte sie durch eine trostlose Landschaft über sumpfigen Boden, vorbei an Steinen, die noch nass vom See waren, und an betongrauen, durch Mineralien versteinerten Bäumen, die ihre Äste hilfesuchend ausstreckten und wie die versteinerten Menschen von Pompeji anmuteten. Als sie in das alte Avalone hineingingen, wurde die Stimmung postapokalyptisch. Eine Stadt ohne Seele, ohne Leben, mit aufgerissenen Häusern, die aussahen, als hätte ein Riese jedes einzelne Haus probieren wollen und einen Happen von jedem genommen.

Sie gingen die Hauptstraße entlang und blieben auf der Höhe einer Straßenlaterne stehen, die so schief stand, dass sie fast den Boden berührte. Zu ihrer Linken befand sich ein teilweise eingestürztes, L-förmiges Gebäude, in dessen Hof ein rostiges Klettergerüst und eine Rutsche mit einer zerstörten Rutschbahn, die nicht mehr bis auf den Boden reichte, überdauert hatten. Noémie näherte sich einem immer noch kerzengeraden Straßenschild, das mit einer schleimigen Schicht überzogen war, die sie mit dem Ärmel ihres Regenmantels abwischte. In der Mitte des Dreiecks kamen zwei kleine Gestalten, die sich an der Hand hielten, zum Vorschein.

»Die Schule?«, fragte Noémie.

»Ja. Die Schule der drei Kinder«, bestätigte Milk.

Bei der Umrundung des Schulgebäudes entdeckte sie auf einem Stein ganz unten an der Haupteingangsmauer eine kindliche Liebesgeschichte: ein unbeholfen in den Stein geritztes Herz.

Sie schlenderten weiter und verloren sich ein wenig in den benachbarten engen Gassen. Milk zeigte ihr das ehemalige Haus der Familie Casteran. Ein paar Hundert Meter weiter, fast am Ausgang des Dorfs, befand sich das alte Haus der Dorins, und daneben begann ein mehrere Hektar großes, unbebautes Gebiet, das die ehemalige landwirtschaftliche Fläche der Dorins gewesen sein musste. Entlang der Ortsgrenze des ehemaligen Avalone gingen sie schließlich auf eine Anhöhe mit steilen Hängen zu, und ganz oben auf der platten Kuppe tauchte das Haus der Familie Saulnier auf, das fast genauso aussah wie das Haus, das Noémie am Vortag betreten hatte. Ein schmiedeeisernes Gitter, das früher sicherlich vor der Einfahrt des Hauses gestanden hatte, hielt noch wacker die Stellung. Chastains Aufmerksamkeit fiel wieder auf einen Stein, der von einem an das Gitter angrenzenden Mäuerchen abgebröckelt war. Sie kniete sich hin, um sich das darauf tief eingekerbte Herz genauer anzuschauen. Es war heute schon das zweite Herz, und jetzt verstand sie besser, was es damit auf sich hatte. Sie musste an Alex und Elsa denken. Eine grenzenlose Kinderliebe, voller Hingabe und frei von den Sorgen der Liebe der Erwachsenen.

»Capitaine?«

Noémie drehte sich zu einem der Techniker des Erkennungsdiensts um, dessen Schutzanzug ein paar Stunden zuvor sicherlich weiß gewesen war.

»Die Tonne wurde geborgen und ist gemäß Ihren Anordnungen mitsamt dem Leichnam in die Gerichtsmedizin unterwegs. Allerdings haben wir kein drittes Opfer gefunden. Weder in den Zimmern noch im Keller des Hauses.«

Was Noémie nicht weiter überraschte, auch wenn sie es sich

immer noch nicht erklären konnte, warum man die drei Kinder voneinander getrennt hatte.

»Gehen wir? Das macht mich hier ganz depressiv, Milk.«

»Dann stellen Sie sich mal vor, wie es denen ergeht«, erwiderte der junge Polizist.

Sie blickte zum Ufer, wo die Sicherheitsgitter eine Traube von Schaulustigen zurückhielten. Unter ihnen befanden sich einige, die in dem alten Dorf gelebt hatten und es mit bittersüßer Nostalgie wiederentdeckten. All ihre Erinnerungen an vergangene Sommer, an Frühlingsanfänge, an ihre Kindheit waren von jetzt an von dem Grauen, das sich dort abgespielt hatte, getrübt. Die Ermittlungen traten ihre Vergangenheit mit Füßen, beschmutzten alles, was sie an Glücklichem erlebt hatten, und hinterließen nichts anderes als ein düsteres Verbrechen.

Als Noémie und Milk zum Zentrum des Dorfs zurückkehrten, kam Bousquet mit dem Handy in der Hand aus dem Zelt herausgetreten.

»Die Ergebnisse der Ballistik für Sie.«

Noémie entfernte sich etwas von den dröhnenden Motoren, hielt sich mit der einen Hand das Ohr zu und hörte aufmerksam zu.

»Die Patrone ist nicht in der Kaliber-Datenbank verzeichnet«, sagte der Techniker. »Aber weil Sie uns jetzt schon zum zweiten Mal das gleiche Modell schicken, haben wir einen Abgleich gemacht.«

»Mit dem gleichen Modell meinen Sie eine Acht-Millimeter-Kugel? Ich dachte, die sind eher selten.«

»Ja genau. Die sind so selten, dass wir die zwei miteinander verglichen haben. Sie stimmen überein. Die Kugel aus der Kopfstütze des Autos des Bürgermeisters wurde mit der gleichen Waffe abgeschossen wie die Kugel, die im Schädel Ihres Skeletts entdeckt wurde.«

Noémie war sprachlos.

»Hilft Ihnen das weiter?«

»Das weiß ich noch nicht.«

»Soll ich Ihnen eine Kopie meines Berichts per Mail und das Original dann per Post schicken?«

»Ja, ich gebe Ihnen meine private E-Mail-Adresse. Und den Brief schicken Sie bitte auch an mich persönlich. Ich möchte nicht, dass er abhandenkommt ...«

Das war eine Notlüge. Sie wollte diese Information zumindest für den Augenblick nur für sich behalten.

»Und?«, erkundigte sich Romain. »Was sagt die Ballistik?«

Kurz zusammengefasst war im November 1994 ein Afrikaner mit einem Acht-Millimeter-Kaliber getötet worden, während zur gleichen Zeit Fortin angeblich drei Kinder entführt hatte. Und im Jahr 2019 war an dem Tag, an dem Alex Dorin beerdigt worden war, mit der gleichen Waffe auf Pierre Valants Lieferwagen geschossen worden. Über eines war sich Noémie sicher: Das, was im alten Avalone geschehen war, kam im heutigen Avalone wieder zum Vorschein und involvierte weitaus mehr Personen als den Oger von Malbouche. Aber im Augenblick wollte sie ihre Schlussfolgerungen für sich behalten.

»Die Ballistik hat nichts für uns, Romain. Die Patrone ist nicht erfasst.«

...

Der Gerichtsmediziner hatte seinen Stundenplan umgeworfen und die Ermittlungen zu den Verschwundenen von Avalone vorgezogen. Nicht nur weil es sich um einen außergewöhnlichen Fall handelte, sondern weil die Leiterin der Ermittlungen mindestens genauso außergewöhnlich war. Er ließ ihr nicht einmal die Zeit, sich umzuziehen, und so setzte sie sich in ihren matschbesudelten Klamotten vor den Computer. Ihr Outfit bildete einen krassen Kontrast zum makellos sauberen Saal und den glänzenden chirurgischen Instrumenten der Gerichtsmedizin. Der Forensiker zog sich Latexhandschuhe über und wandte sich über den Videokonferenzmonitor an Noémie, die auf diese Weise der zweiten Autopsie beiwohnte.

»Als mein Assistent gesehen hat, wie die zweite Tonne hereingebracht wurde, ist er fast ohnmächtig geworden, wenn Sie mir diese Bemerkung erlauben. Dazu muss ich sagen, dass es sich um den gleichen Assistenten handelt, der schon beim letzten Mal das Zehn-Centime-Stück aus den schleimigen Geweberesten in der Tonne mit Alex Dorin herausgefischt hat.«

»Richten Sie ihm meinen Dank aus, wenn es ihm wieder besser geht.«

»Mach ich gern. Jetzt zu dem neuen Kind. Wie Sie bereits wissen, ist es noch nicht vollständig entwickelt, ich kann also das Geschlecht nicht bestimmen. Um die DNA zu bestimmen, werde ich die gleiche Methode anwenden wie das letzte Mal, und zwar werde ich die Osteoblasten anbohren. Was die Datierung betrifft, kann ich auch nichts mit Sicherheit sagen, aber in Anbetracht der Umstände, dass ein Kind in einer Tonne in einem See gefunden wurde, wäre es wohl nicht völlig aus der Luft gegriffen, davon auszugehen, dass die Tat auch 1994 begangen wurde, aber das ist Sache Ihrer Kripo.«

»Mich interessiert vor allem die Todesursache«, sagte Noémie. »Wenn ich Sie zitieren darf, hatte Alex Dorin, das erste Kind, *einen glatten Bruch im Bereich der Wirbelsäule, der auf ein gewaltsames Verrenken zurückzuführen ist und danach aussieht, als wäre der Körper einfach zusammengefaltet worden.* Sie hatten außerdem darauf hingewiesen, dass man eine solche Verletzung jemandem nicht rein manuell zufügen kann. Womit haben wir es heute zu tun?«

Der Gerichtsmediziner griff nach der Kamera und stellte sie auf dem Tisch aus Edelstahl neben dem Leichnam ab.

»Bei diesem verhält es sich anders. Sein Becken ist zerschmettert, und alle Rippen sind an der gleichen Stelle gebrochen, und zwar im hinteren Brustkorbbereich, als hätte man ihm mit voller Wucht in den Rücken gerammt. Ich habe so etwas schon mal bei Opfern von schlimmen Verkehrsunfällen gesehen.«

»Gibt es Übereinstimmungen mit der Autopsie von Alex?«

»Leider nein. Wenn er auch von einem Auto überfahren worden wäre oder selbst wenn er in dem Unfallauto gesessen hätte, dann hätten wir es mit anderen Bruchstellen oder Brüchen zu tun. In seinem Fall war nur ein Halswirbel betroffen.«

»Sie wollen mir damit sagen, dass ich bei zwei Opfern, die zur gleichen Zeit gestorben und am gleichen Ort wiedergefunden wurden, nach zwei verschiedenen Todesursachen suche?«

»Ich befürchte ja.«

54

Nach einem langen Tag, der mehr einer archäologischen Ausgrabung als polizeilichen Ermittlungen geglichen hatte, sah Noémie wie nach einer Schlammschlacht aus, als sie endlich zu Hause ankam.

Unter der Dusche ließ sich die Erde des alten Avalone mühelos abwaschen, vermischte sich mit dem heißen Wasser, glitt über ihre Schultern, den Rücken, die schlanken Beine entlang, bis das schmutzig braune Wasser im Abflussloch verschwand. Als Hugo sich zu ihr gesellte, vergaß sie sogar, wie müde sie war.

Noémie hatte es sich in Löffelchenstellung vor ihrem Taucher im großen Bett des Schlafzimmers bequem gemacht. Ihre größte Sorge war es, mit dem Gesicht zu ihm einzuschlafen und beim Schlafen von ihm angeschaut zu werden, aber in dieser Stellung fühlte sie sich sicher und entspannt.

»Du hast sie angelogen?«, fragte Hugo verwundert.

»Irgendetwas stimmt nicht zwischen den Dorins und Pierre Valant.«

»Pierre Valant? Romains Vater? Dein Kollege?«

»Ich weiß. Ziemlich uncool. Aber solange ich nicht weiß, was da los ist, mache ich lieber allein weiter. Ich habe ihn nicht angelogen, ich werde die Information nur vorerst zurückhalten.«

»Egal, wie du es auslegst, sie könnten es dir krummnehmen.

Wenn das Vertrauen in das eigene Team fehlt, dann ist das wie ein schleichendes Virus.«

Sie drückte ihren Rücken noch ein bisschen mehr gegen Hugos Bauch, um seine Wärme zu spüren.

»Ich habe den ganzen Tag daran gedacht, was wir unter den Trümmern geborgen hätten, wenn du es nicht geschafft hättest. Ich konnte förmlich sehen, wie dein Körper unter dem Balken eingequetscht war. Eine unerträgliche Vorstellung.«

»Ich bin ja jetzt hier.«

»Und morgen?«

»Morgen? Ich dachte, ich bin nur ein One-Night-Stand.«

Sie drehte sich endlich zu ihm um.

»Ein One-Night-Stand? Ich möchte dich daran erinnern, dass immer noch nichts zwischen uns gelaufen ist.«

»Also, das können wir sofort ändern ...«

...

Obwohl Noémie am nächsten Morgen eine Stunde früher als sonst im Büro eintraf, war ihr komplettes Team schon da. Auf dem Tisch standen eine Kanne Kaffee und gezuckertes Brot bereit. Sie nahm sich ein Stück und biss, als hätte sie eine Woche nichts gegessen, herzhaft hinein.

»Wir sind uns alle einig, dass das Zeug furchtbar ist«, verkündete sie, während sie fast daran erstickte.

Bousquet und Valant brachen angesichts von Milks gequältem Gesichtsausdruck in Gelächter aus.

»Das ist Fouace, eine regionale Spezialität. Meine Mutter hat das gemacht.«

»Bitte sag es ihr nicht, aber das bekommt man nicht runter.«

Sie setzte sich an ihren Schreibtisch und erblickte einen Briefumschlag auf der Tastatur, der an sie persönlich adressiert war. Die Ergebnisse des Munitionsvergleichs. Die Ballistik war schnell gewesen, die Information würde sie vorerst weiterhin zurückhalten. Sie schaltete ihren Computer an und öffnete die E-Mail vom Labor. Der Abgleich zwischen der DNA des Leichnams, der am Vortag aus dem Gemeindehaus geholt worden war, und den Gewebeproben, die man von der Unterwäsche und den Zahnbürsten der Kinder am Tag ihres Verschwindens gemacht hatte, war da. Es musste eine Übereinstimmung mit einem der beiden Kinder geben. Cyril oder Elsa.

Ihre drei Mitstreiter setzten sich. Romain auf die Kante ihres Schreibtischs, die zwei anderen auf die Stühle vor ihr.

»Es ist Cyril Casteran«, verkündete Noémie.

Valant fuhr sich mit beiden Händen übers Gesicht.

»Was machen wir jetzt mit den Eltern?«, fragte er.

»André Casteran hat mich um einen Gefallen gebeten. Und ich möchte mich daran halten. Wir informieren ihn. Nur ihn. Er wird dann entscheiden, ob er mit seiner Frau darüber spricht oder nicht. Ich befürchte, dass sie sich etwas antun oder andere Dummheiten begehen könnte, wenn sie es erfährt. Sie hat nur noch die Hoffnung, die sie am Leben hält.«

»Wir sind außerdem nicht verpflichtet, die ganze Familie darüber zu unterrichten. Wir sagen es dem Ehemann, und worüber danach im Haus gesprochen wird, das liegt nicht mehr in unserer Verantwortung.«

»Irgendjemand wird es ihr irgendwann sagen«, warf Milk besorgt ein.

»Sie wird es sowieso nur glauben, wenn man ihr den DNA-Abgleich unter die Nase hält, aber selbst das würde ich nicht beschwören«, beruhigte ihn Noémie. »Bestellt Monsieur Casteran auf die Wache.«

»Und was soll ich ihm sagen, wenn er nach dem Grund fragt?«

»Mach dir keinen Kopf, der wird schon verstehen, wenn die Polizei ihn anruft.«

Noémie gab ein Stück Zucker in den Kaffee, den sie gedankenverloren umrührte. Ihr Blick fiel wieder auf den Briefumschlag, den sie irgendwann unbemerkt in eine Schublade würde stecken müssen, bis der richtige Zeitpunkt gekommen war, um sich mit ihren Kollegen über die Acht-Millimeter-Munition zu unterhalten, die ihr Kopfzerbrechen bereitete. Über die Patrone im Schädel eines Unbekannten, der hastig verscharrt worden war, und – fünfundzwanzig Jahre später – die gleichartige Patrone in der Kopfstütze eines Lieferwagens. Jetzt fiel ihr auf, dass der Brief frankiert war. Eigentlich hätte er über die Hauspost vom Labor ins Kommissariat von Decazeville gelangen sollen. Sie sah ihn sich genauer an und stellte fest, dass er in Spanien abgestempelt worden war. Sie ließ sich in ihren Schreibtischstuhl sinken und öffnete den Umschlag besonders vorsichtig. An einer Ecke zog sie den Brief heraus und vermied es so, ihre Fingerabdrücke über das Papier zu verteilen, falls er darauf untersucht werden sollte. Aber offensichtlich hatte jemand die Absicht gehabt, ihr die Arbeit zu erleichtern, denn mitten auf dem Blatt prangte ein roter Fingerabdruck, der offensichtlich von einem Erwachsenen stammte. Bei genauerem Hinsehen stellte sie fest, dass es sich bei der roten Farbe nicht um Tinte handelte. Der Abdruck hatte eine unregelmäßige Konsistenz und ging ins Karminrote. Es war Blut. Unter dem Abdruck befand sich eine Adresse sowie eine Anweisung.

»Casanova. An der Kirche in Bielsa. Spanien. Nur Sie.«
Ein Fingerabdruck und frische DNA.

Jemand wollte sich zu erkennen geben, jemand wollte sich ausschließlich ihr zu erkennen geben, und dieser Jemand wollte ganz sicher sein, dass Noémie sich von seiner oder ihrer Identität überzeugen konnte. Sie hätte das Ganze ins Labor schicken und auf die Ergebnisse warten können, aber sie war sich jetzt schon sicher, wer ihre Aufmerksamkeit auf sich ziehen wollte.

»Gibt's was Neues?«, fragte Milk, als er sie nach dem Öffnen des Briefs mit gerunzelter Stirn dasitzen sah.

»Nichts. Oder vielleicht doch. Ich habe nicht auf die Zeit geachtet und meinen Termin mit dem Polizeipsychologen in Paris verpeilt. Ich soll sofort nach Paris kommen und das nachholen.«

»So weit hoch in den Norden?«, entsetzte sich Milk, für den das einer halben Weltreise gleichkam.

»Falls nicht irgendein Schlauberger unsere Hauptstadt über Nacht woandershin verlegt hat, dann läuft es darauf hinaus, ja.«

»Ist das Pflicht? Ich kann denen in Paris gern sagen, dass Sie voll einen an der Waffel haben und dass Sie vor allem nicht aus Decazeville wegdürfen.«

»Du bist süß, Milk, aber ja, das ist Pflicht. Wenn Hugo mich fährt, sind wir heute Abend in Paris, und morgen stoße ich im Laufe des Tages wieder zu euch.«

Sie schnappte sich ihren Mantel und warf ihn sich über die Schultern.

»Romain, kannst du bitte Roze Bescheid geben?«

Dann ließ sie ihre Jungs dastehen. Denen blieb nichts

anderes übrig, als Noémie bei ihrem überstürzten Abgang perplex hinterherzuschauen.

...

Noémie wühlte sich durch ihren Kleiderschrank, steckte die Hand zwischen zwei Pullover und zog das Reisefutteral für ihre Dienstpistole hervor. Sie öffnete es, zog die Pistole am Kolben heraus und fing an zu zittern. Die Waffe war ihr immer noch fremd, unheimlich. Aber sie war Teil ihres Jobs. Sie schwor sich, dass sie, wenn sie aus Spanien zurückgekehrt war, diese letzte Blockade überwinden würde. Und zwar ganz allein überwinden, ohne Melchiors Hilfe.

Auf der Außentreppe tätschelte sie Picasso den Kopf und befahl ihm, brav zu sein, dann warf sie ihre Tasche auf die Rücksitzbank von Hugos Geländewagen, der vor dem Haus geparkt war.

»Ich habe ein paar Sachen zum Wechseln eingepackt, für den Fall, dass wir vor Ort übernachten müssen. Nimmst du nichts mit?«

»Ich habe immer alles, was ich brauche, im Kofferraum dabei. Mein privates Tauchequipment, weil immer auch die Möglichkeit besteht, dass ich zufällig an einem schönen Tauchspot vorbeikomme, und ein paar Sachen zum Wechseln, weil immer auch die Möglichkeit besteht, dass ich zufällig an einer hübschen Kommissarin vorbeikomme.«

Noémie verzog das Gesicht.

»Ich glaube, ich bin noch nicht bereit für das Wort ›hübsch‹.«

»Das ist dein Problem.«

Noémie hatte größte Mühe, Picasso aus dem Auto herauszubekommen, und als er endlich Vernunft angenommen hatte, verspürte sie das Bedürfnis, sich Hugo gegenüber zu rechtfertigen.

»Glaubst du, dass ich total spinne?«

»Ich glaube, dass sich jeder die Zähne an diesem Fall ausgebissen hat und dass du die Einzige bist, die darin etwas weitergekommen ist. Aber bist du dir sicher? Die Ergebnisse des DNA-Tests des Bluts oder des Fingerabdrucks abzuwarten, das wäre nicht die schlechteste Idee, weißt du.«

»Du begründest das mit wissenschaftlicher Technik, ich halte meinen Instinkt dagegen. Ich muss mich in die Hauptakteure hineinversetzen. Das habe ich gemacht. Weswegen ich mir absolut sicher bin, wer mir diesen Brief geschickt hat. Da ist ein Mann, der 1994 Frankreich verlassen musste, weil man ihn der Entführung und sogar der Pädophilie beschuldigt hat. Er ließ alles zurück, um sich ein neues Leben aufbauen zu können, und das hat er sicherlich im Ausland gemacht. Jetzt finden wir zwei seiner angeblichen Opfer im alten Avalone wieder. So viel zum Thema Entführung. Ich habe den Eindruck, dass er seine Ehre wiederherstellen will.«

»Fortin?«

»Ja. Der Oger von Malbouche. Und ich will, dass er mir erzählt, was in der Nacht passiert ist, als er aus Avalone geflüchtet ist.«

»Und wir fahren einfach auf gut Glück los, ohne Handschellen, ohne Waffen, obwohl es sehr gut möglich ist, dass er drei Kinder getötet hat und dann geflüchtet ist.«

»Das war auch immer eine meiner Hypothesen. Aber dieser Brief sagt mir etwas anderes. Er hätte niemals auf sich aufmerksam gemacht, wenn er schuldig wäre. Und ich möchte unbedingt hören, was er zu sagen hat.«

307

Das überzeugte Hugo zu guter Letzt, er gab die Adresse in das Navigationsgerät ein und ließ den Motor anspringen. »In gut fünf Stunden sollten wir da sein.«

55

Zwei Stunden brauchten sie bis Toulouse. Einen Fahrerwechsel und weitere zwei Stunden später durchquerten sie den Nationalpark der Pyrenäen und passierten schließlich die französisch-spanische Grenze. Eine weitere Stunde und diverse Umwege später erreichten sie Bielsa, einen der ersten Grenzorte neben Andorra, dem Fürstentum und Paradies für steuerfreie Alkoholika, Parfüms und Zigaretten, das am Ufer des Ria Cinca und am Fuß des Mont-Perdu gelegen war.

Die Kirche hatten sie schnell gefunden: Das dreigliedrige Kirchenschiff und der fünfzehn Meter hohe Kirchturm waren nicht zu übersehen. Als sie geparkt hatten, rätselten sie allerdings, wer oder was Casanova wohl sein könnte.

War es ein Hotel? Ein Restaurant? Ein Mensch? Weder Smartphone noch Navigationsgerät gaben darauf eine Antwort. Hugo schlug daher vor, dass sie sich als ahnungslose Touristen ausgaben und die Leute fragten.

»Das kannst du gern machen«, meinte Noémie. »Mit meiner Visage bleib ich lieber im Wagen.«

»Wir zwei, wir müssen uns wirklich mal unterhalten.«

»Ich weiß. Aber bitte nicht jetzt«, sagte sie leise.

Hugo begab sich zu der etwa zwanzig Meter neben der

Kirche gelegenen Terrasse des Cafés Los Valles und ging von Tisch zu Tisch, traf dort jedoch nur auf wirkliche Touristen, die Schirmmützen auf dem Kopf und Kameras und Rucksäcke bei sich hatten.

»*Casanova aquí?*«, fragte er mehrmals in unbeholfenem Spanisch.

Man antwortete ihm auf Französisch, Italienisch oder Deutsch, niemand kannte Casanova, und er war kurz davor aufzugeben, da wurde er doch erhört.

»*Buscando Casanova?* Sie suchen Casanova?«

»*Sí*«, antwortete Hugo.

»*Te vas a decepcionar.* Dann werden Sie enttäuscht sein.«

Kurz darauf klopfte er an die Fensterscheibe des Fords und hielt Noémie eine kalte Limodose hin.

»Ich habe Casanova gefunden.«

»Ist es ein Ort?«

»Nein, ein Toter. Komm mit.«

Über einen abschüssigen Weg umrundeten sie die Kirche und standen schließlich auf einem kleinen Platz, dessen Rasen anarchischem Wildwuchs glich.

»Nicht schon wieder!«, sagte Noémie mit einem Seufzer. »Ich kann keine Friedhöfe mehr sehen.«

Die Grabsteine waren schief und krumm, oft schon rissig oder zerkratzt und wurden überragt von nicht minder schiefen und krummen Stelen und schmiedeeisernen Kreuzen. Überall wucherte Unkraut, die verbliebenen freien Stellen waren von grünem Moos überwuchert. Noémie schlenderte an den etwa dreißig Grabstätten entlang und blieb schließlich vor einer aus einfachem grauem Beton stehen, auf der jemand geschmacklose lilafarbene Plastikblumen niedergelegt hatte. Die Inschrift auf dem Grabstein lautete: »Joaquina Casanova, 1901-1955.«

»1955, das hat aber wenig mit dem echten Casanova zu tun«, stellte Hugo fest.

»Grabsteine, die mich in die Irre führen, damit habe ich ja mittlerweile Erfahrung.«

»Und was sollen wir jetzt machen?«

»Keine Ahnung. Im Brief stand nichts weiter. Wir müssen jetzt wohl warten.«

Obwohl der Ort offensichtlich schon lange sich selbst überlassen war, hatte er einen gotischen Charme à la Tim Burton, und sie nahmen sich die Zeit, von einem Grabstein zum nächsten zu spazieren. Aus diesem Grund bemerkten sie den Mann im Talar nicht, der bei ihrem Anblick kehrtgemacht hatte.

»Es gibt hier sogar einen gewissen Dom Juan«, entdeckte Hugo amüsiert.

Der Grabstein war in acht Teile zerbrochen, und zwischen den Teilen wuchsen Farne hervor.

»Nur dass Dom Juan eine Fantasieperson ist und ich immer mehr das Gefühl habe, dass wir verarscht wurden.«

Sie hatten schon eine halbe Stunde gewartet und fragten sich gerade, ob sie den Friedhof wieder verlassen sollten, da kam eine Frau im schlichten weißen Kleid und weiten blauen Pulli mit einem Blumenstrauß in der Hand auf dem abschüssigen Weg näher. Achtsam folgte sie den Friedhofswegen, die sich die Natur zurückgeholt hatte, und blieb wenige Meter von ihnen entfernt vor einem Grabstein stehen, um die davor liegenden welken Blumen durch die mitgebrachten zu ersetzen.

Hugo und Noémie warfen einander fragende Blicke zu.

»Ich hatte Sie gebeten, allein zu kommen«, sagte die junge Frau, ohne sich umzudrehen.

Noémie fiel es wie Schuppen von den Augen: Sie hatte völlig danebengelegen. Aber jetzt wurde ihr alles klar.

»Elsa Saulnier?«

»Sie sehen erstaunt aus. Seit Wochen suchen Sie doch schon nach mir, oder etwa nicht?«

»Unter anderem, ja«, stotterte Noémie, die den Schock noch verwinden musste.

Mit der flachen Hand fegte Elsa zärtlich totes Laub vom Grabstein, den sie gerade mit Blumen geschmückt hatte.

»Unter anderem, natürlich«, wiederholte sie genervt, »Sie sind natürlich immer noch hinter Fortin her. Warum nur will das keiner kapieren?«

Noémie warf daraufhin einen interessierten Blick auf den Grabstein und die dazugehörige Stele: der Name eines drei Jahre zuvor verstorbenen gewissen Matéo Chapiro war darauf eingraviert.

»Wer ist das?«, fragte Noémie.

»Matéo? Als wir vor vielen Jahren hier ankamen, war ihm die französische Polizei auf den Fersen. Wir waren sogar gezwungen, unseren Namen zu ändern, und aus uns wurde die Familie Chapiro.«

Und zum zweiten Mal wurden Noémies Gewissheiten völlig auf den Kopf gestellt.

»Ich heiße Elsa Fortin. Das Monster, das Sie suchen, ist mein Vater. Und er hat nichts anderes gemacht, als mich damals zu beschützen, als er mich weit von Avalone fortgebracht hat. Für ihn habe ich den Kontakt zu Ihnen gesucht. Weil er so lange gehasst und gedemütigt wurde.«

Noémie hatte sich zwar geirrt, was die Identität der Kontaktperson betraf, der sie gerade gegenüberstanden, aber mit dem Motiv hatte sie richtig gelegen. Es ging darum, eine Ehre wiederherzustellen.

»Kennen Sie einen Laden, wo man etwas Alkoholisches zu trinken bekommt?«, fragte sie.

56

Die Sonne knallte auf die Sonnenschirme der Terrasse des Cafés Los Valles. Elsa, Noémie und Hugo setzten sich an einen Tisch im Schatten.

»Wie haben Sie davon erfahren, dass wir in Bielsa sind?«, fragte Noémie.

»Ich arbeite in dieser Bar hier als Kellnerin. Und der Pfarrer der Kirche ist mehr als nur ein Freund. Ich habe ihm eine Kopie der ersten Seite der *La Dépêche* gegeben, auf der Sie gut zu erkennen sind. Ich wurde über Ihre Ankunft informiert, noch bevor sie aus dem Auto gestiegen sind. Ich muss dazusagen …«

»Dass ich einen hohen Wiedererkennungswert habe?«, beendete Noémie den Satz.

»Leider ja.«

Dann drehte sie sich Hugo zu, der die ganze Zeit geschwiegen hatte.

»Und er ist auch Polizist?«, fragte Elsa und zeigte auf ihn.

»Sagen wir, ich bin eher der Freund.«

»Du bist aber auch Polizist, allerdings bei der Flussbrigade«, korrigierte Noémie ihn ehrlicherweise. »Er hat Cyril im Haus im See gefunden.«

Das schien die junge Frau ein bisschen zu beruhigen.

»Auf jeden Fall werde ich sowieso nur mit dem Staatsanwalt sprechen«, warnte sie vor.

»Warum haben Sie mir dann geschrieben?«

»Wenn ich ihn angerufen hätte, hätte er mir die Polizei auf den Hals gehetzt. Deswegen habe ich mich lieber direkt mit Ihnen in Verbindung gesetzt. Außerdem habe ich nicht die Polizei angerufen, sondern Sie. Ich habe Sie ausgesucht.«

»Warum mich?«

»Ich sehe Fernsehprogramme über die spanische Grenze hinweg und habe Internet, wie alle anderen auch. Ich verfolge seit einem Monat, wie Sie im Alleingang versuchen, Alex und Cyril wiederzufinden. Außerdem sind Sie nicht aus Avalone, was mir lieber ist. Aus gutem Grund misstraue ich jedem, der aus Avalone stammt. Wenn Sie nur all die Dinge gelesen hätten, die damals über meinen Vater verbreitet wurden! Wir mussten fliehen, eine neue Identität annehmen, neu anfangen und in der ständigen Angst leben, erkannt zu werden.«

»Sie waren zehn Jahre alt. Wie können Sie sich an all das erinnern?«

»Ich habe einen Großteil meiner Kindheit und Jugend in unserer Wohnung verbracht, und die Spielmöglichkeiten waren zugegebenermaßen sehr eingeschränkt. Wenn Kinder sich langweilen, fangen sie an herumzustöbern, und ich habe Zeitungsartikel gefunden, die mein Vater aufbewahrt hat. Da hat er mir alles erzählen müssen. Ich war fünfzehn Jahre alt, als ich die ganze Wahrheit erfahren habe: dass er der angeblichen Entführung von Alex und Cyril beschuldigt wurde, weswegen man ihn jenseits der spanischen Grenze für ein Monster hielt. Da habe ich endlich verstanden, warum wir uns während der französischen Ferienzeiten versteckt und warum wir dieses Fünfhundert-Seelen-Dorf nie verlassen haben. Warum wir alles in allem draußen eingesperrt waren.«

Der Kellner stellte einen Kaffee, ein Bier und einen Wodka auf Eis vor ihnen ab und legte Elsa zur Begrüßung freundschaftlich die Hand auf die Schulter.

»Als wir aus Avalone flüchten mussten, sind wir zuerst nach Paris zurückgekehrt«, fuhr die junge Frau fort. »Mein Vater hatte dort noch einen Freund aus seinem alten Leben, und der hat unsere Ausweispapiere gefälscht. An dem Tag wurde aus mir Elsa Chapiro. Als wir hier ankamen, hat ein Mann, der nicht über andere Menschen urteilt, meinem Vater die Hand gereicht: der Pfarrer der Kirche von Bielsa und des dazugehörigen Friedhofs mit seinen Pseudoberühmtheiten Dom Juan und Casanova … Ich sagte bereits, dass wir weitaus mehr als Freunde sind. Er wurde mein Patenonkel, und er hat mich groß werden sehen. Mein Vater wurde als Mann für alles eingestellt, und man hat ihm nie irgendwelche Fragen gestellt. Der Pfarrer hat sich für das, was vorher geschehen war, nicht interessiert, ihn nur an dem, was er aktuell leistete, gemessen, und als mein Vater verstorben ist, hat er sich, um mir den Gang zum Amt und Scherereien zu ersparen, darauf eingelassen, meinem Vater hier zwischen Casanova und Dom Juan die letzte Ruhestätte zu gewähren. Namensvettern, auf die das Dorf sehr stolz ist. Zu meiner Sicherheit haben wir uns darauf geeinigt, ihn nicht unter seinem echten Namen zu beerdigen, sondern unter dem Namen Chapiro, die Identität, die wir auf der Flucht angenommen hatten. Der

Pfarrer ist mit dem Friedhofsvorsteher übereingekommen, auch ohne Sterbeurkunde eine Stele und einen Grabstein bestellen zu können. Ein Loch mehr oder weniger, das merkt sowieso keiner.«

Wie auf dem Friedhof von Avalone, sagte sich Noémie. Und die Worte »Stele« und »Grabstein« fingen an, in ihrem Kopf herumzuschwirren. Da sich ihr aber gerade kein Zusammenhang erschloss und sie es kaum erwarten konnte, mehr zu erfahren, fragte sie Elsa weiter aus.

»Wie ist er gestorben?«

»Er hatte Krebs, hat der Arzt gesagt. Er konnte ihn aber nicht behandeln, das war zu teuer. Und zu gefährlich, immer noch wegen der gefälschten Ausweispapiere. Aber ich, ich weiß, dass die Anschuldigungen, gegen die er sich nie hat wehren können, ihn umgebracht haben. Wollen Sie wissen, was sich an dem Abend in Avalone abgespielt hat? Er ist von jemandem in die Falle gelockt worden.«

»Von wem?«

...

Noémie lief telefonierend vor dem Café hin und her und hatte Commandant Roze am anderen Ende der Leitung.

»Sie will nur mit dem Staatsanwalt reden«, informierte sie ihn.

»Verständlich. Aber wie um alles in der Welt sind Sie nur darauf gestoßen? Ich dachte, Sie wären zu einem Termin mit Ihrem Psychologen nach Paris gereist, und jetzt rufen Sie mich aus Spanien an.«

»Das ist eine lange Geschichte. Es tut mir leid, dass ich Sie anlügen musste.«

Auf einmal schlug Noémie eine komplett entgegengesetzte Strategie ein.

»Aber Sie können jetzt alle informieren.«

»Sie meinen Ihr Team?«

»Nein, wirklich alle. Den Bürgermeister, Saint-Charles und sogar Milks Mutter, wenn Sie wollen. Wir werden heute Nacht zurück sein. Kündigen Sie uns bei der Staatsanwaltschaft an?«

57

Noémie brachte Elsa im zweiten Zimmer des Hauses am See unter, das, gemessen daran, wie klein es war, bestimmt Romain Valants Kinderzimmer gewesen war.

»Dir ist klar, dass dich morgen ein krasser Tag erwartet, ja?«

»Ich sehne diesen Tag schon so lange herbei! Dass ich zurückkommen konnte, habe ich Ihren Nachforschungen zu verdanken, und auch dass ich endlich die Wahrheit sagen kann …«

Noémie warf ein sauberes Laken und eine warme Decke auf das Bett.

»Du könntest es mir jetzt erzählen, weißt du.«

»Ich misstraue der Polizei, auch wenn ich daran glauben möchte, dass Sie ein rechtschaffener Mensch sind. Aber Sie sind nur ein kleines Glied in der Kette, und auch wenn Sie ein ehrliches Glied sind, der Rest der Kette ist verdorben. Indem ich direkt mit dem Staatsanwalt spreche, vermeide ich den Buschfunk. Nichts von dem, was ich sagen werde, wird verändert, verfälscht, verkürzt oder verheimlicht werden.«

Nach fünfundzwanzig Jahren Versteckspiel hegte die junge Frau ein tief sitzendes Misstrauen gegen die Polizei, was sogar Noémie verstehen konnte.

»Dann komm erst mal in Ruhe an. Das Bad befindet sich direkt nebenan. Wir machen jetzt eine Flasche Wein auf und warten im Wohnzimmer auf dich, ja?«

»Dass ich mal einen Abend mit Polizisten verbringen würde! Bei einer Polizistin! Noch vor zwei Monaten hätte ich mir das nicht einmal im Traum vorstellen können«, witzelte Elsa.

»Dich hätte ich mir noch vor zwölf Stunden nicht einmal im Traum vorstellen können«, erwiderte Noémie.

Sie wollte gerade aus dem Zimmer hinausgehen, als die vermisste junge Frau ihr eine letzte Frage stellte.

»Wie geht es Madame Saulnier?«

»Für sie bist du nie weggegangen«, verriet Noémie ihr. »Sie glaubt, dass du immer noch bei ihr lebst.«

»Ich würde sie gern besuchen.«

»Wenn du glaubst, dass ihr das guttut … Das kannst du ja morgen entscheiden. Aber eins nach dem anderen.«

Noémie schloss leise die Tür hinter sich und machte einen Umweg über ihr Zimmer, bevor sie sich zu Hugo gesellte. Ohne das Licht anzumachen, ging sie zum Schrank, in dem sich das Futteral befand, das sie hervorholte und öffnete. Dann glitt sie mit den Fingern über das kalte Metall ihrer Dienstpistole und redete mit ihr wie mit einer alten Freundin, die sie zu lange vernachlässigt hatte.

»Ein schöner Abend, um sich einmal wiederzusehen, findest du nicht?«

Noémie lehnte mit dem Rücken am Kamin, in dem das Feuer erst langsam vor sich hin zündelte, und schenkte sich ein Glas ein.

»Auch wenn ich sie vor mir sehe, kann ich es immer noch nicht glauben.«

Hugo sagte nichts. War er nur schweigsam oder missmutig?

»Bist du sauer?«, fragte sie.

»Nein, natürlich nicht. Ich bin nur ein bisschen verwirrt. Erst machst du einen auf Undercoveragentin und verheimlichst deinem Team die allerneuesten Entwicklungen in eurem Fall, und dann soll das gesamte Dorf erfahren, dass Elsa Saulnier in Spanien lebt. Das ergibt doch keinen Sinn.«

»Ich schätze, dass die Jungs auch nicht schlecht gestaunt haben, als Roze sie über unseren kleinen Abstecher nach Spanien informiert hat. Aber das habe ich nur gemacht, weil ich die Taktik wechseln muss. Es gibt kaum Polizisten, die an *Cold cases* arbeiten. Es gibt keine besondere Methode, nach der man vorgeht, weil es weder Beweise noch Indizien gibt. Man muss die Fantasie spielen lassen, Vermutungen anstellen, Details ordnen und wieder durcheinanderbringen, um sie neu zu ordnen, aber immer auf glaubwürdige Weise. Ich muss die richtige Geschichte finden, und Elsa kann mir nur einen kleinen Ausschnitt davon erzählen. Wenn ihr Vater in dieser Sache unschuldig ist, kann sie uns zwar erklären, wie und warum sie aus Avalone fliehen mussten. Aber nicht, warum Cyril und Alex getötet wurden, warum man auf Valant geschossen hat und sein Stall in Flammen aufging, warum wir einen Afrikaner in einem überzähligen Grab gefunden haben und was das für ein mysteriöses Auto war, das mich zum Blümchenpflücken in den Abgrund befördert hat. Als wir Casanova gesucht haben, um Elsa zu finden, ist außerdem eine neue Frage hinzugekommen.«

»Und muss ich raten, oder wirst du sie mir verraten?«

»Auf der Stele ihres Vaters steht ein falscher Name: Chapiro. Die Stele musste bestellt werden, und der Pfarrer und der Friedhofsvorsteher haben ihr dabei geholfen.«

»Bis hierhin kann ich dir folgen.«

»Dann denk das mal weiter: Wenn der Leichnam des unbekannten Afrikaners in ein Loch im Friedhof von Avalone verscharrt wurde, wer hat dann für die Stele und den Grabstein mit dem falschen Namen Pauline Destrel gesorgt?«

Hugo musste das erst einmal verarbeiten, als hätte sich durch diese einfache Frage alles um ihn herum auf einmal verändert.

»Denkst du an Casteran?«, mutmaßte er schließlich.

»Ja, oder sein Nachfolger als Friedhofswärter. Es ist auf jeden Fall noch zu früh, sie damit zu konfrontieren. Ein Haufen Glocken ergeben noch lange keine Melodie, man muss sie erst stimmen.«

»Und du glaubst, wenn alle darüber Bescheid wissen, dass Elsa lebt, wird es Reaktionen geben?«

»Genau. Dass Elsa zurück ist, muss demjenigen, der mit an der Sache beteiligt ist, eine Heidenangst einflößen. Ich hoffe auf Bewegung, unüberlegte Handlungen, angstgesteuerte Reflexe, verdächtiges Verhalten. Das Dorf wird heute Abend und morgen in Bewegung geraten. Die Figuren auf dem Spielbrett werden tanzen, und wir müssen sehr wachsam sein.«

Er setzte sich neben sie, um sich vom Feuer wärmen zu lassen, legte den Arm um ihre Schultern, ließ die Hand über ihren

319

Rücken gleiten und verharrte, als er mit dem Metall in Berührung kam.

»Die Pistole unter deinem Pulli gibt mir aber kein gutes Gefühl.«

»Ich muss gestehen, dass sie und ich gerade erst wieder Kontakt miteinander aufgenommen haben, aber ich glaube nicht, dass es zu einer direkten Konfrontation kommen wird. Keiner wird hierherkommen. Wenn sich etwas bewegt, dann in Avalone. Nicht ich bin ihr Feind.«

»Warum dann diese Vorsichtsmaßnahme?«

»Weil ich vor einigen Monaten dachte, einen Dealer festnehmen und in den Knast schicken zu können, um danach entspannt zu Hause auf meine Medaille zu warten. Aber es läuft immer anders, als man denkt.«

Picasso hatte sich unter den noch warmen Motor des Fords gelegt. In ein oder zwei Stunden würde er winselnd vor der Tür seines Frauchens stehen, und es würde nicht lange dauern, bis sie sich erweichen ließ und ihn doch hineinließ.

Hinterm Haus, etwa zwanzig Meter von ihm entfernt, stand die Tür, die zum Keller und zum Heizkessel führte, auf. Eine Gestalt kam zum Vorschein, schloss sie leise und verließ das Grundstück so unauffällig wie möglich.

Ein paar Gläser später war die Weinflasche leer, und das Feuer erstarb, weil keiner mehr Holz nachlegte. Elsa wünschte ihnen eine gute Nacht, auch wenn davon auszugehen war, dass sie vor Aufregung kein Auge zubekommen würde, schließlich hatte sie vor, am nächsten Tag eine wahrhaftige Bombe platzen zu lassen.

Sie hatten eine Kleinigkeit gegessen, und Hugo räumte den Wohnzimmertisch ab. Als er die Treppe zur Küche hinunterging, wurde ihm ein bisschen schwindelig, und er musste sich kurz am Geländer festhalten. Nach fast zwölf Stunden Autofahrt und einem guten Roten aus der Region, der mehr Wirkung zeigte als erwartet, war ein kurzer Schwindel nicht verwunderlich, und er fing sich schnell wieder. Er räumte das Geschirr in die Spüle, verlor schon wieder fast das Gleichgewicht und ließ dabei ein Glas fallen, das auf den Boden fiel und zerbrach. Das Geräusch wurde merkwürdigerweise unendlich von den Wänden wieder zurückgeworfen. Er bückte sich, um die größten Scherben einzusammeln, und griff hastig nach dem Mülleimer, weil er sich übergeben musste. Nach einem letzten schmerzhaften Würgen blieb er, unfähig, sich zu bewegen, mit weit geöffneten Augen auf dem Boden sitzen.

Sein erster Gedanke war: Noémie!

Noémie stand im Bad und räumte die Sachen ein, die sie für eine eventuelle Übernachtung in Spanien eingepackt hatte. Sie hörte ein Geräusch hinter sich und drehte sich um. Ein Schatten zeichnete sich hinter dem Duschvorhang ab. Mit klirrenden Ringen riss sie ihn auf und entdeckte ein Skelett, das in brackigem Wasser lag. Ihr wurde auf einmal so schwindelig, dass sie das Gefühl hatte, man würde ihr den Boden entgegenwerfen, und sie fand sich mit dem Gesicht auf den Fliesen wieder, auf denen sie jetzt wie unter einem Mikroskop jedes kleinste Detail erkennen konnte. Eine Etage unter ihr hörte sie, wie ein Glas in der Küche zerbrach. Hugo!

Sie ballte eine Faust zusammen und stemmte sie entschlossen auf den Boden. Das Gleiche machte sie mit der anderen Faust, und dann stemmte sie sich so mühsam vom Boden hoch, als würde sie in Treibsand feststecken. Sie fiel immer wieder hin, und um sie herum begannen die Wände zu schmelzen. Irgendwie schaffte sie es bis zur Fensterfront und erblickte da ein schreckliches, missgestaltetes Monster, das wie verrückt herumsprang und heulte. Sie machte noch einen Schritt und brach zusammen.

Picasso sprang panisch vor der Fensterscheibe herum und bellte wie ein Wahnsinniger. Als er sah, wie Noémie zusammenbrach, heulte er wie ein Wolf auf. Er nahm Anlauf und rammte mit voller Wucht das Doppelfenster, ohne Erfolg. Benommen landete er auf dem Boden, schüttelte sich, nahm wieder Anlauf und prellte sich beim zweiten Versuch die Schnauze. Blutüberströmt und unter Schmerzen, humpelte er davon und verschwand in der Nacht.

Hugo robbte mit allerletzter Anstrengung über den Boden und zog sich zu Noémie. Auch sie war nicht mehr in der Lage, sich zu bewegen, aber bei vollem Bewusstsein. Nach diesem letzten Kraftakt sackte er regungslos in sich zusammen. Als Noémie sah, wie schlecht es Hugo ging, riss sie sich aus ihrer Benommenheit hoch. Obwohl ihr Arm bleischwer war, gelang es ihr, die Hand zu ihrer Hüfte zu führen und die Pistole aus dem Holster zu ziehen. Sie hoffte inständig, dass ihre Hand nicht zittern würde. Sie hielt die Pistole in perfekter waagerechter Stellung, ohne auch nur ansatzweise zu wackeln, und zielte zweimal. Die erste Kugel durchschlug die Glasfront mit einem glatten Durchschuss und hinterließ nur ein kleines Loch. Der zweite Schuss sorgte dafür, dass die Scheibe sternförmig zersprang, aber das doppelt verglaste Fenster hielt immer noch stand. Sie versuchte, den Abzug ein weiteres Mal zu betätigen, aber die Waffe glitt ihr aus der Hand und fiel auf den Boden. Avalone würde sein Geheimnis für sich bewahren. Sie warf Hugo einen letzten Blick zu.

Dann zersprang die Scheibe in tausend Scherben.

Zwei starke Arme hoben sie hoch, und sie spürte, wie sie an die frische Luft getragen wurde, die sie mit vollen Zügen einatmete. Sie sah einen Mann von hinten, der, mit einem Schal um Mund und Nase gewickelt, ins Haus zurückkehrte und Hugo hochhob. Als er ihn neben Noémie ablegte, erkannte Noémie Vidal, ihren Legionärsnachbarn. Picasso sprang dankbar um seinen alten Folterer herum.

»Elsa …«, gelang es ihr zu flüstern.

Vidal eilte zurück ins Haus, und wenige Sekunden später kam die dunkle Gestalt mit einer jungen Frau über den Schultern wieder heraus und legte sie vorsichtig auf das Gras ab, wo sie regungslos liegen blieb.

Hugo kam nach ein paar Atemzügen an der frischen Luft wieder zu Bewusstsein. Nur mit Mühe gelang es ihm, zu Noémie zu kriechen, die jetzt neben Elsas leblosem Körper kauerte. Elsa und all ihre Geheimnisse.

»Man hat uns vergiftet«, bekam er unter größter Anstrengung heraus.

Noémie holte das Handy aus ihrer Hosentasche. Obwohl sie noch verschwommen sah, schaffte sie es, die Nummer der Feuerwehr zu wählen. Sogar das Licht ihres mittlerweile zersprungenen Handydisplays brannte ihr in den Augen.

»Es ist in der Luft«, erklärte Hugo weiter, »und wenn sie vergiftet ist, wirkt das Gift jetzt weiter. Die werden niemals rechtzeitig hier ankommen.«

Hugo wandte sich an Vidal und zeigte auf die Garage.

»Mein Auto. Flasche. Reiner Sauerstoff.«

Vidal eilte zur Garage und kam mit allen Flaschen zurück, die er im Kofferraum des Fords gefunden hatte und in seinen kräftigen Armen so leicht wie ein Reisigbündel wirkten. Er legte sie vor Hugo ab, der die Druckluftflaschen zum Tauchen zur Seite schob und nach der Notfallflasche mit reinem Sauerstoff griff, die immer für Dekompressionsunfälle bereitlag. Er steckte den Lungenautomat in Elsas Mund, die daraufhin mit jedem Atemzug ein wenig mehr zu sich kam. Als sie endlich die Augen öffnete, nahmen abwechselnd Hugo, Noémie und Elsa einen Zug aus dem Lungenautomaten, während sie auf die Feuerwehr warteten.

Zuerst leuchtete das Blaulicht im Wald auf, dann bog der Wagen endlich auf den Weg zum Haus am See ein. Noémie blickte sich um, aber Vidal war schon verschwunden. Picassos Schwanz ging wie ein Propeller, und Noémie riss ein Büschel saftiges Gras aus, um ihm die Schnauze, die noch ein wenig blutete, sauber zu wischen.

»Dich werden wir auch verarzten, mein Hübscher.«

Er drückte seine feuchte Nase an ihren Nacken und legte eine Pfote auf ihren Bauch, als müsste er sie immer noch beschützen.

»Nutz das bloß nicht aus, du Mistvieh«, schimpfte sie der Form halber und schob ihn zärtlich weg.

An diesem Abend hatte es eines verkrüppelten Hundes, eines Schlägertypen und einer Sauerstoffflasche bedurft, um ihre Leben zu retten.

58

Als der Bereitschaftsarzt in der Notaufnahme des Krankenhauses von Decazeville kurz nach zwei Uhr morgens einen
Blick auf die Liste mit den Neuankömmlingen warf, entdeckte
er unter den drei Namen eine alte Bekannte, eine Patientin, die
er schon einmal behandelt hatte.

»Noémie Chastain? Die will mich wohl verarschen?«

Er ging durch den langen Flur, der zu den Zimmern führte,
klopfte an die Tür und ging hinein, ohne eine Antwort abzuwarten.

»Es sieht so aus, als würde das Landleben nicht jedem gut
bekommen. Sie mögen das Leben nicht besonders, stimmt's?
Sie haben kein Auto mehr, also gehen Sie jetzt zum Kollektiv-
suizid mit Kohlenmonoxid über?«

Nachdem sie alle Fenster und Türen geöffnet hatten, waren
die Feuerwehrleute in den Keller gegangen und hatten Spuren am Heizungskessel gefunden. Er war derart beschädigt
worden, dass er die Abgase nicht mehr ordentlich abführen
konnte und sie auf diese Weise als geruchs- und farbneutrale
sowie nicht ätzende Verbrennungsabgase in das Haus gelangt
waren.

»Das war schon wieder kein Unfall, Doc!«

»Wenn Sie das sagen … Aber es wird mir immer schwerer
fallen, Ihnen zu glauben.«

Er blätterte durch die Krankenakte und zählte dabei mögliche Vergiftungssymptome auf.

325

»Übelkeit? Schwindel? Halluzinationen?«

»Sie können überall ihr Häkchen dahintersetzen«, bestätigte Hugo.

»Wer hatte die Idee mit dem reinen Sauerstoff?«

»Ich war das.«

»Gut gemacht. Dadurch wurde die Dissoziation des Kohlenmonoxids vom Hämoglobin beschleunigt. Sind Sie vom Fach?«

»Ich bin Taucher bei der Flussbrigade und kenne mich ein wenig mit ähnlichen Phänomenen im Blut aus.«

»Sie hatten den richtigen Reflex. Aber waren Sie nicht zu dritt bei der ganzen Sache?«

»Mademoiselle Saulnier befindet sich direkt im Nebenzimmer«, klärte Noémie ihn auf.

Noémie wartete ein paar Minuten ab, um nicht in die ärztliche Untersuchung zu platzen, dann betrat sie Elsas Zimmer.

»Die Feuerwehrmänner haben etwas von Vergiftung durch die Luft gesagt. Hat man versucht, uns umzubringen, oder träume ich?«, begrüßte die junge Frau sie.

»Ja, und das ist leider keine Premiere für mich«, gestand Noémie ihr. »Ehrlich gesagt, ist es das dritte Mal in weniger als vier Monaten.«

»Das ist nicht ohne. Respekt.«

»Und die letzten zwei Versuche zielten darauf ab, mich von diesem Fall abzubringen. Und? Was sagst du? Reicht dir das als Beweis für meine Vertrauenswürdigkeit?«

»Wohl kaum. Ich möchte mich entschuldigen. Und auch bedanken.«

»Das war nicht wirklich mein Verdienst. Aber mein Hund,

der freut sich über ein paar Extraleckerchen, und dann sind wir quitt.«

Noémie machte die Tür zu, damit sie unter sich sein konnten, und setzte sich aufs Bett.

»Hör mal zu, Elsa, es ist halb drei Uhr morgens. Ich kann nicht damit warten, bis es hell wird und wir zum Staatsanwalt des Landgerichtsbezirks fahren, um zu erfahren, was mit deinem Vater geschehen ist. Um diese Uhrzeit ist bereits jeder im Dorf darüber informiert, dass du wieder da bist, und ich muss auch nur das kleinste Beben mitbekommen. Die Ereignisse könnten sich bald überschlagen, und wenn ich die Melodie nicht kenne, erkenne ich die falsche Note nicht. Verstehst du, was ich meine?«

Das grellweiße Neonlicht, das von der Decke auf sie herunterstrahlte, verlieh dem Zimmer die Atmosphäre eines OP- oder Verhörraums. Noémie schaltete die Nachttischlampe ein und das Neonlicht aus, wodurch sie eine zuträglichere Atmosphäre für die Enthüllung eines Geheimnisses schuf.

Elsa zögerte noch, aber vielleicht suchte sie auch nach den richtigen Worten, um das, was ein Vierteljahrhundert lang mystifiziert worden war, zu offenbaren.

»Ich würde Ihnen gern sagen, dass mein Vater ein Unschuldsengel war, aber dann würde ich das Ganze mit einer Lüge beginnen. Meine Eltern waren um die zwanzig, als sie mich bekommen haben. Sie waren jung, ich war nicht gewollt, aber sie haben mich behalten. Beide waren drogensüchtig, und mein Vater begann, kleine Geschäfte zu überfallen, um jeden Tag frisches Geld zu haben. Bis er geschnappt wurde, er wieder anfing, wieder geschnappt wurde und die Justiz anfing, die Nase voll von ihm zu haben. Zwischen einem Vater, der als

Wiederholungstäter im Gefängnis saß, und einer drogensüchtigen Mutter, hat der Richter nicht lange gefackelt und meinen Eltern das Sorgerecht entzogen. Mit drei Jahren bin ich weit weg von Paris in eine Pflegefamilie gekommen, und zwar hier in Avalone zu den Saulniers.«

»Wie hat dein Vater dich wiedergefunden?«

»Er hat mich im Fernsehen gesehen, als ich um die sieben Jahre alt war. Da haben sie eine Reportage über den Beginn der Arbeiten am Staudamm gemacht. Wir waren mit der Schule da, wie jeden Monat, um zu sehen, wie das Projekt voranschreitet. Der Journalist hat die Gelegenheit beim Schopf gepackt, sein Thema etwas aufzupolieren, und hat uns ein paar Fragen gestellt. Da stand ich dann auch vor der Kamera, und mein Vater hat mich erkannt. Als er 1991 aus dem Gefängnis herausgekommen ist, hat er sich Arbeit in der Nähe gesucht und eine Anstellung im größten landwirtschaftlichen Betrieb der Region gefunden. Bei Pierre Valant.«

»Als Saisonarbeiter, wenn ich den Ermittlungsunterlagen glauben darf.«

»Ja, im ersten Jahr als Saisonarbeiter. Danach war er Vollzeit dort, allerdings hat er schwarzgearbeitet, das Geld bekam er so auf die Hand, dazu gab es ein Bett im Nebenhaus des Bauernhofs. Das kam allen gelegen. Eines Tages hat Valant ihn dabei entdeckt, wie er den Pausenhof und die dort spielenden Kinder ein bisschen zu interessiert beobachtet hat. Mein Vater wollte sich dazu nicht äußern, und Valant ist in dem Moment bewusst geworden, dass er kaum etwas über seinen merkwürdigen Arbeiter wusste. Daraufhin hat er sich in den Sachen meines Vaters zu schaffen gemacht. Und dabei ein Foto von mir gefunden. Anstatt sofort die Polizei zu rufen, unter anderem weil er riskiert hätte, dass sie ihm die Gewerbeaufsicht auf den Hals geschickt hätten, hat Valant meinen Vater mit dem Foto konfrontiert, und der hat ihm seine Geschichte erzählt. Seine kriminelle Vergangenheit, die er hinter sich gelassen hatte. Das Verbot, mich zu sehen oder sogar mir nahezukommen. Er hat mich lange Zeit aus der Ferne aufwachsen sehen und sich damit zufriedengegeben. Als mein Pflegevater aufgrund eines dummen Unfalls gestorben ist, hat er sich getraut, mich anzusprechen. Ich werde mich jetzt nicht darüber auslassen, was für ein Geschenk das für ein neunjähriges Mädchen ist, wenn der echte Papa wieder aufkreuzt, und wie wir es geschafft haben, uns jeden Tag heimlich zu sehen, immer vorm Abendessen, um uns gegenseitig davon zu erzählen, wie unser Tag war. Madame Saulnier dachte, dass ich mit Alex und Cyril unterwegs war, sie hat nie etwas davon erfahren. Das war in den 1990er-Jahren, auf dem Land, und es war völlig normal, dass die Kinder von morgens bis abends unterwegs waren. Aber Valant, der wusste Bescheid von unserer Annäherung. Die zwei Männer standen einander eine Zeit lang sogar ziemlich nah.«

»Ach ja? Das hat er während der Anhörungen aber gar nicht so dargestellt.«

»Das wundert mich nicht. Tatsächlich wurde mein Vater sogar hin und wieder von den Valants zum Abendessen eingeladen. Aber eines späten Nachmittags ist Valant völlig panisch im Nebenhaus aufgekreuzt und hat meinen Vater gewarnt, dass die Polizei auf den Hof kommen würde, weil sie ihn, Fortin, gefunden hätten, dass sie ihn verhaften würden, weil er Kontakt zu mir aufgenommen habe, dass Marguerite Saulnier uns gesehen und sie ihn an die Polizei verraten habe, dass man ihn wieder ins Gefängnis stecken würde, dass er mich dann nie mehr sehen würde, dass wir so schnell wie möglich Avalone verlassen müssten und er ihm dabei helfen würde.«

Noémie unterbrach die Flut an zu einfach anmutenden Drohungen.

»Manchmal werden Arbeitgeber vor einer Verhaftung vorgewarnt, aber das ist eher die Ausnahme. Das kommt auch nirgends in den Ermittlungsakten vor. Ist dein Vater dabei nicht misstrauisch geworden?«

»Das sehen Sie jetzt aus Ihrer Perspektive als Polizistin. Und als Außenstehende. Natürlich habe ich das heute verstanden, dass Valant nie einen Anruf von der Polizei erhalten hat. Aber Sie müssen diese Geschichte aus den Augen eines Vaters betrachten, der endlich seine Tochter zurückhat und sich aber der Gefahr ausgesetzt sieht, wieder von ihr getrennt zu werden, weil er zurück ins Gefängnis muss. Wie dem auch sei, ich war ziemlich wütend auf Marguerite, dass sie uns verraten hatte, und als mein Vater mir bei unserem abendlichen Treffen davon erzählt hat, habe ich eingewilligt, zusammen mit ihm wegzugehen. Ich hatte nichts anderes dabei als die Kleidung, die ich anhatte. Valant hat uns einen seiner Transporter gegeben, und ohne uns noch einmal umzudrehen, haben wir Avalone verlassen. Ich hatte ein wenig Herzschmerz, weil ich Alex verlassen musste, aber mein Vater war wichtiger. Als wir am nächsten Morgen in Paris ankamen, gab's die kalte Dusche.«

»Eine Falle?«

»Genau. Im Radio und im Fernsehen hat man nur über uns gesprochen. Also, vor allem über Fortin. Das Monster, das drei Kinder aus Avalone entführt hatte. Ununterbrochen wurden

Fotos von Alex, Cyril und mir im Fernsehen gezeigt, und Fortin wurde zum Staatsfeind Nummer eins erklärt. Wir mussten Frankreich verlassen, und einer seiner Bekannten hat sich darauf eingelassen, den Lieferwagen irgendwo im Osten in Brand zu stecken, während wir Richtung Süden nach Spanien abgehauen sind.«

Als Noémie die neuen Puzzleteile zu den bereits vorhandenen hinzufügte und die Informationen neu sortierte, bekam sie davon fast Kopfschmerzen. Also hatte an dem Tag, als Alex und Cyril den Tod gefunden hatten, Valant die Flucht von Fortin und Elsa angeleiert, indem er einen anstehenden Polizeieinsatz auf dem Hof erfunden hatte. So war aus Fortin der Oger von Malbouche geworden. Aber wenn Valant die Notwendigkeit gesehen hatte, einen falschen Schuldigen zu inszenieren, dann deutete das darauf hin, dass er auf die eine oder andere Weise an der ganzen Sache beteiligt war. War das der Grund für die Brandstiftung an seinem Stall und die Schüsse auf seinem Hof?

Hugo riss mit Schwung die Tür auf, und Noémie, die ganz in Gedanken versunken gewesen war, sprang vor Schreck auf. Er hatte ihr Handy mit dem gesprungenen Display in der Hand und hielt es ihr hin.

»Es ist Valant!«

»Woher weißt du das?«, fragte Chastain verwundert.

»Dein Handy hat geklingelt, es ist Valant, Romain Valant. Er ist bei seinem Vater. Man hat gerade auf ihn geschossen.«

»Aber auf wen denn? Auf meinen Polizisten oder auf den Bürgermeister?«

»Auf den Bürgermeister.«

»Weißt du, wer es war?«

»Bruno Dorin, wenn ich das gerade richtig verstanden habe.
Sie sind alle auf dem Hof. Die Situation ist noch voll im Gange,
sie wollen, dass du dazukommst. Bousquet kommt dich abholen. Du hattest recht, es bewegt sich was.«
Noémie sprang auf.
»Du bleibst bei ihr«, sagte sie und zeigte auf Elsa. »Und
lässt sie keine Sekunde aus den Augen.«
»Das ist nicht dein Ernst, oder?«, protestierte Hugo. »Du
bist diejenige, die ich im Auge behalten muss!«
»Wir sind kurz vor der Auflösung, das spüre ich. Und ich
verspreche dir, auf mich hat es jetzt niemand mehr abgesehen.
Was Elsa zu sagen hat, ist viel zu wichtig. Sie muss unbedingt
vom Staatsanwalt angehört werden, ansonsten war die ganze
Arbeit für die Katz. Ich flehe dich an, vertrau mir.«
Dann küsste sie ihn auf den Mund.

Während sie sich küssten, umfasste Hugo Noémies Gesicht
mit beiden Händen, aber dieses Mal schob sie sie nicht weg
und legte ihre Hände darüber.

59

Avalone.
Hof von Pierre Valant.
4 Uhr morgens.

Sie bretterten mit über hundert Sachen über die gewundenen
Landstraßen, und Bousquet versuchte zu verstehen, was genau
sich ihm gerade an der Auflösung des Falls entzog.

»Was haben Sie schon wieder im Krankenhaus gemacht?«

»Das erkläre ich Ihnen später, wenn es Ihnen recht ist.«

Ein bisschen beleidigt nahm Bousquet es hin, dass er jetzt nicht mehr erfahren würde.

»Sind Sie sauer oder konzentriert?«, fragte Noémie.

»Es ist ziemlich schwierig, sauer auf Sie zu sein. Sie haben die Taucher in den See geschickt, Sie haben den See leeren lassen, Sie haben einen neuen Leichnam im Friedhof von Avalone entdeckt und zu guter Letzt spüren Sie auch noch Elsa in Spanien auf. Ich füge mich dem also, weil ich noch nie so eine Polizistin wie Sie gesehen habe, und weil ich mir denke, dass Sie schon wissen werden, was Sie tun.«

»Ich glaube schon«, antwortete sie nicht so richtig überzeugt.

»Damit gebe ich mich zufrieden.«

Bousquet fuhr auf den Hof und bremste in einer Sandwolke vor dem Haus ab. Es wurde nur von den Scheinwerfern beleuchtet, und die Fenster waren nach den Schüssen mit den Acht-Millimeter-Patronen mit Plastikplanen abgedeckt.

»Sind Sie bewaffnet?«, fragte Bousquet, während sie auf die Eingangstür zugingen.

»Nein, meine Dienstwaffe ist im Haus am See geblieben. Mal abgesehen davon: Wenn wir heute hier die Pistolen zücken müssen, dann habe ich etwas falsch gemacht.«

Sie drückte die Tür auf und fand sich im Hausflur am Fuß einer halbkreisförmigen Treppe wieder. Spuren einer Auseinandersetzung waren sichtbar: über den Boden verteilte dreckige Stiefel und noch warme Jacken, eine umgefallene Kommode und, als hätte man dieser den Bauch aufgeschlitzt,

Schwarz-Weiß-Fotos, Briefe und Rechnungen, die sich über den Boden ergossen hatten.

»Oben, Capitaine!«, hörte sie jemanden rufen und erkannte Romains Stimme.

Als sie an der letzten Stufe angekommen war, erfasste sie die gesamte Szene mit einem Blick. Pierre Valants Wohnzimmer vermittelte den Eindruck von Einsamkeit. In einer Ecke stand ein Wohnzimmertischchen vor einem alten Fernseher und verriet lange monotone Abende. Mitten im Raum stand ein Schreibtisch, auf dem sich Unterlagen türmten und eine Brille lag; einer der Bügel war kaputt und notdürftig mit Tesafilm repariert worden. Am Schreibtisch saß Pierre Valant und hielt mit blutüberströmten Händen sein Bein fest. Hinter ihm stand Bruno Dorin mit einem Gewehr in der Hand, das er auf den Nacken des Bürgermeisters gerichtet hielt. Einen Meter von ihnen entfernt stand Romain, der sich offensichtlich seiner Waffe hatte entledigen müssen, die jetzt zu seinen Füßen lag. Mit geballten Fäusten und vor Wut hochrotem Gesicht stand er da und wartete auf nur einen unaufmerksamen Moment, um seine Waffe wieder an sich nehmen und schießen zu können, um seinen Vater zu befreien. Serge Dorin saß mit leerem Blick in sich zusammengesackt auf einer abgewetzten Couch mit breiten Armlehnen und versuchte nicht einmal, seinen Sohn zurückzuhalten.

Die erste Frage, die Noémie stellte, brachte alle völlig aus der Fassung.

»Alles in Ordnung bei dir, Bruno?«

Valant, der eine Kugel in seinem Bein hatte, sah sie baff an. Für einen kurzen Augenblick ließ Bruno seine Waffe sinken, aber genauso schnell korrigierte er seinen Fehler wieder und hielt Pierre Valant weiter in Schach.

334

»Der verarscht uns! Seit fünfundzwanzig Jahren verarscht der uns!«

»Ich weiß. Elsa hat mir alles erzählt.«

»Sie sollte doch auch tot sein«, brüllte er mit Tränen in den Augen. »Warum lebt sie? Wie kann das verdammt noch mal sein?«

»Weil Valant sie mit Fortin hat fliehen lassen. Mit ihrem Vater.«

Alle Anwesenden erstarrten. Noémie musste dieses kurze Zeitfenster ausnutzen, bevor der junge Mann etwas Nicht-wieder-Gutzumachendes beging. Das war ihre einzige Chance, hier musste sich jetzt alles zusammenfügen, auch wenn ihr noch einige Puzzleteile fehlten.

»Die Kinder sind nie von Fortin entführt worden«, verkündete sie. »Am Tag der angeblichen Entführung der Kinder ist er auf Valants Bitte hin mit Elsa geflohen, und zwar nur mit Elsa.«

Bousquet und Romain sahen einander sprachlos an. Ihnen blieb nichts anderes übrig, als ihre Teamleiterin die Situation übernehmen zu lassen.

»Ich rede mit Ihnen, Herr Bürgermeister. Warum haben Sie damals einen angeblich unmittelbar bevorstehenden Polizei-einsatz erfunden, um Fortin zum Fliehen zu bewegen? Warum haben Sie ihn als Saisonarbeiter bezeichnet, wenn er doch in Wahrheit fast zwei Jahre bei Ihnen verbracht und sich versteckt hat? Warum haben Sie ihn mit Elsa weggehen lassen und warum haben Sie uns dann in ganz Avalone nach Elsa graben und tauchen lassen?«

Als Valant weiterhin schwieg, krachte der Gewehrlauf mit voller Wucht auf seinen Schädel. Blut rann herunter und tropfte auf den Kragen seines Hemds.

335

»Sprich oder stirb!«, brüllte Bruno.

Der Bürgermeister hob den Blick und sah seinen Sohn an, als flehte er ihn vorab um Vergebung an. Die Schmerzen in seinem Bein, die heftig sein mussten, schien er völlig verdrängt zu haben.

»Ich habe das für Avalone gemacht«, gestand er, ohne auf alle Anschuldigungen, die Noémie ihm entgegengeschleudert hatte, direkt zu reagieren. »Ich habe es für uns alle gemacht. Um den Staudamm zu retten. Um das zu retten, was dem Dorf zehn weitere sorglose Jahre beschert hat. Die Kinder sind weder umgebracht noch entführt worden. Sie sind durch ein Loch im Zaun geschlüpft und bis zu den Gruben für die Fundamente vorgedrungen, wo sie in ein etwa zwanzig Meter tiefes Loch gefallen sind.«

Einer auf den Kopf, dachte Noémie, der die Ergebnisse der Autopsie einfielen, und das hatte ihm die Wirbelsäule gebrochen. Der andere auf den Rücken, was ihm die Rippen des hinteren Brustkorbs zerschmettert hatte. Es gab also nicht zwei unterschiedliche Todesursachen, wie der Gerichtsmediziner vermutet hatte, sondern zwei unterschiedliche Sturzverletzungen.

»Einer der Arbeiter hat den Baustellenleiter informiert, und der musste sich dann entscheiden, ob er die Polizei oder mich, den Bürgermeister ruft. Ich habe damals alles für dieses Projekt gegeben, und er wusste, dass ich mein Möglichstes tun würde, um ein Nachspiel zu verhindern.«

»Nur für eine Baustelle haben Sie diesen Unfall vertuscht?«, fragte Noémie fassungslos.

»Nur für eine Baustelle? Was verstehen Sie schon davon! Zwei Kinder sterben, und alles hätte für die Zeit der Ermittlungen, die es im Anschluss gegeben hätte, stillgestanden. Die verlorene Zeit hätte Verluste in Millionenhöhe zur Folge gehabt. Alle Maschinen und Hunderte von Arbeitern wären zur Untätigkeit verdammt gewesen. Außerdem hätte es Entschädigungszahlungen von weiteren Millionen gegeben. Global Water Energy wäre für die Sicherheitslücke verantwortlich gemacht worden. Das hätte das gesamte Projekt gefährdet. Avalone stand kurz davor, die Schule schließen zu müssen, die Post hatte bereits ein Jahr zuvor zugemacht, wir hatten ein massives Arbeitslosenproblem, das Dorf starb langsam aus. Ich konnte das nicht zulassen. Mit Fortin und seiner kriminellen Vergangenheit bot sich mir die beste Gelegenheit, einen Schuldigen zu vorzuweisen, und so habe ich seine Flucht organisiert.«

»Da standen Sie also vor zwei Kinderleichen, die es zu beseitigen galt«, sagte Noémie.

»Ja, und ich musste schnell machen und vor Tagesanbruch alles erledigt haben, bevor die Arbeiten auf der Baustelle begannen.«

»Eine Scheißnacht, was?«, warf Noémie ein. »Pierre, warum das Gemeindehaus von Avalone?«

»Wir hatten schon damit begonnen, die öffentlichen Einrichtungen umzuziehen, aber zu dem Zeitpunkt war nur das Gemeindehaus schon zugemacht worden, der darin verbliebene Trödel war wertlos. Niemand würde noch da hineingehen wollen, geschweige denn in den Kohlenkeller. Ich habe zwei Plastiktonnen aus meinem Stall geholt, wir haben Gurte um die Leichen geschlungen und sie hochgezogen.«

»Was heißt ›wir‹?«

»Der Baustellenleiter und ich.«

Auf seine Worte folgte eine bleierne Stille, also redete er weiter:

»Dann bin ich ins Gemeindehaus, um die Kinder dort zu verstecken. Sie waren tot, man hätte nichts mehr für sie tun können. Die Wahrheit zu wissen hätte doch nichts an der Trauer der Eltern geändert, aber die Wahrheit hätte die Zukunft des gesamten Dorfs aufs Spiel gesetzt.«

Serge Dorin richtete sich auf, und müder Hass sprach aus seinen Augen.

»Warum hast du mir dann gesagt, dass sie auf der Baustelle begraben wurden?«

»Weil nicht alles so gelaufen ist wie geplant.«

Noémie hörte beiden konzentriert zu, achtete auf jedes Wort, auf jede Geste, sie wirkte wie ein Tier, das darauf wartete, im richtigen Augenblick anzugreifen. Dann schlug sie ihre Krallen in Dorins Groll.

»Valant hat Ihnen also versichert, dass die Kinder durch einen Unfall auf der Baustelle zu Tode kamen und dass sie dort vergraben wurden. Aber fünfundzwanzig Jahre später, als Ihr Sohn Alex mehrere Hundert Meter vom Staudamm entfernt an der Oberfläche des Sees gefunden wurde, da wurde Ihnen klar, dass irgendetwas nicht stimmte. Deswegen sind Sie auf dem Friedhof auch aneinandergeraten. Aber was dann passiert, ist nicht nachvollziehbar. Warum sind Sie nicht sofort zur Polizei gegangen? Sie haben doch nichts Schlimmes getan. Es wäre nichts einfacher gewesen, als Pierre Valant zu verraten. Es sei denn, Sie hätten sich in dieser Sache auch etwas vorzuwerfen. Etwas, das Sie davon abgehalten hat, mit den Behörden zu sprechen. Wie dem auch sei, Sie haben trotzdem reagiert. Am Tag nach Alex' Beerdigung, gab es einen Brandanschlag auf

Pierre Valants Stall, und man hat mit Acht-Millimeter-Kugeln auf ihn geschossen. Das sieht nach einem Racheakt aus. Ich könnte die Waffe, deren Lauf jetzt in Valants Nacken drückt, von der ballistischen Abteilung untersuchen lassen, bis vor Kurzem hätte ich das sogar noch gemacht. Aber ich weiß jetzt auch so, dass Sie an dem Abend mit dieser Waffe auf Valants Hof geschossen haben. Und dass sie mit Acht-Millimeter-Kugeln geladen ist.«

»Mein Vater hat nichts gemacht«, unterbrach Bruno sie, der die Pistole immer noch auf den Nacken des Bürgermeisters gerichtet hielt. »Ich wollte Valant für seine Lügen büßen lassen. Ich habe das Feuer gelegt, und ich habe auf sein Haus geschossen.«

Noémie schüttelte daraufhin ihren letzten großen Trumpf aus dem Ärmel.

»Es gibt allerdings noch eine Information, die ich Ihnen vorenthalten habe. Die ballistische Untersuchung hat ergeben, dass die Munition, die in der Kopfstütze von Pierre Valants Auto steckte, die gleichen Streifenmuster wie die Kugel hat, die wir im Schädel des unbekannten Afrikaners gefunden haben. Bruno, Sie waren zu der Zeit erst acht Jahre alt. Ich ziehe daraus also die Schlussfolgerung, dass sich Ihr Vater am anderen Ende des Gewehrlaufs befunden haben muss.«

Noémie wandte sich an Serge Dorin.

»An dem Abend, an dem Sie also erfahren, dass Ihr Kind in ein zwanzig Meter tiefes Loch gestürzt ist, bringen Sie diesen Mann um? Das ergibt doch keinen Sinn. Sie gehen dafür auf jeden Fall ins Gefängnis, aber man wird Ihnen kein zusätzliches Jahr aufbrummen, wenn Sie mir nun genau erzählen, warum Sie zum Mörder wurden. Und vor allem, wer Sie dazu getrieben hat.«

Die Worte »Mörder« und »Gefängnis« schmerzten Serge Dorin mehr als zwei Kugeln, die man ihm in den Bauch verpasst hätte. Wutentbrannt stand er auf und starrte Valant, der nicht mehr reagierte und nur noch darauf zu warten schien, hingerichtet zu werden, mit anklagendem Blick an.

»Es war nie die Rede von einem Unfall. Valant hat es damals als einen Mord dargestellt. Meine Frau und ich, wir haben die ganze Nacht damit verbracht, den Wald, die Felder, alle Orte, an denen sich Alex gern aufhielt, abzusuchen. Pierre ist dann zu mir gekommen, und er hat mir erzählt, dass mein Sohn von einem seiner Arbeiter getötet worden sei, dass er wisse, wo dieser sich aufhalte, dass ihn der Baustellenleiter, unsicher, ob er die Polizei holen sollte, informiert habe. Aber ein Vater, der mitgeteilt bekommt, dass sein Kind tot ist, dem ist die Polizei herzlich egal. Ich habe mein Gewehr genommen, bin ins Auto gestiegen, und wir sind zu den Arbeiterunterkünften gefahren. Valant hat mir den Afrikaner gezeigt, der in einer der Behausungen eingeschlossen war. Als wir hinein sind, da war er schon außer sich vor Angst und hatte Tränen in den Augen. Das hat mich schon wahnsinnig gemacht. Ich bin auf ihn drauf, ich hab auf ihn eingeschlagen, ich habe ihn gefragt, wo mein Sohn ist, aber er hat immer das Gleiche geantwortet. *Ich, ich Sékou.* Und je öfter er das gesagt hat, desto mehr habe ich auf ihn eingeprügelt.«

Sékou. Der arme Kerl, der die Kinder in einer der Gruben entdeckt und den Baustellenleiter informiert hatte. Der arme Kerl, der ein lästiger Zeuge geworden war, den man beseitigen musste. Sékou. Der Unbekannte vom Friedhof hatte endlich seine Identität zurückbekommen.

»Pierre Valants Worte haben Ihnen gereicht, um zu glauben, dass dieser Mann ihren Sohn umgebracht hat?«, fragte Noémie ungläubig.

»Nein, natürlich nicht. Er hatte das in seinem Spind gefunden.«

Serge Dorin suchte etwas in seiner Hosentasche, dann warf er ein schweres silbernes Armband auf den Tisch. Ein Gliederarmband mit einer Plakette, auf der ein Name stand: Alex. Das Gliederarmband.

»Nachdem er mir das gezeigt hatte, war ich nicht mehr ich selbst. Ich hatte nur noch Hass in mir. Dieser Mann musste sterben, für Alex, und das wollte ich mit meinen eigenen Händen erledigen. Wir haben uns ein wenig von den Unterkünften entfernt, ich habe ihm den Gewehrlauf an den Kopf gehalten, aber ich konnte einfach nicht abdrücken. Ich wollte erst meinen Sohn sehen. Da hat Pierre gesagt: ›Dieser Neger ist ein Mörder. Der hat nichts anderes verdient. Wer weiß, was er mit ihnen angestellt hat, bevor er sie umgebracht hat.‹ Ich habe mir vorgestellt, wie er mein Kind in den Armen hält. Ich habe auf das Armband geschaut. Und da habe ich abgedrückt.«

Chastain rief sich die Wand ihres Büros in Erinnerung sowie das Foto von Jeanne Dorin, die vom Balken in der Scheune baumelte und ihren gesamten Schmuck angelegt hatte, inklusive des Gliederarmbands.

»Wie sind Sie in den Besitz des Armbands gekommen, Monsieur Valant?«

»Es muss sich gelöst haben, als wir die Leichen weggebracht

haben. Ich habe es in meinem Lieferwagen hinten auf dem Boden gefunden. Die Kinder waren zu dem Zeitpunkt schon in den Tonnen im Keller, und ich wollte nicht noch mal zurückfahren. Daher habe ich es behalten. Und ich habe es im richtigen Augenblick zum Vorschein geholt, um alles dem Afrikaner anhängen zu können.«

»Und wie kam es dann an das Handgelenk Ihrer Frau, Monsieur Dorin?«

»Juliette Casteran und Marguerite Saulnier sind vor Angst verrückt geworden, als sie von der Entführung ihrer Kinder erfahren haben. Die alte Saulnier ist dann wirklich durchgedreht. Und meine Frau war auf dem besten Weg dahin, das wollte ich ihr ersparen. Ich wollte, dass sie es erfuhr und dass sie versuchte, damit zu leben, ohne von morgens bis abends neben dem Telefon zu sitzen, als wäre das die Leitung zum Leben. Ich habe ihr einige Wochen später alles erzählt. Und ich habe ihr das Armband gegeben, um ihr zu beweisen, dass ich die Wahrheit sagte. An dem Tag habe ich ihr, ohne es zu wissen, die Schlinge um den Hals gelegt.«

»Bruno scheint die Wahrheit auch zu kennen, schließlich hat er auf Valants Haus geschossen. Haben Sie ihm trotz der Reaktion Ihrer Frau auch alles gestanden?«

»Bei ihm war das etwas anderes. Er musste mit dem Geist seines Bruders und einer Mutter, die Selbstmord begangen hatte, leben. Er hatte eine sehr schwierige Kindheit. Drogen, Gewalt und Depressionen, das war eine andere Form von Selbstmord. Ich habe ihm eines Abends, da hatte ich schon ziemlich viel getrunken, alles erzählt. Weil ich Alex' Mörder umgebracht hatte, gab es auch keinen Grund mehr, Rache nehmen zu wollen. Wir brauchten unsere Energie zum Leben und nicht dafür, uns langsam, aber sicher zu zerstören, wie er es tat. Danach wurde Bruno ruhiger, und er hat seine Energie in unseren Betrieb gesteckt. Über Alex haben wir nie wieder gesprochen. Wir hatten ein neues Kapitel begonnen. Auf jeden Fall taten wir so, als ob.«

Noémie glich den Wortschwall schnell mit den bereits bekannten Infos über besagte Nacht auf der Baustelle ab. Es war wie bei einer Gegenüberstellung, sie durfte weder Dorin noch Valant die Zeit lassen, ihre jeweiligen Aussagen an die des anderen anzupassen.

»Valant macht aus dem störenden Zeugen also den Mörder und provoziert Sie, damit Sie ihn töten. Sékou hätte tatsächlich reden, sich jemandem anvertrauen oder Global Water Energy erpressen können. Das ergibt Sinn. Nach der Ermordung hatten Sie auf jeden Fall einen Leichnam zu beseitigen und von der Baustelle verschwinden zu lassen, und für einen letzten Blick auf Ihren Sohn blieb keine Zeit mehr. Sie mussten ihn so schnell wie möglich an einem Ort verstecken, wo ihn niemand finden würde. Warum haben Sie ihn nicht direkt vor Ort vergraben?«

»Die Leichen der Kinder mitten in der Nacht wegzubringen war nicht besonders riskant«, antwortete Valant. »Aber jetzt fing es an zu dämmern, und uns blieb weder Zeit, den Afrikaner an einen anderen Ort zu bringen, noch, ein Loch zu graben.«

»Deswegen haben Sie ihn zum Friedhof von Avalone gebracht.«

»Das war der einzige Ort, der uns eingefallen ist. Man kann Wälder abholzen, Häuser abreißen, Felder umpflügen, aber an Friedhöfen, an denen macht sich nie jemand zu schaffen.

Außer, wenn ein Dorf geflutet wird, aber das würde wohl kaum ein zweites Mal geschehen.«

»Ich vermute, dass jetzt André Casteran ins Spiel kommt? Auch er hatte gerade seinen Sohn verloren, und Valant hat sicher auch ihm die Geschichte vom ›mordenden Neger‹ erzählt, damit er Ihnen einen Platz auf seinem neuen Friedhof gab.«

Valant hob endlich den Blick und brachte den Mut auf, Dorin in die Augen zu schauen.

»Nein, André hat nichts gemacht«, versicherte der Bürgermeister. »Wir haben uns nur den Umzug der Gräber zunutze gemacht.«

Noémie erinnerte sich an die Gräber von Casanova und Dom Juan, vor allem aber an Fortin, auf dessen Grabstein sein falscher Name Chapiro stand, Beispiele, die sich perfekt in ihre Argumentationskette einfügten.

»Das ist unmöglich«, widersprach sie. »Sie hätten vielleicht unbemerkt eine Leiche in ein Loch werfen können. Aber es gibt einen Grabstein und eine Stele mit einem erfundenen Namen. Der damalige Friedhofswärter, Monsieur Casteran, muss zwingend daran beteiligt gewesen sein, damit sie ohne Sterbeurkunde bestellt werden konnten. Wissen Sie, Casteran fängt schon ab zehn Uhr morgens an zu zittern. Achtundvierzig Stunden in Polizeigewahrsam ohne einen Tropfen Alkohol dürften reichen, um ihn zum Reden zu bringen.«

Die zwei Männer blieben stumm, was Noémie als Geständnis wertete.

»Auf diese Weise, Herr Valant, entledigten Sie sich Ihres Zeugen, und mit den zwei Vätern, die blind vor Schmerz waren, schufen Sie sich zwei Komplizen, die niemals, nicht mal als die zwei Kinder da gefunden wurden, wo sie nicht hätten sein dürfen, zur Polizei hätten gehen können, ohne selbst des Mordes angeklagt zu werden.«

»Ich bin doch kein kriminelles Mastermind. Das ist alles aus dem Moment heraus, fast ohne nachzudenken, so geschehen. Überlebensreflexe. Ein Immigrant als Opfer gegen die Zukunft meines Dorfs und aller Menschen, die mir ihr Vertrauen geschenkt hatten. In dem Moment kam es mir fast gerecht vor.«

»Der Richter wird das sicherlich zu schätzen wissen. Aber wenn es Ihnen gelungen war, alle von der Schuld dieses armen Arbeiters zu überzeugen, warum haben Sie dann noch die Flucht von Fortin organisiert?«

»Ich wusste, dass die Sache Aufsehen erregen würde. Mir war auch klar, dass wir bestimmt Fehler gemacht hatten und die Spur schnell zu uns führen würde, wenn sich die Nachforschungen zu sehr auf Avalone konzentrierten. Ich habe Fortin als Verdächtigen serviert, und die Polizei hat überall gesucht, nur nicht hier.«

»Zu Ihrem Unglück habe ich angefangen, um den Friedhof herumzuschnüffeln, und Sie haben es mit der Angst zu tun bekommen. Genug Angst, um mich mit dem Auto von der Straße zu drängen. Natürlich war das einer von Ihnen. Es interessiert mich einen Scheißdreck, wer genau von Ihnen das war, weil Sie alle drei unter einer Decke stecken. Aber eines weiß ich genau, wenn Sie nämlich einige Monate hinter Gittern verbracht haben, dann war es das mit Ihrer wackeligen Übereinkunft. Sie werden reden, Sie werden sich gegenseitig beschuldigen, Sie werden die Verantwortung den jeweils anderen zuschieben, so, wie es alle immer machen.«

Zum ersten Mal traute sich Serge Dorin, die Kommissarin direkt anzuschauen.

»Sie hatten herausgefunden, dass es irgendwo ein überzähliges Grab gab, und hätten beim Durchforsten des Friedhofs den Afrikaner entdeckt. Ich wollte nur für eine Pause der Ermittlungen sorgen, um uns Zeit zu verschaffen, die Leiche auszugraben. Da habe ich meinen Transporter genommen. Das war ganz allein meine Entscheidung. Aber es hat nichts genützt, sie hatten den Friedhof ja schon gesichert.«

»Das hätten Sie sich aber denken können, dass ich den Friedhof nicht unbeaufsichtigt lassen würde.«

»Wir sind doch keine Profis. Wir haben kopflos reagiert, auf die Schnelle, irgendwie, um bloß nicht unterzugehen. Aber ich schwöre Ihnen, dass wir Sie nicht umbringen wollten.«

»Bei einem einhundertdreizehn Meter tiefen Sturz sind Sie das Risiko wohl eingegangen. Aber ich stelle mir gern vor, dass ich unsterblich geworden bin. Insbesondere seit dem zweiten Mordversuch heute Abend.«

Bousquet und Romain sahen sich entgeistert und fragend an. »Habe ich Sie deswegen vorhin aus dem Krankenhaus abgeholt?«, fragte Bousquet.

»Genau. Das war eine Kohlenmonoxidvergiftung im Haus am See. Und ich ziehe daraus folgenden einfachen Rückschluss, Monsieur Valant. Wenn Sie dazu fähig sind, einen Unfall zu vertuschen, damit der reibungslose Ablauf der Bauarbeiten am Staudamm nicht gestört wird, wenn Sie dazu fähig sind, einen Unschuldigen umbringen zu lassen, nur weil er die Kinder in einer der Gruben gesehen hat, und wenn Sie dazu fähig sind, Fortin als Schuldigen dastehen zu lassen, der sich sein Leben lang verstecken musste, nur damit keine Ermittlungen in Avalone stattfinden, dann sollte es Ihnen wohl keine allzu großen Probleme bereiten, in Ihr eigenes Haus einzudringen und Ihren eigenen Heizkessel zu sabotieren, um Elsa Saulnier daran zu hindern, beim Staatsanwalt vorzusprechen.«

Unter dem Gewicht von fünfundzwanzig langen Jahren voller Lügen und Geheimnisse senkte Valant ein letztes Mal den Blick.

»Bruno«, brachte Noémie das Gespräch zum Abschluss, »du kennst jetzt die ganze Wahrheit, und du hast zwei Optionen. Die erste Option sieht so aus, dass du Valant eine Kugel in den Kopf verpasst, und ich verspreche dir, dass ich es dir nicht einmal verübeln würde …«

Romain, der angesichts der unerwarteten Wendungen sprachlos war, bekam es mit der Angst zu tun. Valant war zwar ein Rassist, ein Arschloch, ein Lügner und ein Mörder, aber er war immer noch sein Vater.

»Diese Option hält allerdings zwanzig Jahre Gefängnis für dich bereit«, fuhr Noémie fort. »Die zweite Option ist, dass du deine Waffe sinken lässt und dich nur wegen Brandstiftung wirst verantworten müssen. Der Richter wird Verständnis für deine Geschichte haben, er wird dir keine Haftstrafe aufbrummen. Und jetzt solltest du dich entscheiden, und zwar schnell.«

Serge machte einen Schritt auf ihn zu.

»Ich werde jemanden auf dem Hof brauchen, mein Sohn. Wirf dein Leben nicht für uns weg.«

Bruno ließ langsam die Waffe sinken. Sein Vater nahm sie ihm vorsichtig aus der Hand und gab sie sofort Noémie. Bousquet hielt Serge Dorin an den Handgelenken fest und legte ihm die Handschellen an.

»Bring ihn in die Zelle ins Kommissariat«, ordnete Noémie an, »mach Milk wach, und dann fahrt so schnell wie möglich zu Casteran.«

Daraufhin wandte sie sich an Romain, der mit hängenden Armen dastand und unfähig war zu reagieren.

»Fahr mit Bousquet auf die Wache, ich kümmere mich um den Rest.«

Schließlich drehte sie sich zum Bürgermeister und half ihm aufzustehen.

»Hoch mit Ihnen, wir fahren zurück ins Krankenhaus.«

Es dämmerte schon, als Noémie mit Pierre Valant in Handschellen das Bauernhaus verließ. Über dem Wald, der das Grundstück säumte, hing noch ein wenig Frühnebel, und ein paar Meter weiter zeichneten sich die Überreste des Stalls ab, der in Flammen aufgegangen war.

Trotz der Anordnung seiner Vorgesetzten war Romain nicht zu Bousquet ins Auto gestiegen. Gegen die Motorhaube seines Autos gelehnt, wartete er auf Noémie und zog ein finsteres Gesicht. Vorsichtig half sie Valant, sich auf die Rückbank zu setzen, und schloss die Tür, bevor sie sich zu ihrem Assistenten stellte.

»Das war alles ein ziemlicher Schock, was?«

»Ja, das kann man wohl sagen«, erwiderte er mit zusammengebissenen Zähnen.

»Bist du sauer, weil ich im Alleingang unterwegs war?«

»Du hättest kaum unvorschriftsmäßiger agieren können.«

»Du siehst jetzt ja, wie viele Personen involviert waren und von Anfang an alles wussten«, wandte Noémie ein. »Vielleicht kannst du verstehen, dass ich mich gefragt habe, wem ich vertrauen kann?«

Sie hatte es kaum ausgesprochen, da verlor Romain die Beherrschung und schlug mit der flachen Hand auf die Motorhaube. »Aber wir sind doch dein Team, verdammt! Vertrauen, das hält uns doch zusammen!«

Der unerwartete Gefühlsausbruch, dieser überraschende Anflug von Gewalt, wenn auch gegen Sachen, ließ Noémie zusammenschrecken.

»Beruhig dich, Romain. Das weiß ich doch alles. Aber Vertrauen, das muss man sich erarbeiten, und ich bin erst seit sieben Wochen hier.«

Er atmete tief durch, vielleicht, um Druck abzulassen, und wirkte, als hätte er sich wieder im Griff.

»Erst? Für mich fühlt es sich so an, als hätte ich dich vor Jahren in Decazeville am Bahnhof abgeholt.«

Dann sah er zu seinem Vater, der in Handschellen auf der Rückbank saß und nur noch eine leere körperliche Hülle war, denn seine Seele hatte ihn verlassen.

»Ich möchte bei seinem Verhör dabei sein«, sagte er sehr bestimmt.

»Tut mir leid, das geht nicht. Tatsächlich wird keiner von uns dabei sein können. Du leitest als Lieutenant diese Ermittlungen, und er ist dein Vater. Als Bürgermeister ist er in Avalone außerdem unser aller Vorgesetzter. Wir müssen diesen Fall an eine andere Obrigkeit abtreten, und die Staatsanwaltschaft wird ihn an die Kripo von Toulouse übergeben, um eine völlige Objektivität zu gewährleisten.«

»Also, was meine Objektivität betrifft, da kann sich der Staatsanwalt sicher sein, dass ich ihn höchstpersönlich hinter Gitter befördern würde, wenn ich könnte.«

»Ich weiß. Geh nach Hause zu deiner Familie. Nutz die letzte Ruhe in Avalone aus, bevor der Sturm losgeht.«

60

Am Kommissariat von Decazeville übergab Noémie ihren Gefangenen an Commandant Roze. Die vorläufige Festnahme des Bürgermeisters würde eine größere Erschütterung im Dorf verursachen als ein Erbeben, und Commandant Roze verspürte alles andere als Genugtuung dabei, den Stadtvater zur Gewahrsamszelle zu führen.

Noémie hatte eine schlaflose Nacht hinter sich und zündete sich auf der Außentreppe erschöpft eine Zigarette an. Da kam der Dienstwagen mit Bousquet hinterm Steuer auf den Parkplatz geschossen, und als Bousquet fast eine Vollbremsung mit der Handbremse hinlegte, wurde ihr klar, dass er ein neues Problem im Gepäck hatte. Milk stieg als Erster aus dem Auto aus und lief auf sie zu.

»Wir haben ein Riesenproblem, Capitaine, wir haben das ganze Haus durchgekämmt, aber Casteran ist nicht zu Hause, und um diese Uhrzeit müsste er laut seiner Frau noch seinen Weinrausch ausschlafen.«

»Was machen wir jetzt?«, fragte Bousquet, der zu ihnen aufgeschlossen hatte. »Rufen wir eine Fahndung aus? Setzen wir die uniformierte Brigade darauf an?«

Noémie rauchte das, was von ihrer Zigarette noch übrig war, in Ruhe auf.

»Alle wissen Bescheid, dass Elsa zurückgekehrt ist. Casteran bestimmt auch, denn er verbringt seine Tage von morgens bis abends komplett in der Bar, und die Neuigkeit ist bestimmt auch dort schon angekommen. Er wird wissen, dass ihr Kartenhaus zusammengebrochen ist.«

»Okay. Und weiter?«, sagte Milk, der nicht wusste, worauf sie hinauswollte.

»Wie spät ist es?«, fragte Noémie, die so müde war, dass sie nicht einmal mehr die Kraft hatte, ihr Handy hervorzuholen.

»Acht Uhr.«

»Dann flitzt bitte zum Krankenhaus und sammelt Elsa ein, um sie zum Staatsanwalt zu bringen. Auf dem Weg dorthin setzt ihr Hugo im Haus am See ab, wenn ihr nichts dagegen habt. Sagt ihm, dass ich in einer Stunde da sein werde.«

»Und Casteran?«, erinnerte Milk sie.

»Den hab ich nicht vergessen. Der vermutet sicher schon, dass es sein letzter Tag in Freiheit ist, und da gibt es noch eine Sache, die er erledigen muss. Ich kümmere mich darum.«

...

Noémie drückte das schwere schmiedeeiserne Tor zum Friedhof von Avalone auf und lief über den Hauptweg. Zehn Meter von ihr entfernt stand André Casteran in sich zusammengesackt und mit hängenden Armen, während er zwei Trägern dabei zuschaute, wie sie den kleinen Sarg seines Sohnes Cyril in das Grab hinabließen. Als ehemaliger Friedhofswärter hatte er darum gebeten, die Beerdigung im Schnellverfahren zu vollziehen, ohne Öffentlichkeit, ohne Pfarrer und ohne weitere Worte darüber zu verlieren. Noémie setzte sich auf das Mäuerchen, vergrub die Hände in den Manteltaschen und wartete auf das Ende der Beisetzung.

Als alles vorbei war, drehte Casteran sich um und erblickte die Polizistin. Noémie stand auf und ging auf ihn zu. Die Polizistin und der Täter begrüßten einander wie alte Bekannte.

»Guten Tag, Capitaine.«

»Guten Tag, André.«

Sie blieben mit Blick auf das Grab nebeneinander stehen.

»Sie haben mir etwas versprochen, was meine Frau betrifft.«

»Machen Sie sich keine Illusionen. Dieser Fall wird viel zu hohe Wellen schlagen. Sie wird auf die eine oder andere Weise vom Tod Ihres Sohnes erfahren.«

»Und ich werde nicht mehr da sein, um ihr beizustehen.«

»Ja. Tut mir leid, das ist jetzt dumm gelaufen.«

Casteran schüttelte dem jungen Friedhofswärter die Hand und steckte einen Schein in die Tasche eines der Träger, bevor er sich bei ihnen bedankte. Dann waren Noémie und er allein.

»Ich weiß, dass ich mitschuldig bin, was den Afrikaner betrifft, auch wenn ich nicht viel gemacht habe. Und ich wusste auch von Ihrem Unfall. Ich war dagegen. Ich wollte es Ihnen noch sagen. Aber als sie sich dazu entschlossen hatten, habe ich sie machen lassen. Ich bin nicht besser als die.«

»Ich bin nicht sauer auf Sie, André.«

»Sollten Sie aber sein.«

»Einen Vater, der sein Kind verloren hat. Das ist alles, was ich sehe.«

Noémie steckte die Hand wieder in ihre Tasche, spürte das kalte Metall der Handschellen und änderte ihre Meinung.

»Sagen Sie mir, wenn Sie so weit sind?«

»Eine Minute noch, wenn Sie gestatten.«

»So lange, wie Sie brauchen.«

61

Noémie hatte nicht nur André Casteran ihr Ehrenwort gegeben. Nachdem Elsa fast vier Stunden zur Anhörung bei der Staatsanwaltschaft vorstellig gewesen war, hatte man sie zurück nach Avalone gebracht, wo Noémie und der Commandant Roze schon vor Madame Saulniers Haus auf sie warteten.

»Ich hatte eher an ein Wiedersehen in einem kleineren Rahmen gedacht«, merkte Elsa verärgert an, während sie den ihr unbekannten Polizisten von Kopf bis Fuß musterte.

»Du bist jetzt fünfunddreißig Jahre alt«, erwiderte Noémie, »Madame Saulnier kennt nur die zehnjährige Elsa. Ich habe sie schon zweimal getroffen und bin mir nicht mal sicher, ob sie weiß, wer ich bin. Aber Commandant Roze, der hat die Gegend nie verlassen, und er ist Teil der Zeit, die sie angehalten hat. Er wird ihr mehr Sicherheit geben.«

Sie klingelten, worauf sich im Haus etwas rührte. Zwischen dem Türschellen und dem Moment, in dem Madame Saulnier die Tür öffnete, vergingen gut und gerne zwei Minuten, als hätte sie sich auf dem Weg dorthin verlaufen.

»Mein kleiner Arthur!«

»Guten Tag, Marguerite. Erinnern Sie sich an Capitaine Chastain?«

»Ja, natürlich«, antwortete sie zögerlich und bestätigte damit das genaue Gegenteil.

»Ich möchte Ihnen außerdem noch jemanden vorstellen, und zwar diese junge Frau.«

Er trat einen Schritt zur Seite und präsentierte Elsa. Die Rückkehrerin und Madame Saulnier sahen einander an. Marguerite lächelte wieder das typische Lächeln von alten Menschen, die irgendwie verloren waren. Sie verknotete die Finger ineinander, ihre Augen wurden feucht, und Tränen hingen an ihren Augenlidern, ohne dass sie wusste, warum. Schließlich bat Madame Saulnier sie mit kaum hörbarer Stimme hinein.

Diesmal bot Arthur Roze sich an, Kaffee zu machen, und er verschwand hinter dem Holzperlenvorhang in der Küche, damit die drei Frauen im Wohnzimmer ein wenig unter sich sein konnten.

Ein Teil von Marguerites Verstand wusste sehr wohl, wer diese Unbekannte mit den doch so vertrauten Augen war. Aber dieser Teil war, um sie zu schützen, schon so lange abgespalten und eingesperrt, dass der andere Teil ihres Verstands sie daran hinderte zu glauben, was sie sah.

»Weil sie Schlafapnoe hatte, habe ich ihr fast zwei Jahre lang beim Schlafen zugesehen«, hatte Marguerite bei ihrer letzten Begegnung erzählt. Obwohl seitdem so viel Zeit vergangen war und Elsa jetzt das Aussehen einer Erwachsenen hatte, war es schlichtweg unmöglich, nicht den Hauch eines Zweifels zu bekommen.

»Danke, dass wir Sie besuchen dürfen«, sagte Elsa.

Die alte Dame streichelte mit ihren knotigen Fingern über

Elsas Handrücken und betrachte dabei völlig versunken ihre Gesichtszüge. Sie atmete ruhig, friedvoll und vermittelte den Eindruck, als hätte ein langes, angstvolles Warten endlich ein Ende gefunden.

»Sie müssen unbedingt bleiben«, sagte Marguerite leise. »Wir müssen auf Elsa warten. Sie könnten Ihre Schwester sein. Aber sie macht, was sie will. Sie kommt nach Hause, wann sie will. Möchten Sie sie sehen? Ich habe so viele Fotos. Ich hatte einen Fotoapparat, aber ich finde ihn nicht wieder. Das ist ganz schön ärgerlich.«

Widersprüchliche Gefühle hatten sie erfasst. Marguerite verlor langsam den Boden unter den Füßen und verstrickte sich mehr und mehr in eine Aneinanderreihung von nicht zueinanderpassenden Sätzen.

»Natürlich bleibe ich. Und natürlich möchte ich Ihre Fotos sehen. Ich möchte sie alle sehen.«

»Dann ist ja gut«, beruhigte Marguerite sich wieder und stand auf.

Als sie im Laufe des völlig aus der Zeit gefallenen Nachmittags die alten, abgenutzten Fotoalben durchblätterten, erwachte das alte, in den Fluten versunkene Avalone wieder zum Leben. Zum Teil lösten sich die Fotos von den Seiten, weil der Klebstoff ausgetrocknet war, und flatterten auf den Boden oder den Tisch.

»Ich bin mir sicher, dass alle Jungs in Sie verliebt sind«, sagte Madame Saulnier anerkennend, während sie das erste Album öffnete. »Genau wie bei meiner Elsa.«

Elsas gesamte Kindheit breitete sich dank der verewigten Augenblicke vor ihren Augen aus. Commandant Roze hatte auf der breiten Couch neben Noémie Platz genommen und gab sich einer angenehmen Nostalgie hin.

Da gab es ein Foto mit dem lachenden, aus Alex, Cyril und Elsa bestehenden Trio, das um einen weißen Welpen herumrannte. Fotos von gemeinsam verbrachten Weihnachtsfesten, auf denen sie seltsam aussehende Winterpullover trugen und auf denen mit Weihnachtsdeko überladene Tannenbäume zu sehen waren. Alex und Elsa, die Hand in Hand vor einem Tümpel standen und Entenküken beobachteten. Schließlich eine ganze Reihe von Geburtstagsfotos, mit bunten Kuchen, zerrissenem Geschenkpapier, einer Schar bunt verkleideter Kinder und Elsa beim Auspusten der Geburtstagskerzen, jedes Jahr eine mehr.

Auf einem der Geburtstagsfotos stand etwas im Abseits ein kleiner Cowboy mit seinem silber glänzenden Sheriffstern, der traurig wirkte. Auf einem anderen Foto war der gleiche Junge in einer Ecke des Fotos zu sehen, der Elsa ansah wie jemand, der einen Stern bewunderte, einen wunderschönen Stern, aber viel zu weit weg, als dass man ihn berühren könnte. Noémie erkannte den Jungen und legte die Hand auf die Seite, damit Marguerite nicht weiterblätterte.

»Dieser kleine Junge da, erinnern Sie sich an ihn?«

»Das ist der kleine Romain, mein trauriger Junge«, bejahte Marguerite.

Elsa Fortin beugte sich neugierig über das Album.

»Romain Valant! Der Sohn des Bürgermeisters«, erinnerte sie sich. »Er ist nur einmal zu uns nach Hause gekommen, ganz am Anfang, weil ich die ganze Klasse eingeladen hatte.«

»›Mein trauriger Junge.‹ Sie haben ihn schon einmal so genannt, Madame Saulnier. Warum traurig?«, hakte Noémie nach.

356

»Weil die Liebe Jungs traurig und Mädchen dumm macht. Und er, er ist auch sehr verliebt in Elsa«, versicherte Madame Saulnier, die nur im Präsenz über die Kinder sprechen konnte. »Das wird sie Ihnen bestätigen können, wenn sie nach Hause kommt.«

»Ja, und ich kann Ihnen das auch bestätigen«, bekräftigte Elsa Madame Saulniers Aussage. »Der Sohn des Bürgermeisters, so haben wir ihn genannt. Mein Vater dies, mein Vater jenes, er hat immer damit angegeben, dass sein Vater der Dorfchef war. Ich weiß noch, wie wir uns verstecken mussten, damit er uns nicht folgte. Ich weiß nicht, ob er traurig war, aber er war ein ziemlich merkwürdiger Junge. Ich würde sogar sagen, er war unheimlich.«

Noémie runzelte die Stirn, und das Gefühl beschlich sie, dass man sie für dumm verkauft hatte.

»Wollen Sie damit sagen, dass Sie sich kannten?«

»Nicht so richtig, wir haben ihn ja gemieden. Aber er wollte Teil unserer Gruppe sein. Um ehrlich zu sein, glaube ich, dass wir ihn nicht gut behandelt haben, aber er hat uns mit seiner Stalker-Art Angst gemacht.«

»Entschuldigen Sie, wenn ich Ihre Worte anzweifle, aber sind Sie sich absolut sicher?«

»Natürlich bin ich mir sicher«, antwortete Marguerite Saulnier an Elsas Stelle. »Er wartet sogar manchmal an der Einfahrt auf sie und rennt weg, sobald er sie erblickt. Er ist zu schüchtern, um mit ihr zu sprechen, mein Romain. Aber seine kleinen Herzen, die sagen schon alles.«

»Das Herz, das auf der Schulhofmauer eingeritzt ist?«, schoss es aus Noémie heraus.

»Ja, und auf unserer Steinmauer. Ich finde es heute nicht mehr, aber es war ganz bestimmt da.«

»Ja, das mit den Herzen, das hat mir echt Angst gemacht«, bestätigte Elsa. »Aber da gab es auch noch die ganzen Briefe, Zeichnungen und Geschenke auf meiner Fensterbank. Ich kann mich sogar erinnern, dass mein Vater mal mit seinem gesprochen hat, weil Romain immer um das Haus herumgeschlichen ist.«

»Aber das kann doch nicht sein!«, rief Noémie fast wütend aus. »Er kennt Sie nicht, das hat er mir mehrmals gesagt.«

»Dann hat er mich wohl vergessen, aber ich erinnere mich sehr gut an ihn. Umso mehr, als dass ich in der ersten Zeit in Bielsa ständig an Avalone gedacht habe. Das hat sich alles in mein Gedächtnis eingebrannt. Romain wollte uns immer die Baustelle zeigen. Mein Vater dies, mein Vater jenes, mein Vater kann uns da Zutritt verschaffen, wann ich will, ich kenne sie in- und auswendig, die Baustelle ist mein Königreich. Am Ende sah es so aus, dass er da ständig unterwegs war, auf seiner Baustelle, und sich selbst Horrorgeschichten erzählt hat, um sich Angst zu machen.«

Noémie stand vor Staunen der Mund offen, und auch Roze hörte ungläubig zu.

»Er hat doch keine Freunde, der Arme«, verteidigte Madame Saulnier ihn. »Das hat er nicht verdient. Er spielt immer allein. Trauriger Junge. Sie hätten ihn sehen sollen, als alle Kinder in diese Ferien weggegangen sind. Er ist als einziges Kind im Dorf zurückgeblieben. Der kleine Romain. Und er hat auch darauf gewartet, dass Elsa zurückkehrt.«

»Als alle Kinder in diese von Global Energy organisierte Freizeit weggegangen sind?«, fragte sich Noémie und gab sich selbst die Antwort: »Ja, als alle anderen Kinder weggegangen sind!«

Noémie hielt es nicht länger auf der Couch, und sie sprang aufgeregt hoch.

358

Arthur Roze stand auf der Treppe zu Marguerite Saulniers Haus, und wenn er sich zuvor noch gefragt hatte, was ihm wohl Schlimmeres hätte widerfahren können, als den Bürgermeister von Avalone in Gewahrsam zu nehmen, so begann er jetzt eine Ahnung davon zu bekommen. Noémie sprach in ihr Handy und kochte förmlich vor Wut.

»Fahr so schnell wie möglich zum Büro von *La Dépêche*, das befindet sich am Ende der Rue Gambetta, und dort fragst du bitte nach Saint-Charles. Ich brauche alle Ausgaben der Zeitung von November bis Ende Dezember 1994.

»Wirst du auch kommen?«

»Ich mach so schnell ich kann, Hugo.«

Als sie auflegte, bekundete Roze sein Erstaunen.

»Aber warum fragen Sie nicht Milk oder Bousquet?«

»Weil ich die zwei für etwas anderes brauche. Romain Valant sollte jetzt normalerweise zu Hause sein, schicken Sie die beiden bitte für eine unauffällige Beschattung dorthin. Erzählen Sie ihnen, was wir gerade herausgefunden haben, ich will sie nicht länger raushalten. Ich werde jetzt noch ein letztes Detail überprüfen, bevor ich mit ihm rede. Wir sehen uns dann dort, Chef.«

»Und Elsa? Lassen wir sie hier?«

»Nein. Die brauche ich auch noch für etwas anderes.«

62

Saint-Charles hatte die Ausgaben, nach denen Noémie gefragt hatte, auf den Tisch mitten in den Besprechungsraum der Zeitungsredaktion gestapelt.

»Was genau suchen wir?«, wandte sich Hugo an Noémie, die soeben angekommen war.

»Einen Artikel über das Ferienlager, das genau nach dem Verschwinden der Kinder organisiert wurde. Also nach dem 21. November.«

»Warum genau interessiert Sie das?«, fragte der Journalist, ohne den Blick von seinen Recherchen zu heben.

»Ich will mich nur einer Sache vergewissern.«

»Sie wissen, dass Sie mir noch eine Story schuldig sind?«, erinnerte er sie.

»Ja, wir haben uns die Hand darauf gegeben«, erwiderte Noémie.

Hugo hörte ihnen gar nicht zu und blätterte konzentriert durch die alten Zeitungsausgaben, bis er auf einmal damit innehielt.

»Das große Ferienlager. Ferien, um zu vergessen«, las er vor. »Global Water Energy schenkt den Kindern von Avalone zwei Wochen in einem Ferienlager in den Bergen. Das Dorf schickt seine Jugend weg.«

»Das ist es!«, rief Noémie aus. »Von wann ist der Artikel?«

»Vom 5. Dezember 1994. Ich weiß ja nicht, was genau du suchst, aber viel mehr steht da nicht, es gibt nicht mal ein Foto.«

360

»Ich weiß. Ich habe diesen Artikel an der Wand meines Büros hängen. Wir sind hier, um das Puzzleteil zu finden, das noch fehlt.«

Dann wandte sie sich an Saint-Charles, dem bewusst war, dass er gerade Zeuge einer unerwarteten Wendung im Rahmen der Ermittlungen zu diesem Fall wurde und dass er ganz vorn dabei war.

»Sie machen doch die ganze Zeit Fotos. Ich hoffe, dass Ihr Vorgänger genauso vorgegangen ist. Und vor allem, dass Sie die Bilder behalten haben.«

»Natürlich«, sagte Saint-Charles, »unsere Zeitung ist sozusagen das Gedächtnis unserer Dörfer. Wir archivieren alles. Welches Datum war das noch mal?«

»5. Dezember 1994.«

Saint-Charles ließ ein Foto nach dem anderen über den Bildschirm seines Computers aufblitzen. Sowohl diejenigen Bilder, die es in die Zeitung geschafft hatten, als auch die ungenutzten, weil es vielleicht an Platz gemangelt hatte oder sie nicht von Belang gewesen waren. Hier die Restaurierung des Burgturms von Aubin. Da der Internationale Feuerwerkswettbewerb. Endlich ein Gruppenfoto von allen Kindern aus Avalone, sie standen vor dem Bus, der sie in die Ferien fahren würde, trugen ordentliche Kopfbedeckungen und lächelten in die Kamera.

»Auch auf die Gefahr hin, mich zu wiederholen, was genau suchen wir?«, feixte Hugo.

»Wir suchen eben genau das, was nicht da ist. Können Sie näher heranzoomen?«

»Zu Befehl«, gehorchte Saint-Charles.

Noémie suchte etwas in ihrer Tasche, zog ein Foto heraus,

361

das sie aus einem von Marguerite Saulniers Alben geklaut hatte, und legte es auf den Berg aufgeklappter Zeitungen auf den Tisch.

»Ich würde mich stark wundern, wenn wir diesen Jungen in der Ferienfreizeitgruppe finden.«

Hugo betrachtete das Geburtstagsfoto aufmerksam.

»Er sieht aus wie dein Assistent.«

»Das ist er auch.«

Zum zweiten Mal überprüfte sie jedes einzelne Gesicht.

»Und er ist nicht dabei.«

Saint-Charles zog fragend eine Augenbraue hoch und klang begeistert, fast gierig.

»Wollen Sie damit sagen, dass Sie Ihren Assistenten verdächtigen, in diesen Fall verwickelt zu sein?«

»Sie wollten es als Erster erfahren? Es geht genau jetzt los.«

63

Hugo parkte seinen Geländewagen etwa zwanzig Meter von Romain Valants Haus entfernt im Knick einer Kurve und war somit vom Haus aus nicht zu sehen. Noémie griff nach dem Polizeifunkgerät, das sie sich zwischen die Beine geklemmt hatte.

»Bousquet für Chastain.«

»Bousquet hier, ich höre, Capitaine.«

»Hat er das Haus verlassen?«

»Nein, alles ist ruhig.«

»Seine Frau und seine Tochter sind auch da?«

362

»Heute ist Sonntag. Das Mädchen hat zehn Minuten draußen gespielt, und ist dann wieder reingegangen. Zur Mutter können wir nichts sagen.«

»Okay, ich gehe jetzt allein hinein, aber ich verspreche, dass ich hier nicht die Heldin spielen will. Sobald ich an der Tür bin, kommt ihr näher, aber ohne euch zu zeigen. Verstanden?«

»Wir lassen Sie nicht aus den Augen, Capitaine.«

»Roze für Chastain«, fragte sie jetzt auf der gleichen Welle an.

»Roze hier.«

»Nicht, bevor ich ein Zeichen gebe, verstanden?«

»Klar und deutlich.«

Noémie setzte zu ihrem letzten Gefecht an, zumindest hoffte sie das. Hugo küsste ihr die Hände, bevor sie aus dem Auto stieg.

»Hast du deine Waffe?«

»Ich habe mein Team.«

Sie rückte den Knopf in ihrem Ohr zurecht, stellte ihr Funkgerät auf sendebereit ein, damit alle sie hören konnten, und ging dann langsam auf das Haus zu.

In den Autos, die versteckt um das Haus herum geparkt waren, hörte man durch das Rauschen des Funkgeräts ihren regelmäßigen Atem.

Sie klingelte kurz, und nur wenige Augenblicke später öffnete sich die Tür einen Spaltbreit.

»Hallo, No, ich wusste nicht, dass du heute zu Besuch kommst.«

Sie musste den Blick senken, um die Kleine zu sehen.

»Hallo, Lily. Ich komme auch spontan vorbei. Ist dein Vater da?«

Ohne zu antworten, verschwand Lily lauthals nach Papa schreiend wieder. Noémie brachte ihren Atem unter Kontrolle. Dann hörte sie Schritte. Sie kamen eine Treppe herunter. Romain erschien auf der Türschwelle.

»No? Alles in Ordnung?«

»Ich wollte nur mal schauen, wie es dir geht. Ist deine Frau da?«

»Sie ist in der Auberge du Fort und bereitet gerade den Abenddienst vor.«

»Das war bestimmt ein harter Tag für dich.«

»Ich bin noch dabei, alles zu verdauen, danke, dass du dir Gedanken um mich machst. Möchtest du auf einen Kaffee reinkommen? Oder vielleicht auf etwas mit mehr Umdrehungen?«

»Nein, nicht nötig.«

Nicht nur Noémie hatte einen guten Riecher, auch Romains Instinkte funktionierten ganz gut, und ihm fiel die zögerliche Art seiner Chefin sofort auf. Das und der In-Ear-Kopfhörer, dessen Kabel unter ihrem Mantel verschwand.

»Gibt es etwas, worüber du mit mir reden möchtest?«, fragte er, sichtlich misstrauisch geworden.

»Ich bin gekommen, um dir ein Angebot zu machen: Du hast die Wahl zwischen zwei Optionen.«

Romain hörte diese Worte an diesem Vormittag zum zweiten Mal.

»Die erste Option sieht folgendermaßen aus: Du erzählst mir alles, ohne dass ich dir eine einzige Frage stellen muss. Das wird zwar nichts an den Konsequenzen ändern, die das für dich haben wird, aber wenigstens kannst du das Ganze erhobenen Hauptes angehen. Die zweite Option lautet, dass du mich zwingst, dich zum Reden zu bringen.«

364

»Jetzt bin ich aber beunruhigt, No. Ich weiß überhaupt nicht, was du von mir willst.«

»Na gut«, antwortete sie enttäuscht, »das wäre nicht die Option, die ich gewählt hätte, aber dann ist das so.«

Sie holte zwei Fotos aus ihrer Manteltasche und reichte sie ihm. Ein Geburtstagsfoto und ein Gruppenfoto, aufgenommen bevor die Kinder ins Feriencamp geschickt wurden.

»Du kanntest Alex und Cyril. Und Elsa, die kanntest du nicht nur, du warst auch noch furchtbar in sie verknallt. Die kleinen Herzen, das warst du, du trauriger Junge. Du hast mich angelogen.«

Romains Gesicht verfinsterte sich.

»Du kanntest die Baustelle wie deine Westentasche. Sie war dein Spielplatz, dank der Verbindungen deines Vaters. Dein Königreich, so hast du es genannt. Du hast mich angelogen.«

Romain schaute jetzt hinter sich, wie, um sich zu vergewissern, dass Lily nicht mithörte.

»Du bist nie mit ins Ferienlager gefahren. Du bist während dieser zwei Wochen allein im Dorf zurückgeblieben. Da hast du mich schon wieder angelogen. Und jetzt wird merkwürdigerweise alles klarer.«

»Vielleicht für dich, denn ich wüsste nicht, was das an allem ändert«, erwiderte er trotzig.

»Wenn ich also falschliege, erklär mir bitte mal, warum du mich während der gesamten Ermittlungen verarscht hast? Ich bin ganz Ohr.«

Romain blieb stumm, offenbar fiel ihm keine gute Erklärung ein. Noémie hatte noch einen Trumpf im Ärmel. Es war ihr höchster.

Sie streckte einen Arm gerade nach unten aus und ballte die Faust. Roze erkannte das Signal. Er ließ den Motor an, fuhr in Schrittgeschwindigkeit bis vor Romains Haus und bremste sanft. Die Autotür ging auf, und Elsa stieg aus. Sie blieb dastehen, zwar sichtbar, aber mit einigem Abstand. Romain starrte sie einen Augenblick lang von Erinnerungen überwältigt an. Elsa, dieses Gesicht, das er nie vergessen hatte …

Noémie nutzte seine sichtbare Verstörung aus.

»Man lügt doch nicht grundlos. Und drei Lügen deuten schon ziemlich sicher auf ein dunkles Geheimnis hin, das es zu bewahren gilt. Du bist doch nicht einfach grundlos nicht mit den anderen Kindern zum Feriencamp gefahren. Warum hätte man dich allein in Avalone zurücklassen sollen, während alle anderen Kinder sich Schneeballschlachten lieferten und versuchten zu vergessen, dass ihre Häuser und Zimmer überflutet werden? Ganz einfach, weil ein Zehnjähriger redet. Mit anderen Kindern, mit den Gruppenleitern. Es war zu riskant für deinen Vater, dich nicht unter Kontrolle zu haben. Ein falsches Wort, und sein ganzes zerbrechliches Konstrukt wäre in sich zusammengefallen. Aber was hättest du bloß Gefährliches sagen können, wenn nicht, dass du bei dem Unfall dabei warst? Dein Vater wollte nie Avalone schützen, nicht mal den Staudamm. Dich wollte er schützen. Und ich verstehe jetzt besser, warum er sich so viel Mühe gegeben hat. Weil du es warst, der Alex und Cyril auf die Baustelle geführt hat. Und dieses Geheimnis, das euch auf unerträgliche Weise miteinander verband, hat euch auseinandergetrieben, anstatt euch zu einen. Das hat er auf jeden Fall im Verhör erzählt, nachdem Bousquet ihm genau diese Fotos gezeigt hat.«

Eine kleine Lüge, mit der sie Druck machen wollte. Den

Gesichtsausdruck, den Romain jetzt offenbarte, sah sie zum ersten Mal an ihm. Böse und cholerisch sah er aus. Sogar seine Stimme war auf einmal tief und aggressiv. Er blickte wieder zu Elsa, die wenige Meter von ihnen entfernt stand.

»Du sagst es. Es war ein Unfall. Ich wäre dann das Kind gewesen, das dieses Unglück zu verantworten gehabt hätte. Kannst du es einem Vater übel nehmen, dass er sein Kind schützen wollte? Ich habe ihnen die Grube gezeigt. Alex ist ausgerutscht, hat sich an Cyril festgehalten und ihn mitgerissen. Fünfundzwanzig Jahre später hast du was genau gegen mich in der Hand? Was willst du mir jetzt zur Last legen, außer dass ich ein unvorsichtiges Kind war?«

»Ich lege dir nichts zur Last. Das machst du schon ganz allein sehr gut. Du wusstest, dass Elsa nicht mit den anderen gestorben sein konnte, weil sie nicht dabei gewesen war. Du hast mich während der gesamten Zeit der Ermittlungen nach ihr suchen lassen und mit angesehen, wie ich mich in Gefahr begebe. Es war dir klar, dass sie deinen Vater belasten würde, sobald sie reden würde, und nach meinem Autounfall war dir auch ziemlich klar, dass er alles machen würde, um sie zum Schweigen zu bringen. Auch wenn Hugo und ich mit draufgehen sollten. Aber du hast nichts gesagt. Das ist Mitschuld durch Unterlassen. Beihilfe zum versuchten dreifachen Mord. Dafür bekommst du zwanzig Jahre, du wirst nie wieder Polizist sein, und du wirst nie wieder deine Füße in Avalone hineinsetzen. Ein Leben, wie Fortin es geführt hat, nichts anderes hast du verdient.«

Noémie nahm schließlich den Knopf aus ihrem Ohr und schaltete für Romain sichtbar das Funkgerät aus.

»Aber es gibt noch etwas, das ich nicht verstehe«, fuhr sie

fort. »Ich kann einfach nicht nachvollziehen, wie du all die Dinge, die, wenn ich deinen Worten Glauben schenken will, nach einem einfachen Unfall geschehen sind, ertragen konntest. Fortin musste mit Elsa fliehen, mit dem Mädchen, das du so geliebt hast. Jeanne Dorin hat sich in ihrer Scheune erhängt. Madame Saulnier ist verrückt geworden. Juliette Casteran verbringt ihr Leben zu Hause vor ihren Fotos. Und du bekommst das über all die Jahre mit. Dann hat man zweimal versucht, mich umzubringen, und man hat sogar versucht, Elsa umzubringen. Du warst so lange Zeuge mehrerer zerstörter Leben und hast mehrere Verbrechen gedeckt, weil du als Kind zu leichtfertig gewesen sein sollst?«

Romain hatte keine Miene verzogen, hörte ihr zu, kerzengerade dastehend mit verhärmten Gesichtszügen.

»Mach nur weiter. Du hast es fast.«

»Sind Cyril und Alex wirklich gefallen, Romain? Oder hast du sie gestoßen, um Elsa für dich zu haben? Die Tat ist schon so lange her, dass sie verjährt ist. Du riskierst nichts, aber ich muss es wissen.«

Er beugte sich zu ihr und flüsterte ihr ins Ohr: »Du weißt schon alles, No.«

Milk und Bousquet stiegen aus dem Auto und gingen auf das Haus zu. Es war ihnen ein bisschen unangenehm, den Mann so zu sehen, der lange vor Chastain ihr Teamleiter gewesen war, und sie musste die Männer ein bisschen wachrütteln.

»Milk, leg ihm die Handschellen an.«

Der junge Polizist warf ihr einen bestürzten »Warum-ich?«-Blick zu.

»Weil es für dich an der Zeit ist, erwachsen zu werden.«

Als Lieutenant Valant mit hängendem Kopf und mit auf dem Rücken verschränkten Händen zum Polizeiauto abgeführt wurde, lugte ein Kindergesicht durch den Türspalt.

»Was ist passiert, No?«

»Es tut mir leid, Lily. Es tut mir so leid.«

Epilog

Noémie fand Commandant Roze in seinem Büro vor, und zwar in der gleichen Haltung vor dem Fenster wie an ihrem ersten Tag im Kommissariat von Decazeville. Und wie bei dieser ersten Begegnung, redete er mit ihr, ohne sich umzudrehen.

»Die Kripo aus Toulouse ist unterwegs. Die Ermittlungen werden ausgelagert, und sie übernehmen das Verfahren. Wir stehen ihnen weiterhin zur Verfügung, sie werden das Ermittlungsteam anhören wollen.«

»So ist es besser für alle«, erwiderte Noémie zustimmend.

»Der Fall der vermissten Kinder von Avalone waren die allerersten ernsthaften Ermittlungen in meiner gesamten Laufbahn«, sagte er nachdenklich. »Und es werden auch die letzten sein. Sie waren eine wahrhaftige Splitterbombe, Capitaine Chastain. Wir werden einen neuen Lieutenant brauchen, um Romain zu ersetzen, und einen neuen Bürgermeister von Avalone. Aber ich glaube, dass ich mittlerweile für den Job ein bisschen zu müde bin. Ich habe gerade meinen Bericht abgeschickt.«

»Um Ihre Rente zu beantragen?«

»Nein«, antwortete er und drehte sich jetzt zu seinem Schreibtisch. »Ich werde doch nicht wie ein Dieb die Biege machen. Ich mache dieses Jahr zu Ende. Ich beantrage in meinem Bericht eine Beförderung zum Commandant. Für Sie. Dieses Kommissariat braucht eine neue Commandante.«

Noémie wusste nicht, was sie darauf antworten sollte, und Roze bemerkte ihre Verlegenheit.

»Hatten Sie andere Pläne?«

»Ich habe noch einen Anruf zu erledigen, Chef, und zwar mit der Bastion.«

Er schob ihr sein Festnetztelefon über den Schreibtisch hin. »In meinem Büro werden Sie mehr Ruhe haben, um mit Paris zu telefonieren. Ich überlasse Ihnen das Zimmer.«

Bevor Roze hinausging, legte er ihr eine Hand auf die Schulter.

»Sie würden gut hierherpassen, Noémie.«

...

Das Sekretariat der Bastion meldete Capitaine Chastain am anderen Ende der Leitung. Der Zentraldirektor der Kriminalpolizei nahm nicht sofort ab und verschaffte sich auf diese Weise genug Zeit, das gleich folgende Gespräch zu visualisieren. Beim sechsten Klingelton war er so weit.

»Capitaine Chastain, die Nachrichten sind voll von Ihnen.«

»Ich musste ja etwas finden, um nicht in Vergessenheit zu geraten«, erwiderte Noémie ironisch, was ein nervöses Lachen am anderen Ende der Leitung zur Folge hatte.

»Ich hab's Ihnen doch gesagt, oder? Dieser Aufenthalt auf dem Land hat Ihnen gutgetan, und Sie sind noch stärker daraus hervorgegangen, als Sie es sowieso schon waren. Sie sollten eine Revision in einem Kommissariat durchführen und dabei eine ruhige Kugel schieben, stattdessen lösen Sie einen Fall, der allen als unlösbar galt, und das Echo, das Sie damit ausgelöst haben, ist so stark, dass Ihre Dorfpolizisten keine

Schließung der Wache mehr zu befürchten haben. Wir sind sehr stolz auf Sie hier. Ist Ihnen bekannt, dass Sie für eine Beförderung empfohlen wurden?«

»Ja, davon habe ich gehört.«

»Prima. Dann sollten wir jetzt Ihre Rückkehr organisieren. Ihr Team wartet auf Sie, und wenn Sie Adriel loswerden wollen, dann ist das kein Problem. Er hat, während sie weg waren, sowieso nicht sonderlich geglänzt.«

»Ich war übrigens nicht einfach weg, ich wurde abgeschoben.«

»Lassen Sie uns jetzt nicht auf irgendwelchen Worten herumreiten, Capitaine. Wenn Sie tatsächlich glauben, dass ich Sie abgeschoben habe, dann können Sie sich ja als Gewinnerin betrachten.«

Noémie drückte auf die Lautsprechertaste des Telefons, stand auf und stellte sich vor das Fenster von Rozes Büro. Friedlich ließ sie den Blick über das Dorf schweifen.

»Kennen Sie das Aveyron?«

»Nicht gut, nein. Aber ich bezweifle, dass Ihre Wache es jemals mit der legendären Bastion aufnehmen kann. Ihre Karriere, die wartet hier auf Sie und nirgendwo anders.«

Draußen erblickte sie Milk, der in ein lebhaftes Gespräch mit einer hübschen, dunkelhaarigen Frau verwickelt war, sie war älter als er und hielt eine Kuchenplatte, die mit einem weißen Tuch abgedeckt war, in den Händen. Wahrscheinlich seine Mutter. Und noch wahrscheinlicher der ungenießbare Zuckerkuchen.

»Herr Direktor?«

»Capitaine Chastain?«

»Lecken Sie mich am Arsch mit Ihrer legendären Bastion.«

...

Mit einem Lächeln auf den Lippen und einer klaren Vorstellung, was die Zukunft für sie bereithielt, erledigte sie noch ein weiteres Telefonat.

»Chloé Vitali, ich höre.«

»Sogar wenn du im Mutterschutz bist, meldest du dich wie eine Polizistin?«, zog Noémie sie auf.

»Noémie? Bist du das?«

Noémies Augen füllten sich mit Tränen, und sie bekam einen Kloß im Hals. Sie hatte Mühe zu sprechen.

»Ich habe dich ein bisschen fallen gelassen, meine Liebe«, raunte sie schließlich.

»Hör auf. Ich verbiete dir, so zu reden. Es ist unglaublich, was du dort auf die Beine gestellt hast.«

»Das war ich nicht allein, aber danke. Lass uns eher über dich reden. Wie geht es dem Baby?«

»Es ist hässlich und zerknautscht, wie alle Babys. Ich sehe nur, wie die Tage vorbeifliegen, und habe so Angst davor, die Arbeit wiederaufzunehmen. Als junge Mutter in der Drogenfahndung, mit unseren Dienstzeiten, das wird schnell die Hölle werden. Ich sehe es schon kommen: Mich werden sie auch abschieben …«

»Apropos, kennst du das Aveyron?«

»Willst du mich verarschen?«

»Nein, wir brauchen einen neuen Lieutenant. Und wenn wir schon mal dabei sind, eine Frau. Zwischen einem Führungsassistenten, der für meinen Rauswurf aus der Bastion gesorgt hat, und einem anderen, der diejenigen gedeckt hat, die mich umbringen wollten, wäre mir eine Vertrauensperson ganz lieb.«

»Das Aveyron …«, wiederholte Chloé nachdenklich.

»Du wirst schnell begreifen, dass man verrückt sein muss, um in Paris leben zu wollen.«

...

Hugo parkte seinen Ford auf dem Parkplatz des Kommissariats. Er hatte sein Gepäck auf dem Beifahrersitz verstaut. Noémie ging mit Bauchschmerzen auf ihn zu.

»Bleibst du?«, fragte er sie.

»Gehst du?«

»Die Flussbrigade hat mich zurückgerufen. Ich konnte ja nicht ewig bleiben. Ich habe einen Job, in Paris.«

»Wir wussten es beide, von Anfang an.«

Die lädierte Schnauze von Picasso erschien im Fenster von der Rückbank des Geländewagens.

»Tut mir leid, aber er hat sich geweigert, im Haus am See zu bleiben.«

Er öffnete die Tür, der Hund hüpfte hinaus und drängte sich direkt an das Bein seines Frauchens.

Hugo küsste Noémie sanft und hielt dabei ihre Hände.

»Du kennst meine Adresse, ich wohne auf einem Schiff auf der Seine.«

»Du kennst meine, ich wohne in einem kleinen Dorf im Süden.«

Als der Wagen davonfuhr, kniete sich Noémie neben ihren ramponierten Hund.

»Und wir zwei so? Wir haben uns jetzt für immer? Ich warne dich, ich habe eine seltsame Katze in meinem Kopf.«

Als Antwort leckte Picasso ihr übers Gesicht.

»Saint-Charles hat eine Nachricht für Sie hinterlassen«,

verkündete Bousquet, den sie nicht hatte näher kommen sehen. »Er möchte Sie zum Mittagessen einladen. Sie haben angeblich einiges zu besprechen.«

Picasso wurde ungeduldig und begann, an den Schuhspitzen des Polizisten herumzuknabbern.

»Soll ich mich um Ihren Gefangenen kümmern?«

»Ja, übernehmen Sie«, antwortete Noémie und hielt ihm die Kordel hin, die als Leine diente.

»Stecken Sie ihn in eine Zelle mit Wasser und einem Stück Zuckerbrot von Milk.«

»Zu Befehl, Capitaine. Oder soll ich lieber Commandante sagen?«

»Neuigkeiten verbreiten sich schnell hier.«

In der Ferne verschwand der Ford hinter einer Kurve.

»Kommt er wieder, der Taucher?«

»Ich weiß nicht. Das wird wohl von der Strömung abhängen.«

...

Noémie reihte ihr Gepäck vor der zersplitterten Glasfront des Hauses am See auf und schloss zum letzten Mal die Tür hinter sich. Milk hatte ihr versprochen, dass seine Mutter eine mindestens genauso charmante Bleibe für sie finden würde, die nicht mit schlechten Erinnerungen belastet war. Jetzt aber wartete erst einmal ein Hotelzimmer auf sie, wo sie die nächsten Tage verbringen würde. Langsam fuhr sie aus dem Wald, der im Rückspiegel immer kleiner wurde. Während sie den trockengelegten See passierte, um Avalone hinter sich zu lassen, erblickte sie zwei Kinder, die in den menschenleeren Straßen zwischen den eingestürzten Häusern Fangen spielten. Beklommen

376

verlangsamte sie das Tempo, woraufhin die Kinder zu ihr hinaufblickten. Cyril und Alex winkten ihr zu, bevor sie sich, als wären sie aus Sand gewesen, in eine Wolke auflösten.

Sie berührte ihr Gesicht.

Sie war wieder Noémie.

Das musste sie unbedingt Melchior erzählen.

Ich danke

Den Polizisten des Kommissariats von Decazeville und Commandant Verlaguet, dem Beschützer von sechs Gemeinden. Für ihre Großzügigkeit, ihre Geduld und diese wichtige soziale Bindung, die sie mit der Bevölkerung haben, die Art von Bindung, die es in Großstädten oft nicht gibt.

Francine Bousquet, mit ganzem Herzen Bibliothekarin. Ich entscheide jetzt also ganz offiziell, dass der Schreibwaren- und Zeitungsladen Presse-Bulle von Decazeville eine Bibliothek ist. Für deine Freundlichkeit und dein Lächeln. Ich entschuldige mich dafür, dass ich in diesem Roman ein Klatschweib aus dir gemacht habe.

Der Pariser Flussbrigade und ganz besonders dem Commandant Berjot, der meine Seekrankheit (auf der Seine!) aushalten musste und mir ermöglicht hat, Nicolas Leclerc und Serge Denis kennenzulernen, um mich mit den Besonderheiten von Unterwassereinsätzen vertraut zu machen. Ich danke Ihnen, meine Herren, mir gezeigt zu haben, was unter der Wasseroberfläche vonstattengeht.

Sébastien Lissarague, Taucher, Abenteurer und Entdecker noch unbekannter Unterwasserwelten.

Marc Taccoen, der mich als Gerichtsmediziner seit meinem ersten Roman begleitet. Angesichts der vielen Morde, an denen wir zusammen gearbeitet haben, verleihe ich Ihnen den Titel des literarischen Serienmörders.

Dem Colonel Melchior Martinez vom Militärkrankenhaus Percy, Psychiater für unsere Soldaten mit kaputten Visagen und für unsere zerstörten Polizisten. Seelenheiler.

Marie Dominique Colas für alles, was ich in *Le visage des hommes*, Éditions Lavauzelle, gelernt habe.

Babeth. Noémie Chastain verdankt dir sehr viel. Sie hat deinen Mut und deine Kraft.

Stéphane Delfosse, schlicht und »wunderbar«. Wenn dein Unfall dich nicht umgehauen hat, dann wird dich nie mehr etwas umhauen.

Jamix, dem Mann ohne Gedächtnis, weil du genau weißt, was es bedeutet, noch mal ganz vorn anzufangen.

Benjamin Fourré und Benoît Abbas, Munitionsexperten ... danke für die Acht-Millimeter-Patrone.

Doktor Cayot und dem Notarzt Denis Gruszka des Krankenhauses von Decazeville, die mir geholfen haben, meine Heldin zu misshandeln, um ihr dann wieder zur Heilung zu verhelfen.

Florence Bonneviale für unseren kleinen Ausflug nach Spanien zu Casanova und Dom Juan.

Meinen Erst-Leser*innen Martine, Claude Wikipapa, Babeth, Bruno, Dodo, Caroline, Julie, Bernard-Hugues, Martin, Lili La, Aurélie und Anaïs.

Dodo, 24-Stunden-am-Tag-Polizistin, 24-Stunden-am-Tag-Mutter, 24-Stunden-am-Tag-Tierretterin, Erfinderin des 72-Stunden-Tags.

Aubin, meinem Dorf.

Meiner Familie. Martine, Claude, Corinne und Victor. Ich habe einmal vom Ende der Welt geträumt und dabei gelächelt, weil wir in unserem Familienheim in Aubin waren und gemeinsam dagesessen und dem Himmel dabei zugeschaut haben, wie er in Flammen aufging.

Denise Solignac. Ich bereue, dass ich dir so vieles nicht sagen konnte, als ich schließlich erwachsen war.

Michel Lafon. Was für ein Abenteuer, Chef!

Huguette Maure. Vor sechs Jahren kannte ich Sie noch nicht, und heute könnte ich nichts mehr ohne Sie schreiben. Ich liebe Sie.

Béatrice Argentier, Spezialistin für Muscheln und Wiederholungen. Lass uns wieder ins Café Pouchkine gehen!

Margaux Mersié, wenn du ein Raum in einem Haus wärst, dann wärst du mein Schutzraum.

Honorine Dupuy d'Angeac, die meine Bücher in die ganze Welt verschickt: Russland, Spanien, Italien, Deutschland, England ... Ich habe noch Platz in meinem Reisepass!

Anissa Naama und Anaïs Ferrah, das magische Duo, das dafür gesorgt hat, dass ich kreuz und quer durch ganz Frankreich von Buchmesse zu Buchhandlung reise.

Alain Deroudilhe, für dieses unglaubliche Jahr und das weltbeste Marketing. Sollten wir uns wiedersehen, koche ich besser (entschuldige, Martin!).

Claire Germouty, mit der alles angefangen hat.

Dem Verlag Pocket, Carine, Charlotte, Emmanuelle, Bénédicte, Camille und der mysteriösen Madame Pocket ... Arbeiten und Spaß haben ist also doch möglich!

Mathieu Thauvin, dem Künstler meiner Buchcover, die jedes Mal schöner werden.

Bruno Chabert, offiziellem Fotograf meiner literarischen Abenteuer, Musiker des Soundtracks für unsere Freundschaft, seitdem wir 17 sind, mein anderer Bruder.

Manu, ruhig und gelassen … wie das Auge eines Zyklons. Danke für die Abende, bei denen ich so richtig abschalten kann (manchmal ein bisschen zu viel!). Bald setzen wir noch einen drauf … du verdienst nur das Beste.

Victor, meinem kleinen Bruder, dem Besten der ganzen Noreks. Auf zu deinem neuen Leben nach Kanada!

Den *Flics* des SDPJ 93, denen des Kommissariats von Bobigny … und den *Flics* im Allgemeinen. Ein weiteres schwieriges Jahr liegt hinter euch, ohne dass es euch jemand danken würde. In Argentinien ist die Polizei so korrupt, dass niemand den Polizeinotruf wählt. Stellt euch mal eine Gesellschaft vor, wo wir niemanden zur Hilfe rufen könnten!

Den Buchhandlungen, Buchmessen, den Buchläden in Großstädten oder kleinen Ortschaften, denjenigen, die jeden Tag um ihre Existenz kämpfen, denjenigen, die den Mut haben, einen Laden zu eröffnen, sogar denjenigen, die Bücher von Nicolas Lebel verkaufen …

Den Bloggern … insbesondere für eure Kritiken zu *All dies ist nie geschehen*: Ihr habt sehr zum Erfolg dieses Buchs beigetragen und es dadurch ermöglicht, die Botschaft dahinter weiterzuvermitteln. Ihr seid die neuen Literaturredakteure für Kriminalromane. Ihr begleitet jede neue Intrige, jeden neuen Leichnam, ihr entdeckt, ihr bringt die Dinge ans Licht, ihr liebt es oder ihr hasst es … völlig objektiv.

Den Journalisten, die mich wohlwollend begleitet haben, deren Namen ich nicht nennen darf, das fiele unter Bevorteilung.

Julie Casteran, Inhaberin des pinkfarbenen Gürtels im Krav Maga, der einzigen Psychologin ohne Empathie. Eines Tages würde ich gern dein Abschlussdiplom sehen, nur um sicherzugehen.

Krimiautoren, meiner literarische Familie. Ohne euch und ohne die Krimisalons hätte ich bestimmt 80 Prozent weniger Spaß.

Cyril Canizzo, meinem hyperaktiven Agenten. Agent und ich hoffe, vielleicht auch ein bisschen mehr.

Dem Autorenkollektiv Ligue de l'Imaginaire, dafür dass mich diese Gruppe außergewöhnlicher Gentlemen willkommen geheißen hat.

Gilles Paquet Brenner für den Film *Entre deux mondes* (Verfilmung des Buchs *All dies ist nie geschehen*) und Michel Montheillet für das Comic zum gleichen Buch. Adam, Kilani und Ousmane befinden sich bei euch in guten Händen.

Nicolas Cuche, Éric Jehelmann und der großartigen Solène Bouton, dieses Jahr wird unser Jahr!

Marianne, Xavier und Chloé: Küsschen vom schlimmsten Patenonkel der Welt!

Meinen Freunden, die schon immer da waren: Benjamin, François M., Mathias, Valérie B., Aline und Marie Chacha.

»Ein großer Roman über eine sinnliche Frau, die ein tiefes Geheimnis hütet.« *Le Figaro*

Liv Maria war das unbekümmerte Mädchen, das von einem Tag auf den anderen ihre bretonische Heimat verlassen musste. Sie wurde erst die Geliebte eines älteren Ehemanns und dann eine Globetrotterin, die sich in fernen Ländern durchschlug. Jetzt lebt sie in einem irischen Dorf, ist Mutter zweier Kinder und Ehefrau eines verständnisvollen Mannes. Liv Maria ist zur Ruhe gekommen, so scheint es. Doch auf eine albtraumhafte Weise holt ihr früheres Leben sie wieder ein.

Leseprobe unter www.blessing-verlag.de | **BLESSING VERLAG** |